Tiempo de matar

Lisa Gardner

Traducción de Isabel Merino Bodes

Título original: *The Killing Hour*
Primera edición

© Lisa Gardner, 2003

Diseño de colección: Alonso Esteban y Dinamic Duo

Derechos exclusivos de la edición en español:
© 2007, La Factoría de Ideas. C/Pico Mulhacén, 24. Pol. Industrial «El Alquitón».
28500 Arganda del Rey. Madrid. Teléfono: 91 870 45 85

informacion@lafactoriadeideas.es
www.lafactoriadeideas.es

I.S.B.N.:978-84-9800-296-6 Depósito Legal: M-2101-2007

Impresión: Graficinco, S. A.
Printed in Spain — Impreso en España

Con mucho gusto te remitiremos información periódica y detallada sobre nuestras publicaciones, planes editoriales, etc. Por favor, envía una carta a «La Factoría de Ideas» C/ Pico Mulhacén, 24. Polígono Industrial El Alquitón 28500, Arganda del Rey. Madrid; o un correo electrónico a **informacion@lafactoriadeideas.es**, que indique claramente:
INFORMACIÓN DE LA FACTORÍA DE IDEAS

Agradecimientos

Para escribir esta novela tuve que investigar un poco. Durante un fin de semana disfruté del privilegio de visitar una vez más la Academia del FBI y conocer ciertos aspectos de la vida en una base de los marines, experiencia que recomiendo encarecidamente a mis lectores. He intentado recrear las instalaciones y la ideología de la Academia, pero debo decir que he recurrido a la imaginación para describir ciertas anécdotas y tradiciones. La Academia es una institución viva sometida a cambios constantes en función del año, las clases y las necesidades del FBI. Cada vez que un agente me hablaba sobre alguna tradición sagrada en sus días de estudiante, otro me confesaba que jamás había oído hablar de nada parecido. Como soy una escritora con tablas, decidí realizar una criba de las diferentes anécdotas, seleccionar las que más me gustaban y narrarlas en esta novela como si fueran ciertas. Esta es mi historia y así quiero contarla.

Disfruté mucho entrevistando a los agentes del FBI, pero debo confesar que me sorprendió la amabilidad de las personas que conocí a través del Instituto Geológico de Richmond (Virginia). Necesitaba hablar con expertos en ciencias naturales y acerté de lleno. Además de mostrarse muy pacientes mientras me explicaban detalladamente cómo analizar una muestra de agua, me proporcionaron una lista de lugares propicios para matar y me llevaron de excursión, junto a mi marido, por los escenarios que me habían recomendado. Les puedo asegurar que, durante semanas, mi marido y yo mostramos una conducta intachable.

A continuación aparece una lista bastante exhaustiva de las personas que tuvieron la amabilidad de hacerme un hueco en sus ajetreadas agendas para responder a mis preguntas. Estas personas me ofrecieron información correcta, así que lo que pueda haber ocurrido después con ellas es solo culpa mía.

En primer lugar, los expertos en la Tierra:
Jim Campbell, jefe de Subdistrito, Instituto Geológico de EE. UU.
David Nelms, hidrólogo, Instituto Geológico de EE. UU.
George E. Harlow, Jr., P. G., hidrólogo, Instituto Geológico de EE. UU.
Randall C. Orndorff, geólogo, Instituto Geológico de EE. UU.
William C. Burton, geólogo, Instituto Geológico de EE. UU.

Wil Orndorff, coordinador para la Protección del Karst, Departamento de Conservación y Recreación de Virginia

Wendy Cass, botánica, Parque Nacional de Shenandoah

Ron Litwin, palinólogo, Instituto Geológico de EE. UU.

En segundo lugar, los expertos en narcóticos:

Margaret Charpentier

Celia MacDonnell

En tercer lugar, los expertos en procesos:

Agente especial Nidia Gamba, FBI, Nueva York

Doctor Gregory K. Moffatt, Ph. D., profesor de psicología, Atlanta Christian College

Jimmy Davis, jefe de policía, Departamento de Policía de Snell, Georgia

En cuarto lugar, el equipo de apoyo:

Melinda Carr, Diana Chadwick, Barbara Ruddy y Kathleen Walsh, por su inestimable ayuda como correctoras.

Mi marido, Anthony, que esta vez no tuvo que preparar chocolate, aunque le tocó encargarse de una mudanza para que yo pudiera cumplir con el plazo de entrega. Cariño, no cambiemos de casa nunca más.

También deseo dar mis más sinceras gracias a Kathy Sampson, que generosamente compró el libro a su hija Alissa Sampson durante una subasta benéfica para que hiciera un *cameo* en esta novela. No estoy segura de que sea positivo convertirse en un personaje de mis novelas, pero agradezco la donación de Kathy y espero que Alissa disfrute del libro.

Y finalmente, deseo rendir homenaje a mi abuela, Harriette Baumgartner, que me regaló mis libros de bolsillo favoritos, horneó las mejores galletas de chocolate del mundo y nos enseñó una docena de formas distintas de jugar al solitario. Este libro es para ti, abuela.

Que disfrutéis de la lectura,

Lisa Gardner

Prólogo

El hombre se dio cuenta por primera vez en el año 1998. Dos chicas salieron de fiesta una noche y nunca más regresaron a casa. Deanna Wilson y Marlene Mason fueron las primeras. Ambas estudiaban en la Universidad Estatal de Georgia, compartían habitación y eran buenas chicas en todos los aspectos; sin embargo, el *Atlanta Journal-Constitution* no publicó su desaparición en primera página. No era noticia que alguien desapareciera. Y menos aún en una gran ciudad.

Poco después, la policía encontró el cadáver de Marlene Mason junto a la interestatal 75 y eso hizo que las cosas empezaran a moverse un poco. A los habitantes de Atlanta no les gustaba que una de sus hijas hubiera aparecido muerta en una interestatal. Y menos aún una chica blanca de buena familia. En Atlanta no deberían ocurrir cosas así.

El caso Mason fue un verdadero enigma. La muchacha estaba completamente vestida y su bolso, intacto. No presentaba señales de agresión sexual ni de robo. De hecho, se encontraba en una postura tan apacible que el motorista que la encontró pensó que estaba dormida; sin embargo, Mason ingresó cadáver en el hospital. Sobredosis de droga, dictaminó el médico forense, a pesar de que sus padres negaron con vehemencia que su hija pudiera haber hecho algo así. Enseguida, todos se formularon la siguiente pregunta: ¿dónde estaba su compañera de habitación?

Para los ciudadanos de Atlanta, aquella fue una semana desagradable. A pesar de que el termómetro superaba los treinta y ocho grados centígrados, todos unieron sus esfuerzos para buscar a la universitaria desaparecida. La búsqueda se inició con ahínco, pero enseguida se suspendió. Todos estaban acalorados, cansados o tenían que ocuparse de otros asuntos. Además, la mitad del estado imaginaba que ambas compañeras de habitación habían discutido, posiblemente por algún chico, y que Deanna Wilson había matado a su amiga. La gente veía *Ley y orden*. Sabía que estas cosas ocurrían.

Al llegar el otoño, una pareja de excursionistas halló el cadáver de Deanna Wilson en lo alto de la Garganta Tallulah, a más de ciento cincuenta kilómetros de Atlanta. La muchacha todavía llevaba su traje de fiesta y sus tacones de ocho centímetros, pero su cadáver no presentaba un aspecto tan apacible como el de su compañera, pues las bestias carroñeras lo habían encontrado. Además, su cráneo estaba partido en pedazos, quizá porque la joven había caído de cabeza por uno de aquellos despeñaderos de granito. Digamos, simplemente, que la madre naturaleza no mostró ningún respeto por sus zapatos Manolo Blahnik.

Su muerte planteó un nuevo enigma. ¿Cuándo había fallecido? ¿Dónde había estado desde que fue vista por última vez en aquel local de Atlanta hasta que murió? ¿Había matado ella a su compañera de habitación? Su bolso fue hallado en la Garganta Tallulah. No había restos de droga en su cuerpo. Pero lo más extraño de todo era que tampoco se encontraron su vehículo ni las llaves.

El cadáver quedó en manos de la Oficina del Sheriff del Condado de Rabun y, una vez más, los medios de información se olvidaron del caso.

El hombre recortó y archivó algunos artículos, aunque no sabía por qué. Simplemente lo hizo.

En el año mil novecientos noventa y nueve volvió a ocurrir, cuando llegó una nueva ola de calor que disparó las temperaturas y los temperamentos. Dos muchachas fueron de fiesta una noche y nunca más regresaron. Kasey Cooper y Josie Anders eran de Macon, Georgia, y puede que no fueran tan buenas chicas, pues ambas eran menores de edad y no deberían haber tenido acceso al local, donde trabajaba el novio de Anders como portero. Sin embargo, el joven afirmó que las chicas estaban totalmente sobrias cuando las vio montarse en el Honda Civic blanco de Kasey Cooper. Sus angustiadas familias añadieron que ambas eran estrellas del atletismo y que nunca habrían ido a ninguna parte sin oponer resistencia.

En esta ocasión, los ciudadanos de Atlanta se pusieron un poco más nerviosos. Todos se preguntaban qué estaba ocurriendo… y dejaron de preguntárselo dos días después, cuando el cadáver de Josie Anders fue hallado en la US 441, a dieciséis kilómetros de la Garganta Tallulah.

La Oficina del Sheriff del Condado de Rabun se puso a trabajar de inmediato, organizando equipos de rescate, contratando perros exploradores y llamando a la Guardia Nacional. Esta vez, el *Atlanta Journal-Constitution* publicó la noticia en primera plana, pues la insólita doble desaparición era muy similar a la acontecida el verano anterior y exactamente lo que ocurría cuando una persona desaparecía durante una ola de calor.

El hombre advirtió algo que la primera vez había pasado por alto. Solo era un pequeño detalle, una nota que aparecía bajo las cartas al director: «El reloj hace tictac… El planeta agoniza… Los animales lloran… Los ríos gritan. ¿Pueden oírlo? El calor mata…».

Entonces, el hombre supo por qué había comenzado a reunir aquellos recortes de periódico.

Peinaron la Garganta Tallulah, pero no hallaron el cuerpo de Kasey Cooper hasta el mes de noviembre, cuando el condado de Burke inició la recolección del algodón. Tres hombres que operaban una cosechadora se llevaron la sorpresa de sus vidas cuando encontraron el cadáver de una joven justo en el centro de una extensión de miles de hectáreas destinadas al cultivo del algodón. La muchacha todavía vestía un pequeño vestido negro de fiesta.

En esta ocasión no hubo huesos rotos ni extremidades destrozadas. El médico forense dictaminó que Kasey Cooper, de diecinueve años de edad, había sufrido un fallo multiorgánico, seguramente debido a un golpe de calor severo. Por lo tanto, la habían abandonado con vida en aquel campo de algodón.

Hallaron una garrafa de agua vacía a unos cinco kilómetros del cadáver momificado. El bolso estaba a ocho kilómetros de distancia. Nunca encontraron su coche ni las llaves.

Todos estaban muy nerviosos, sobre todo cuando alguien de la oficina del forense dejó que se filtrara la noticia de que Josie Anders había muerto por una sobredosis de Ativan, un medicamento de prescripción, inyectado en sangre. Aquel dato les resultó demasiado siniestro. En dos años habían desaparecido dos parejas de chicas. En ambas ocasiones, las jóvenes habían sido vistas por última vez saliendo de un bar. En ambos casos, la primera había aparecido muerta en una carretera principal, mientras que la segunda había sufrido un destino mucho, mucho peor…

La Oficina del Sheriff del Condado de Rabun llamó al GBI, el Servicio de Investigación de Georgia, y la prensa centró toda su atención en la noticia. Durante semanas, aparecieron nuevos titulares sensacionalistas en la primera página del *Atlanta Journal-Constitution:* «El GBI busca asesino en serie». Los rumores corrían, los artículos se multiplicaban y el hombre los fue archivando de forma diligente.

La fría sensación de su pecho aumentaba en intensidad y ahora, cada vez que sonaba el teléfono, empezaba a temblar.

Pero el GBI no mostró una actitud tan sensacionalista. «Hay una investigación en marcha», anunció el portavoz de la policía estatal. «Eso es todo lo que el Servicio de Investigación de Georgia tiene que decir al respecto». Hasta que llegó el verano del año dos mil y, con él, la primera ola de calor.

Esta vez tuvo lugar en el mes de mayo. Dos hermosas estudiantes de la Universidad Estatal de Augusta partieron hacia Savannah un fin de semana y nunca regresaron a casa. Habían sido vistas por última vez en un bar. El vehículo en el que viajaban estaba desaparecido en combate.

En esta ocasión, el caso recibió la atención de la prensa nacional y miles de votantes asustados invadieron las calles. El hombre rebuscaba furioso entre los montones de periódicos mientras los agentes del GBI emitían afirmaciones absurdas, tales como: «De momento no hay razones para pensar que los tres casos puedan estar relacionados».

Pero el hombre sabía que lo estaban. La gente sabía que lo estaban. Y una nueva carta al director les anunció que no se equivocaban. Fue publicada el martes, treinta de mayo, y sus palabras fueron exactamente las mismas que el año anterior: «El reloj hace tictac… El planeta agoniza… Los animales lloran… Los ríos gritan. ¿Pueden oírlo? El calor mata…».

El cadáver de Celia Smithers fue hallado en la US 25 a la altura de Weynesboro, a tan solo veinticinco kilómetros del campo de algodón en el que habían encontrado a Kasey Cooper hacía seis meses. Smithers estaba completamente vestida y conservaba su bolso. No había indicios de traumatismo ni de agresión sexual, solo una oscura magulladura en el muslo izquierdo y un punto más pequeño, como el que dejaría una aguja, en la parte superior del brazo izquierdo. Causa de la muerte: sobredosis de Ativan, un tranquilizante de prescripción.

La gente enloqueció y la policía se puso manos a la obra de inmediato, pues Tamara McDaniels, la mejor amiga de Smithers, también había desaparecido. En esta ocasión, la policía no buscó en los campos de algodón del condado de Burke, sino que envió equipos de voluntarios a las enlodadas riberas del río Savannah. Y el hombre pensó que, por fin, los agentes empezaban a comprender el juego.

En ese momento debería haber cogido el teléfono y haber marcado el número de emergencias. Podría haber sido un informador anónimo. O un lunático perturbado que creía saberlo todo.

Pero no lo hizo, pues no sabía qué decir.

—Tenemos razones para creer que la señorita McDaniels sigue viva —anunció el agente especial del GBI Michael «Mac» McCormack, en los informativos de la noche—. Creemos que nuestro sospechoso secuestra a las mujeres por parejas. Mata a la primera de inmediato, pero abandona a la segunda en un lugar remoto. En este caso, tenemos razones para creer que ha elegido una zona del río Savannah. Hemos reunido a unos quinientos voluntarios para que peinen el río, porque nuestro objetivo es llevar a Tamara de vuelta a casa, sana y salva.

Acto seguido, el agente especial McCormack había hecho una revelación sorprendente. También él había visto las cartas al director, así que había hecho un llamamiento al autor de dichas notas para que se pusiera en contacto con ellos. La policía deseaba escucharle. La policía deseaba ayudar.

Los informativos de las once informaron de que los equipos de búsqueda y rescate ya habían descendido por el río Savannah y en las Noticias de la Fox bautizaron al sospechoso como «Ecoasesino», un lunático perturbado que, sin duda, creía que asesinando a esas muchachas lograría salvar el planeta. Una especie de Jack *el Destripador*.

El hombre deseaba gritarles y decirles que no tenían ni idea, pero no podía hacerlo. Escuchó las noticias. Archivó con obsesión los recortes de periódico. Encendió velas durante la vigilia organizada por los afligidos padres de la pobre Tamara McDaniels, que la última vez que había sido vista llevaba una ceñida falda negra y zapatos de tacón con plataforma.

Esta vez no apareció ningún cuerpo, pues el río Savannah pocas veces renuncia a aquello que toma.

Pero el año 2000 todavía no había terminado.

Durante el mes de julio, las temperaturas superaron los treinta y ocho grados a la sombra. Dos hermanas, Mary Lynn y Nora Ray Watts, quedaron en el TGI Friday con unos amigos para tomar unos helados con los que combatir el calor. Ambas muchachas desaparecieron en algún punto del oscuro y serpenteante camino de vuelta a casa.

Mary Lynn fue hallada dos días después en la US 301, cerca del río Savannah. Aquel día, el termómetro había alcanzado los treinta y nueve grados, pero la sensación térmica era de cuarenta y siete grados centígrados. La joven tenía una concha marrón ligeramente estriada en la garganta y las piernas cubiertas de hierbajos y barro.

La policía intentó ocultar estos detalles, del mismo modo que había ocultado muchos otros, pero un miembro de la oficina del forense volvió a filtrar esta información a la prensa.

Por primera vez, el público en general supo lo que la policía ya sabía y lo que el hombre había sospechado desde hacía un año. La gente supo por qué la primera muchacha siempre era abandonada en un lugar donde era fácil encontrarla, junto a una carretera principal. La gente supo por qué su muerte era siempre tan rápida y por qué aquel hombre secuestraba a las muchachas por parejas. La primera víctima era simplemente una herramienta desechable y necesaria para el juego. Ella era el mapa. Los agentes tenían que interpretar las pistas que contenía su cadáver del modo correcto, para poder encontrar con vida a la segunda muchacha. Pero para ello tenían que actuar deprisa. Para ello tenían que derrotar al calor.

Llegaron los grupos especiales de operaciones, llegaron los periodistas y el agente especial McCormack apareció en los informativos para anunciar que los hierbajos, la sal marina y el bígaro, elementos hallados en el cadáver de Mary Lynn, les hacían sospechar que la joven se encontraba en algún lugar de las ciento cincuenta mil hectáreas de marismas saladas que había en el estado de Georgia.

«¿Pero en qué lugar exactamente, estúpidos?», garabateó el hombre en su libro de recortes. «A estas alturas, ya deberíais conocerle mejor. ¡El reloj hace TICTAC!»

—Tenemos razones para creer que Nora Ray sigue viva —había anunciado el agente especial McCormack una vez más—. Y vamos a llevarla de vuelta a casa junto a su familia.

«No hagas promesas que no puedas cumplir», escribió el hombre. Pero esta vez se equivocaba.

Este fue el último artículo que guardó en su cuaderno, lleno a rebosar de recortes de prensa: «27 de julio de 2000. Nora Ray Watts ha sido rescatada de las absorbentes profundidades de una marisma salada de Georgia». La octava víctima del Ecoasesino había logrado sobrevivir cincuenta y seis horas entre la tórrida sal, bajo un sol abrasador y una temperatura de treinta y ocho grados centígrados, masticando espartina y cubriéndose el cuerpo de barro para protegerlo del calor. La fotografía publicada en el periódico la mostraba exuberante, vibrante y triunfal mientras el helicóptero de los guardacostas la alzaba hacia un cielo muy azul.

Los agentes habían aprendido las normas del juego y por fin habían ganado.

En la última página del cuaderno de recortes no había artículos, ni fotografías, ni transcripciones de los informativos nocturnos. En esa última página, el hombre había escrito con suma pulcritud cuatro palabras: «¿Y si estoy equivocado?»

Y las había subrayado.

El año 2000 llegó a su fin. Nora Ray Watts estaba viva y el Ecoasesino no volvió a atacar nunca más. Los veranos llegaban y se marchaban, las olas de calor azotaban al estado de Georgia y castigaban a sus buenos ciudadanos con temperaturas abrasadoras que reavivaban sus miedos, pero no ocurrió nada más.

Tres años después, el *Atlanta Journal-Constitution* publicó un artículo en retrospectiva y entrevistó al agente especial McCormack para que hablara sobre los siete homicidios que habían quedado sin resolver durante aquellos tres terribles veranos, pero el detective se limitó a decir que seguían investigando los casos.

El hombre no conservó aquel artículo, sino que lo estrujó y lo tiró a la papelera. Aquella noche bebió largo y tendido.

Todo ha terminado, pensó. *Todo ha terminado y estoy a salvo. Es así de simple.*

Pero en lo más profundo de su corazón creía estar equivocado. Porque para ciertas cosas, todo era cuestión de cuándo…

1

Quantico, Virginia
15:59
Temperatura: 35 grados

—¡Dios mío, qué calor! Seguro que ni los cactus pueden soportarlo. Seguro que ni las rocas del desierto pueden soportarlo. De verdad te digo que esto es lo que ocurrió justo antes de que los dinosaurios desaparecieran de la Tierra.

No recibió respuesta.

—¿Realmente crees que el naranja me sienta bien? —insistió la conductora.

—«Realmente» es una palabra demasiado fuerte.

—Bueno, no todo el mundo es capaz de dar su opinión cuando va vestido con un traje de cuadros púrpuras.

—Cierto.

—¡Oh, Dios mío! ¡Este calor me está matando! —La conductora, la nueva agente Alissa Sampson, ya tenía suficiente. Tiró en vano de su traje de poliéster de los años setenta, aporreó el volante con la palma de la mano y dejó escapar un suspiro exasperado. La temperatura en el exterior rondaba los treinta y cinco grados y, posiblemente, dentro del Bucar superaba los cuarenta y tres. No era la mejor época del año para ponerse un traje de poliéster y, como los chalecos antibalas tampoco resultaban de gran ayuda, Alissa tenía dos grandes y brillantes cercos naranjas alrededor de las axilas. La nueva agente Kimberly Quincy vestía un traje de cuadros rosas y púrpuras que olía a naftalina y estaba en unas condiciones similares.

En el exterior reinaba el silencio. El Billiards estaba tranquilo; el City Pawn estaba tranquilo; el Pastime BarDeli estaba tranquilo. Los minutos pasaban con gran lentitud y los segundos avanzaban tan despacio como el

13

hilo de sudor que descendía por la mejilla de Kimberly. Su M-16 descansaba sobre su cabeza, asegurada al techo del vehículo y lista para ser utilizada.

—Esta es una de las cosas que nunca contaron de la época disco —murmuró Alissa—: ¡El poliéster no transpira! ¿Lo que quiera que sea va a ocurrir o no?

Era evidente que Alissa estaba nerviosa. Había sido contable forense antes de unirse al FBI, donde la miraban con muy buenos ojos por su amor a los números. Alissa era feliz con un ordenador, pero ahora no estaba realizando tareas administrativas, sino que se encontraba en primera línea de batalla.

En teoría, en cualquier momento, iba a aparecer un vehículo negro en el que viajaba un supuesto traficante de armas de noventa y cinco kilos de peso, aunque nadie sabía si iría o no acompañado. Kimberly, Alissa y otros tres agentes tenían órdenes de detener el vehículo y arrestar a sus ocupantes.

Phil Lehane dirigía la operación, pues había trabajado en la policía de Nueva York y tenía una gran experiencia en las calles. Tom Squire y Peter Vince viajaban en el primero de los dos vehículos de refuerzo; Alissa y Kimberly en el segundo. Kimberly y Tom, expertos tiradores, debían cubrir a sus compañeros con sus rifles, aunque Alissa y Peter, encargados de la conducción táctica, también llevaban revólveres para defenderse.

Siguiendo el estilo del FBI, no solo habían planeado esta detención y se habían disfrazado para llevarla a cabo, sino que también la habían estado practicando. Durante el ensayo inicial, Alissa había tropezado al salir del vehículo y se había caído de bruces. Ahora, todavía tenía el labio superior hinchado y había puntos de sangre en la comisura derecha de su boca.

Sus heridas eran superficiales, pero su ansiedad intensa.

—Está tardando demasiado —murmuró—. Se suponía que aparecería en el banco a las cuatro y ya son las cuatro y diez. No creo que vaya a venir.

—La gente se retrasa.

—Solo quieren confundirnos. ¿No te estás achicharrando?

Kimberly miró a su compañera. Alissa charlaba por los codos cuando estaba nerviosa; en cambio, Kimberly permanecía callada y solo respondía con monosílabos. De hecho, durante los últimos días había permanecido callada y solo había respondido con monosílabos.

—Ese tipo aparecerá cuando le apetezca. ¡Tranquilízate de una vez!

Los labios de Alissa se tensaron y, durante un segundo, algo destelló en sus brillantes ojos azules. Rabia. Dolor. Vergüenza. Resultaba difícil saberlo con certeza. Kimberly era otra mujer en el mundo dirigido por hombres del FBI, de modo que el hecho de que la criticara era como una blasfemia. Se suponía que tenían que apoyarse. Chicas al poder, el Clan Ya-Ya y toda esa basura.

Kimberly volvió a centrar su atención en la calle. Ahora, también ella estaba enfadada. Maldita sea. Mierda. Dos veces mierda.

De pronto, la radio del salpicadero cobró vida y Alissa se abalanzó sobre el aparato sin intentar disimular su alivio.

La voz de Phil Lehane era apremiante y firme.

—Les habla el vehículo A. El objetivo está a la vista; se está montando en su vehículo. ¿Preparado, vehículo B?

—Preparado.

—¿Preparado, vehículo C?

Alissa pulsó el botón del transmisor.

—Preparado, ansioso y capaz.

—A la de tres. Una, dos, tres.

La primera sirena estalló con tal fuerza en la abrasadora y sofocante calle que incluso Kimberly, que estaba preparada para oírla, dio un respingo.

—Tranquilízate —dijo Alissa con sequedad, poniendo en marcha el Bucar. Al instante, una ráfaga de aire caliente procedente de los conductos de ventilación del coche estalló en sus rostros, pero ambas estaban demasiado concentradas para advertirlo. Kimberly alcanzó su rifle mientras Alissa hundía el pie en el acelerador.

Las sirenas se aproximaban.

—Todavía no. Todavía no. Todavía no…

—¡FBI! ¡Detenga el vehículo! —bramó Lehane por el megáfono. Se encontraba a dos manzanas de distancia e intentaba dirigir al sospechoso hacia el callejón. Sabían que a su objetivo le gustaban los Mercedes blindados y los lanzagranadas, de modo que pretendían detenerle mientras hacía recados, con la esperanza de pillarle desprevenido y relativamente desarmado. Esa era la teoría.

—¡Detenga el vehículo! —ordenó Lehane una vez más, pero el sospechoso ignoró sus órdenes.

En vez del chirrido de los frenos, se oyó el sonido de un motor acelerando, de modo que Alissa hundió el pie con más fuerza en el acelerador.

—Está pasando por delante del cine —ladró el nuevo agente Lehane por la radio—. El sospechoso se dirige hacia la farmacia. Preparados… ¡Adelante!

Alissa pisó a fondo el acelerador y el Bucar azul oscuro salió disparado por las calles vacías. Al instante apareció a su izquierda una mancha de color negro brillante. Alissa pisó el freno y el coche derrapó hasta que quedó atravesado en la calle, en un ángulo de cuarenta y cinco grados. Otro Bucar apareció a su derecha, bloqueando por completo la carretera.

Kimberly tenía una buena perspectiva de la hermosa rejilla de plata con el emblema de Mercedes que les apuntaba. Abrió la puerta del pasajero a la vez que se soltaba el cinturón, se llevó el rifle al hombro y apuntó hacia la rueda delantera.

Su dedo se tensó sobre el gatillo.

El sospechoso por fin pisó el freno. Se oyó un breve chirrido y el olor a neumático quemado inundó el aire. El vehículo se detuvo a cuatro metros y medio de ellas.

—¡FBI! ¡Las manos a la cabeza! ¡Las manos a la cabeza!

Lehane se detuvo detrás del Mercedes, gritando furioso por el megáfono. Abrió de una patada su puerta e introdujo el revólver en la abertura que quedaba entre el marco de la ventana y la puerta. No le quedaban manos para sujetar el megáfono.

—¡Conductor, llévese las manos a la cabeza! ¡Conductor, baje muy despacio la mano izquierda y abra las ventanillas!

El sedán negro no se movió. No se abrió ninguna puerta ni se bajó ninguna de sus ventanillas tintadas. Aquello no era buena señal. Kimberly colocó la mano izquierda en la base del rifle y se acabó de quitar el cinturón de seguridad. Mantuvo los pies en el coche, puesto que podían convertirse en objetivos. Su cabeza y sus hombros también permanecieron dentro del vehículo pues, por lo general, lo único que querías que viera un criminal era el largo cañón de tu arma. Una gota fresca de sudor se deslizó por su frente y trazó un lento y húmedo sendero por la superficie plana de su mejilla.

—¡Conductor, ponga las manos en alto! —ordenó Lehane una vez más—. Conductor, baje las cuatro ventanillas usando la mano izquierda.

La ventanilla del lado del conductor por fin empezó a descender. Desde su posición, Kimberly apenas alcanzaba a distinguir la silueta de su cabeza, pues la luz del día formaba un halo a su alrededor. Sin embargo, parecía que el hombre sostenía las manos en alto, como le habían ordenado, así que relajó ligeramente su agarre del rifle.

—Conductor, usando la mano izquierda, retire la llave del contacto.

Lehane le pedía que utilizara la mano izquierda porque la mayoría de las personas eran diestras, de modo que los agentes querían tener esa mano a la vista en todo momento. Después, siguiendo los procedimientos, ordenaría al conductor que dejara caer la llave por la ventanilla y que abriera la puerta del vehículo, acciones que debería realizar con la mano izquierda. A continuación le ordenaría que saliera lentamente del vehículo, manteniendo las manos en alto en todo momento, y que se girara muy despacio sobre sí mismo para que los agentes pudieran inspeccionar visualmente su cuerpo y determinar si iba armado. Si llevaba chaqueta, le pediría que la abriera para mostrarles el forro. Acto seguido le ordenaría que avanzara hacia ellos con las manos en la cabeza, que diera media vuelta, que se arrodillara, que cruzara los tobillos y que se sentara sobre los talones. Solo entonces avanzarían hacia él y lo detendrían.

Por desgracia, el conductor no parecía conocer los pasos necesarios para la detención de un vehículo conducido por una persona que había cometido un delito mayor pues, aunque seguía con las manos en alto, no parecía tener intenciones de retirar la llave de contacto.

—¿Quincy? —crepitó la voz de Lehane por la radio.

—Puedo ver al conductor —respondió Kimberly, mirando por el visor del rifle—. Pero no alcanzo a ver el asiento del pasajero. Ese parabrisas tintado es demasiado oscuro.

—¿Squire?

Tom Squire tenía la misión de cubrirles desde el Vehículo B, que estaba aparcado a la derecha, a seis metros de Kimberly.

—Creo…, creo que podría haber alguien en la parte posterior, pero resulta difícil ver nada a través de esos cristales tintados.

—Conductor, usando la mano izquierda, retire la llave del contacto —repitió Lehane, alzando la voz y manteniendo un tono firme. El objetivo era ser paciente. Había que detener al conductor sin renunciar en ningún momento al control.

¿Eran imaginaciones de Kimberly o el vehículo oscilaba lentamente arriba y abajo? Alguien se movía en su interior…

—¡Conductor, le habla el FBI! ¡Retire la llave del contacto!

—Mierda, mierda, mierda —murmuró Alissa. Estaba bañada en sudor y las gotas de humedad descendían por su rostro. Tenía medio cuerpo fuera del vehículo y había colocado su Glock del calibre 40 en la abertura que quedaba entre el techo del vehículo y la puerta abierta, pero su mano derecha temblaba. De pronto, Kimberly advirtió que Alissa no se había quitado bien el cinturón de seguridad y que este se había enredado en su brazo izquierdo.

—Conductor…

La mano izquierda del conductor por fin se movió y Alissa dejó escapar el aliento. Pero al instante siguiente, todo se fue a la mierda.

Kimberly fue la primera en verla.

—¡Un arma! ¡En el asiento posterior, en el lado del conductor…!

¡*Pop, pop, pop, pop!* El rojo empezó a salpicar el parabrisas delantero. Kimberly se agazapó, abandonó el vehículo para cubrirse tras la puerta y, sin perder ni un instante, empezó a disparar desde la parte superior de su ventanilla. Más *pop, pop, pop.*

—Recargando rifle —gritó por la radio.

—Aquí Vince, recargando revólver.

—¡Nos disparan desde la ventanilla posterior derecha!

—¡Alissa! —gritó Kimberly—. ¡Cúbrenos!

Mientras recargaba el arma, Kimberly se volvió hacia su compañera, pero no la vio por ninguna parte.

—¿Alissa?

Se abalanzó sobre el asiento del conductor y vio que la nueva agente Alissa Sampson estaba en el asfalto y que una mancha de color rojo oscuro se extendía por su traje naranja.

—Ha caído una agente, ha caído una agente —gritó Kimberly. Otro *pop* y el asfalto explotó a dos centímetros de la pierna de Alissa.

—Mierda —gimió esta—. Oh, mierda. ¡Cómo duele!

—¿Dónde están esos rifles? —chilló Lehane.

Cuando Kimberly disparó en respuesta, advirtió que las puertas del Mercedes se habían abierto para ofrecer protección a sus ocupantes. Vívidos y brillantes colores explotaban en todas las direcciones. Oh, la situación era bien jodida.

—¡Rifles! —gritó de nuevo Lehane.

Kimberly regresó con premura a su posición y colocó el rifle en la abertura de la puerta, intentando recordar el protocolo a pesar de los nervios. El objetivo seguía siendo detener al criminal, pero este les estaba disparando y era posible que un agente hubiera perdido la vida. *¡Joder!* Empezó a disparar a todo lo que se movía cerca del Mercedes.

Un nuevo *pop* hizo que su puerta estallara en púrpura. Kimberly se agazapó, dejando escapar un grito. Con otro *pop*, el pavimento se volvió de color amarillo a un centímetro de sus pies, que ahora estaban expuestos. *¡Mierda!*

Kimberly se incorporó, abrió fuego y se escondió de nuevo tras la puerta.

—Quincy, estoy recargando el rifle— gritó por la radio. Le temblaban tanto las manos que se le escapó el disparador y tuvo que empezar de nuevo. *Vamos, Kimberly. ¡Respira!*

Necesitaba recuperar el control de la situación, pero no conseguía introducir las malditas balas en la recámara. *Respira. Respira. Respira. Relájate.* De pronto, alcanzó a ver un movimiento por el rabillo del ojo: el coche, el sedán negro, seguía con las puertas abiertas pero había empezado a avanzar.

Kimberly cogió la radio, se le cayó de las manos, la cogió de nuevo y gritó:

—¡Disparad a las ruedas! ¡A las ruedas!

Squire y Lehane oyeron sus palabras o ya habían visto lo que ocurría, pues la siguiente salva de disparos salpicó de colores la calzada y el sedán se detuvo con torpeza a escasos centímetros del vehículo de Kimberly. Esta alzó la mirada y sus ojos se encontraron con los del tipo que ocupaba el asiento del conductor, instantes antes de que saliera disparado del vehículo. Kimberly abandonó de un salto su posición y echó a correr tras él.

Momentos después, un dolor brillante y ardiente explotó en la base de su columna.

La nueva agente Kimberly Quincy cayó y no pudo volver a levantarse.

—Bueno, eso ha sido un verdadero ejercicio de estupidez —bramó Mark Watson, supervisor del FBI, quince minutos después. El ejercicio había terminado y los cinco nuevos agentes habían regresado salpicados de pintura, acalorados y, en teoría, medio muertos, al punto de encuentro, donde estaban disfrutando del honor de recibir las críticas de su instructor y sus treinta y ocho compañeros de clase—. ¿Alguien sabría decirme el primer error?

—Alissa no se quitó el cinturón de seguridad.

—Correcto. Desabrochó el cierre, pero no retiró el cinturón. Por eso, cuando llegó el momento de la acción…

Alissa agachó la cabeza.

—Se me enredó en el brazo, me giré para quitármelo…

—Te incorporaste y recibiste un disparo en el hombro. Esa es una de las razones por las que realizamos estas prácticas. ¿El segundo error?

—Kimberly no ayudó a su compañera.

Los ojos de Watson se iluminaron, pues este era uno de sus temas favoritos. Watson había trabajado como policía en Denver antes de unirse al FBI, diez años atrás.

—Sí, Kimberly y su compañera. Hablemos de ello. Kimberly, ¿por qué no te diste cuenta de que Alissa no se había quitado el cinturón?

—¡Sí que me di cuenta! —protestó Kimberly—. Pero con el coche, las armas… Todo ocurrió muy deprisa.

—Sí, pero todo ocurre siempre muy deprisa. Ese es el verdadero epitafio de los muertos y los inexpertos. Es bueno prestar atención a todo lo que hace el sospechoso y es bueno recordar en todo momento el papel que debemos desempeñar. Sin embargo, también debemos prestar atención a lo que hace la persona que está a nuestro lado. Tu compañera cometió el error de pasar por alto un detalle, pero tú cometiste el error de no hacer nada para solventarlo. Por lo tanto, ella resultó herida y ambas os convertisteis en blancos fáciles. Por cierto, ¿en qué estabas pensando cuando decidiste dejarla tirada en el suelo?

—Lehane estaba pidiendo a gritos que le cubriera con el rifle…

—¡Dejaste a una agente expuesta! ¡Es evidente que si no había muerto ya, pronto la matarían! ¿No podrías haberla arrastrado al interior del vehículo?

Kimberly abrió la boca y la cerró de nuevo. Con amargura y egoísmo deseó que Alissa hubiera sabido cuidar de sí misma, aunque solo fuera por una vez, pero renunció a discutir aquel punto.

—El tercer error —dijo Watson, con voz crispada.

—No tuvieron el vehículo controlado en ningún momento —comentó otro compañero.

—Exacto. Detuvisteis el vehículo del sospechoso, pero en ningún momento lo tuvisteis controlado. —Sus ojos se posaron en Lehane—. Cuando las cosas empezaron a torcerse, ¿qué deberías haber hecho?

Lehane se agitó inquieto y se palpó el cuello del traje marrón, que le iba dos tallas grande y tenía el hombro izquierdo manchado de pintura rosa chicle y amarillo mostaza. Como las pistolas de pintura que utilizaban los actores —también conocidos como «los malos»—, durante los entrenamientos manchaban todo lo que había a la vista, los nuevos agentes solían vestir ropa del Ejército de Salvación. Al explotar, las cápsulas hacían un daño de mil demonios, y esa era la razón por la que Lehane se protegía las costillas con el brazo izquierdo. Los estudiantes de la Academia del FBI no utilizaban pistolas de pintura, sino armas reales cargadas con balas de fogueo, puesto que sus instructores deseaban que se familiarizaran con ellas. Además, todos llevaban chalecos antibalas para acostumbrarse a su peso. Todos estaban de acuerdo con estas medidas, pero los estudiantes se preguntaban por qué los actores no podían disparar también balas de fogueo.

Muchos consideraban que lo hacían así para que fuera más embarazoso resultar herido, pues la pintura de las cápsulas dejaba la ropa manchada de brillantes colores. Además, el dolor no era algo que pudiera olvidarse con facilidad. Tal y como había señalado con sequedad Steven, el psicólogo de la clase, los entrenamientos del callejón Hogan eran, básicamente, una clásica terapia de choque llevada a una nueva escala.

—Disparar a las ruedas —respondió por fin Lehane.

—Exacto. A Kimberly se le ocurrió hacerlo... pero eso nos lleva a la hazaña mortal del día.

La mirada de Watson se posó en Kimberly. Ella le miró a los ojos y alzó la barbilla, poniéndose a la defensiva.

—Abandonó la protección de su vehículo —dijo el mismo estudiante que había hablado en primer lugar.

—Bajó el arma.

—Echó a correr tras el sospechoso sin haber asegurado antes la escena.

—Dejó de cubrir a...

—Recibió un disparo mortal…

—Y quizá hizo que mataran a su compañera.

Se oyeron risas. Kimberly dedicó una mirada colérica al comentarista para agradecerle su apoyo. Silbador, un corpulento ex marine que parecía silbar cada vez que respiraba, le devolvió la sonrisa. Él mismo había realizado la hazaña mortal del día anterior cuando, durante el atraco al Banco de Hogan, había intentado disparar al ladrón y solo había conseguido herir al cajero.

—Me dejé llevar por la confusión del momento —replicó Kimberly, con sequedad.

—Recibiste un disparo mortal —le corrigió Watson.

—¡Solo me quedé paralizada!

Estas palabras le hicieron ganarse otra mirada burlona.

—En primer lugar hay que asegurar la escena. Controlar la situación. Y solo después, perseguir al sospechoso.

—Se habría ido…

—Pero tendrías el coche y podrías haberlo utilizado como prueba. Tendrías a sus compinches y podrías haberlos interrogado para localizar al sospechoso. Y lo mejor de todo es que podrías haber conservado la vida. Más vale pájaro en mano, Kimberly. Más vale pájaro en mano que ciento volando. —Watson le dedicó una última mirada severa, antes de dirigirse al resto de la clase—. Recordad que, a pesar de la confusión del momento, debéis mantener el control. Y para ello debéis esforzaros al máximo durante los entrenamientos y los infinitos ejercicios que os obligamos a hacer. Lo único que pretendemos con las prácticas del callejón de Hogan es enseñaros a utilizar la cabeza. Disparar a un ladrón poniendo en juego la vida de otras personas durante un atraco a mano armada no es utilizar la cabeza. —Silbador recibió una mirada de reproche—. Y abandonar la protección del vehículo y dejar de cubrir a los compañeros para perseguir a un sospechoso tampoco es utilizar la cabeza. —Miró una vez más a Kimberly, como si fuera necesario que recordara que aquel comentario iba dirigido a ella—. Recordad vuestra formación. Sed astutos. Mantened el control. Eso os ayudará a conservar la vida. —Dicho esto, echó un vistazo al reloj y dio una palmada—. Bueno, chicos. Ya son las cinco y esto está hecho un verdadero desastre. Limpiad toda esa pintura y recordad que, mientras dure el calor, tenéis que beber mucha agua.

2

Quantico, Virginia
17:22
Temperatura: 34 grados

Veinte minutos más tarde, Kimberly se había retirado a la bendita soledad de su pequeño dormitorio de Washington Hall pensando que, tras la debacle de la tarde, se echaría una buena llorera. Sin embargo, acababa de descubrir que después de nueve semanas en la Academia, estaba demasiado cansada para llorar.

Así que ahora estaba desnuda en medio de la habitación, contemplando su reflejo en un espejo de cuerpo entero sin acabar de creerse lo que veía.

Podía oír a su derecha el sonido del agua. Lucy, su compañera de habitación, acababa de terminar la carrera de entrenamiento y se estaba duchando en el cuarto de baño que compartían con otras dos estudiantes. A sus espaldas oía disparos y la detonación ocasional de artillería. Las clases de la Academia Nacional y el FBI habían concluido por el día, pero Quantico seguía siendo un hervidero de actividad, pues los marines estaban realizando su entrenamiento básico al final de la calle y la Agencia Antidroga del Gobierno Estadounidense estaba ejecutando diversos ejercicios. Siempre había alguien disparando en algún punto de las ciento cincuenta mil hectáreas que ocupaban los terrenos de la Academia.

Kimberly había pisado por primera vez este lugar en el mes de mayo. Nada más apearse del autobús Dafre que la había traído desde el aeropuerto había percibido el aroma a cordita mezclado con césped recién segado y había pensado que aquello era lo mejor que había olido en su vida. La Academia le había parecido un lugar hermoso. Y sorprendentemente discreto. Sus trece grandes edificios de ladrillo beis eran idénticos a los de cualquier otra institución construida durante los años setenta. Al verlos pensabas en un instituto local o, quizá, en unas oficinas gubernamentales. Eran edificios normales y corrientes.

Tanto por fuera como por dentro. Nada más acceder al interior, veías una práctica moqueta que se perdía en la distancia. Las paredes estaban pintadas de color blanco hueso y los muebles eran escasos y funcionales: sillas de color naranja con el respaldo bajo y prácticas mesas y escritorios de roble. La Academia había abierto oficialmente sus puertas en el año 1972 y su decoración no había cambiado demasiado desde entonces.

De todas formas, el conjunto del complejo resultaba acogedor. El dormitorio Jefferson, donde se registraban los visitantes, estaba decorado con un hermoso ribete de madera y contaba con un atrio rodeado de cristal que resultaba perfecto para preparar barbacoas cuando el tiempo no invitaba a salir al exterior. Una docena de largos pasillos de cristal ahumado conectaba los diferentes edificios entre sí; cuando los recorrías no tenías la sensación de estar bajo techo, sino paseando por un campo frondoso. Por todas partes brotaban jardines donde florecían los árboles o patios de losa con bancos de hierro forjado. Los días soleados, los cadetes podían competir con las marmotas, los conejos y las ardillas, animales que solían frecuentar los arrolladores terrenos de la Academia. Y al anochecer, los brillantes ojos ámbar de los ciervos, zorros y mapaches aparecían en los límites del bosque y contemplaban los edificios con la misma atención con la que los estudiantes observaban a los intrusos. Durante su tercera semana en la Academia, Kimberly había estado contemplando un hermoso cornejo de flores blancas desde uno de aquellos pasillos acristalados cuando una gruesa serpiente negra había salido de entre las ramas y había saltado al patio de debajo.

Ella no había gritado, pero uno de sus compañeros, un ex marine, sí que lo había hecho. «Me he sorprendido», les había dicho con timidez. «De verdad, solo me he sorprendido».

Desde entonces, a todos los estudiantes se les había escapado algún grito en, al menos, una ocasión. De lo contrario, sus instructores se habrían sentido decepcionados.

Kimberly volvió a centrar su atención en el espejo de cuerpo completo y en la maltratada figura que se reflejaba en él. Su hombro derecho había adoptado un oscuro color púrpura y su muslo izquierdo era amarillo verdoso. Le dolían las costillas, sus espinillas presentaban un tono negro azulado y, tras las prácticas de tiro del día anterior, parecía que alguien le había golpeado el lado derecho del rostro con una maza para carne. Se giró y observó el cardenal que se estaba formando en la base de su espalda. La verdad es que hacía juego con la enorme quemadura de color rojo mate que descendía por la parte posterior del muslo derecho.

Hacía tan solo nueve semanas, Kimberly había sido una mujer de metro setenta, y cincuenta y dos kilos de músculo. Durante toda su vida había sido adicta al ejercicio, de modo que estaba en forma y dispuesta a superar todas las pruebas físicas. Tenía un máster en criminología, realizaba prácticas de tiro desde que tenía doce años y durante toda su vida se había movido entre agentes del FBI, pues su padre era uno de ellos. Por todas estas razones, había cruzado las recias puertas de cristal de la Academia como si fuera la propietaria de las instalaciones. Kimberly Quincy había llegado y seguía enfadada por los atentados del 11 de Septiembre, así que todas las personas malas que había ahí afuera se podían ir preparando.

Pero eso era lo que había pensado hacía nueve semanas. Ahora, en cambio…

Definitivamente, había perdido un peso que necesitaba con desesperación. Sus ojos estaban rodeados de sombras oscuras, tenía las mejillas hundidas y sus extremidades parecían demasiado delgadas para soportar su propio peso. Era una versión exhausta de su antiguo yo. Ahora, las heridas del exterior podían equipararse con las que tenía en su interior.

No podía soportar la visión de su propio cuerpo, pero tampoco era capaz de apartar la mirada.

Un sonido oxidado le indicó que el grifo del agua se había cerrado. Lucy no tardaría en salir del cuarto de baño.

Kimberly acercó una mano al espejo y siguió con el dedo el contorno de su hombro magullado. El cristal estaba frío y duro bajo su piel.

De pronto recordó algo en lo que no había pensado desde hacía más de seis años. Su madre, Elizabeth Quincy. Su ondulado cabello moreno, sus elegantes rasgos patricios, su blusa favorita, de seda y de color marfil. Su madre le sonreía con una expresión preocupada, triste y desgarrada.

—Solo quiero que seas feliz, Kimberly. Oh, Dios, desearía que no te parecieras tanto a tu padre…

Los dedos de Kimberly se demoraron en el espejo y cerró los ojos porque había cosas que seguía siendo incapaz de aceptar, a pesar de todos los años que habían transcurrido.

Al oír que Lucy corría la cortina de la ducha, Kimberly abrió los ojos, avanzó a toda prisa hacia su cama y recogió su ropa. Le temblaban las manos. Le ardía la espalda.

Se puso los pantalones cortos de nailon que le había dado el FBI y una camiseta de color azul celeste.

Eran las seis en punto. Sus compañeros estaban a punto de ir a cenar, pero Kimberly prefería ejercitarse.

Kimberly había ingresado en la Academia del FBI de Quantico la tercera semana de mayo, como estudiante de NAC 03-05, siglas que indicaban que su clase era el quinto curso de formación de nuevos agentes que se realizaba en el año 2003.

Como la mayoría de sus compañeros, durante la mayor parte de su vida había deseado convertirse en agente del FBI, de modo que decir que se había emocionado al saber que había sido admitida era quedarse bastante corto. La Academia solo aceptaba al seis por ciento de los candidatos —un porcentaje inferior al de Harvard—, así que Kimberly en realidad había sentido una mezcla de vértigo, pavor, emoción, asombro, nerviosismo, temor y desconcierto. Se había guardado para sí misma la noticia durante veinticuatro horas. Aquel había sido su secreto especial, su día especial. Después de tantos años estudiando y entrenando, esforzándose y deseándolo...

Sujetando en la mano la carta en la que le anunciaban que había sido admitida, había ido a Central Park y se había limitado a sentarse en un banco y observar el desfile de neoyorquinos que paseaban ante ella, sin poder borrar de su rostro una sonrisa estúpida.

Al día siguiente había llamado a su padre. «Es maravilloso, Kimberly», le había dicho este, con aquella voz calmada y controlada. Entonces, ella había balbucido, sin que viniera al caso: «No necesito nada. Estoy preparada para ir. De verdad, estoy bien».

Su padre y su pareja, Rainie Conner, le habían invitado a cenar, pero Kimberly había declinado el ofrecimiento, pues prefería despojarse de su larga melena rubia oscura y cortarse las uñas. Después había conducido durante cinco horas para visitar el Cementerio Nacional Arlington, donde había permanecido sentada en silencio entre aquel océano de cruces blancas.

Arlington siempre olía a césped recién segado. Era un lugar verde, soleado y brillante. Muchas personas no se habían dado cuenta, pero Kimberly sí.

Su llegada a la Academia, tres semanas más tarde, había sido similar al primer día en un campamento de verano. Todos los nuevos agentes habían sido conducidos al dormitorio Jefferson, donde los supervisores habían pasado lista mientras los nuevos reclutas sujetaban sus maletas y fingían estar mucho más tranquilos de lo que estaban en realidad.

Kimberly había recibido un conjunto de delgadas sábanas de lino y una colcha naranja como ropa de cama. También le habían proporcionado una deshilachada toalla de baño blanca y una raída toalla de mano. Les habían explicado que tendrían que hacerse ellos mismos la cama y que llevaran las sábanas sucias a la lavandería cada vez que quisieran ropa de cama limpia. A continuación les habían dado una guía del estudiante en la que se detallaban las diversas normas referentes a la vida en la Academia. La guía tenía veinte páginas.

La siguiente parada había sido el economato militar, donde, por el módico precio de trescientos veinticinco dólares, Kimberly había comprado su nuevo uniforme de agente del FBI: pantalones de cargo marrones, cinturón marrón y un polo azul marino con el logotipo de la Academia en el pecho izquierdo. Al igual que sus compañeros, también había comprado el cordón oficial de la Academia, del que pendía su placa de identificación.

No había tardado demasiado en descubrir la importancia que tenían las placas de identificación en la Academia: evitaban que los vigilantes arrestaran y expulsaran de las instalaciones a los estudiantes y permitían comer gratis en la cafetería.

Los nuevos agentes debían vestir de uniforme de lunes a viernes, desde las ocho de la mañana hasta las cuatro y media de la tarde. A partir de ese momento, todos volvían a ser simples mortales y podían vestir ropa de calle, salvo sandalias, escotes palabra de honor y camisetas de tirantes. Al fin y al cabo, seguían estando en la Academia.

Las pistolas de mano tampoco estaban permitidas, de modo que Kimberly tuvo que depositar su Glock del calibre 40 en la caja fuerte del Centro de Gestión de Armas. A cambio recibió lo que los nuevos agentes conocían como «Pistola Crayola» o «Mango Rojo», una pistola de plástico rojo que tenía un peso y un tamaño similares a los de una Glock. Los nuevos agentes tenían que llevar siempre consigo las Crayola y unas esposas falsas, para acostumbrarse al peso y la sensación de ir armado.

Kimberly odiaba su Mango Rojo. Le parecía infantil y se sentía estúpida llevándolo encima. Quería que le devolvieran su Glock. En cambio, sus compañeros contables, abogados y psicólogos, que tenían una experiencia nula en armas de fuego, adoraban aquel trasto porque, aunque se les cayera del cinturón o se sentaran encima, nadie resultaba herido. Un día, Gene Yves había estado gesticulando de tal forma que su Crayola había salido disparada por los aires y había golpeado a otro nuevo agente en la cabeza. Desde entonces, a Kimberly no le había quedado más remedio que aceptar que era buena idea que no todos los reclutas fueran armados, al menos durante las primeras semanas.

Pero seguía deseando recuperar su Glock.

Después de haberse provisto de ropa blanca, uniformes y pistolas de juguete, los nuevos reclutas habían regresado a los dormitorios para conocer a sus compañeros de habitación. Al inicio de su estancia, todos eran asignados a los dormitorios Madison y Washington, donde tenían que compartir habitación con otro compañero y el cuarto de baño con otra habitación. Los dormitorios eran pequeños, pero funcionales: dos camas individuales, dos pequeños escritorios de roble y una enorme estantería. Cada cuarto de baño, pintado de azul vívido por razones que solo conocía el conserje, estaba equipado con un lavamanos y una ducha. No había bañera. A partir de la cuarta semana, muchos agentes reservaban habitaciones en algún hotel de las proximidades de Stafford, solo para poder darse un largo baño con agua caliente y aliviar así sus magullados y doloridos cuerpos. En serio.

La compañera de habitación de Kimberly se llamaba Lucy Dawbers. Tenía treinta y seis años y era una ex abogada procesal de Boston que vivía en un piso por el que le pedían dos mil dólares al mes. Aquel primer día, al ver el austero dormitorio, había gemido: «Oh, Dios mío, ¿qué he hecho?»

Kimberly tenía la certeza de que Lucy, que echaba terriblemente de menos a su hijo de cinco años, sería capaz de matar por poder disfrutar de una buena copa de Chardonnay al final del día.

La buena noticia, sobre todo para aquellos reclutas a los que no les gustaba demasiado compartir habitación —por ejemplo, Kimberly—, era que a partir de la duodécima semana podían disponer de habitaciones individuales en «El Hilton», el dormitorio Jefferson. Dichas habitaciones eran ligeramente más grandes y disponían de su propio cuarto de baño. Eran un verdadero paraíso.

Pero antes, tenías que sobrevivir a aquellas doce semanas.

Tres de sus compañeros no lo habían conseguido.

En teoría, la Academia del FBI había abandonado sus métodos de campamento militar para adoptar un programa más suave. El FBI era consciente de lo caro que resultaba formar a buenos agentes, así que ahora consideraba que el paso por la Academia era un entrenamiento final y no una última oportunidad para deshacerse de los débiles.

Esa era la teoría pero, en realidad, los agentes eran puestos a prueba desde el primer día. ¿Podéis correr dos kilómetros en menos de dieciséis minutos? ¿Podéis hacer cincuenta flexiones en un minuto? ¿Podéis hacer sesenta incorporaciones completas? Tenían que ejecutar la carrera de ida y vuelta en veinticuatro segundos y trepar por la cuerda de quince metros en cuarenta y cinco.

Los nuevos agentes corrían, entrenaban, se sometían a pruebas de grasa corporal y rezaban para mejorar en aquel ejercicio que era su cruz —ya fuera la carrera de ida y vuelta, la cuerda o las cincuenta flexiones—, para poder superar los exámenes de aptitud física.

Y también estaba el programa académico: delitos administrativos, elaboración de perfiles, derechos civiles, contrainteligencia extranjera, crimen organizado y narcotráfico; interrogatorios, tácticas de detención, maniobras de conducción, trabajo confidencial e informática; conferencias sobre criminología, derechos legales, ciencia forense, ética e historia del FBI. Algunas de estas clases eran interesantes y otras insoportables. Te examinaban de todas las materias en tres ocasiones durante las dieciséis semanas que duraba el curso y no utilizaban el baremo mundano de un instituto, sino que para aprobar tenías que obtener una puntuación superior al ochenta y cinco por ciento. Si suspendías una vez, tenías la oportunidad de realizar un examen de recuperación, pero si suspendías dos veces te «reciclaban» o, lo que es lo mismo, tenías que repetir el curso.

Reciclar. Sonaba tan inocuo como un programa de deportes políticamente correcto. Aquí no había ganadores ni perdedores; simplemente te reciclaban.

Los nuevos agentes temían el reciclaje, sentían verdadero pavor y tenían pesadillas al respecto. Era una palabra odiosa que se susurraba en los pasillos. Era el terror secreto que los obligaba a seguir adelante y subir el gigantesco muro de entrenamiento de los marines, incluso ahora que habían entrado en la novena semana y todos dormían menos porque cada vez los entrenamientos eran más duros, las expectativas más altas y sabían que al día siguiente uno de ellos recibiría el premio a la hazaña mortal del día…

Aparte del entrenamiento físico y las clases teóricas, los nuevos agentes tenían que realizar prácticas de tiro. Kimberly había pensado que jugaría con ventaja en este punto, pues hacía diez años que utilizaba su Glock del calibre 40, se sentía cómoda con las armas de fuego y su puntería era inmejorable.

Pero las prácticas de tiro no consistían simplemente en colocarse ante un objetivo de papel y disparar: también disparaban sentados, como si les hubieran sorprendido en su despacho, o corriendo, arrastrándose sobre el estómago, a oscuras o realizando elaborados rituales. En uno de ellos, por ejemplo, tenían que arrastrarse sobre el estómago, levantarse y echar a correr, volver a tirarse al suelo, avanzar un poco más, incorporarse y disparar. Además, tenían que disparar con la mano derecha y con la izquierda. Y recargar el arma una vez, y otra, y otra más.

Y no utilizaban siempre la misma arma.

En primer lugar, Kimberly disparó un rifle M-16, después gastó más de mil balas con una escopeta Remington modelo 870 que tenía tal retroceso que estuvo a punto de abrirse la mejilla y romperse el hombro y después ejecutó más de cien disparos con una Heckler & Koch MP5/10 automática, experiencia que al menos le resultó divertida.

Ahora acudían al Callejón Hogan, donde practicaban escenarios elaborados en los que solo los actores sabían qué iba a ocurrir. Los sueños que tenía Kimberly debidos a la ansiedad —que salía de casa desnuda o que se encontraba en clase haciendo un examen sorpresa—, siempre habían sido en blanco y negro, pero desde que comenzaron las prácticas en el Callejón Hogan habían adoptado colores vívidos y agresivos: aulas fucsias, calles amarillo mostaza, exámenes sorpresa salpicados de pintura púrpura y verde. En sus sueños se veía a sí misma correr por túneles infinitos que explotaban en naranja, rosa, púrpura, azul, amarillo, negro y verde.

Algunas noches despertaba fatigada por el esfuerzo físico del sueño; otras noches era incapaz de dormir y permanecía acostada, sintiendo las palpitaciones de su hombro derecho. A veces advertía que Lucy también estaba despierta, pero nunca hablaban. Se limitaban a permanecer tumbadas a oscuras, lamentándose en silencio.

Entonces, a las seis en punto, ambas se levantaban y volvían a someterse a la dura prueba que era pasar un día en la Academia.

Habían transcurrido nueve semanas y todavía faltaban siete. *No muestres debilidad. No les des cuartel. Aguanta.*

Kimberly estaba desesperada por conseguirlo. Era una mujer fuerte que había heredado los fríos ojos azules de su padre. Era una mujer inteligente que se había licenciado en Psicología a los veintiún años y había obtenido un máster en Criminología a los veintidós. Era una mujer decidida que se había propuesto seguir adelante con su vida a pesar de lo que les había ocurrido a su madre y a su hermana.

Era una mujer infame, la estudiante más joven de la clase y la persona sobre la que todos murmuraban en los pasillos. «¿Sabes quién es su padre? ¡Menuda desgracia ha vivido su familia! He oído que el asesino también estuvo a punto de matarla, pero que ella le disparó a sangre fría»...

Los compañeros de clase de Kimberly tomaban montones de notas en las clases de elaboración de perfiles, pero Kimberly no apuntaba nada de nada.

Bajó las escaleras y accedió al vestíbulo, donde había un montón de camisetas verdes riendo y charlando animadamente. Eran los estudiantes de la Academia Nacional, que habían terminado su jornada laboral y se dirigían a la Sala de Conferencias para tomar una cerveza bien fresca. De pronto apareció un grupo de camisetas azules causando un gran alboroto. Eran nuevos agentes, como ella, que también habían terminado su jornada y se dirigían a la cafetería para comer algo antes de ponerse a estudiar, realizar la carrera de entrenamiento o ir al gimnasio. Quizá intercambiaban conocimientos, la experiencia legal de un antiguo abogado por la práctica de tiro de un ex marine. A los nuevos agentes les encantaba ayudarse entre sí. Si les permitías hacerlo.

Kimberly cruzó las puertas y el calor la golpeó como un puño. Avanzó en línea recta hacia la relativa sombra del tramo de madera de la carrera de entrenamiento y empezó a correr.

«Dolor», «Agonía», «Sufrimiento», rezaban los carteles clavados en los árboles que se alzaban junto al sendero. «¡Resiste!» «¡Disfrútalo!»

—Ya lo hago —jadeó Kimberly.

Su dolorido cuerpo protestaba y su pecho se tensaba por el dolor, pero siguió corriendo. Cuando todo lo demás fallaba, tenías que seguir adelante. Tenías que seguir poniendo un pie delante del otro, pues así un nuevo dolor ocultaba el anterior.

Kimberly conocía bien esta lección. La había aprendido seis años atrás, cuando su hermana y su madre habían sido asesinadas y ella se encontraba en Portland, Oregón, en la habitación de un hotel con el cañón de una pistola clavado en la frente.

3

Fredericksburg, Virginia
18:45
Temperatura: 33 grados

Tina Krahn, de veinte años, estaba cruzando la puerta principal de su sofocante apartamento cuando sonó el teléfono. Dejando escapar un suspiro, la joven regresó a la cocina y respondió con un «hola» impaciente a la vez que se secaba el sudor de la nuca con la mano. Dios, aquel calor era inaguantable. El domingo habían aumentado los niveles de humedad y, desde entonces, la temperatura resultaba insoportable. Aunque acababa de salir de la ducha, el fino vestido playero verde ya se había pegado a su cuerpo y podía sentir las gotas de humedad que se deslizaban por su canalillo.

Hacía media hora, su compañera de piso y ella habían decidido ir a cualquier lugar en donde hubiera aire acondicionado. Betsy había ido a buscar el coche y, justo cuando Tina se disponía a salir, había sonado el teléfono.

Era su madre quien hablaba desde el extremo contrario de la línea. Al oír su voz, Tina hizo una mueca.

—Hola, mamá —dijo, con forzado entusiasmo—. ¿Qué tal estás?

Sus ojos se deslizaron hacia la puerta principal. Deseaba que Betsy reapareciera para poder indicarle que necesitaba un minuto más, pero no tuvo esa suerte. Ansiosa, golpeó el suelo con el pie. Se alegraba de que su madre se encontrara en Minnesota, a miles de kilómetros de distancia, y no pudiera ver su expresión de culpabilidad.

—Bueno, la verdad es que estaba a punto de salir. Sí, es martes. No, mamá, no cambian los días; solo la zona horaria.

Este comentario le hizo ganarse una reprimenda. Tina cogió una servilleta de la mesa de la cocina para secarse el sudor de la frente y sacudió la cabeza al advertir, casi al instante, que volvía a estar empapada. Se dio unos golpecitos en el labio superior.

—Claro que tengo clase mañana. No tenemos ninguna intención de beber como cosacas, mamá. —Tina no solía beber nada que tuviera más grados que el té helado, pero su madre no se lo creía. Su hija había decidido ir a la universidad, algo que a su madre se le antojaba idéntico a haber elegido el camino del pecado, pues ya se sabe que en todos los campus universitarios hay alcohol. Y fornicación—. No sé adónde vamos a ir, mamá. Simplemente vamos a salir. Esta semana hace un calor insoportable. Tenemos que encontrar un lugar con aire acondicionado antes de que suframos una combustión espontánea.

Aquellas palabras preocuparon a su madre y Tina levantó una mano, intentando detener su diatriba antes de que comenzara.

—No, no estaba hablando de forma literal. No, en serio, mamá. Estoy bien. Simplemente hace mucho calor, pero nada que no pueda soportar. La universidad de verano es genial y el trabajo va bien…

La voz de su madre se volvió más dura.

—Solo trabajo veinte horas a la semana. Por supuesto que me estoy centrando en los estudios. De verdad que todo va bien. Te lo juro.

Pronunció estas tres últimas palabras con un tono demasiado agudo. Tina hizo otra mueca, mientras se preguntaba cómo era posible que las madres tuvieran un radar interno. Debería haberse ido sin responder la llamada. Cogió otra servilleta y se secó la cara. Ya no sabía si aquel sudor se debía solo al calor o también a los nervios.

—No, no salgo con nadie.

Al menos, esta afirmación era cierta.

—Cortamos el mes pasado, mamá. Ya te lo dije.

Más o menos.

—No, no estoy desconsolada. Soy joven. Sobreviviré.

Al menos, eso era lo que le decían Betsy, Vivienne y Karen.

—Mamá…

No consiguió continuar.

—Mamá…

Su madre seguía hablando con voz seria. Los hombres eran malos. Tina era demasiado joven para salir con nadie. Ahora, lo único que tenía que hacer era centrarse en sus estudios. Y en su familia, por supuesto. No debía olvidar nunca sus raíces.

—Mamá…

Su madre subió el tono de voz. «¿Por qué no vuelves a casa? Casi nunca vienes a verme. ¿Acaso te avergüenzas de mí? Ya sabes que no tiene nada de malo ser secretaria. No todas las chicas pueden disfrutar de la maravillosa oportunidad de ir a la universidad»…

—Mamá, escucha. Tengo que irme.

Silencio. Las cosas no iban bien, pues solo había una cosa peor que los sermones de su madre: sus silencios.

—Betsy me está esperando en el coche —insistió Tina—. Pero te quiero, mamá. Te llamaré mañana por la noche. Te lo prometo.

No lo haría. Ambas lo sabían.

—O, en cualquier caso, te llamaré el fin de semana.

Eso era más probable. Su madre suspiró al otro extremo del hilo. Quizá se había calmado o quizá seguía sintiéndose herida. Nunca era fácil saberlo. Su padre se había marchado de casa cuando Tina tenía tres años y, desde entonces, su madre había estado sola. Sí, era mandona, nerviosa y, en ocasiones, incluso tirana, pero había trabajado muy duro para que su hija pudiera ir a la universidad.

Se había esforzado mucho, había trabajado duro y la había querido mucho. Sin embargo, Tina sabía que lo que más temía su madre era no haberle dado suficiente.

Tina pegó el teléfono a su empapada oreja y por un instante, en el silencio, tuvo tentaciones de contárselo. Entonces, su madre dejó escapar un nuevo suspiro y el momento pasó.

—Te quiero —repitió, con un tono más suave de lo que había pretendido—. Tengo que irme. Te llamaré pronto. Adiós.

Colgó antes de que pudiera cambiar de opinión, cogió su enorme bolso de lona y se encaminó hacia la puerta. Betsy estaba sentada en su bonito Saab descapotable, con el rostro brillante por el sudor y una expresión interrogadora en los ojos.

—Era mi madre —explicó Tina, dejando caer el bolso en el asiento trasero.

—Oh, no le habrás…

—Todavía no.

—Cobarde.

—No lo niego. —No se molestó en abrir la puerta del copiloto, sino que apoyó el trasero en el borde del vehículo y se dejó caer sobre el profundo asiento de cuero beis. Sus largas piernas quedaron suspendidas en el aire. Llevaba unas sandalias marrones de corcho con un tacón ridículamente alto, las uñas pintadas de fucsia y, en el tobillo, una mariquita roja tatuada de la que su madre aún no había oído hablar—. ¡Ayúdame! ¡Me estoy derritiendo! —exclamó con dramatismo, mientras se llevaba el dorso de la mano a la frente.

Betsy esbozó una sonrisa y puso el coche en marcha.

—Y se supone que mañana hará más calor. Dicen que el viernes alcanzaremos los cuarenta grados.

—Dios, preferiría morir ahora.

Tina se enderezó, comprobó que llevaba bien puesta la goma que sujetaba su densa melena rubia y se puso el cinturón. Estaba lista para la acción. Sin embargo, a pesar de su tono despreocupado, tenía una expresión demasiado sombría: la luz había abandonado sus ojos azules y había sido reemplazada por cuatro semanas de preocupación.

—Eh, Tina —le dijo Betsy, momentos después—. Todo irá bien.

Tina se obligó a sí misma a mirarla y le cogió la mano.

—¿Cuidaremos la una de la otra? —preguntó, con voz suave.

Betsy le sonrió.

—Siempre.

Para él, la puesta de sol era uno de los espectáculos más hermosos del mundo. El cielo brillaba en ámbar, rosa y melocotón, iluminando el horizonte con mortecinas ascuas de luz solar. El color cubría las nubes como las pinceladas de un artista, salpicando sus formas blancas y onduladas de matices iridiscentes que iban del dorado al púrpura hasta llegar de forma inevitable al negro.

Siempre le habían gustado las puestas de sol. Recordaba que cada tarde, después de cenar, salía con su madre y su hermano al porche de su desvencijada cabaña. Los tres se apoyaban en la balaustrada y contemplaban el descenso del sol tras las montañas distantes. Ninguno de ellos hablaba, pues habían aprendido a guardar silencio a una edad temprana.

Aquel momento pertenecía a su madre. Para ella, era una forma de religión. Siempre se situaba en la esquina occidental del porche para contemplar el descenso del sol y, durante un breve instante, sus facciones se suavizaban, sus labios se curvaban en una pequeña sonrisa y sus hombros se relajaban. Entonces, en cuanto el sol se escondía en el horizonte, dejaba escapar un largo y profundo suspiro y el momento llegaba a su fin. Los hombros de su madre recuperaban la tensión y las arrugas de preocupación añadían años a su rostro. Sin perder ni un segundo, los apremiaba a entrar de nuevo en casa y continuaba con sus tareas. Su hermano y él se esforzaban en ayudarla, intentando no hacer demasiado ruido.

Solo cuando ya era prácticamente un adulto había empezado a preguntarse sobre aquellos momentos que pasaba con su madre. ¿Qué significaba que solo se sintiera relajada durante la puesta de sol, que señalaba que el día había llegado a su fin? ¿Qué significaba que el único momento del día en que parecía feliz fuera cuando la luz del sol exhalaba su último aliento?

Su madre había muerto antes de que pudiera formularle estas preguntas, pero el hombre suponía que eso era lo mejor que podía haberle ocurrido.

Regresó a la habitación de su hotel. Aunque había pagado la noche entera, pretendía marcharse en media hora. No echaría de menos este lugar. No le gustaban las estructuras construidas con cemento, ni las habitaciones producidas en masa y provistas tan solo de una ventana. Eran lugares muertos, la versión moderna de las tumbas, y le resultaba inconcebible que los americanos estuvieran dispuestos a pagar una enorme cantidad de dinero para dormir en aquellos ataúdes de fabricación barata.

En ocasiones temía que la falsedad de estas habitaciones, con sus colchas de colores chillones, sus muebles de conglomerado y sus moquetas de fibra, penetraran en su piel, entraran en su corriente sanguínea y le hicieran despertar una mañana deseando comer un Big Mac.

Este pensamiento le inquietó tanto que tuvo que respirar hondo varias veces para poder recuperar la calma. No fue buena idea, pues el aire apestaba: hedía a aislante de fibra de vidrio y a ficus de plástico. Se frotó las sienes con furia y supo que tendría que irse antes de lo que había previsto.

Ya había guardado la ropa en el petate. Solo le faltaba comprobar una cosa.

Envolvió la mano en una de las toallas de baño, la acercó a la parte inferior de la cama y, lentamente, sacó un maletín marrón. Parecía el maletín de un ejecutivo, lleno de hojas de cálculo, calculadoras de bolsillo y dispositivos electrónicos personales. Sin embargo, era muy diferente.

En él descansaba una pistola de dardos. Estaba estropeada, pero no le costaría demasiado trabajo repararla. Sacó la caja metálica que guardaba en el bolsillo interior del maletín y contó los dardos que contenía. Una docena, todos ellos cargados con 550 miligramos de ketamina. Los había preparado por la mañana.

Dejó la caja metálica en su sitio y examinó el resto del contenido: dos rollos de cinta adhesiva de gran resistencia y una bolsa de papel marrón llena de clavos. Junto a la cinta adhesiva y los clavos descansaba un frasco de cristal de hidrato de cloral, un sedante que, gracias a Dios, no había utilizado nunca. Junto al hidrato de cloral había una botella impermeabilizada de agua que había permanecido en el congelador del minibar hasta hacía quince minutos, para que la parte externa se congelara y el contenido se mantuviera frío, pues el Ativan se cristalizaba si no se mantenía refrigerado.

Tocó la botella de nuevo. Estaba helada. Bien. Era la primera vez que utilizaba este sistema y estaba un poco nervioso, pero la botella parecía estar cumpliendo con su cometido. Era una de esas cosas que podías comprar en Wal-Mart por menos de cinco dólares.

El hombre respiró hondo e intentó recordar si necesitaba algo más. Había transcurrido bastante tiempo desde la última vez y la verdad es que estaba nervioso. Últimamente, las fechas bailaban un poco en su cabeza: recordaba con claridad aquellas cosas que habían ocurrido hacía mucho tiempo, mientras que los acontecimientos del día anterior adquirían un tono borroso y onírico.

Ayer mismo, cuando había llegado a este lugar, los tres años anteriores habían llameado en su mente en tecnicolor y con todo lujo de detalles, pero esta mañana todo había empezado a desvanecerse. Temía esperar demasiado y que los recuerdos se borraran por completo. Temía que desaparecieran en el negro olvido junto al resto de sus pensamientos, pues entonces no podría hacer más que esperar impotente a que algo, lo que fuera, ascendiera hasta la superficie.

Panecillos tostados, galletitas saladas. Y agua. Galones de agua. Muchos.

Los tenía en la furgoneta. Los había comprado el día anterior, también en el Wal-Mart... ¿o había sido en el Kmart? Aquel detalle ya había desaparecido, se había deslizado en las profundidades de un foso. ¿Qué se suponía que tenía que hacer? Ayer. Había comprado cosas. Reservas. En unos grandes almacenes. ¿Acaso importaba en cuál? Había pagado en efectivo, ¿no? ¿Y había quemado la factura?

Por supuesto que sí. La memoria le jugaba malas pasadas, pero eso no era excusa para que se comportara como un estúpido. Su padre siempre se había mostrado firme al respecto. En su opinión, el mundo estaba dirigido por imbéciles que serían incapaces de encontrarse el culo, aunque contaran con la ayuda de una linterna y las dos manos. Sus hijos tenían que ser mejores que ellos. Tenían que ser fuertes. Tenían que mantenerse erguidos. Tenían que aceptar su castigo como hombres.

El hombre dejó de mirar a su alrededor y volvió a pensar en el fuego, en el calor de las llamas...; pero todavía era pronto, de modo que borró de su mente aquel pensamiento y lo envió hacia el vacío, aunque sabía que no permanecería allí demasiado tiempo. Tenía su bolsa de viaje. Tenía su maletín. Y tenía provisiones en la furgoneta. Ya había limpiado la habitación con amoníaco y agua. No había dejado ninguna huella.

Perfecto.

Solo le faltaba recoger una última cosa. Se encontraba en un rincón de la sala, sobre aquella espantosa moqueta de fibra. Era un pequeño acuario rectangular, cubierto por una sábana amarillenta y descolorida.

El hombre se colgó al hombro la correa del petate y después la del maletín, para poder levantar con ambas manos el pesado acuario de cristal. La sábana empezó a resbalar. Del interior de sus amarillentas profundidades llegaba un ominoso cascabeleo.

—Shhh —murmuró—. Todavía no, amor mío. Todavía no.

El hombre avanzó hacia la penumbra de color rojo sangre, hacia el asfixiante y pesado calor. Su cerebro cobró vida y nuevas imágenes aparecieron en su mente. Falda negra, tacones altos, cabello rubio, ojos azules, blusa roja, manos atadas, cabello oscuro, ojos marrones, piernas largas, uñas que arañaban, blancos y destellantes dientes.

El hombre cargó su equipaje en la furgoneta y se sentó al volante. En el último minuto, su errática memoria chisporroteó y se llevó una mano al bolsillo de la camisa. Sí, también llevaba la tarjeta de identificación. La sacó y la inspeccionó por última vez. Era una tarjeta de plástico en la que solo aparecía una palabra, escrita en letras blancas sobre fondo negro: «Visitante».

La giró. Sin lugar a dudas, el dorso de aquella tarjeta de seguridad resultaba mucho más interesante, pues allí ponía: «Propiedad del FBI».

El hombre sujetó la tarjeta al cuello de su camisa. El sol se estaba poniendo. El cielo pasó del rojo al púrpura y, después, al negro.

—El reloj hace tictac —murmuró, poniendo el coche en marcha.

4

Stafford, Virginia
21:34
Temperatura: 31 grados

—¿Qué te ocurre, cariño? Esta noche pareces inquieto.

—No soporto el calor.

—Es un comentario insólito, tratándose de alguien que vive en Hotlanta[1].

—Siempre he querido mudarme.

Genny, una pelirroja de cuerpo firme, rostro bastante arrugado y ojos genuinamente amables, le dedicó una mirada inquisidora a través de la neblina azulada del ahumado bar.

—¿Cuánto tiempo llevas en Georgia, Mac? —preguntó, intentando hacerse oír por encima del barullo.

—Desde que no era más que un destello en los ojos de mi padre.

Ella sonrió, sacudió la cabeza y apagó el cigarrillo en el cenicero de cristal.

—En ese caso, nunca cambiarás de ciudad, cariño. Créeme. Eres georgiano y no hay nada que puedas hacer al respecto.

—Lo dices porque eres tejana.

—Desde que solo era un destello en los ojos de mi tatarabuelo. Los yanquis van de un lado a otro, cariño, pero los sureños echamos raíces.

El agente especial del GBI Mac McCormack aceptó sus palabras con una sonrisa y volvió a centrar su mirada en la puerta principal del atestado bar. Observaba a la gente que entraba y, de forma inconsciente, seguía con la mirada a todas las parejas de chicas. Sabía que era un esfuerzo inútil, pero

---

[1] Juego de palabras entre «hot» (caliente) y «Atlanta». N de la T.

en días como este, cuando la temperatura superaba los treinta grados, le costaba pensar.

—¿Cariño? —dijo Genny, para reclamar una vez más su atención.

Mac volvió la cabeza hacia ella y esbozó una pesarosa sonrisa.

—Lo siento. Te juro que mi madre me educó mejor.

—En ese caso, no permitiremos que lo sepa. La reunión de hoy no ha ido bien, ¿verdad?

—¿Cómo lo has…?

—Yo también soy oficial de policía, Mac. No me infravalores solo porque soy guapa y tengo buenas tetas.

Él abrió la boca para protestar, pero Genny hizo un ademán con la mano para que guardara silencio. Entonces, rebuscó en su bolso hasta que encontró un cigarrillo. Mac le ofreció fuego y ella esbozó una sonrisa de gratitud, aunque en esta ocasión, no se formaron tantas arrugas alrededor de sus ojos. Ninguno de los dos habló durante un rato.

El bar estaba tan lleno que era imposible moverse sin tocar a nadie, y la gente seguía entrando. Más de la mitad de aquellas personas eran colegas de la Academia Nacional —detectives, *sheriffs* e incluso algún policía militar— que estaban realizando un curso de once semanas en Quantico. Mac no había imaginado que el bar estaría tan lleno un martes por la noche, pero era evidente que la gente huía de sus hogares, quizá para escapar del calor.

Genny y él habían llegado hacía tres horas y habían podido hacerse con unos asientos que siempre eran difíciles de conseguir. Por lo general, los estudiantes de la Academia Nacional se demoraban en la sala de juntas hasta la una o las dos de la madrugada, bebiendo cerveza, intercambiando historias de guerra y rezando para que no les fallaran los riñones. Solían bromear diciendo que el curso duraba once semanas porque los riñones de los estudiantes no lograrían sobrevivir a la duodécima.

Sin embargo, esta noche la gente estaba inquieta, pues el calor y la humedad eran insoportables. La temperatura había empezado a ascender el domingo y, según decían, iría en aumento hasta el viernes. Caminar por la calle era como moverse entre un montón de toallas mojadas: en cinco minutos, la camiseta se te pegaba al cuerpo; en diez, los pantalones se quedaban enganchados a los muslos. Estar dentro de la Academia no era mucho mejor, pues su arcaico sistema de aire acondicionado rugía con fuerza, pero solo conseguía ofrecer una temperatura de veintinueve grados.

Los estudiantes habían empezado a salir en procesión de las instalaciones de la Academia poco después de las seis, desesperados por disfrutar de un poco de aire fresco. Genny y Mac no habían tardado demasiado en seguirles.

Se habían conocido hacía ocho semanas, durante los primeros días del curso. «Los sureños tenemos que hacer piña», había bromeado Genny. «Sobre todo en una clase repleta de yanquis que hablan a toda velocidad». Pero mientras decía esto, sus ojos habían observado con atención los amplios pectorales de Mac, que se había limitado a sonreír.

A sus treinta y seis años, Mac era consciente de que las mujeres lo consideraban atractivo. Medía metro ochenta y nueve, tenía el cabello negro, los ojos azules y la piel bronceada, pues le encantaba correr, ir en bicicleta, pescar, cazar, practicar senderismo, piragüismo, etcétera. Bastaba con nombrar un deporte para que te dijera que lo había practicado con su hermana pequeña y sus nueve primos. Un estado tan diverso como Georgia ofrecía montones de opciones, y a los McCormack les enorgullecía aprender las lecciones de la forma más dura. El resultado de tanto deporte era un cuerpo esbelto y musculoso que parecía agradar a las mujeres de todas las edades, contratiempo que Mac soportaba con estoicismo. Resultaba de gran ayuda que a él también le gustaran las mujeres… «Demasiado», en opinión de su exasperada madre, que estaba ansiosa por tener una nuera y montones de nietos. Mac suponía que eso ya llegaría, pero de momento había consagrado su vida al trabajo.

Sus ojos se deslizaron una vez más hacia la puerta. Acababan de entrar dos muchachas, seguidas por otras dos. Todas conversaban alegremente. Se preguntó cómo se marcharían: ¿Juntas? ¿Por separado? ¿Con amantes recién conocidos? ¿Sin ellos? ¿Qué sería más seguro? Odiaba las noches calurosas.

—Tienes que intentar olvidarlo —le dijo Genny.

—¿Qué?

—Lo que está llenando de arrugas tu atractivo rostro.

Mac apartó los ojos de la puerta por segunda vez y, tras dedicar una mirada irónica a su compañera, alzó su cerveza y la giró entre sus dedos.

—¿Alguna vez has tenido uno de esos casos?

—¿Te refieres a esos que se arrastran bajo tu piel, invaden tu cerebro y hechizan tus sueños de tal forma que, aunque hayan transcurrido cinco, seis, diez o veinte años, sigues despertándote en plena noche gritando? No, cariño, nunca he tenido un caso así. —Apagó el cigarrillo y rebuscó en su bolso para coger otro.

—Mientes, preciosa —se burló Mac, alzando de nuevo el encendedor. Los ojos azules de Genny se lo agradecieron mientras acercaba la cabeza a sus manos y aceptaba la llama.

Momentos después enderezó la espalda, inhaló el humo y lo exhaló.

—Bueno, chico guapo —dijo entonces—. Esta noche no vamos a enrollarnos, así que podrías hablarme de la reunión.

—No se celebró —replicó él.

—¿Te dejó colgado?

—Por un pez más gordo. Según el doctor Ennunzio, ahora impera el terrorismo.

—Y se impone sobre un caso de hace cinco años —añadió ella.

Mac esbozó una sonrisa torcida, apoyó la espalda en el respaldo y extendió sus bronceadas manos.

—Murieron siete muchachas, Genny. Siete muchachas que nunca regresaron a casa junto a sus familias. Ellas no tuvieron la culpa de que las matara un asesino en serie normal y corriente, en vez de una amenaza terrorista importada.

—La batalla de los presupuestos.

—Por supuesto. La Unidad de Ciencias de la Conducta solo cuenta con un lingüista forense, el doctor Ennunzio, a pesar de que en esta nación hay miles de lunáticos que se dedican a escribir amenazas. Al parecer, las cartas al director ocupan un puesto inferior en la lista de prioridades, pero en mi mundo esas cartas son la única pista que tenemos. Mi departamento no me envió a esta prestigiosa Academia para proporcionarme una formación continuada, sino para que me entrevistara con ese hombre y consiguiera información de un experto sobre la única pista decente que nos queda. Sin embargo, tendré que regresar a Atlanta sin haber hablado con ese doctor y me despedirán con una patada en el culo.

—Tu culo no te importa lo más mínimo.

—Sería más sencillo si me importara —replicó Mac, adoptando un tono serio.

—¿Has pedido ayuda a alguien de la Unidad de Ciencias de la Conducta?

—A todos quienes me han dicho la hora en el vestíbulo. Maldita sea, Genny. No soy arrogante; simplemente deseo detener a ese tipo.

—Podríais buscarlo por vuestra cuenta.

—Ya lo hemos intentado, pero no conseguimos nada.

Genny reflexionó mientras le daba otra calada a su cigarro. A pesar de lo que ella creía, Mac no se había dejado engañar por el tamaño de sus pechos. Como *sheriff,* Genny estaba al mando de doce hombres. Y nada menos que en Texas, un estado en el que las mujeres deseaban ser animadoras o, mejor aún, Miss América. En otras palabras, Genny era dura, inteligente y sumamente experimentada. Mac estaba seguro de que había tenido que ocuparse de varios casos de esos que se arrastran bajo tu piel… y teniendo en cuenta el calor que hacía en el exterior y la temperatura que alcanzarían a finales de semana, Mac deseaba que compartiera con él sus conocimientos.

—Han pasado tres años —dijo ella, por fin—. Es mucho tiempo para un depredador en serie, así que es posible que tu hombre haya sido encarcelado por algún otro delito. No sería la primera vez que ocurre algo así.

—Podría ser —replicó Mac, aunque su tono sugería que no estaba de acuerdo con aquella observación.

Ella asintió con la cabeza.

—Bueno, a ver si esta te convence: quizá está muerto.

—Aleluya y alabado sea el Señor —replicó Mac, con una voz carente de convicción. Hasta hacía seis meses, había barajado aquella teoría y había deseado que fuera cierta, pues los tipos violentos solían llevar vidas violentas que les conducían a fines violentos. En su opinión, eso era perfecto y lo mejor para el bolsillo de los contribuyentes.

Pero hacía seis meses, había recibido una carta que lo había cambiado todo…

Resulta extraño el modo en que una simple carta puede sacudir por completo tu mundo. Resulta extraño el modo en que una simple carta puede frustrar tres años de trabajo de todo un departamento y hacer que arda en llamas aquello que hasta hacía menos de veinticuatro horas se cocía a fuego lento. Pero no podía contárselo a Genny, pues eran detalles que solo compartías cuando era estrictamente necesario.

Al igual que la verdadera razón por la que deseaba hablar con el doctor Ennunzio. O el motivo por el que se encontraba en el estado de Virginia.

Se le hizo un nudo en el estómago cuando sintió una vibración en la muñeca. Echó un vistazo al busca, en el que habían empezado a centellear diez números. Los primeros indicaban que la llamada procedía de Atlanta. Y los siguientes…

¡Mierda!

—Tengo que irme —dijo, poniéndose en pie.

—¿Tan guapa es ella? —bromeó Genny.

—Preciosa, esta no es mi noche de suerte.

Dejó caer treinta dólares sobre la mesa, los suficientes para pagar sus bebidas y las de Genny.

—¿Tienes quien te lleve? —Su voz fue hosca y la pregunta ruda. Ambos se dieron cuenta.

—Nunca es difícil reemplazar a un hombre.

—Me has herido profundamente, Genny.

Ella sonrió y sus ojos se demoraron en su complexión atlética. La expresión de su rostro era triste.

—Cariño, no te he herido en absoluto.

Pero Mac ya se estaba dirigiendo hacia la puerta.

En cuanto la cruzó, el calor abofeteó su rostro. Sus alegres ojos azules se oscurecieron y su expresión jovial se volvió sombría. Habían transcurrido cuatro semanas desde la última vez que había recibido una llamada y empezaba a preguntarse si ya no habría ninguna más.

Mac McCormack, agente especial del GBI, abrió su teléfono móvil y marcó furioso el número.

Su interlocutor respondió a la primera señal.

—Ni siquiera lo están intentando —reverberó en su oído una voz distorsionada. Ignoraba si se trataba de un hombre, de una mujer o del propio Mickey Mouse.

—¿Estoy aquí, no? —replicó Mac, nervioso. Se detuvo en el oscuro aparcamiento y miró a su alrededor. Estaba llamando a un teléfono de Atlanta, pero dudaba que su interlocutor se encontrara allí, pues solo era necesario tener un móvil de Georgia para llamar con ese prefijo desde cualquier otro estado.

—Ese hombre está más cerca de lo que usted cree.

—En ese caso, considero que debería dejar de hablar con acertijos y contarme la verdad. —Mac miró a la derecha y a la izquierda. Nada.

—Le envié por correo la verdad —canturreó la voz incorpórea.

—Me envió un acertijo. Yo manejo información, no juegos infantiles.

—Usted maneja muertes.

—Usted tampoco lo está haciendo mucho mejor. Vamos, ya han pasado seis meses. Dejemos de bailar de una vez y pongámonos a trabajar. Seguramente usted querrá algo… y yo sé que quiero algo. ¿Qué me dice?

La voz guardó silencio un largo momento. Mac se preguntó si por fin había conseguido que se sintiera avergonzado, pero al instante siguiente le inquietó pensar que podía haber enojado a ese hombre/mujer/ratón. Sujetó con más fuerza el teléfono, apretándolo contra la curva de su oreja. No podía permitirse perder esta llamada. Mierda, cuánto odiaba todo esto.

Seis meses atrás, Mac había recibido por correo la primera «carta», que en realidad se trataba de un recorte de prensa, una carta al director del periódico *Virginian-Pilot*. El breve párrafo había sido espantosamente idéntico a las notas editoriales de hacía tres años: «El planeta agoniza… Los animales lloran… Los ríos gritan… ¿Pueden oírlo? El calor mata…»

La bestia volvía a agitarse después de tres años de inactividad. Mac ignoraba qué había ocurrido durante aquel intervalo, pero sus compañeros y él se estremecían al pensar qué podría hacer en esta ocasión.

—El calor va en aumento —canturreó la voz.

Mac contempló frenético la oscuridad… Nadie, Nada. ¡*Mierda!*

—¿Quién es usted? —preguntó—. Vamos, dígamelo.

—Él está más cerca de lo que usted cree.

—Entonces dígame su nombre. Así podré detenerle y nadie resultará herido. —Decidió cambiar de táctica—. ¿Acaso tiene miedo? ¿Acaso le teme? Confíe en mí, podemos protegerle.

—Él no desea hacerles daño, pero tampoco puede hacer nada por evitarlo.

—Si le importa esa persona o si le preocupa su propia seguridad, no tema. Existen procedimientos concretos para estos casos. Tomaremos las medidas apropiadas. Vamos, ese hombre ha matado ya a siete muchachas. Dígame su nombre. Permita que solucione este problema. Le aseguro que habrá hecho lo correcto.

—Yo no tengo todas las respuestas —replicó la voz, que sonó tan pesarosa que Mac estuvo a punto de creerle. Pero entonces añadió—: Deberían haberle detenido hace tres años, agente especial. ¿Por qué sus hombres no le atraparon?

—Si coopera con nosotros, esta vez lo conseguiremos.

—Ya es demasiado tarde —dijo su interlocutor—. Nunca ha podido soportar el calor.

La conexión se interrumpió y Mac se quedó en medio del aparcamiento, sujetando con fuerza el diminuto teléfono móvil y dejando escapar una maldición. Pulsó el botón de llamada una vez más, pero nadie respondió y nadie volvería a hacerlo hasta que fuera el propietario de aquella voz quien decidiera volver a ponerse en contacto con él.

—Mierda —repitió Mac—. Mierda, mierda, mierda.

Abrió la puerta de su coche de alquiler y se deslizó en el asiento. Allí dentro, la temperatura debía de rondar los noventa y tres grados. Apoyó la frente en el volante y lo golpeó con la cabeza tres veces. Ya había recibido seis llamadas telefónicas, pero seguía sin saber nada y el tiempo se estaba acabando. Mac lo sabía, lo presentía desde el domingo, cuando el mercurio había empezado a ascender.

Al día siguiente se pondría en contacto con su oficina en Atlanta e informaría de esta última llamada. El grupo de expertos la analizaría una y otra vez… y entonces esperaría, porque a pesar del tiempo transcurrido, lo único que podían hacer era esperar.

Mac apoyó la frente en el volante y dejó escapar un largo suspiro. Estaba pensando de nuevo en Nora Ray, en cómo se había iluminado su rostro cuando había salido del helicóptero de rescate y había visto a sus padres al otro lado del rotor. Y en cómo había desfallecido su expresión treinta segundos después, cuando les había preguntado, emocionada e impaciente: «¿Dónde está Mary Lynn?»

Entonces, su voz se había convertido en un agudo lamento que no hacía más que repetir: «No, no, no, oh, Dios, por favor, no».

Su padre había intentado abrazarla, pero Nora Ray se había dejado caer sobre el asfalto y se había envuelto en la manta militar, como si esta pudiera protegerla de la verdad. Sus padres no habían tardado demasiado en derrumbarse junto a ella, creando un nexo verde de pesar que nunca sería aliviado.

Aquel día habían ganado, pero también habían perdido.

¿Qué ocurriría en esta ocasión?

Hacía calor, era tarde y un hombre había vuelto a escribir una carta al director.

Regresad a casa, jovencitas. Cerrad las puertas con llave y apagad las luces. No acabéis como Nora Ray Watts, que salió a tomar un helado con su hermana pequeña y acabó abandonada en un lugar aislado, hundida en el fango y soportando que los cangrejos de mar le mordisquearan los dedos de los pies y las navajas le desgarraran las palmas de las manos, mientras las aves carroñeras trazaban círculos sobre su cabeza.

44

5

Fredericksburg, Virginia
22:34
Temperatura: 31 grados

—Estoy lista —dijo Tina, rozando casi con los labios la oreja de Betsy.

Había tanto ruido en el atestado local que su compañera de piso no pareció oírla. Se encontraban en las afueras de Fredericksburg, en un bar pequeño y relativamente desconocido, frecuentado por universitarios, moteros y grupos de occidentales bastante ruidosos. Aunque era martes, había tanta gente y la música estaba tan alta que a Tina le sorprendía que el techo no se hubiera desplomado sobre sus cabezas.

—Estoy lista —repitió Tina, gritando un poco más. Esta vez, Betsy la miró.

—¿Qué? —gritó.

—Hora… de… regresar… a casa —aulló Tina en respuesta.

—¿Vas al lavabo?

—¡A casa!

—Ohhh. —Su compañera por fin entendió lo que le decía y la miró con atención. Sus ojos marrones adoptaron una expresión preocupada.

—¿Estás bien?

—¡Tengo calor!

—En serio.

—Bueno… No me encuentro demasiado bien. —La verdad era que se encontraba fatal. La coleta con la que sujetaba su larga melena rubia había desaparecido y ahora el pelo se le pegaba al cuello. Además, el sudor se deslizaba por su espalda, recorría su trasero y descendía por sus piernas hasta llegar al suelo. Y, por si eso no era suficiente, la atmósfera estaba tan cargada que, aunque intentaba respirar hondo, no conseguía que el oxígeno llegara a sus pulmones. Tenía la impresión de que estaba enferma.

—Voy a decírselo a las demás —replicó Betsy. Dicho esto, se zambulló en la atestada pista de baile en busca de Viv y Karen, que se habían perdido entre la marea humana.

Tina cerró los ojos y se prometió a sí misma que no vomitaría en un bar atestado de gente.

Quince minutos más tarde, habían logrado cruzar la puerta de salida. Mientras se dirigían hacia el Saab, seguidas por Viv y Karen, Tina se llevó una mano a la frente. Estaba caliente.

—¿Vas a hacerlo? —le preguntó Betsy. Llevaba tanto rato gritando para hacerse oír sobre la música que su voz sonó tres decibelios más fuerte en el silencio absoluto del aparcamiento. Todas hicieron una mueca.

—No lo sé.

—Tía, será mejor que me digas si vas a vomitar —le advirtió Betsy, con seriedad—. No me importa sujetarte la cabeza sobre el váter, pero me niego a que vomites en mi coche.

Tina esbozó una débil sonrisa.

—Gracias.

—Puedo ir a buscarte un refresco —se ofreció Karen, a sus espaldas.

—Quizá deberíamos esperar un rato —sugirió Viv. Karen, Betsy y ella se detuvieron, pero Tina ya había montado en el Saab.

—Solo deseo meterme en la cama —murmuró—. Por favor, volvamos a casa.

Cerró los párpados y apoyó la cabeza en el respaldo. Con los ojos cerrados, el mareo pareció remitir. Apoyó las manos en su vientre y la música empezó a desvanecerse mientras se sumía en un sueño que necesitaba de forma desesperada.

Tenía la impresión de que acababan de abandonar el aparcamiento cuando le despertó una fuerte sacudida.

—¿Qué ocurre...? —preguntó, regresando a la realidad. El coche dio otro bandazo y ella se sujetó al salpicadero.

—La rueda de atrás —replicó Betsy, disgustada—. Creo que se ha deshinchado.

El coche dio un nuevo bandazo hacia la derecha y Tina sintió que se le removían las entrañas.

—Betsy —dijo con voz tensa—. Para el coche. ¡Ahora!

—¡A la orden! —Betsy se dirigió hacia la cuneta derecha. En cuanto el automóvil se detuvo, Tina buscó a tientas el cierre de su cinturón de seguridad, abrió la puerta y echó a correr por la cuneta hacia los árboles que crecían al borde de la carretera. Logró agachar la cabeza justo a tiempo.

Oh, no fue divertido. En absoluto. De su estómago salieron dos tónicas y dos zumos de arándano, seguidos por la pasta que había cenado y todo aquello que había comido en los últimos veinte años. Tina permaneció encorvada y con las manos apoyadas en los muslos mientras vomitaba sus entrañas.

Voy a morir, pensó. *He sido mala y estoy siendo castigada. Mi madre siempre ha tenido razón. Es imposible que consiga salir adelante. Oh, Dios, quiero irme a casa.*

No sabía si estaba llorando o sudando con mayor intensidad. Con la cabeza entre las rodillas, resultaba difícil saberlo.

Poco a poco, su estómago se relajó, los espasmos cesaron y la peor parte de las náuseas quedó atrás. Tambaleándose, se enderezó y alzó la mirada hacia el cielo, pensando que sería capaz de matar por darse una ducha bien fría. Pero sabía que no iba a tener esa suerte, pues se encontraba en medio de la nada, lejos de Fredericksburg. La ducha tendría que esperar.

Dejó escapar un largo suspiro. De pronto, oyó un ruido extraño. Un ruido que no procedía de Betsy. Un ruido que no procedía de ninguna de las amigas con las que había salido de fiesta. Fue un sonido agudo, breve y metálico, similar al del cargador de un rifle regresando a su posición.

Tina se volvió lentamente hacia la carretera. Y en la ardiente y húmeda oscuridad, descubrió que no estaba sola.

Kimberly no le oyó llegar. ¡Por el amor de Dios! ¡Si se estaba formando para ser agente del FBI! ¡Si era una mujer familiarizada con el crimen a quien le causaba dolor de estómago fracasar! De todos modos, no le oyó llegar.

Estaba sola en el campo de tiro de la Academia, con una escopeta descargada y rodeada por ciento cincuenta y cinco hectáreas de oscuridad. Solo le iluminaba la luz de una linterna.

Era tarde. Hacía rato que los nuevos agentes, los marines e incluso los «estudiantes» de la Academia Nacional se habían ido a dormir. Los focos se habían apagado y los grandes árboles que se alzaban a su alrededor formaban una odiosa barrera que la separaba de la civilización, al igual que las gigantescas paredes laterales de acero, diseñadas para dividir los diferentes campos de tiro y detener las veloces balas.

No había luz y no se oía ningún sonido, salvo el zumbido antinatural de una noche tan calurosa y húmeda que ni siquiera las ardillas estaban dispuestas a abandonar sus árboles.

Estaba cansada. Esa fue la mejor excusa que pudo encontrar. Había estado corriendo, levantando pesas, caminando y estudiando. Después, había comido dos barritas energéticas acompañadas de once litros de agua y se había encaminado al campo de tiro. Casi no sentía las piernas y los músculos de los brazos le temblaban por el cansancio.

Apoyó la escopeta en el hombro y prosiguió con la práctica de tiro, disparando balas inexistentes.

Tenía que sujetar la culata con firmeza contra el hombro derecho para absorber el retroceso, separar los pies a la altura de las caderas, inclinarse ligeramente hacia delante y, en el último segundo, justo mientras apretaba el gatillo con el índice derecho, empujar el arma hacia delante con la mano izquierda como si fuera el mango de una escoba y quisiera partirlo por la mitad. Lo único que deseaba era no volver a caerse de culo. Ni destrozarse el hombro. Ni abrirse la mejilla.

Solo podían utilizar munición durante las prácticas de tiro supervisadas, de modo que Kimberly no tenía forma alguna de saber qué tal lo estaba haciendo. A pesar de todo, eran muchos los nuevos agentes que venían a este lugar a practicar los movimientos pues, al fin y al cabo, cuantas más veces tenías un arma en las manos, más cómodo te sentías con ella.

Si lo hacías las veces suficientes, era posible que se convirtiera en algo instintivo. Y si se convertía en algo instintivo, quizá superaras el siguiente examen de práctica de tiro.

Se inclinó hacia delante para efectuar el siguiente «disparo», pero perdió el equilibrio y sus piernas de goma se tambalearon peligrosamente. Mientras extendía una mano para intentar regresar a su posición, una voz de hombre reverberó en el pozo de oscuridad que la rodeaba.

—No deberías estar sola aquí fuera.

La reacción de Kimberly fue instintiva: giró sobre sus talones, localizó a la forma gigantesca y amenazadora que se había detenido junto a ella y golpeó su rostro con la escopeta descargada. Entonces, sin perder ni un instante, echó a correr.

Oyó un gruñido de sorpresa y de dolor, pero no se detuvo. Era tarde, se encontraba en un lugar aislado y sabía demasiado bien que a ciertos depredadores les gustaba que gritaras.

Unos pasos fuertes y rápidos resonaban a sus espaldas. Llevada por el pánico, Kimberly había tenido la mala idea de echar a correr hacia los árboles. Se estaba alejando de la ayuda e internándose en la oscuridad. Tenía que regresar al complejo de la Academia, a la luz, a la población y al FBI. El hombre empezaba a ganarle terreno.

Kimberly respiró hondo. Su corazón palpitaba con fuerza y sus pulmones chillaban. A su cuerpo apenas le quedaban fuerzas pero, por fortuna, la adrenalina era una droga poderosa.

Se centró en los pasos que resonaban a sus espaldas, intentado diferenciar su cadencia del martilleo frenético de su propio corazón. El hombre estaba acortando las distancias. Era rápido, por supuesto, pues era más alto y más fuerte que ella. Al final del día, todos los hombres lo eran.

Hijo de puta.

Se concentró en el ritmo de los pasos de su perseguidor y lo imitó. Uno, dos, tres…

El hombre extendió la mano para intentar sujetarle la muñeca izquierda pero, en ese mismo instante, Kimberly se detuvo en seco y giró a la derecha, consiguiendo que su perseguidor siguiera adelante mientras ella echaba a correr hacia las luces.

—¡Jesús! —le oyó blasfemar.

Esbozó una sonrisa sombría y fiera, pero los pasos enseguida volvieron a sonar a sus espaldas.

¿Sería así como se había sentido su madre? A pesar de que su padre había intentado ocultarle los detalles, Kimberly sabía que había luchado amargamente hasta el final porque, un año después de lo ocurrido, había leído todos los artículos publicados por el *Philadelphia Inquirer*. El primero, que llevaba por título: «Casa de los horrores de alta sociedad», había descrito el rastro de sangre que había recorrido todas y cada una de las habitaciones de la casa.

¿Su madre había luchado contra aquel tipo porque sabía que era el mismo que había matado a Mandy y suponía que después iría a por Kimberly? ¿O simplemente porque se había dado cuenta, en aquellos últimos y desesperados minutos, que bajo la seda y las perlas también ella era un animal? Al fin y al cabo, todos los animales, incluso el más humilde ratón de campo, luchan por salvar su vida.

Los pasos ya sonaban a escasos centímetros de ella y las luces todavía estaban demasiado lejos. No iba a conseguirlo. Aceptó este hecho con una frialdad que le sorprendió.

El tiempo se ha terminado, Kimberly. Aquí no hay actores, ni pistolas de pintura, ni chalecos antibalas. Entonces se le ocurrió una última estratagema.

Contó los pasos del hombre para calcular el momento en que se le echaría encima y, justo cuando su forma gigantesca se abalanzó sobre ella, se tiró al suelo y se cubrió la cabeza con los brazos.

Vio el rostro del hombre, tenuemente iluminado por las luces distantes. Tenía los ojos abiertos de par en par y agitaba los brazos con fuerza para intentar detenerse. Entonces, con un último movimiento desesperado, se inclinó hacia la izquierda para mirarla.

Y en ese mismo instante, Kimberly alargó la pierna para hacerle caer de bruces al suelo.

Diez segundos después, le obligó a girarse sobre su espalda, se dejó caer sobre su pecho y apoyó el filo plateado de su cuchillo de caza contra su oscura garganta.

—¿Quién coño eres? —preguntó.

El hombre se echó a reír.

—¿Betsy? —dijo Tina, nerviosa. No hubo respuesta—. ¿Bets?

Nada. Y había algo más que no iba bien: no se oía ningún sonido. ¿No debería estar oyendo las puertas del coche abriéndose o cerrándose? ¿O a Betsy resoplando mientras arrastraba la rueda de repuesto hacia el suelo? Debería estar oyendo algún sonido. El de otros coches. El de los grillos. El del viento en los árboles.

Pero no había nada. Absolutamente nada. La noche estaba completa y letalmente muerta.

—No me hace gracia —musitó Tina, con un hilo de voz.

Entonces oyó el sonido de una ramita al romperse. Y al instante siguiente vio su rostro.

Pálido, sombrío y puede que incluso gentil sobre el cuello vuelto de su jersey negro. *Con el calor que hace, ¿cómo diablos puede llevar un jersey de cuello alto?,* pensó la muchacha.

El hombre alzó un rifle y lo apoyó en su hombro.

Tina dejó de pensar y echó a correr hacia los árboles.

—¿De qué te ríes? ¡Deja de reírte! ¡Basta ya!

El hombre se reía con tantas fuerzas que los espasmos sacudían su enorme armazón y movían a Kimberly de un lado a otro, como si fuera un barco atrapado entre las olas.

—Me ha derribado una mujer —jadeó, con un inconfundible acento sureño—. Por favor, preciosa… no se lo cuentes nunca a mi hermana.

¿A su hermana? *¿Qué diablos…?*

—Ya basta. Te juro que te abriré la garganta si vuelves a mover un solo músculo.

Su tono debió de ser muy serio, pues esta vez dejó de reírse. Así estaba mejor.

—¿Quién eres? —preguntó, crispada.

—Soy el agente especial Michael McCormack, pero puedes llamarme Mac.

Los ojos de Kimberly se abrieron de par en par, pues tuvo un mal presentimiento.

—¿Eres del FBI? —susurró. ¡Oh, no! ¡Había derribado a un compañero! ¡Quizá a su futuro jefe! Se preguntó quién sería el encargado de llamar a su padre para decirle: «Estimado Quincy, usted ha sido una estrella entre las estrellas del FBI, pero me temo que su hija es demasiado… rara para nosotros».

—Trabajo para el GBI, para el Departamento de Investigación de Georgia —respondió él—. Soy policía estatal. Siempre hemos sentido cierta debilidad por el FBI, de modo que os hemos copiado los títulos.

—¡Serás…! —Estaba tan enfadada que fue incapaz de pensar en las palabras correctas, así que le golpeó el hombro con la mano izquierda. Entonces recordó que ya le estaba amenazando con un cuchillo—. Estás en la Academia Nacional —le acusó, con el mismo tono que otros usarían para lanzar veneno.

—Y tú te estás formando para convertirte en agente del FBI.

—¡Eh, que todavía estoy apretando un cuchillo contra tu garganta!

—Lo sé. —Mientras respondía, se movió ligeramente. ¿Eran imaginaciones suyas o lo había hecho para estar más cómodo debajo de su cuerpo? Mac le miró con el ceño fruncido—. ¿Por qué llevas un cuchillo?

—Porque me quitaron la Glock —replicó, sin pensarlo.

—Por supuesto. —La miró como si fuera una mujer muy sabia y no una paranoica que aspiraba a convertirse en agente federal—. ¿Puedo hacerte una pregunta personal? Hum… ¿Dónde escondes ese cuchillo?

—¡Córtate un poco! —exclamó sofocada, al sentir que recorría todo su cuerpo con la mirada. Como hacía calor y había estado entrenando al aire libre, llevaba unos pantalones cortos de nailon y una fina camiseta azul que no tapaban demasiado. ¡Por el amor de Dios! No se había vestido para una entrevista de trabajo, sino para practicar deporte. Por otra parte, incluso a ella le sorprendía la cantidad de cosas que podías esconder en la cara interna del muslo.

—¿Por qué me seguías? —preguntó, hundiendo un poco más la punta del cuchillo en su garganta.

—¿Y tú por qué corrías?

Kimberly frunció el ceño, apretó los dientes y probó otra táctica.

—¿Qué estás haciendo aquí?

—Vi que había luz y pensé que debía acercarme a echar un vistazo.

—¡Ajá! De modo que no soy la única paranoica.

—Tienes razón. Por lo que parece, los dos somos igual de paranoicos. ¿Cuál es tu excusa? La mía, que no puedo soportar el calor.

—¡A mí no me pasa nada!

—Vale, me lo creo. Al fin y al cabo, eres tú quien tiene el cuchillo.

El hombre guardó silencio y esperó a que Kimberly hiciera algo…, ¿pero qué se suponía que tenía que hacer? La nueva agente Kimberly Quincy acababa de realizar su primera detención. Por desgracia, había detenido a un agente de la ley que tenía un rango más elevado que el suyo.

Mierda. Maldita sea. Dios, qué cansada estoy.

De repente, el último vestigio de adrenalina que le quedaba se desvaneció y su cuerpo, al que ya había exigido demasiado, se vino abajo. Abandonó su posición sobre el pecho del hombre y permitió que sus doloridas extremidades descansaran sobre la relativa comodidad del césped.

—¿Un día largo? —preguntó el sureño, sin hacer ningún esfuerzo por levantarse.

—Una vida larga —replicó Kimberly con voz monótona. Al instante se arrepintió de sus palabras.

En completo silencio, Mac McCormack se llevó las manos a la nuca y contempló el firmamento. Kimberly le imitó y solo entonces fue consciente de la claridad del cielo nocturno, del océano de diminutas estrellas cristalinas que brillaban en lo alto. Era una noche hermosa. Probablemente, muchas chicas de su edad salían a pasear en noches como esta, cogidas de la mano de sus novios y riendo cada vez que estos intentaban robarles un beso.

Kimberly no podía imaginar una vida así. Esto era lo que siempre había deseado.

Volvió la cabeza hacia su compañero, que parecía disfrutar del silencio. Tras observarlo detenidamente, calculó que debía de medir más de metro ochenta. Era un tipo bastante grande, aunque no tanto como algunos de sus compañeros ex marines. Sin embargo, tenía pinta de ser fuerte y muy activo. Tenía el cabello oscuro, la piel bronceada y estaba en forma. Se sentía orgullosa de sí misma por haber sido capaz de derribarlo.

—Me has dado un susto de muerte —dijo ella, por fin.

—No era mi intención.

—No deberías haberte acercado con tanto sigilo en la oscuridad.

—Tienes razón.

—¿Cuánto tiempo llevas en la Academia?

—Llegué en junio. ¿Y tú?

—Esta es mi novena semana. Me quedan siete.

—Te irá bien —replicó.

—¿Cómo lo sabes?

—Me has derrotado, ¿no? Aunque te aseguro que es la primera vez que intenta escapar de mí una chica guapa a la que decido perseguir.

—¡Eres un presuntuoso! —le espetó, enojada.

Él se limitó a soltar una carcajada. El sonido fue profundo y retumbante, como el ronroneo de un gato montés. Kimberly decidió que aquel tipo no le gustaba. Debería levantarse y marcharse, pero le dolía demasiado el cuerpo. Así que siguió contemplando las estrellas.

—Hace calor —dijo entonces.

—Ajá.

—Antes has dicho que no te gustaba el calor.

—Ajá. —Guardó silencio unos instantes. Entonces, volviendo la cabeza hacia ella, añadió—: El calor mata.

Kimberly tardó un momento en darse cuenta de que estaba hablando en serio.

Las ramas de los árboles arañaban su rostro, los arbustos apresaban sus tobillos y los elevados hierbajos se enredaban en sus sandalias intentando derribarla. Con el corazón en la garganta y resoplando, Tina aceleró sus pasos y empezó a serpentear entre los árboles, esforzándose en no caer.

Tenía la impresión de que aquel tipo no la estaba siguiendo, pues no oía pasos a su espalda ni gritos airados. Era silencioso y sumamente sigiloso. Y por alguna razón, eso la asustaba aún más.

No tenía ni idea de hacia dónde se dirigía. ¿Por qué la seguía? Le daba miedo averiguarlo. ¿Qué le habría ocurrido a Betsy? Este pensamiento le llenó de dolor.

El aire abrasador le quemaba la garganta y la humedad del ambiente ardía en sus pulmones. Era tarde y, por instinto, había echado a correr colina abajo, en dirección contraria a la carretera. Ahora se dio cuenta de su error. Allí abajo, entre las profundas y oscuras sombras, no encontraría ayuda ni ningún lugar seguro.

Pero si lograba sacarle la suficiente ventaja, quizá podría escapar. Estaba en forma, así que podía encaramarse a un árbol y trepar hasta lo alto. O esconderse en una grieta y hacerse un ovillo tan pequeño que nunca conseguiría encontrarla. O buscar una liana y deslizarse por los aires como Tarzán en una película animada de Disney. La verdad es que le gustaría que todo esto no fuera más que una película. De hecho, en estos momentos le encantaría encontrarse en cualquier otro lugar.

El tronco salió de la nada. Un árbol muerto que posiblemente había sido derribado por un rayo décadas atrás. Tropezó primero con la espinilla y, sin poder reprimir un agudo grito de dolor, cayó de bruces al otro lado, arañándose las manos con un arbusto espinoso. Entonces, su espalda golpeó el terreno rocoso y el aliento escapó de su cuerpo.

Las ramas chasquearon débilmente a sus espaldas y oyó unos pasos calmados, controlados, contenidos.

¿Así era como llegaba la muerte? ¿Avanzando lentamente entre los árboles?

La espinilla de Tina palpitaba de dolor y sus pulmones se negaban a respirar. Se puso en pie, tambaleándose, e intentó dar un paso más.

Se oyó un débil silbido en la oscuridad y sintió un dolor breve y punzante. Bajó la mirada y vio que la pluma de un dardo sobresalía de su muslo izquierdo. ¿Qué era eso?

Intentó dar un paso, pues su mente seguía controlando su cuerpo y le gritaba con urgencia primaria que corriera. Pero sus piernas cedieron y Tina se desplomó sobre las hierbas que se alzaban por encima de sus rodillas, sintiendo que un extraño y fluido calor se extendía por sus venas y que sus músculos se rendían.

El pánico empezó a abandonar su consciencia y su corazón empezó a latir más despacio. Agradeciendo la suavidad de aquella respiración, sus pulmones se abrieron y su cuerpo empezó a flotar, a la vez que los bosques se alejaban girando en espiral.

Me ha drogado, pensó. *Cabrón*. Pero también este pensamiento se alejó a la deriva.

Unos pasos se aproximaron y lo último que vio fue su rostro, que la observaba paciente.

—Por favor —murmuró con voz pastosa, cubriéndose el vientre con las manos de forma instintiva—. Por favor… No me haga daño… Estoy embarazada.

El hombre cargó a hombros su cuerpo inconsciente y se la llevó de allí.

Nora Ray Watts estaba soñando. En su sueño todo era azul, rosa y púrpura. En su sueño, el aire parecía de terciopelo y podía girar sin parar y ver los brillantes destellos de las estrellas. En su sueño se reía a carcajadas, su perro Mumphry danzaba a sus pies e incluso sus destrozados padres esbozaban por fin una sonrisa.

Lo único que faltaba era su hermana.

De pronto se abrió una puerta que conducía a una bostezante oscuridad. La puerta le indicó por señas que se acercara y Nora Ray avanzó hacia ella, sin sentir temor alguno. Ya había cruzado esa puerta con anterioridad. En ocasiones se quedaba dormida solo para poder encontrarla de nuevo.

Nora Ray accedió al interior de sus oscuras profundidades…

Y al instante siguiente, se despertó sobresaltada. Su madre estaba a su lado en el oscuro dormitorio, zarandeándola con suavidad.

—Tenías una pesadilla.

—He visto a Mary Lynn —explicó Nora Ray, adormecida—. Creo que tiene una amiga.

—Shhh —le dijo su madre—. Déjala marchar. Solo es el calor.

6

Quantico, Virginia
07:03
Temperatura: 28 grados

—Levántate.

—No.

—¡Levántate!

—No.

—Kimberly, son las siete de la mañana. ¡Levanta!

—No puedes obligarme.

La voz por fin desapareció y Kimberly se sumergió de nuevo en aquella oscuridad que necesitaba con tanta desesperación…, hasta que, de pronto, un chorro de agua helada cayó sobre su rostro. Se enderezó de un salto, jadeando, mientras intentaba secarse los ojos del diluvio que le había caído encima.

Lucy se alzaba junto a ella, con una jarra de agua vacía en las manos. En su rostro no había ningún indicio de arrepentimiento.

—Tengo un hijo de cinco años —le advirtió—. Así que será mejor que no intentes discutir.

Los ojos de Kimberly acababan de posarse en el reloj que descansaba junto a la cama. Eran las siete y diez de la mañana.

—¡Ahhh! —gritó, abandonando la cama de un salto y mirando a su alrededor. Se suponía que tenía que estar…, se suponía que tenía que estar haciendo… Bueno, lo primero de todo era vestirse. Corrió hacia el armario.

—¿Te quedaste hasta tarde? —preguntó Lucy, levantando una ceja y caminando tras ella—. Deja que lo adivine: ¿entrenamiento físico, con armas de fuego o ambos?

—Ambos. —Kimberly escogió sus pantalones de color caqui y se los puso, pero entonces recordó que a primera hora de la mañana tenía entrenamiento físico, de modo que se los quitó y se puso unos pantalones cortos azules de nailon.

—Bonitos cardenales —comentó su compañera—. ¿Quieres ver el que tengo en el culo? Parece un filete de ternera. ¡Con lo bien que estaba antes como abogada procesal! Creo que antes solía conducir algo llamado Mercedes.

—Pensaba que eso era lo que conducían los narcotraficantes. —Kimberly encontró su camiseta y se la puso mientras se dirigía al cuarto de baño, pero entonces cometió el error de mirarse en el espejo. ¡Oh, Dios! ¡Sus ojos parecían haberse hundido en un par de pozos oscuros!

—Anoche hablé con mi hijo —dijo Lucy, a sus espaldas—. Al parecer, se dedica a contar a todo el mundo que estoy aprendiendo a disparar a la gente… pero solo a los malos.

—Qué majo.

—¿De verdad lo crees?

—Por supuesto. —Kimberly abrió la pasta de dientes, se los cepilló con furia, escupió, se enjuagó la boca y cometió el error de mirarse en el espejo por segunda vez. Salió huyendo del cuarto de baño.

—Tienes un aspecto horrible —le dijo su compañera, con voz alegre—. ¿Esa es tu estrategia? ¿Pretendes asustar a los malos y hacer que se rindan nada más verte?

—Recuerda quién de las dos sabe disparar mejor… —musitó Kimberly.

—Vale, pero tú recuerda quién de las dos sabe tirar mejor una jarra de agua. —Lucy blandió triunfante su arma y, echando una última mirada al reloj, la dejó sobre su escritorio y se dirigió hacia la puerta. De pronto se detuvo—. Ahora en serio, Kimberly. Creo que deberías restringir durante un tiempo esas sesiones nocturnas. Para poder graduarte, es necesario que estés consciente.

—Disparar me entretiene —replicó, mientras su compañera salía de la habitación y ella se ataba los cordones de sus zapatillas de deporte. Pero Lucy ya se había ido. Un segundo después, también Kimberly había abandonado el dormitorio.

A pesar de todo, Kimberly era una mujer afortunada, pues sabía perfectamente en qué momento se había ido al traste su carrera profesional. Había ocurrido a las ocho y treinta y tres minutos de la mañana. Aquella misma mañana. En la Academia del FBI. Cuando solo quedaban siete semanas más para completar el programa.

Estaba cansada y desorientada debido a la falta de sueño y a la extraña persecución nocturna que había tenido lugar con aquel agente especial de Georgia. Además, era consciente de que había exigido demasiado a su cuerpo y empezaba a pensar que, quizá, debería hacer caso a Lucy.

Reflexionó sobre ello largo y tendido…, pero más tarde, por supuesto. Después de que hubieran levantado el cadáver.

La mañana había empezado bastante bien. La clase de entrenamiento físico no había sido demasiado dura: a las ocho en punto habían hecho algunas flexiones y algunas abdominales, seguidas por los viejos saltos de obstáculos que todo el mundo realiza en primaria. Los agentes parecían un océano de niños vestidos de azul: obedientes, todos habían permanecido en fila y habían realizado los movimientos indicados.

Acto seguido, el instructor les había ordenado correr tres kilómetros, siguiendo la misma ruta que Kimberly había recorrido la noche anterior.

La ruta comenzaba en el bosque y seguía un camino pavimentado. Eso debería bastar para saber por dónde ir, pero además había diferentes carteles clavados en los árboles que servían como indicadores: «¡Corre!» «¡Disfrútalo!» «¡Disfrútalo!» *Resiste*.

Habían empezado a correr en rebaño, pero se habían ido separando a medida que cada uno encontraba su propio paso. Kimberly nunca había sido la más rápida de la clase, pero tampoco la más lenta.

Sin embargo, esta mañana se quedó atrás nada más empezar.

Advirtió vagamente que sus compañeros la dejaban atrás. Y advirtió vagamente que respiraba entre jadeos mientras se esforzaba en seguir adelante. Le dolía el costado izquierdo y sus pies se movían con torpeza. Corría con los ojos fijos en el suelo, intentando que cada pie aterrizara delante del otro.

No se encontraba bien. El mundo giraba de forma vertiginosa y por un momento pensó que iba a desmayarse. Se detuvo a un lado del camino y se apoyó en un árbol.

Dios, cómo le dolía el costado. El músculo estaba tan tirante que tenía la impresión de que había unos alicates presionando sus pulmones. Además, a pesar de lo temprano de la hora, el aire era tan caliente y estaba tan cargado de humedad que, por muchas veces que inhalara, no conseguía absorber suficiente oxígeno.

Se internó más en el bosque, desesperada por encontrar una sombra. Los frondosos árboles giraban en espiral de forma enfermiza. De pronto, se le puso la carne de gallina y empezó a temblar de forma descontrolada.

Estoy deshidratada o he sufrido un golpe de calor, pensó. *¿Ya tienes suficiente, Kimberly, o prefieres avanzar un poco más por esta senda de autodestrucción?*

Los árboles giraban cada vez más deprisa. Entonces empezó a oír un débil pitido en los oídos y cientos de puntos negros se diseminaron ante sus ojos. *Respira, Kimberly. Vamos, cariño, respira.*

Pero no podía hacerlo. Su costado no se relajaba y era incapaz de respirar. Iba a desmayarse en medio del bosque. Sabía que iba a desplomarse en aquel suelo duro y cubierto de hojas, y lo único que deseaba era sentir el frescor de la tierra en su rostro.

De pronto, cientos de pensamientos inundaron su mente.

Recordó el terror genuino que se había adueñado de ella la noche anterior, cuando había visto a aquel extraño junto a ella. Había pensado… ¿Qué? ¿Que había llegado su turno? ¿Que la muerte por fin había encontrado a todas las mujeres de su familia? ¿Que había conseguido escapar por los pelos seis años atrás, pero que eso no significaba que la muerte hubiera decidido dejarla en paz?

Había pasado demasiado tiempo viendo fotografías de escenarios de crímenes y, aunque nunca se lo diría a nadie, en ocasiones creía que las fotos se movían; que era su rostro el que aparecía en aquellos cuerpos inertes y su cabeza la que coronaba aquellos torsos destrozados y aquellas extremidades ensangrentadas.

Y en ocasiones tenía pesadillas en las que veía su propia muerte; sin embargo, nunca despertaba momentos antes de morir, como haría cualquier persona cuerda, sino que llegaba hasta el final del sueño y sentía cómo su cuerpo se desplomaba por un precipicio y se estrellaba contra las rocas de debajo, o cómo su cabeza reventaba el parabrisas de un coche que le acababa de atropellar.

En esos sueños nunca lloraba, sino que simplemente se limitaba a pensar: *Por fin.*

No podía respirar y nuevos puntos negros danzaban ante sus ojos. Se apoyó en otro tronco y lo abrazó con fuerza. ¿Cómo era posible que el aire estuviera tan caliente? ¿Qué había ocurrido con todo el oxígeno?

Y entonces, en el último rincón cuerdo de su mente, lo supo. Estaba teniendo un ataque de ansiedad. Su cuerpo había superado el límite de su resistencia y ahora estaba teniendo un ataque de ansiedad, el primero que sufría en seis años.

Se internó un poco más en el bosque. Necesitaba refrescarse un poco. Necesitaba respirar hondo. Ya había sufrido episodios parecidos con anterioridad, de modo que podría sobrevivir una vez más.

Se abrió paso con torpeza entre los matorrales, sin importarle que las ramitas arañaran sus mejillas o que las ramas se enredaran en su cabello. Buscaba con desesperación una sombra más fresca.

Respira hondo, cuenta hasta diez. Céntrate en tus manos y haz que dejen de temblar. Eres dura. Eres fuerte. Estás en buena forma.

Respira, Kimberly. Vamos, cariño, respira.

Se adentró tambaleante en un claro, apoyó la cabeza entre las rodillas y se centró en respirar hasta que, con una fuerte y última boqueada, sus pulmones se abrieron y el aire inundó su agradecido pecho. *Inhala. Exhala. Eso es. Muy bien, respira…*

Kimberly se miró las manos. Ahora estaban más quietas y presionaban la hundida superficie de su estómago. Se obligó a separarlas de su cuerpo e inspeccionó sus dedos desplegados en busca de señales de temblor.

Ya estaba mejor y pronto volvería a sentirse fresca. Entonces seguiría corriendo y, como a estas alturas ya era muy buena en esto, nadie sabría nunca lo ocurrido.

Kimberly se puso en pie, inhaló una última bocanada de aire y dio media vuelta para regresar al camino que debía seguir. Entonces advirtió que no estaba sola.

A un metro y medio de distancia había un sendero de tierra tan amplio y liso que probablemente era el que recorrían los marines en sus entrenamientos. Y justo en el medio de aquel camino descansaba el cuerpo de una joven vestida con ropa civil. Tenía el cabello rubio y las extremidades bronceadas. Llevaba una sencilla camisa de algodón blanco, una falda azul de flores muy corta y sandalias negras.

Kimberly dio un paso adelante y, al ver el rostro de la joven, lo supo.

Se le volvió a poner la piel de gallina y un escalofrío recorrió su columna vertebral. Rodeada por el caluroso y silencioso bosque, Kimberly empezó a mirar frenética a su alrededor, mientras su mano se deslizaba hacia la cara interna del muslo para coger el cuchillo.

Primera regla de los procedimientos: asegura siempre la escena del crimen.

Segunda regla: busca refuerzos.

Tercera regla: intenta no pensar qué significa el hecho de que una muchacha ni siquiera esté a salvo en los terrenos de la Academia, pues era evidente que estaba muerta y, por su aspecto, que su muerte se había producido hacía poco tiempo.

7

Quantico, Virginia
10:03
Temperatura: 30 grados

—Una vez más, Kimberly: ¿por qué abandonaste la ruta de la carrera de entrenamiento?

—Me detuve porque tenía agujetas en el costado. Empecé a caminar intentando que se me pasaran y... no me di cuenta de lo mucho que me había alejado.

—¿Fue entonces cuando viste el cuerpo?

—No —contestó, sin parpadear—. Advertí que un poco más adelante había algo y me acerqué para ver qué era. Entonces... bueno, ya sabes el resto.

Tras mirarla durante unos instantes con el ceño fruncido, Mark Watson, el supervisor de su clase, se recostó en el asiento. Kimberly se encontraba en su reluciente y enorme despacho, sentada enfrente de él. El sol de la mañana se filtraba por las ventanas y una mariposa monarca de color naranja revolotea al otro lado del cristal. Era un día demasiado hermoso para estar hablando de muerte.

Al oír el grito de Kimberly, dos de sus compañeros habían acudido a todo correr. Antes de que llegaran, ella ya se había inclinado sobre la joven y le estaba tomando el pulso. No lo encontró, por supuesto, pero tampoco lo había esperado, pues sus grandes y vidriosos ojos marrones no eran la única señal que anunciaba que la muchacha estaba muerta. También lo sugería el modo en que su boca había sido cosida con un hilo negro y grueso, que había sellado sus pálidos labios en una imitación macabra de la muñeca Raggedy Ann. Quienquiera que lo hubiera hecho se había asegurado de que la joven no iba a gritar.

Uno de sus compañeros no tardó demasiado en vomitar, pero Kimberly mantuvo la compostura.

Alguien había ido en busca de Watson que, tras ver el grotesco hallazgo, se había puesto en contacto con la policía del FBI y el NCIS, el Servicio de

Investigación Criminal Naval. Al parecer, una muerte en los terrenos de la Academia no era competencia del FBI, sino del NCIS, pues esta unidad era la encargada de proteger y servir a los marines.

Kimberly y sus compañeros de clase se habían visto obligados a abandonar la escena cuando los marines, ataviados con sus trajes de camuflaje de color verde oscuro, y otros agentes especiales más sofisticados, vestidos con camisas blancas, habían acudido al lugar en el que descansaba el cadáver. En estos momentos había varios equipos trabajando en el bosque: los investigadores forenses fotografiaban, bosquejaban y analizaban la escena; el médico forense examinaba el cadáver en busca de pistas, y otros oficiales guardaban y etiquetaban las pruebas que encontraban.

Pero Kimberly estaba sentada en un despacho, lo más lejos posible de la escena del crimen que su bienintencionado supervisor había podido llevarla. Estaba tan nerviosa que le temblaba una de las rodillas, así que cruzó los tobillos por debajo del asiento.

—¿Qué pasará ahora? —preguntó, en voz baja.

—No lo sé. —El hombre guardó silencio unos instantes—. Te seré franco, Kimberly. Es la primera vez que nos encontramos en una situación como esta.

—Eso es bueno —murmuró.

Watson esbozó una pequeña sonrisa.

—Hace algunos años ocurrió una tragedia. Un estudiante de la Academia Nacional perdió la vida durante las prácticas de tiro. Era relativamente joven, así que su muerte dio pie a todo tipo de especulaciones. Sin embargo, el médico forense dictaminó que había muerto por un ataque de corazón fulminante. Siguió tratándose de una tragedia, pero teniendo en cuenta la cantidad de gente que pasa por aquí cada año, la conmoción fue menor. Lo que acaba de ocurrir, en cambio… Estas instalaciones dependen en gran medida de las buenas relaciones con las comunidades vecinas, así que cuando corra la noticia de que ha aparecido muerta una joven de la zona…

—¿Cómo saben que es de la zona?

—Por la sencilla regla de las probabilidades. Parece demasiado joven para trabajar aquí y, si estuviera en el FBI o en los marines, alguno de sus compañeros la habría reconocido. Por lo tanto, tiene que ser una persona ajena al complejo.

—Podría ser la novia de alguien —se aventuró Kimberly—. El hecho de que su boca… Quizá respondió mal a su novio demasiadas veces.

—Es posible. —Watson le dedicó una mirada inquisitiva, de modo que Kimberly se apresuró a añadir:

—Pero tú no lo crees.

—¿Por qué no voy a creerlo?

—Porque no hay signos de violencia. Si se tratara de un conflicto doméstico, de un crimen pasional, su cuerpo mostraría señales de maltrato: heridas, cortes, arañazos… Sin embargo, no tiene ni un solo rasguño en los brazos ni en las piernas. Salvo en la boca, por supuesto.

—Quizá solo la golpeó allí donde nadie pudiera verlo.

—Quizá —su tono era vacilante—. Pero eso tampoco explica que decidiera deshacerse del cadáver en una base de los marines.

—¿Por qué crees que alguien se deshizo del cuerpo? —preguntó Watson, frunciendo el ceño.

—Porque la escena no ha sido alterada en modo alguno —respondió Kimberly al instante—. De hecho, ni siquiera había huellas en el suelo hasta que encontré el cadáver. —Frunció el ceño y le dedicó una mirada enigmática—. ¿Crees que estaba viva cuando la trajeron a este lugar? No es sencillo acceder a la base. Anoche, cuando los vi por última vez, los marines estaban operando en condición Bravo, lo que significa que todas las entradas estaban vigiladas y los visitantes debían mostrar sus identificaciones para poder entrar. No todo el mundo puede acceder a los terrenos de la Academia, ni vivo ni muerto.

—No creo que sea el momento de…

—Sin embargo, eso tampoco tiene sentido —prosiguió Kimberly, arrugando aún más el ceño—. Si la muchacha hubiera estado viva, tendría que haber solicitado un pase de seguridad… y es más difícil conseguir dos que solo uno. Por lo tanto, es probable que ya estuviera muerta. Quizá viajaba en el maletero de un coche. Nunca he visto que los guardias inspeccionen los vehículos, de modo que es posible que la escondieran en uno. Por supuesto, esta teoría implica que el asesino se deshizo deliberadamente del cadáver en los terrenos del FBI. —Sacudió la cabeza con brusquedad—. Y eso no tiene ningún sentido. Si vivieras aquí y asesinaras a alguien, aunque fuera de forma accidental, lo último que harías sería dejar su cuerpo en el bosque. Más bien, te asegurarías de sacarlo lo más rápido posible de la base y llevártelo bien lejos. Dejar el cadáver aquí es una verdadera estupidez.

—No creo que sea el momento de hacer conjeturas —dijo Watson, con voz calmada.

—¿Crees que intenta expresar su opinión personal contra la Academia? —preguntó Kimberly—. ¿O quizá contra los marines?

Ante aquel comentario, las cejas de Watson cobraron vida. Era evidente que Kimberly había rebasado alguna línea, pues la expresión de su rostro indicaba que aquella conversación había llegado definitivamente a su fin. El inspector se inclinó sobre la mesa y le dijo:

—Escúchame bien. De ahora en adelante, el NCIS se ocupará de esta investigación. ¿Sabes algo sobre el Servicio de Investigación Criminal Naval?

—No...

—Pues deberías. El NCIS cuenta con más de ochocientos agentes especiales, listos para ser enviados a cualquier lugar del mundo en cualquier momento. Esos agentes han trabajado en casos de asesinato, violación, maltrato doméstico, fraude, narcotráfico, extorsión, terrorismo y demás. Cuentan con una unidad que se encarga de investigar casos abiertos, tienen sus propios expertos forenses y poseen sus propios laboratorios criminalistas. ¡Por el amor de Dios! Fueron ellos quienes se encargaron de la investigación del bombardeo del *USS Cole* y, por lo tanto, es evidente que sabrán ocuparse de un cadáver que ha aparecido en una base de los marines. ¿Queda claro?

—No pretendía decir...

—Todavía te estás formando, Kimberly. No eres una agente especial, sino una nueva agente. No olvides esa diferencia.

—Sí señor —replicó, enderezando la espalda y alzando la barbilla. Sus ojos llameaban ante aquella inesperada reprimenda.

Entonces, la voz de su supervisor se suavizó.

—Por supuesto, el NCIS querrá hacerte algunas preguntas —añadió—. Y por supuesto, tú las responderás lo mejor que sepas, pues es muy importante que las agencias que trabajan para el cumplimiento de la ley cooperen entre sí. Sin embargo, a partir de ese momento todo acabará, Kimberly. Quedarás fuera de la foto, regresarás a clase y, aunque no creo que sea necesario decirlo, te mantendrás tan callada como un ratón de iglesia.

—¿Sin hacer preguntas y sin hablar? —preguntó ella, con sequedad.

Watson no intentó sonreír.

—Son muchas las ocasiones en las que un agente del FBI tiene que hacer gala de una absoluta discreción. Un agente que carezca de prudencia no puede dedicarse a este trabajo.

La expresión de Kimberly desfalleció y sus ojos se posaron en la moqueta. Watson la miraba con un semblante tan severo que casi resultaba amenazador. Kimberly había encontrado el cadáver por accidente y, sin embargo, aquel hombre la trataba como si fuera una creadora de conflictos, como si fuera la culpable de que la Academia tuviera que enfrentarse ahora a este problema. Sabía que el curso de acción más seguro era hacer exactamente lo que le había dicho: levantarse, sellar sus labios y mantenerse alejada del caso.

Pero a Kimberly nunca se le había dado bien moverse sobre seguro.

Levantó la mirada y miró a su supervisor a los ojos.

—Me gustaría que el NCIS me permitiera colaborar en la investigación.

—¿Has escuchado algo de lo que te he dicho?

—Tengo cierta experiencia en estos asuntos...

—¡No sabes nada de estos asuntos! No confundas lo personal con lo profesional…

—¿Por qué no? Una muerte violenta es una muerte violenta. Ayudé a mi padre cuando mi madre fue asesinada y dentro de siete semanas me convertiré en una verdadera agente del FBI. ¿Qué daño puede hacer que empiece un poco antes de tiempo? Al fin y al cabo, fui yo quien encontró el cadáver. —Advirtió que, sin darse cuenta, había adoptado un tono posesivo. Acababa de dar un paso en falso, pero ya era demasiado tarde para echarse atrás.

El rostro de Watson se había ensombrecido de un modo peligroso. Si antes le había parecido severo, ahora le resultaba intimidante.

—Kimberly… seamos francos. ¿Qué tal crees que lo estás haciendo en la Academia?

—Persevero.

—¿Y crees que ese es el objetivo de un nuevo agente?

—Algunos días.

Su interlocutor esbozó una sombría sonrisa y apoyó la barbilla en sus manos.

—Algunos de tus instructores están preocupados por ti, Kimberly. Tu currículum es impecable, en los exámenes siempre obtienes una puntuación superior al noventa por ciento y pareces tener cierta habilidad con las armas de fuego.

—¿Pero? —preguntó ella, apretando los dientes.

—Pero también cuenta la actitud. Kimberly, ya llevas nueve semanas aquí y no tienes ningún amigo, ningún aliado ni ningún compañero. No ofreces nada a tus compañeros ni recibes nada de ellos. Eres una isla, pero el cumplimiento de la ley es, en última instancia, un sistema humano. Sin conexiones, sin amigos y sin apoyo, ¿cuán lejos crees que podrás llegar? ¿Cuán efectiva crees que podrás ser?

—Trabajaré en ello —replicó. Su corazón palpitaba con fuerza.

—Kimberly… —dijo él, adoptando ahora un tono amable. Ella arrugó aún más el ceño. Era fácil desviar la cólera, pero la amabilidad era peligrosa—. Ya sabes que eres muy joven.

—Pero cada día crezco un poco más —barbotó.

—Puede que este no sea el momento más adecuado para que te unas al FBI…

—Ningún momento será mejor que el presente.

—Creo que si te concedieras unos años más, si dejaras más espacio entre el presente y lo que le ocurrió a tu familia…

—¿Estás diciendo que debo olvidarme de mi madre y mi hermana?

—No estoy diciendo eso.

—¿Quieres que finja ser una simple contable que solo busca un poco de emoción en su vida?

—Kimberly…

—¡He encontrado un cadáver! ¿De qué va todo esto? ¡Encuentro una desgracia en el porche principal de la Academia y de pronto pretenden echarme de una patada!

—¡Basta! —Su tono fue tan severo que Kimberly optó por callar. Y en cuanto fue consciente de lo que acababa de decir, sus mejillas se sonrojaron. Apartó rápidamente la mirada.

—Ahora me gustaría regresar a clase —murmuró Kimberly—. Prometo que no diré nada. Valoro el trabajo que realiza el NCIS y no haré nada que ponga en peligro la investigación.

—Kimberly… —replicó su supervisor, con tono frustrado. Por un momento Kimberly pensó que iba a decir algo más, pero entonces sacudió la cabeza—. Tienes muy mal aspecto. Has perdido peso y es evidente que hace semanas que no duermes. ¿Por qué no vas a tu habitación y descansas un poco? Aprovecha esta oportunidad para recuperarte. No es ninguna vergüenza bajar un poco el ritmo, ¿sabes? Eres una de las estudiantes más jóvenes que hemos tenido en la Academia. Aunque no lo hagas ahora, siempre podrás hacerlo más adelante.

Kimberly no respondió, pues estaba demasiado ocupada intentando esbozar una amarga sonrisa. Había oído aquellas palabras con anterioridad. También por parte de un hombre mayor, un mentor, un hombre al que solía considerar su amigo. Dos días más tarde, aquel hombre le había apuntado a la cabeza con un arma.

Por favor, no dejes escapar ni una sola lágrima. No puedes llorar.

—Hablaremos de nuevo dentro de unos días —dijo Watson, rompiendo el silencio en el que se había sumido la sala—. Puedes irte.

Kimberly abandonó el despacho y se dirigió hacia el vestíbulo. Mientras pasaba por delante de los diferentes grupos de estudiantes vestidos de azul, advirtió que los susurros ya habían comenzado. ¿Estarían hablando de su hermana y su madre? ¿O acaso de su legendario padre? ¿O quizá de lo que había ocurrido en el bosque, del cadáver y el hecho de que, de todos los estudiantes, fuera ella quien lo hubiera encontrado?

Los ojos le escocían y se apretó las sienes con las manos. No estaba dispuesta a ceder a la autocompasión.

Kimberly cruzó las puertas del vestíbulo y fue recibida por un sol abrasador. Al instante, perlas de sudor adornaron su frente y la camiseta se aferró a su piel.

No regresó a su cuarto, pues quería terminar de analizar la escena antes de que el NCIS hablara con ella. Suponía que transcurriría una hora antes de que alguien fuera en su búsqueda.

Y una hora era más que suficiente.

Kimberly echó a andar en línea recta hacia el bosque.

8

Quantico, Virginia
11:33
Temperatura: 31 grados

—¿Hora de la muerte?

—Resulta difícil decirlo —respondió el médico forense, que iba vestido de blanco—. La temperatura corporal es de treinta y cinco grados, pero el hecho de que la temperatura en el exterior rondara los treinta y uno podría haber impedido que el cuerpo se enfriara. El rígor mortis empieza a aparecer en el rostro y el cuello. —El médico se interrumpió, giró el cuerpo levemente a la izquierda y presionó un dedo enguantado contra la piel, que palideció bajo su roce—. Todavía no presenta lividez. —Enderezó la espalda y, tras reflexionar unos instantes, examinó los ojos y orejas de la muchacha—. A pesar del calor, no hay larvas de moscarda azul… pero esos insectos prefieren poner sus huevos en la boca o en una herida abierta, así que en este caso han tenido menos oportunidades. —Pareció considerar los diferentes factores una vez más y entonces dio a conocer su veredicto—. Yo diría que la muerte se produjo entre hace cuatro y seis horas.

El otro hombre, probablemente un agente especial del NCIS, levantó la mirada de sus notas, sorprendido.

—¿De verdad cree que es tan reciente?

—Es la mejor aproximación que puedo hacer. Hasta que le hagamos la autopsia, no sabremos nada con certeza.

—¿Cuándo la harán?

—Mañana por la mañana.

El agente especial miró con seriedad al forense.

—¿A las seis de la mañana? —preguntó, a modo de tanteo.

El agente le miró con más dureza.

—Esta tarde —aceptó entonces.

El agente especial esbozó una sonrisa mientras el médico forense dejaba escapar un profundo suspiro. Este iba a ser uno de aquellos casos...

El oficial encargado de la investigación volvió a centrar la atención en sus notas.

—¿Causa probable de la muerte?

—Eso es más difícil. No hay evidencia de heridas causadas por arma blanca ni balas. Tampoco presenta hemorragias locales, de modo que el estrangulamiento queda descartado. La ausencia de sangre en los oídos indica que no sufrió traumatismo craneal y el cardenal que se está formando en la cadera izquierda sugiere que el golpe que lo causó tuvo lugar poco antes de la muerte. —El forense levantó una vez más la falda azul de flores, examinó la contusión y sacudió la cabeza—. Tendré que hacer algunos análisis de sangre para saber más.

El agente asintió. Un segundo hombre, vestido con pantalones de color caqui y camisa blanca de etiqueta, se acercó para tomar fotografías con una cámara digital, mientras diversos marines de rostros sombríos montaban guardia a lo largo de la escena del crimen, que había sido acordonada en amarillo. A pesar de la sombra que proporcionaban los árboles, era imposible escapar del calor y la humedad. Los agentes especiales del NCIS sudaban bajo sus camisas de manga larga y los rostros cincelados de los jóvenes guardias estaban bañados en sudor.

El segundo agente especial, un hombre más joven de cabello rapado y mandíbula cuadrada, observó el sendero flanqueado por árboles.

—No hay indicios de que fuera arrastrada —comentó.

Asintiendo, el médico forense se acercó a las sandalias negras de la víctima, le levantó un pie y observó el tacón de su zapato.

—No hay polvo ni restos de tierra. Seguramente la transportaron hasta aquí.

—Tuvo que hacerlo un tipo fuerte —dijo el fotógrafo.

El primer agente especial los miró a ambos.

—Nos encontramos en una base de los marines ocupada por estudiantes del FBI. Todos ellos son hombres fuertes. —Se volvió hacia la víctima—. ¿Qué le ocurre en la boca?

El médico forense acercó una mano a sus mejillas y le movió la cabeza de un lado a otro. De repente, retrocedió de un salto y apartó la mano.

—¿Qué ocurre? —preguntó el agente de mayor edad.

—Yo no... Nada.

—¿Nada? ¿Qué tipo de nada?

—Un efecto óptico —murmuró el forense, que no volvió a acercar la mano al rostro de la muchacha—. Parece hilo de coser —añadió—. Grueso, quizá del que se usa para tapizar. No es hilo de sutura y los puntos son demasiado rudimentarios para que los haya realizado un profesional. Las pequeñas motas de sangre indican que, probablemente, la mutilación fue realizada post mórtem.

Una hoja verde había quedado atrapada en la enmarañada melena rubia de la mujer. El forense la apartó distraído y la hoja se alejó volando. Entonces examinó las manos de la víctima, que descansaban sobre su cabeza. Una estaba cerrada, así que extendió suavemente sus dedos y descubrió que, acurrucada en su palma, descansaba una roca dentada de color gris verdoso.

—Eh —dijo al agente especial más joven—, ¿le importaría fotografiar esto?

El tipo se acercó obediente y fotografió la prueba.

—¿Qué es?

—No lo sé. Una roca de algún tipo. ¿Van a guardarla y etiquetarla?

—Así es. —El joven cogió una bolsa de pruebas, depositó la roca en su interior y rellenó obediente el formulario adjunto.

—No hay heridas defensivas evidentes. Oh, aquí hay algo. —El pulgar enguantado del forense levantó el brazo izquierdo de la joven para mostrar una zona roja e hinchada que había en su hombro—. Es una marca de aguja y está rodeada por un cardenal diminuto, de modo que posiblemente le inyectaron algo justo antes de morir.

—¿Sobredosis? —preguntó el agente de mayor edad, con el ceño fruncido.

—De algún tipo, pero resulta extraño que se trate de una inyección intramuscular pues, por lo general, las drogas se administran por vía intravenosa. —El médico levantó de nuevo la falda de la joven, inspeccionó la cara interna de sus muslos y recorrió sus piernas con la mirada hasta llegar a los dedos de los pies. Finalmente inspeccionó la piel que separaba el dedo índice del pulgar—. No hay más marcas de pinchazos, de modo que no era una consumidora habitual.

—¿Estaba en el lugar incorrecto en el momento inadecuado?

—Posiblemente.

El agente especial de mayor edad suspiró.

—Vamos a necesitar una identidad de inmediato. ¿Podría sacarle las huellas aquí?

—Preferiría esperar a la morgue, pues allí podremos examinar sus manos en busca de sangre y muestras de piel. Sin embargo, si el tiempo le apremia, puede echar un vistazo a su bolso.

—¿Qué?

El médico forense esbozó una enorme sonrisa, pero enseguida se apiadó del policía naval.

—Allí, en la roca que hay al otro lado del cordón que rodea el escenario del crimen. Esa mochila de cuero negro. Mi hija tiene una igual. Es el último grito.

—De todos los estúpidos, miserables e incompetentes del… —El agente especial, que no parecía demasiado contento, pidió al joven que fotografiara el bolso y ordenó a dos guardias que ampliaran el perímetro de la escena para incluir el bolso de cuero. Con las manos enguantadas, recuperó el objeto y se dirigió a su ayudante—: Tenemos que realizar un inventario completo, pero por ahora nos limitaremos a examinar en detalle la cartera.

El joven dejó la cámara y, al instante, cogió lápiz y papel.

—De acuerdo. Vamos allá. La cartera también es de cuero negro. Veamos… Contiene una tarjeta de supermercado, una tarjeta del Petco, una tarjeta del Blockbuster, otra tarjeta de supermercado y… no hay carné de conducir. Hay treinta y tres dólares, pero no hay carné de conducir, ni tarjetas de crédito ni ningún tipo de documento que incluya un nombre personal. ¿Qué nos dice eso?

—Que el asesino no quiere que conozcamos la identidad de su víctima —respondió el joven, con entusiasmo.

—Sí —respondió el agente especial de mayor edad—. ¿Y eso qué significa? Creo que estamos pasando por alto otro detalle. Las llaves. —Sacudió el bolso, pero no se oyó ningún tintineo—. ¿Qué tipo de persona no lleva llaves encima?

—¿Podría tratarse de un ladrón? Conoce la dirección de la víctima por el carné de conducir, tiene las llaves de casa… y sabe que la chica no regresará pronto.

—Es posible. —Sin embargo, el agente estaba mirando con el ceño fruncido la boca cosida de la víctima. Kimberly, escondida detrás de un árbol, pudo leer sus pensamientos: *¿Qué tipo de ladrón cose la boca de su víctima? ¿Y qué tipo de ladrón se deshace de un cadáver en una base de los marines?*

—Tengo que ir a buscar bolsas de papel para proteger las manos —anunció el médico forense—. Están en mi furgoneta.

—Le acompañaremos. Quiero revisar algunas cosas. —El agente naval de mayor edad hizo un gesto con la cabeza a su compañero, que se apresuró a ponerse en marcha. Los tres descendieron por el sendero de tierra, dejando el cadáver vigilado por los cuatro marines.

Kimberly estaba considerando el modo de abandonar sigilosamente aquel lugar cuando una mano fuerte le cogió por la muñeca y, al instante siguiente, una segunda mano le tapó la boca. No se molestó en gritar; en vez de ello, le mordió.

—Mierda —rugió una voz profunda en su oído—. ¿Alguna vez hablas antes de disparar? Si sigo tropezando contigo, no me va a quedar ni solo un músculo sano.

Kimberly reconoció la voz y, a regañadientes, relajó la presión de sus dientes. A cambio, el hombre apartó sus manos de ella.

—¿Qué estás haciendo aquí? —susurró Kimberly, lanzando una mirada furtiva a los guardias apostados en la escena del crimen, antes de girarse para mirar el semblante sombrío del agente especial McCormack.

—¿Qué ha ocurrido? —Al instante levantó una mano para indicarle que guardara silencio—. Si tú estás así, no quiero imaginar cómo habrá acabado el otro tipo.

Kimberly se llevó una mano a la cara y advirtió que tenía diversos arañazos en la nariz y las mejillas, salpicados de puntos de sangre seca. Su apresurada carrera por el bosque había pasado factura. No era de extrañar que su supervisor hubiera intentado enviarla a su cuarto a descansar.

—¿Qué estás haciendo aquí? —repitió Kimberly, en voz baja.

—Oí un rumor y decidí seguirlo. —Su mirada recorrió brevemente su cuerpo—. Y también he oído decir que una estudiante de la Academia encontró el cadáver. ¿Debo asumir que has tenido tú ese honor? ¿Te parece bien abandonar la ruta de la carrera de entrenamiento físico?

Kimberly le miró colérica. El agente se encogió de hombros y volvió a centrar su atención en la escena del crimen.

—Quiero esa hoja —rugió su voz en su oreja—. La que el médico forense apartó de la cabeza de la víctima…

—No es el protocolo correcto.

—Eso díselo a él, querida. Quiero esa hoja. Y ya que estás aquí, podrías ayudarme a conseguirla.

Ella se apartó de un salto.

—No pienso…

—Lo único que tienes que hacer es distraer a esos guardias. Conversa con ellos, distráelos con esos ojos azules y, en menos de sesenta segundos, yo habré terminado.

Kimberly le miró con el ceño fruncido.

—Tú distraes a los guardias y yo cojo la hoja —replicó.

Él la miró como si fuera ligeramente retrasada.

—Querida —dijo, hablando con voz cansada—, tú eres la chica.

—¿Y por eso no puedo coger una hoja? —preguntó, alzando la voz sin darse cuenta.

El agente especial volvió a cubrirle la boca con la mano.

—No, pero sin duda posees más atractivo para esos muchachos que yo. —Contempló el sendero arbolado, en la dirección por la que se habían alejado el médico forense y ambos investigadores navales—. Vamos, preciosa. No tenemos el resto de nuestras vidas.

Este tío es un idiota, pensó ella. *Y un machista*. A pesar de todo asintió. El medico forense había sido negligente al retirar aquella hoja del cabello de la joven, así que lo mejor sería que alguien la recuperara.

Mac señaló a la pareja de guardias y le indicó que quería que los llevara hacia el frente, pues así podría acercarse por detrás.

Treinta segundos después, Kimberly respiró hondo, salió de entre los árboles y empezó a avanzar por el sendero de tierra. Entonces, giró con brusquedad a la izquierda y echó a andar hacia la pareja de guardias.

—Necesito ver el cadáver un momento —dijo, con tono jovial.

—Se encuentra en un área restringida, señora —dijo el primer centinela, con la mirada fija en algún punto situado más allá de su oreja izquierda.

—Oh, estoy segura de ello. —Kimberly hizo un ademán con la mano y siguió caminando.

Sin realizar ningún tipo de esfuerzo, el guardia se movió discretamente hacia la izquierda y le cerró el paso.

—Disculpe —dijo Kimberly, con firmeza—, pero creo que no me ha entendido. Estoy acreditada. Formo parte del caso. Por el amor de Dios, fui la primera oficial que estuvo presente en la escena.

El marine la miró con el ceño fruncido, sin dejarse impresionar. La otra pareja de guardias había empezado a acercarse para ayudar a sus compañeros. Mientras Kimberly les dedicaba una sonrisa enfermizamente dulce, vio que el agente especial McCormack accedía al claro tras ellos.

—Señora, debo pedirle que se marche —dijo el primer centinela.

—¿Dónde está el registro de la escena del crimen? —preguntó Kimberly—. Tráiganlo y les demostraré que mi nombre aparece en él.

Por primera vez, el marine vaciló. Kimberly no se había equivocado: aquellos tipos eran simples soldados de infantería. No sabían nada sobre procedimientos de investigación ni sobre jurisdicción legal.

—En serio —insistió, acercándose un paso más y haciendo que todos empezaran a impacientarse—. Soy la nueva agente Kimberly Quincy. Esta mañana, aproximadamente a las ocho horas y veintidós minutos, encontré a la víctima y aseguré la escena para el NCIS. Quiero seguir este caso.

Mac ya se encontraba a medio camino del cadáver. Para lo grande que era, se movía con un sigilo sorprendente.

—Señora, esta zona pertenece a los marines y está restringida a los marines. A no ser que venga acompañada por el agente apropiado, no podrá acceder a la escena del crimen.

—¿Y quién es el agente apropiado?

—Señora…

—Señor, yo encontré a esa muchacha por la mañana. Comprendo que usted tenga que cumplir con su deber, pero no voy a permitir que una pobre chica se quede sola con un puñado de hombres vestidos de camuflaje. Necesita tener cerca a una de las suyas. Es así de simple.

El marine la miró colérico. Era evidente que, en su cabeza, aquellas palabras habían cruzado alguna línea que rozaba la locura. El hombre suspiró y pareció luchar consigo mismo para mostrarse paciente.

Mac ya se encontraba en la zona por la que había revoloteado la hoja antes de posarse en el suelo. Estaba apoyado sobre manos y rodillas y avanzaba con cautela. Por primera vez, Kimberly fue consciente del problema al que se enfrentaban. Había demasiadas hojas secas en el suelo, rojas, amarillas y marrones. ¿De qué color era la que había quedado atrapada en el cabello de la joven? Oh, Dios, ya no lo recordaba.

Los guardias de refuerzo se habían acercado un poco más y tenían las manos en la empuñadura de sus rifles. Kimberly alzó la barbilla y les desafió a disparar.

—Tiene que marcharse —repitió el primer guardia.

—No.

—Señora, o se marcha por sí misma o nos veremos obligados a ayudarla.

Mac ya tenía una hoja en las manos. La sostenía en alto y la observaba con el ceño fruncido. ¿También él se estaba preguntando de qué color era la hoja que llevaba la víctima en el pelo o acaso lo recordaba?

—Pónganme una mano encima y les demandaré por acoso sexual.

El marine pestañeó. Kimberly también lo hizo. La verdad es que, en lo que a amenazas se refería, esta era perfecta. Incluso Mac había vuelto la cabeza hacia ella y la miraba impresionado. Al ver que la hoja que sostenía en la mano era verde, Kimberly se relajó. Aquello tenía sentido. Las hojas que había en la escena estaban secas, pues habían caído durante el otoño, así que no cabía duda de que aquella hoja verde había venido con el cadáver. Lo había conseguido. Lo habían conseguido.

Los guardias de refuerzo se habían situado detrás de la primera pareja y, ahora, cuatro pares de ojos masculinos la miraban con atención.

—Tiene que marcharse —repitió una vez más el primer marine, con una voz que ya no sonaba tan convincente.

—Solo estoy haciendo lo correcto para ella —replicó Kimberly, en voz baja.

Aquello pareció desarmarle aún más, pues el hombre apartó la mirada y la posó en el camino de tierra. Kimberly advirtió que seguía hablando.

—Yo tenía una hermana, ¿sabe? No era mucho mayor que esa muchacha. Una noche, un tipo la emborrachó, la metió en un coche y lo estrelló contra un poste telefónico. Después huyó y la dejó ahí sola, con la cabeza incrustada en el parabrisas. Pero mi hermana no murió en el acto, ¿sabe? Permaneció viva largo rato. Siempre me he preguntado… ¿Sintió cómo se deslizaba la sangre por su rostro? ¿Fue consciente de lo sola que estaba? Los médicos nunca me lo dijeron, pero me pregunto si lloró, si fue consciente de lo que le estaba ocurriendo. Tiene que ser lo peor del mundo, saber que te estás muriendo y que nadie venga a salvarte. Por supuesto, ustedes no tienen que preocuparse de esas cosas. Son marines, así que siempre acudirá alguien en su ayuda. Sin embargo, las mujeres del mundo no contamos con esa certeza. A mi hermana no la ayudó nadie.

Todos los marines habían agachado la cabeza. Su voz había sonado más dura de lo que había pretendido, de modo que la expresión de su rostro debía de ser terrible.

—Tienen razón —dijo entonces—. Debería marcharme. Regresaré más tarde, cuando hayan regresado los agentes que están al cargo de la investigación.

—Será lo mejor, señora —respondió el marine, que todavía era incapaz de mirarla a los ojos.

—Gracias por su ayuda. —Vaciló y entonces dijo, sin poder evitarlo—: Por favor, cuiden de ella por mí.

Kimberly dio media vuelta apresuradamente y, antes de que le diera tiempo a decir otra estupidez, se alejó por el sendero.

Dos minutos después, sintió la mano de Mac en su brazo. Al ver su expresión sombría supo que había oído sus palabras.

—¿Has conseguido la hoja? —le preguntó.

—Sí.

—En ese caso, ¿te importaría decirme por qué estás aquí?

—Porque durante todos estos años le he estado esperando —respondió.

9

Quantico, Virginia
12:33
Temperatura: 35 grados

—Todo empezó en el año 1998. El 4 de junio. Dos universitarias que compartían piso en Atlanta salieron de fiesta una noche y nunca regresaron a casa. Tres días más tarde, el cadáver de la primera fue hallado cerca de la interestatal 75, al sur de la ciudad. Cuatro meses después encontraron los restos de la segunda en el Parque Estatal de la Garganta Tallulah, a cientos de kilómetros de distancia. Ambas estaban vestidas y conservaban sus bolsos. No había indicios de robo ni de agresión sexual.

Kimberly frunció el ceño.

—Qué extraño.

Mac asintió. Estaban en un rincón de la Sala Crossroad, sentados sobre una pequeña mesa, con las cabezas muy juntas y hablando en voz baja.

—Al año siguiente, en 1999, la primera ola de calor no se produjo hasta el mes de julio. El día diez, dos menores de Macon, Georgia, se colaron en un local y nunca más se las volvió a ver con vida. El cadáver de la primera fue hallado dos días después, cerca de la estatal cuarenta y uno, que resulta estar en las proximidades del Parque Estatal de la Garganta Tallulah. El cuerpo de la segunda apareció…

—¿Dentro de la garganta? —se aventuró Kimberly.

—No. En un campo de algodón del condado de Burke, a unos doscientos cincuenta kilómetros de la garganta. Sin embargo, como la estábamos buscando en el parque nacional, nadie encontró su cadáver hasta el mes de noviembre, durante la cosecha de algodón.

—Espera un momento. —Kimberly levantó una mano—. ¿Me estás diciendo que transcurrieron cuatro meses antes de que alguien encontrara el cadáver de una joven en un campo de cultivo?

—Ya veo que nunca has estado en el Condado de Burke. Allí hay más de doscientas mil hectáreas dedicadas al cultivo del algodón. Es el tipo de lugar por el que puedes conducir el día entero sin encontrar ninguna carretera asfaltada. En el Condado de Burke no hay nada.

—Salvo un cadáver. —Kimberly se inclinó hacia adelante—. En esta ocasión, ¿ambas estaban también completamente vestidas? ¿Tampoco hubo indicios de agresión sexual?

—Dadas las condiciones en las que fueron halladas, resulta difícil saberlo con certeza en el caso de la segunda muchacha de cada pareja —replicó Mac—. De todos modos, las cuatro llevaban puesta la ropa de fiesta con la que habían sido vistas por última vez y su aspecto era relativamente... apacible.

—¿La causa de la muerte?

—Varía. Las muchachas que fueron halladas junto a la carretera murieron por una sobredosis de Altivan, un medicamento de prescripción que contiene benzodiazepina. El asesino les inyectó una dosis letal en el hombro izquierdo.

—¿Y las otras?

—No lo sabemos. Deanna Wilson podría haber muerto al caer por un precipicio y creemos que Kasey Cooper murió por la exposición a los elementos o, quizá, por deshidratación.

—¿Las dos fueron abandonadas con vida?

—Es una teoría.

Kimberly no estaba segura de que le hubiera gustado el tono con el que Mac había respondido.

—Antes me has dicho que conservaban sus bolsos. ¿El carné de identidad estaba en su interior?

Mac la miró con el ceño fruncido. Era evidente que estaba pensando en la joven que habían encontrado por la mañana y el hecho de que no hubiera ningún documento de identidad en su cartera.

—Llevaban el carné de conducir —respondió—, de modo que identificar los cadáveres nunca fue un problema. Sin embargo, no había ninguna llave en su interior y nunca localizamos ningún vehículo.

—¿En serio? —la mueca de Kimberly se intensificó. Muy a su pesar, estaba fascinada—. De acuerdo, continúa.

—Pasamos al año 2000 —prosiguió Mac con voz suave, poniendo los ojos en blanco—. El años 2000 fue un mal año. El verano fue brutalmente caluroso y no cayó ni una gota de agua. El 29 de mayo, la temperatura ya superaba los treinta y cinco grados. Dos estudiantes de la Universidad Estatal de Augusta fueron a Savannah a pasar el fin de semana y nunca regresaron a casa. El martes por la mañana, un motorista encontró el cadáver de la primera junto a la estatal 25, en Waynesboro. ¿A que no adivinas dónde está Waynesboro?

Kimberly reflexionó unos instantes.

—¿Cerca de algún campo de algodón del condado de Burke?

El agente sonrió y un destello blanco iluminó su rostro bronceado.

—Lo has captado enseguida. Esa es una de las reglas del juego: el primer cadáver de la nueva pareja aparece siempre cerca del segundo cadáver de la pareja anterior. Puede que le guste la continuidad o, quizá, solo pretende concedernos una nueva oportunidad para encontrar el segundo cadáver en caso de que aún no haya aparecido. —Se interrumpió un instante y la miró con ojos inquisitivos—. Y respecto a esta nueva pareja, ¿sabrías decir dónde apareció el segundo cadáver?

—¿No fue en el condado de Burke?

—Supongo que bromeas.

—Bueno, el asesino no repite escenarios, de modo que doy por sentado que no apareció en la garganta ni en ningún campo de algodón. Se trata de un simple proceso de eliminación.

—Georgia cuenta con más de quince millones de hectáreas de montañas, bosques, costas, zonas pantanosas, huertas de melocotoneros, campos de tabaco y ciudades. Vas a tener que eliminar algo más.

Kimberly se encogió de hombros y se mordisqueó inconscientemente el labio inferior.

—Bueno, antes has dicho que era un juego. ¿Os deja pistas?

Mac le dedicó una deslumbrante sonrisa.

—Correcto. Esta es la segunda regla del juego: para poder competir, es necesario dejar pistas. Centrémonos de nuevo en la primera chica, la que fue hallada a las afueras de Atlanta. ¿Recuerdas que su cadáver apareció en una interestatal? No había signos de violencia ni de agresión sexual, y eso significa que tampoco había restos de sangre, semen ni ningún otro tipo de evidencia de los que suelen encontrarse en un caso de homicidio. Sin embargo, había algo interesante: el cuerpo estaba limpio. Muy limpio. Parecía que le habían lavado las piernas, los brazos y los zapatos. No pudimos encontrar muestras de cabellos ni fibras, pero tampoco manchas de cerveza derramada en sus zapatos ni restos de cacahuete en su cabello. Era como si la muchacha hubiera sido… esterilizada.

—¿Por completo? —preguntó Kimberly con brusquedad—. En ese caso, ¿cómo podéis estar seguros de que no hubo agresión sexual?

Mac movió la cabeza hacia los lados.

—No habían lavado el conjunto de su cuerpo, solo las partes expuestas: el cabello, el rostro y las extremidades. ¿Sabes cuál es mi teoría? Creo que las lava con una esponja, como si borrara una pizarra, y que después empieza su trabajo.

—Oh, Dios —jadeó Kimberly, que ya no estaba segura de querer saber más.

—Utiliza a esas jóvenes como mapas —continuó Mac, con voz calmada—. Esa es la razón por la que existe la primera víctima. Esa es la razón por la que la abandona en una carretera transitada donde sea fácil encontrarla. Y puede que esa sea la razón por la que sufre una muerte rápida y relativamente indolora. Ella no le importa. Para el asesino solo es una herramienta, un mapa que señala dónde se encuentra el verdadero trofeo.

Kimberly había vuelto a inclinarse hacia delante. Su corazón latía con fuerza y sus neuronas habían cobrado vida. Empezaba a comprender hacia dónde conducía todo esto. Casi podía ver el oscuro y retorcido camino que se extendía ante ella.

—¿Cuáles eran las pistas?

—Encontramos una pluma en el cabello de la primera joven, una flor aplastada bajo su cuerpo, restos de roca en un zapato y una tarjeta de visita en su cartera. El laboratorio criminalista siguió el protocolo y tomó muestras de todo. Y entonces…, nada.

—¿Nada?

—Nada. ¿Has estado alguna vez en un laboratorio criminalista real, Kimberly? Y no me refiero a los del FBI, pues los Federales tienen dinero. Me refiero a los laboratorios que utilizamos el resto de los agentes.

Kimberly movió la cabeza hacia los lados.

—Disponemos de equipo, de una gran cantidad de equipo, pero solo podemos aprovechar las huellas dactilares y el ADN. El resto de pruebas resultan tan inútiles como un calcetín desparejado, pues carecemos de bases de datos. Recogemos muestras del terreno, pero no podemos introducirlas en ningún ordenador gigantesco que las escanee y nos anuncie su procedencia exacta con un pitido mágico, como ocurre en esas series de televisión sobre investigadores criminalistas. Tenemos que trabajar con presupuestos apretados…, y eso significa que no podemos hacer nada más que archivar las pruebas forenses para disponer de algo con lo que trabajar si algún día tenemos un sospechoso. Y si ese día llega, recogemos el polvo hallado en la escena del crimen y cruzamos los dedos para que coincida con el polvo del jardín del tipo malo. Eso es todo lo que podemos hacer.

»En otras palabras, lo que hicimos fue recoger las muestras de roca, la pluma y la flor, sabiendo que ninguno de esos objetos nos resultaría de utilidad, y se los enviamos a los verdaderos expertos con la esperanza de que pudieran extraer alguna información. Entonces esperamos nueve meses.

Kimberly cerró los ojos.

—Oh, no —jadeó.

—Nadie lo sabía —dijo él, con voz calmada—. Tienes que comprender que nadie imaginaba nada similar.

—Abandonó a la joven en la garganta, ¿verdad?

—Con un galón de agua y sus zapatos de tacón alto, cuando la temperatura rondaba los treinta y ocho grados.

—Pero si hubieran interpretado las pistas a tiempo…

—Querrás decir que si hubiéramos averiguado que la flor blanca era un *trillium persistens*, una extraña planta que solo crece en un área de mil trescientas hectáreas situada en el interior de la Garganta Tallulah… O que si nos hubiéramos dado cuenta de que la pluma pertenecía a un halcón peregrino, un ave que también anida en la garganta… O que si hubiéramos comprendido que la tierra que encontramos en sus zapatos coincidía con las muestras recogidas en las rocas de granito de los barrancos… O que si hubiéramos advertido que la tarjeta de visita que hallamos en su cartera pertenecía a un representante del servicio de atención al cliente de Georgia Power, la empresa que administra la garganta… Sí, si hubiéramos sabido todas esas cosas, es posible que hubiéramos logrado encontrarla a tiempo. Sin embargo, la mayoría de estos informes tardaron meses en llegar y, para entonces, la pobre Deanna Wilson ya estaba muerta y enterrada.

Kimberly agachó la cabeza y pensó en la pobre muchacha, perdida en medio de un bosque hostil y bajo un sol abrasador, intentando avanzar por aquel terreno irregular con tacones y un vestido de fiesta. Se preguntó si habría bebido el agua con rapidez, convencida de que pronto la encontrarían… o si la habría racionado desde el principio, temiéndose lo peor.

—¿Y la segunda pareja? —preguntó, con un hilo de voz.

Mac se encogió de hombros. Sus ojos eran oscuros y sombríos.

—Tampoco sabíamos lo que teníamos que hacer. En el mismo instante en que apareció el primer cadáver en las proximidades de la garganta, todos establecimos la misma conexión: pensamos que a nuestro asesino le gustaba secuestrar muchachas jóvenes y esconderlas en la garganta. Debido a las elevadas temperaturas, la Oficina del Sheriff del condado de Rabun hizo lo lógico y centró todos sus recursos en buscar a su amiga en el parque. Transcurrió una semana entera antes de que empezáramos a pensar que podría no estar allí, pero tampoco lo sabíamos con certeza.

—¿Cuáles eran las pistas?

—Encontramos muestras de pelusa blanca en la camiseta roja de Josie Anders, barro seco en sus zapatos, cuatro semillas en la cartera y un número de teléfono garabateado en una servilleta de papel que guardaba doblada en el bolsillo delantero.

—¿La pelusa y las semillas tenían algo que ver con el algodón? —conjeturó Kimberly.

—Tras efectuar un análisis exhaustivo supimos que las semillas eran de algodón, que la pelusa provenía de la semilla de algodón, que el barro mostraba niveles elevados de materia orgánica y que el número de teléfono pertenecía a Lyle Burke, un electricista jubilado de sesenta y cinco años que vivía en Savannah y que nunca había oído hablar de esas muchachas y menos aún del Roxie's Bar, el último local donde fueron vistas con vida.

—El condado de Burke —dijo Kimberly.

Mac asintió.

—En el estado de Georgia, el algodón no es una pista demasiado justa, pues hay noventa y siete condados que se dedican a su cultivo. El hecho de que el asesino nos proporcionara el número de teléfono... Creo que, en cierto modo, consideró que debía dárnoslo para jugar con deportividad, pues ese número nos permitía centrar la búsqueda en un área de doscientas mil hectáreas. Si hubiéramos prestado atención... —Se encogió de hombros. Sus puños se abrían y cerraban, indicando su frustración.

—¿Cuándo empezaron a encajar las piezas en su sitio? —preguntó Kimberly.

—Dos meses después de que el cadáver de Kasey Cooper fuera hallado en el campo de algodón. En cuanto recibimos el último informe, establecimos las conexiones pertinentes: oh, tenemos cuatro muchachas que han desaparecido por parejas. En ambos casos, el cadáver de la primera ha aparecido de inmediato junto a una carretera principal. Y en ambos casos, la segunda no ha sido hallada hasta varios meses después, en un área remota y peligrosa. Y en el cuerpo de la primera hemos encontrado pruebas que indicaban la ubicación de la segunda. Oh, quizá si descifráramos más rápido esas pistas, podríamos encontrar a las chicas a tiempo. Oh, sí. Eso tiene sentido. —Mac dejó escapar el aliento. Parecía molesto, pero siguió hablando.— Decidimos reunir a un grupo de expertos, pero no dimos a conocer esta información al público. Trabajamos entre bambalinas, buscando a los mejores profesionales de Georgia: biólogos, botánicos, geólogos, entomólogos... Les pedimos que pensaran en el asesino y nos dijeran lugares posibles donde podía atacar. Nuestro objetivo era prevenir nuevas muertes..., pero si no lo conseguíamos y volvía a matar, esos expertos podrían examinar las pistas y proporcionarnos respuestas en tiempo real.

—¿Y qué ocurrió? —preguntó Kimberly.

—Llegó el año 2000 —respondió, con voz triste—. El año que pensábamos que nos habíamos vuelto más listos. Sin embargo, fue un absoluto desastre. Nuestro asesino secuestró a dos parejas más y murieron tres muchachas. —Mac consultó el reloj, sacudió la cabeza para desembarazarse de lo que iba a decir y, para sorpresa de Kimberly, la cogió de la mano—. Pero eso forma parte del pasado y esto es el presente. Si nuestro hombre es el Ecoasesino, no disponemos de demasiado tiempo. El reloj hace tictac. Y necesito que me ayudes.

10

Quantico, Virginia
14:03
Temperatura: 36 grados

El agente especial McCormack iba a conseguir que la echaran de la Academia del FBI. Kimberly reflexionó sobre ello mientras conducía por las sinuosas carreteras de Quantico, en dirección a la autopista principal. Después de hablar con Mac, se había duchado y se había puesto el uniforme adecuado: pantalones de uniforme y la camisa azul marino de la Academia del FBI. A continuación había guardado su pistola Crayola en la funda de la pretina de sus pantalones y había añadido las esposas al cinturón. Aunque contaba con el prestigio de ser una nueva agente, deseaba causar una buena impresión.

Podría haberle dicho que no. También reflexionó sobre ello mientras conducía. La verdad es que no conocía de nada a aquel tipo. Sí, era atractivo y tenía unos ojos azules preciosos, pero no sabía nada de él. Ni siquiera estaba segura de creer la historia que le había contado. Sí, estaba convencida de que el Ecoasesino había causado estragos en el estado de Georgia, pero aquello había ocurrido tres años atrás, a cientos de kilómetros de Virginia. ¿Por qué un chiflado de Georgia iba a asesinar de repente en Virginia? ¿Y por qué un chiflado de Georgia iba a dejar un cadáver en la puerta del FBI?

Aquello no tenía ningún sentido. Mac simplemente había visto lo que necesitaba ver. No era el primer policía obsesionado con un caso ni tampoco sería el último.

Pero nada de esto explicaba la razón por la que Kimberly había decidido saltarse las clases de la tarde, una infracción que podía quedar registrada en su expediente. Ni tampoco explicaba la razón por la que en estos momentos se dirigía hacia la oficina del médico forense del condado, a pesar de que su supervisor le había dicho de forma explícita que se mantuviera alejada del caso. Sabía que con este pequeño acto de insubordinación podía conseguir que la echaran de la Academia.

Y sin embargo, había aceptado en el mismo instante en que Mac se lo había pedido. Deseaba hablar con el médico forense. Deseaba estar presente en la autopsia de una pobre chica a la que nunca había conocido.

Deseaba… Deseaba saber lo ocurrido. Deseaba conocer el nombre de la joven y sus sueños ahora truncados. Deseaba saber si había sufrido o si había muerto con rapidez. Deseaba saber qué errores había cometido el asesino, para poder seguirle y conseguir que se hiciera justicia, pues aquella muchacha merecía algo mejor que ser abandonada en el bosque como si fuera basura.

En definitiva, Kimberly estaba proyectando. Como antigua estudiante de psicología, reconocía las señales. Y como hija y hermana de dos mujeres que habían sufrido una muerte violenta, sabía que no podría parar aunque lo intentara.

Había encontrado a la víctima y había estado a solas con ella en las oscuras sombras del bosque. Ahora no podía darle la espalda y alejarse.

Kimberly había seguido las indicaciones que le habían dado en la base de los marines. Había preguntado por el investigador del NCIS y le habían dicho que ya se había marchado, pues deseaba estar presente en la autopsia de la víctima.

El hecho de que el agente especial Kaplan estuviera presente en la autopsia le concedía una buena excusa para intentar participar en el proceso. Se había acercado a la morgue para hablar con él, pero ya que estaba aquí…

Lo malo era que un agente especial experimentado recelaría más que un médico forense extenuado sobre las intenciones de una nueva agente que intentaba colarse en su investigación.

Esta era la razón por la que Mac le había pedido ayuda. Sabía que Kaplan no iba a permitir que otro agente participara en el caso; en cambio, una simple estudiante… «Saca a relucir tus puntos débiles», le había aconsejado. «Nadie sospecha nunca de un insignificante novato».

Kimberly aparcó el coche delante de un vulgar edificio de cinco plantas y respiró hondo. Se preguntó si en alguna ocasión su padre se habría sentido tan nervioso como ella por un caso. ¿Alguna vez se había desviado del camino correcto? ¿Alguna vez lo había arriesgado todo para averiguar la verdad sobre la muerte de una joven en un mundo en el que asesinaban a tantas rubias?

Su frío y distante padre. Fue incapaz de imaginarle nervioso y, de alguna forma, esto la alentó. Enderezó los hombros y se puso en marcha.

Nada más entrar, el olor la abrumó. Era demasiado antiséptico, demasiado estéril. Era el olor de un lugar que, definitivamente, tenía cosas que ocultar. Se acercó a la zona de recepción, que estaba cercada por un cristal, realizó su petición y agradeció que la recepcionista la dejara pasar de inmediato.

Kimberly siguió un largo pasillo de paredes sombrías y suelos de linóleo hasta llegar a la parte posterior del edificio. Aquí y allá había camillas de metal dispuestas contra paredes de color hueso y puertas de acero gris que conducían a otros lugares, con controles de seguridad que pedían códigos de acceso que ella desconocía. Aquí el aire era más frío. Sus pasos resonaban con fuerza y los fluorescentes zumbaban sobre su cabeza.

Sus manos temblaban sobre sus costados y podía sentir las primeras gotas de sudor deslizándose pegajosamente por su espalda. Debería ser un alivio encontrarse en este gélido lugar y escapar del asfixiante calor del exterior, pero no lo era.

Al llegar al final del pasillo empujó una puerta de madera que conducía a un nuevo vestíbulo. Este era el lugar donde se encontraba la oficina del médico forense. Pulsó un timbre y no se sintió demasiado sorprendida cuando se abrió una puerta y el agente especial Kaplan asomó la cabeza.

—¿Está buscando al forense? En estos momentos está ocupado.

—En realidad, le estaba buscando a usted.

El agente especial Kaplan enderezó la espalda. Estaba tan cerca que Kimberly pudo ver el suave brillo plateado de su cabello oscuro, que llevaba cortado al estilo militar. Tenía el rostro arrugado, los ojos severos y unos labios estrechos que se reservaban la opinión antes de sonreír. No era un hombre cruel, pero sí un tipo duro. Al fin y al cabo, era el encargado de mantener a raya al conjunto del NCIS y los marines.

Esto no iba a ser fácil.

—Soy la nueva agente Kimberly Quincy —se presentó, tendiéndole la mano. El hombre se la estrechó con firmeza a la vez que le dedicaba una expresión cautelosa.

—Se ha dado un buen paseo.

—Me han dicho que quería hacerme algunas preguntas y, teniendo en cuenta la intensidad de mi programa, pensé que sería más sencillo que yo le encontrara. En la base de los marines me dijeron que estaba aquí, de modo que decidí acercarme.

—¿Sabe su supervisor que ha abandonado la Academia?

—No se lo he dicho directamente, pero cuando hablé con él por la mañana, hizo hincapié en la importancia de que cooperara al cien por cien en la investigación del NCIS. Por supuesto, le aseguré que haría todo lo que estuviera en mi mano por ayudar.

—Ajá —replicó Kaplan.

Pero eso fue todo. Permaneció junto a la puerta, observándola y permitiendo que el silencio se alargara. Si este hombre tenía hijos, seguro que nunca intentarían salir a hurtadillas por la noche.

Los dedos de Kimberly estaban desesperados por moverse, así que metió las manos en los bolsillos y deseó una vez más llevar encima su Glock. Era difícil intentar proyectar seguridad cuando ibas armado con una pistola de juguete pintada de rojo.

—Tengo entendido que ha visitado la escena del crimen —dijo Kaplan, de pronto.

—Me acerqué a echar un vistazo.

—Dio un buen susto a mis chicos.

—Con el debido respeto, señor, sus chicos se asustan fácilmente.

Los labios de Kaplan esbozaron algo parecido a una sonrisa.

—Eso mismo les he dicho —replicó y, por un instante, ambos fueron cómplices en aquella conspiración. Sin embargo, el momento pasó—. ¿Por qué le interesa tanto este caso, nueva agente Quincy? ¿Su padre no le enseñó nada mejor?

Los hombros de Kimberly se tensaron y, al darse cuenta, se obligó a sí misma a respirar con calma.

—No solicité entrar en la Academia porque mis intereses se centraran en la costura.

—¿Eso significa que, para usted, este caso simplemente tiene un interés académico?

—No.

Su respuesta hizo que el hombre frunciera el ceño.

—Se lo preguntaré otra vez. ¿Por qué está aquí, nueva agente Quincy?

—Porque yo la encontré, señor.

—¿Porque usted la encontró?

—Sí, señor. Y me gusta terminar aquello que empiezo. Mi padre me lo enseñó.

—No le corresponde a usted llevar este caso.

—No, señor. Es su caso. Yo solo soy una simple estudiante. Sin embargo, le agradecería que tuviera la bondad de dejarme observar.

—¿Bondad? Nadie me considera bondadoso.

—Su imagen no quedará dañada si permite que una novata inexperta esté presente durante una autopsia y vomite hasta las entrañas, señor.

Los labios del agente se curvaron y aquella sonrisa cambió el contorno de su rostro, haciéndolo atractivo e incluso cercano. El humano que había en él salió al exterior y Kimberly pensó que todavía había alguna esperanza.

—¿Ha presenciado alguna vez una autopsia, nueva agente Quincy?

—No, señor.

—Le advierto que no le impresionará la sangre, sino el olor. O quizá el zumbido de la sierra quirúrgica cuando le corten el cráneo. ¿Cree que está preparada?

—Estoy bastante segura de que vomitaré, señor.

—En ese caso, puede pasar —dijo, antes de murmurar—: lo que hay que hacer para formar a un novato.

Tras mover la cabeza hacia los lados, Kaplan abrió la puerta y le permitió acceder a la fría y estéril sala.

Tina sentía náuseas, pero intentaba reprimirlas con todas sus fuerzas. Su estomago se contrajo, su garganta se tensó y la bilis empezó a ascender. Con amargura y dolor, la obligó a descender de nuevo.

Tenía la boca sellada con cinta adhesiva y le aterraba la idea de ahogarse en su propio vómito.

Se encogió un poco más, haciéndose un ovillo. Esta postura pareció aliviar en parte los calambres que sentía en el abdomen. Puede que esto le concediera unos minutos más. ¿Y entonces qué? No lo sabía.

Vivía en una negra tumba de oscuridad. No veía nada y oía muy poco. Sus manos estaban atadas a la espalda, pero la cinta no le apretaba demasiado. Creía que sus tobillos también estaban atados pues, cada vez que movía los pies, oía un sonido burbujeante y conseguía un poco de espacio adicional.

De todos modos, la cinta no servía para nada. Hacía horas que se había dado cuenta de ello. Su verdadera prisión no era la cinta adhesiva que inmovilizaba sus extremidades, sino el contenedor de plástico en el que estaba atrapado su cuerpo. La oscuridad le impedía saberlo con certeza pero, teniendo en cuenta el tamaño y el hecho de que hubiera una puerta metálica en la parte delantera y agujeros abiertos en la parte superior, suponía que había sido encerrada en una caja para transportar animales grandes. De hecho, creía estar atrapada en una jaula para perros.

Al principio había llorado, pero después, dejándose llevar por la cólera, había aporreado las paredes de plástico y había intentado derribar la puerta metálica. Lo único que había conseguido con aquella rabieta había sido un hombro magullado y unas rodillas contusionadas.

Más tarde había dormido, pues el miedo y el dolor la habían dejado extenuada. Al despertar había descubierto que habían retirado la cinta adhesiva que sellaba su boca y que habían dejado un galón de agua y una barrita de cereales a su lado. Sintiéndose ofendida, había tenido tentaciones de rechazar aquel alimento. ¡Ella no era ningún mono amaestrado! Pero entonces, pensando en el bebé que llevaba en las entrañas, había bebido el agua con avidez y había comido la barrita que le proporcionaría proteínas.

No tardó demasiado en descubrir que el agua debía de contener alguna droga pues, poco después de beberla, se había quedado profundamente dormida. Al despertar de nuevo, la cinta volvía a cubrir su boca y el envoltorio de la barrita energética había desaparecido.

Había sentido deseos de llorar. Las drogas no podían ser buenas, ni para ella ni para el bebé.

Resultaba extraño que, hacía tan solo cuatro semanas, no hubiera sabido si deseaba tener aquel bebé. Pero Betsy había llevado a casa el libro de la Clínica Mayo sobre el desarrollo del feto y habían contemplado juntas las fotografías. Ahora sabía que a las seis semanas de gestación, el bebé ya medía doce milímetros. Tenía una cabeza grande, con ojos pero sin párpados, y unas piernas y brazos diminutos, con manos y pies similares a remos. En una semana, su bebé mediría veinticuatro milímetros y en sus manos y pies aparecerían diminutos dedos palmeados que lo convertirían en la semilla de lima más bonita del mundo.

En otras palabras, su bebé ya era un bebé. Un ser diminuto y precioso que Tina ansiaba sostener en sus brazos algún día. Y sabía que sería mejor que disfrutara con intensidad de ese momento, porque su madre la mataría poco después.

Su madre. Oh, Dios. El simple hecho de pensar en ella le hacía sentir deseos de llorar. Si le ocurría algo a Tina… La vida ya había sido demasiado injusta con aquella mujer que había trabajado tan duro para que su hija pudiera tener una vida mejor.

Tenía que estar más alerta. Tenía que prestar más atención. No estaba dispuesta a desaparecer de este modo. Se negaba a convertirse en una estúpida estadística. Agudizó de nuevo los oídos, intentado descubrir alguna pista sobre lo que estaba ocurriendo.

Estaba bastante segura de encontrarse en un vehículo. Sentía movimiento, pero le confundía el hecho de no ver nada. Quizá, la jaula descansaba en la parte posterior de una camioneta cubierta con una lona o, quizá, en el interior de una furgoneta. No creía que fuera de noche, pero como tampoco alcanzaba a ver el reloj, no tenía ni idea de cuánto tiempo había transcurrido desde que la habían secuestrado. Entonces recordó que había estado durmiendo. Las drogas y el miedo le habían pasado factura.

Se sentía sola. Aquel pozo oscuro le resultaba demasiado estéril, pues estaba inundado de gemidos de miedo y carecía del suave susurro de la respiración de otra persona. A pesar de la oscuridad reinante, tenía la certeza de ser el único ser vivo encerrado en ese lugar. Puede que eso fuera bueno. Puede que solo la hubiera secuestrado a ella. Quizá, solo se la había llevado a ella.

Pero, por alguna razón, lo dudaba y este pensamiento le hizo sentir deseos de llorar.

¿Por qué estaba haciendo esto? ¿Acaso era un pervertido que secuestraba a jóvenes universitarias para llevarlas a su escondite y hacerles cosas inenarrables? Todavía estaba vestida. Incluso llevaba sus sandalias con tacones de ocho centímetros. Y también le había dejado el bolso. No creía que un pervertido hiciera algo así.

Quizá se dedicaba a la trata de blancas. Había oído varias historias. En ultramar pagaban montones de dinero por una chica blanca. Puede que terminara en un harén… o trabajando en un club de mala muerte de Bangkok. Bueno, cuando a su hermosa presa le empezara a crecer la barriga, se llevarían una buena sorpresa. Así aprenderían a hablar antes de actuar.

Su bebé nacería en la esclavitud, en la prostitución, en la pornografía…

La bilis volvió a ascender por su garganta e intentó reprimir sus deseos de vomitar.

No puedo vomitar, intentó decirle a su vientre. *Tienes que darme un respiro. Tienes que retener toda la comida y el agua que ingiera. Ya sabes que no hay mucha comida, así que tenemos que conseguir que esas calorías sirvan para algo.*

Era muy importante que retuviera el alimento pues, por extraño que sonara, cuanto menos comía, peores se volvían las náuseas. Básicamente, comer le hacía vomitar y la falta de comida le provocaba más deseos de vomitar.

Con cierta demora advirtió que el movimiento desaceleraba. Agudizó los oídos y percibió el chirrido de los frenos. El vehículo se había detenido.

Su cuerpo se tensó y sus manos atadas buscaron a tientas la mochila negra, que sujetó como si fuera un arma. Sabía que no iba a servirle de nada, pues tenía las manos atadas a la espalda, pero necesitaba hacer algo. Mantenerse activa era mejor que limitarse a esperar que ocurriera algo…

De repente se abrió una puerta y la brillante luz del sol entró en el vehículo, haciendo que Tina parpadeara como un búho. Y al instante sintió que un intenso muro de calor caía sobre ella. Oh, Dios, en el exterior hacía un calor asfixiante. Retrocedió, pero no pudo escapar del aire abrasador.

Ante la puerta abierta se alzaba un hombre. Sus rasgos eran un sudario negro rodeado por un halo de luz del sol. Alzó los brazos y un paquete de celofán cayó entre las barras de plástico. Y después otro. Y otro más.

—¿Tienes agua? —preguntó.

Ella intentó hablar, pero entonces recordó la cinta de su boca. Tenía agua, pero quería más, así que movió la cabeza hacia los lados.

—Tienes que racionar tus reservas con más cuidado —le regañó.

Ella deseaba escupirle, pero solo pudo encogerse de hombros.

—Te daré otra jarra, pero eso será todo. ¿Entendido?

¿Qué había querido decir con eso? ¿Que eso sería todo lo que iba a darle hasta que la dejara en libertad o que eso sería todo lo que iba a darle hasta que la violara, la matara o la vendiera a un grupo de hombres enfermos y retorcidos?

Su estómago se revolvió de nuevo y cerró los ojos, esforzándose en contener las náuseas.

Lo siguiente que sintió fue un pinchazo en el brazo. Una maldita aguja. Oh, no, la estaba drogando de nuevo.

Sus músculos se fundieron al instante y se dejó caer contra el lado de la jaula mientras el mundo empezaba a desvanecerse. La puerta de la perrera se abrió, una jarra de agua se materializó junto a ella y, al momento siguiente, una mano le arrancó la cinta de la boca. Le picaban los labios. La sangre se deslizaba por la comisura de su boca.

—Come y bebe —dijo el hombre, con voz calmada—. Necesitarás fuerzas al anochecer.

La puerta de la jaula se cerró de golpe y todo volvió a quedar a oscuras. Ya no veía la luz del sol. El calor se había quedado en el exterior.

Tina se deslizó hacia el suelo de la jaula, levantó las piernas y curvó su cuerpo alrededor del estómago en un gesto protector. Poco después, las drogas ganaron la batalla y se la llevaron muy lejos.

11

Quantico, Virginia
15:14
Temperatura: 36 grados

No habían adelantado demasiado con la autopsia, pero a Kimberly no le sorprendía. Por lo general, estas se realizaban días después del hallazgo del cadáver, no en tan solo unas horas. O en el momento presente no había demasiado trabajo o las investigaciones del NCIS tenían mucho peso.

El agente especial Kaplan le presentó al médico forense, el doctor Corben, y a su ayudante, Gina Nitsche.

—¿Es su primera autopsia? —preguntó Nitsche, mientras manipulaba el cadáver con rapidez y eficiencia.

Kimberly asintió.

—Si tiene ganas de vomitar, limítese a salir —dijo, con tono jovial—. Ya tendré suficiente que limpiar cuando terminemos. —Siguió hablando mientras abría la cremallera de la bolsa que contenía el cadáver y retiraba el plástico. —Yo soy la *diener* y, técnicamente hablando, el doctor Corben es el *prosector*. Él se encarga del protocolo y yo hago lo que me pide. El procedimiento habitual es que el cuerpo llegue un día o dos antes de la autopsia y sea registrado. Después de inventariar la ropa y los objetos personales, pesamos el cadáver y le proporcionamos una etiqueta oficial con un número de identificación. Sin embargo, debido a las limitaciones de tiempo —miró de reojo a Kaplan—, en esta ocasión tendremos que realizar todos esos pasos sobre la marcha. Ah, hay una caja de guantes en la mesa lateral y gorros y batas en el armario. Sírvase usted misma.

Kimberly miró el armario, vacilante. Nitsche debió de leer sus pensamientos, pues añadió:

—Ya sabe que a veces salpican.

Kimberly se acercó al armario, se cubrió el corto cabello con un gorro, se puso una bata y, finalmente, se acercó a la mesa para coger unos guantes. El agente especial Kaplan la imitó, pero solo cogió un gorro y una bata, pues había traído sus propios guantes.

Mientras tanto, Nitsche terminó de desenvolver el cadáver. Primero retiró la gruesa capa de plástico externa, después apartó una sábana blanca y por último extrajo la capa de plástico interna, la única que estaba en contacto con el cadáver y era similar a una bolsa de tintorería. Nitsche dobló las diferentes capas y las dejó en la base de la camilla. Acto seguido procedió a inventariar la ropa y las joyas de la muchacha mientras el doctor Corben preparaba la mesa de la autopsia.

—El contenido del bolso ya está inventariado —explicó Nitsche—. La pobre muchacha tenía folletos de una agencia de viajes para ir a Hawai. Siempre he querido ir a Hawai. ¿Cree que pensaba ir con su novio? Porque si pensaba ir con su novio..., bueno, ahora este vuelve a estar libre y Dios sabe que necesito encontrar a alguien que me saque de aquí. Bueno, ya está todo listo.

Giró la camilla para acercarla a la mesa de disección. Era evidente que el doctor Corben y ella habían realizado diversas veces este procedimiento, pues el doctor se acercó a la cabeza de la víctima, ella se situó a los pies y, tras contar hasta tres, colocaron el cuerpo desnudo sobre la mesa metálica. Sin perder ni un instante, Nitsche retiró la camilla.

—Probando, probando —dijo el doctor Corben, poniendo en marcha la grabadora. Tras comprobar que funcionaba, se puso manos a la obra.

En primer lugar, el médico forense describió el cuerpo desnudo de la víctima, dejando constancia de su sexo, edad, peso, altura y color de ojos y cabello. Comentó que parecía gozar de buena salud (*si no tenemos en cuenta que está muerta*, pensó Kimberly). También registró la presencia de un tatuaje, en forma de rosa y de unos dos centímetros y medio, sobre el pecho de la difunta.

Víctima y difunta. El doctor Corben utilizaba con profusión estas dos palabras. Kimberly se dio cuenta de que este era su principal problema: para ella no eran víctimas ni difuntas, sino más bien jóvenes, hermosas, rubias, chicas... Si pretendía ser una investigadora desapasionada y familiarizada con la muerte, todavía le quedaba mucho que aprender.

A continuación, el doctor Corben procedió a examinar las heridas. En primer lugar describió el cardenal que tenía la chica..., la víctima, en su cadera izquierda, mientras palpaba con la mano enguantada su piel cerúlea.

—La víctima presenta una equimosis de aproximadamente diez centímetros de diámetro en la parte superior del muslo izquierdo. En la zona central, alrededor del lugar donde se efectuó la punción, hay unos cuatro centímetros de piel enrojecida e hinchada. Se trata de una contusión anormalmente severa para una inyección intramuscular. Puede que sea el resultado de la inexperiencia o del empleo de una aguja demasiado grande.

Al oír estas palabras, el agente especial Kaplan frunció el ceño e hizo un ademán con la mano. El doctor Corben detuvo la grabadora.

—¿Qué quiere decir con eso de una aguja demasiado grande? —preguntó Kaplan.

—Las agujas tienen diferentes grosores. En la comunidad médica, por ejemplo, solemos utilizar agujas de cero con nueve milímetros para poner inyecciones, pues se deslizan con facilidad en la vena y, si se administran de la forma correcta, apenas dejan herida. Sin embargo, la punción de la cadera provocó una gran contusión, y no solo en la zona del músculo. El punto central que se observa en la zona enrojecida e hinchada indica el lugar donde fue inyectada la aguja. El tamaño de la contusión me hace pensar que se ejerció demasiada fuerza, que se la clavaron en el muslo como si fuera un puñal o que utilizaron una aguja excesivamente grande.

Kaplan entrecerró los ojos, considerando las posibilidades.

—¿Por qué iba alguien a utilizar una aguja más grande de lo habitual?

—Cada proceso requiere una aguja de un tamaño concreto. —El doctor Corben frunció el ceño—. Si es necesario inyectar con rapidez grandes cantidades de una sustancia utilizamos agujas de mayor grosor y si es necesario mezclar diferentes componentes, utilizamos agujas más largas. Aquí hay algo interesante. La víctima recibió un segundo pinchazo en el brazo, pero la inyección le causó un daño prácticamente imperceptible, un punto diminuto que apenas presenta una ligera hinchazón. Esta herida es más parecida a la que suelen dejar las agujas estándar de cero con nueve milímetros. Aunque la relativa inexistencia de contusión también se debe a que murió poco después, es evidente que esta segunda inyección se aplicó de un modo más experto. O bien se trata de dos agujas distintas o de dos formas completamente distintas de administrar una inyección intramuscular.

—Por lo tanto, la primera aguja fue inyectada en la cadera —reflexionó Kaplan—, con fuerza o con una aguja muy grande. Más adelante le inyectaron una segunda aguja en el brazo, pero de forma más controlada, con más cuidado. ¿Cuánto tiempo transcurrió entre ambos pinchazos?

El doctor Corben frunció el ceño y palpó el primer cardenal con los dedos.

—Teniendo en cuenta su tamaño, es obvio que tuvo tiempo de desarrollarse. Sin embargo, solo presenta tonos púrpura y azules oscuros; hay una ausencia total de matices verdosos y amarillentos, de modo que yo diría que entre la punción de la cadera y la inyección del brazo transcurrieron entre doce y veinticuatro horas.

—Una emboscada —murmuró Kimberly.

El agente especial Kaplan se volvió hacia ella. Su rostro había recuperado su expresión severa.

—¿Puede repetirlo?

—Una emboscada —se obligó a sí misma a alzar la voz—. El primer cardenal… si esa contusión es debida al empleo de la fuerza, es posible que se tratara de una emboscada. Así fue como el agresor consiguió hacerse con el control. Después, cuando ya estaba sometida, pudo tomarse más tiempo para administrar la inyección final.

Estaba pensando en lo que Mac había dicho sobre los asesinatos de Georgia, en el hecho de que las muchachas que habían sido encontradas en carreteras principales siempre habían presentado una contusión en la cadera, además de la marca de una inyección fatal en la parte superior del brazo izquierdo. Era la primera vez que oía hablar de un modus operandi semejante. ¿Qué probabilidades había de que dos asesinos distintos lo estuvieran utilizando en dos estados distintos?

El doctor Corben volvió a poner en marcha la grabadora, giró el cadáver sobre su espalda y, tras registrar la ausencia de heridas y contusiones, finalizó el reconocimiento inicial describiendo el estado de la boca. Acto seguido, Nitsche le tendió algún tipo de formulario estándar y el doctor reseñó con suma eficiencia todas y cada una de las lesiones externas que había observado durante el reconocimiento.

A continuación se centraron en las manos, que habían sido envueltas en bolsas de papel en la escena del crimen. En cuanto Nitsche retiró las bolsas, el doctor Corben raspó debajo de cada uña y Nitsche recogió las muestras. Acto seguido, el doctor frotó la base de cada uña con un palillo de algodón, en busca de restos de sangre.

—No hay señales de heridas defensivas —anunció, mirando a Kaplan y moviendo la cabeza hacia los lados—. No hay restos de piel ni de sangre.

Kaplan suspiró y volvió a apoyarse en la pared.

—Hoy no es mi día de suerte —murmuró.

Después de que las manos de la víctima hubieran sido analizadas en busca de pruebas, Nitsche acercó una almohadilla de tinta para tomarle las huellas dactilares, pero el rígor mortis se había adueñado del cuerpo y sus rígidos dedos se negaron a cooperar.

El doctor Corben se acercó para ayudarla y manipuló la primera articulación del índice hasta que, con un débil sonido restallante, la rigidez se desvaneció. Nitsche empezó a aplicar la tinta mientras el doctor Corben iba manipulando todos los dedos de ambas manos, que fueron restallando con una suave reverberación en aquella fría sala de baldosas, haciendo que la bilis ascendiera por la garganta de Kimberly.

No voy a vomitar, se prometió a sí misma. *Oh, Dios... y esto es solo el reconocimiento externo,* recordó entonces, sobrecogida.

Después de haber tomado las huellas dactilares, el doctor Corben se acercó a las piernas de la chica..., de la difunta. La condición de su ropa indicaba que era poco probable que hubiera sido violada, pero era necesario comprobarlo.

—No presenta contusiones en la cara interna de los muslos, ni laceraciones en los labios mayores ni en los menores —anunció. Procedió a peinar el vello púbico mientras Nitsche recogía las hebras sueltas y las depositaba en otra bolsa.

Entonces, el doctor cogió tres bastoncillos y Kimberly tuvo que apartar la mirada. Sabía que la muchacha estaba muerta, que no iba a sentir ningún dolor y que no iba a sentirse ultrajada; sin embargo, era incapaz de mirar. Sus dedos estaban cerrados en un apretado puño y su respiración era superficial. De nuevo fue consciente del olor que invadía la sala y del sudor que se deslizaba por su espalda. Por el rabillo del ojo advirtió que Kaplan estaba analizando el suelo con suma atención.

—El reconocimiento externo sugiere que no se produjo agresión sexual —concluyó el doctor Corben poco después—. A continuación procederemos a limpiar el cadáver.

Kimberly abrió los ojos y descubrió que Nitsche y el doctor Corben estaban limpiando el cuerpo con una manguera. El desconcierto debió de reflejarse en su rostro pues, alzando la voz para hacerse oír sobre el sonido del agua, el doctor Corben explicó:

—En cuanto concluimos el reconocimiento externo, limpiamos el cadáver antes de realizar la primera incisión para evitar que ciertos factores del exterior, como pueden ser el polvo, las fibras u otros restos contaminen los órganos internos y confundan nuestros hallazgos. El exterior tenía una historia que contar, pero ha llegado el momento de saber qué nos cuenta el interior.

El doctor Corben cerró la manguera, se puso unas gafas de plástico y cogió el escalpelo.

Kimberly empezó a palidecer. Lo estaba intentando con todas sus fuerzas. Maldita sea, había visto cientos de fotografías de cadáveres. No era la primera vez que se enfrentaba a una muerte violenta.

A pesar de todo, sintió que se tambaleaba. Se obligó a sí misma a mantenerse firme, pero entonces miró a la joven a la cara y se olvidó por completo de sus náuseas.

—¡Oh, Dios mío! —jadeó—. ¿Qué tiene en la boca?

Estaba allí. La sombra de lo que el doctor Corben había creído ver al principio ahora era evidente. Primero se movió la pálida y cerúlea mejilla izquierda de la muchacha y después, con sorprendente velocidad, su mejilla derecha. Parecía que estaba inflando los carrillos mientras les miraba con sus inertes ojos marrones.

Kaplan y Kimberly buscaron a tientas sus pistolas. El agente especial sacó su arma y Kimberly, un juguete de plástico rojo. *Mierda, maldita sea.* Se llevó una mano al tobillo sin apartar la mirada del rostro de la muchacha.

—Retrocedan —ordenó Kaplan.

El doctor Corben y su ayudante no necesitaron que se lo repitiera. Nitsche observaba la escena fascinada, con los ojos abiertos de par en par; el doctor Corben había recuperado su pálida y tensa expresión.

—Podría deberse a los gases producidos por la descomposición —intentó, inútilmente—. Ha estado expuesta a temperaturas muy elevadas.

—El cadáver acaba de adquirir el rígor mortis —murmuró Kaplan—. No ha transcurrido tanto tiempo para que algo así sea posible.

Las mejillas se agitaron de nuevo. Se movieron de un lado a otro.

—Creo… —la voz de Kimberly apenas fue un susurro. Se humedeció los labios y lo intentó de nuevo—. Creo que hay algo ahí dentro. En la boca. Por eso se la cosió.

—¡Dios mío! —exclamó Nitsche, aterrada.

—Virgen santa —murmuró Kaplan.

Kimberly miró al doctor Corben. Su mano derecha temblaba con fuerza. Estaba bastante segura de que nunca le había ocurrido nada similar durante una autopsia y la expresión de su rostro indicaba que se jubilaría antes de permitir que ocurriera de nuevo.

—Doctor —dijo, con toda la calma que fue capaz de amasar—. Usted tiene el escalpelo. Tiene que… tiene que cortar el hilo.

—¡No lo haré!

—Sea lo que sea, tiene que salir. Y será mejor que lo haga a nuestro modo y no al suyo.

Kaplan asintió lentamente.

—Tiene razón. Estamos haciendo una autopsia. Tenemos que permitir que, lo que quiera que sea, salga de su boca.

El doctor les miró con ojos enloquecidos. Era evidente que estaba pensando en la forma de rebatir su argumento pero, entonces, su mente científica pareció reafirmarse. Observó el cadáver una vez más, centrándose en la horrible distorsión de su rostro, y despacio, muy despacio, asintió.

—Protéjanse los ojos —dijo por fin—. Y pónganse máscaras y guantes. Sea lo que sea, quiero que estemos preparados. Gina, sitúese junto al agente especial.

Nitsche retrocedió con premura y se escondió detrás del fornido agente. Kimberly se enderezó y se colocó en posición: rodillas ligeramente dobladas y piernas listas para echar a correr. Entonces, se puso las gafas de protección y sujetó con firmeza el cuchillo de caza, pues ya se había desembarazado de su inútil Crayola.

El doctor Corben se movió con cautela y se acercó justo lo suficiente para poder tocar con el escalpelo la boca cosida de la joven, asegurándose de que su cuerpo quedaba fuera de la línea de fuego de Kaplan.

—A la de tres —anunció el doctor Corben con voz tensa—. Uno. Dos. Tres.

El escalpelo cortó el hilo y el doctor Corben se apresuró a retroceder. Entonces, una forma oscura y moteada abandonó con una explosión su indeseada celda y voló hasta el suelo de baldosas.

Kimberly, que se había situado en un rincón de la sala, de pronto se encontró junto a la inconfundible forma enrollada de una serpiente de cascabel. La víbora retrocedió con un siseo amenazador.

La Glock de Kaplan detonó en la diminuta habitación y Kimberly lanzó su cuchillo sobre el animal.

12

Quantico, Virginia
17:14
Temperatura: 36 grados

Mac estaba en la puerta de un aula preguntándole a Genny si sabía de algún buen botánico en el estado de Virginia, cuando una forma borrosa vestida de azul apareció gritando por el pasillo. Al instante siguiente, sintió un agudo dolor en el hombro izquierdo y apenas tuvo tiempo de alzar la mirada, sorprendido, cuando fue golpeado de nuevo por su nueva agente preferida.

—¡No dijiste nada de serpientes! —Kimberly intentó asestarle un sólido derechazo que a duras penas consiguió esquivar—. ¡No dijiste nada de que encerrara víboras vivas en sus bocas! —Finalizó su frase con un puñetazo en las costillas y el hombre retrocedió tres pasos. Para lo pequeñita que era, sabía defenderse muy bien—. ¡Eres un manipulador insensible y mentiroso! —Respiró hondo, preparándose para atacar de nuevo, pero Mac reaccionó a tiempo y pudo detener el golpe, retorcerle el brazo tras la espalda e inmovilizarla contra su cuerpo. Ella, por supuesto, intentó zafarse de su agarre.

—Preciosa —le murmuró al oído—. Agradezco tu entusiasmo, pero me pregunto si no sería mejor que esperaras a que estuviéramos solos.

Percibió la tensión de su cuerpo, pero supo que sus palabras habían surtido efecto porque Kimberly pareció ser consciente de su entorno. Como los estudiantes no solían pelearse en los pasillos de la Academia, todo el mundo les estaba mirando. Genny observaba a Mac con una expresión divertida y un interés en absoluto disimulado.

—Solo estábamos practicando un ejercicio —dijo Mac, arrastrando las palabras—. Siempre estoy dispuesto a echar una mano a un nuevo agente.

—Soltó cautelosamente el brazo de Kimberly y ella no intentó golpearle ni pegarle un pisotón. Bien, habían hecho ciertos avances—. Cariño, ¿por qué no buscamos un lugar donde podamos analizar otras formas de tender una emboscada a un posible sospechoso?

Mac echó a andar hacia la puerta de salida y, tras otro momento embarazoso, Kimberly le siguió. Esperó a doblar la esquina del edificio y acceder a un patio pavimentado bastante solitario antes de atacarle de nuevo.

—¿Por qué no me advertiste sobre lo que podía haber en su boca? —chilló.

Mac alzó las manos, indicando que se rendía.

—¿Advertirte de qué? ¡Todavía no sé de qué me estás hablando!

—Ese tipo dejó una serpiente de cascabel en su boca. ¡Una serpiente de cascabel viva!

—Eso habrá hecho que te salga pelo en el pecho. ¿Golpeaste a la víbora con la misma fuerza con la que me has golpeado a mí?

—¡Le lancé un cuchillo!

—Lo imaginaba.

Kimberly le miró con el ceño fruncido.

—Pero fallé. El agente especial Kaplan la disparó con su arma.

Ah, ahora entendía por qué se sentía tan molesta. Había llegado su gran momento y no había sido capaz de acabar con la serpiente. La chica tenía su orgullo.

—¡Quiero mi Glock! —exclamó, furiosa.

—Lo sé, cariño. Lo sé. —Mac bajó los brazos y empezó a meditar—. Una serpiente viva… Nunca habría imaginado algo así. En una ocasión dejó un huevo de cocodrilo en la garganta de una chica. Y con la última víctima, Mary Lynn, utilizó un caracol. Pero nunca…, nunca había dejado una serpiente de cascabel viva. Maldita sea. Dale tres años a un tipo y solo conseguirás que se vuelva más perverso.

Esta idea le aterró. De hecho, sintió que el miedo se filtraba en lo más profundo de sus grandes huesos sureños.

Kimberly, que no parecía haberle oído, se frotaba los brazos de forma compulsiva como si, a pesar del calor, intentara reprimir los escalofríos. Parecía una mujer de cristal esforzándose en no romperse en pedazos.

Mac advirtió entonces que Kimberly estaba conmocionada, de modo que le acercó una de las sillas de hierro forjado y le indicó que se sentara.

—Siéntate. Descansa un poco. La autopsia ha terminado, cariño. Aquí no puede ocurrirte nada malo.

—Eso díselo a la muchacha que ha muerto —replicó Kimberly con brusquedad. De todas formas aceptó la silla y, durante un rato, ambos permanecieron sentados en silencio.

Aunque Kimberly lo ignoraba, Mac había pasado la tarde investigando. De hecho, había estado preguntando sobre ella... y la verdad es que había sido todo un descubrimiento. Le había gustado saber que su nueva compañera tenía casta en temas policiales. Su padre había sido un perfilador psicológico brillante que había resuelto montones de casos y había puesto entre rejas a muchos tipos muy malos.

Se decía que su hija había heredado su cerebro y su habilidad para anticiparse a la mente del criminal.

Lo malo era que también la consideraban una especie de lunática. Al parecer, a Kimberly no le gustaban las figuras autoritarias, tampoco simpatizaba con sus compañeros de clase y no parecía sentir demasiado aprecio por nadie. Puede que esa fuera la razón por la que cada vez que Mac tropezaba con ella, Kimberly intentaba matarle.

Y también había descubierto lo que le había ocurrido a su familia. Sin duda, tenía que haberle afectado mucho que sus seres queridos hubieran perdido la vida a manos de un maníaco homicida. De hecho, era una suerte que a él no le hubiera infligido ningún daño físico real.

La observó con disimulo bajo la protección de sus párpados. Su mirada se perdía en la distancia y tenía los ojos desenfocados. Parecía exhausta y estaba demacrada. Profundas sombras rodeaban sus ojos y diversos arañazos rojos ribeteaban su piel. Era evidente que hacía noches que aquella mujer no dormía... Y ahora que la había involucrado en el caso, se preguntó cuántas noches más pasaría sin dormir.

—¿Fue una sobredosis? —preguntó, por fin.

Kimberly pareció despertar de su estupor.

—No conozco los resultados del análisis toxicológico, pero es evidente que primero le clavaron algo en el muslo izquierdo y, entre doce y veinticuatro horas después, le administraron una inyección letal en la parte superior del brazo izquierdo.

—¿Inyecciones intramusculares? —preguntó Mac.

—Sí.

—¿Y su ropa estaba intacta? ¿Y también su bolso? ¿No hubo agresión sexual?

—Exacto.

—¿Alguna herida defensiva? ¿Sangre, piel, algo?

—Nada.

—Mierda.

Ella asintió.

—¿Conocen su identidad?

—Todavía no. Le tomaron las huellas, pero tardarán cierto tiempo en cotejarlas.

—Necesitamos saber quién es —murmuró Mac—. Necesitamos un listado de sus amigos y familiares. Necesitamos saber con quién salió anoche, adónde fueron, la marca y modelo del coche… Jesús. —Deslizó una mano por su cabello y su mente empezó a moverse a toda velocidad—. Ya han transcurrido como mínimo doce horas… Jesús. ¿Quién está al cargo del caso?

—El agente especial Kaplan.

—Será mejor que vaya a hablar con él.

—Buena suerte —espetó Kimberly.

—Te permitió estar presente en la autopsia.

—Solo porque le prometí que vomitaría.

—¿Y lo hiciste?

—Estuve a punto —reconoció—. Pero la serpiente de cascabel logró aplacar mis náuseas y cuando Kaplan le reventó la cabeza tuvimos que centrarnos en averiguar cómo recoger sus entrañas por si se consideraban una prueba.

—Menuda primera autopsia… —comentó Mac, con seriedad.

—Sí —replicó ella, dejando escapar un suspiro—. Creo que después de esta, ninguna otra logrará impresionarme.

—Sin duda.

Ambos volvieron a guardar silencio. Posiblemente, Kimberly estaba pensando en la serpiente que desearía haber matado, mientras Mac consideraba si los casos del pasado guardaban alguna relación con este asesinato.

El calor se fue imponiendo, arrollador como una pesada manta, haciendo que se hundieran más en sus asientos y que la ropa se adhiriera a su piel. A Mac nunca le había importado que hiciera calor. De hecho, era perfecto para pasar la tarde junto a la piscina de sus padres, escuchando un disco de Alan Jackson y bebiendo montones de limonada casera. Y después, cuando anochecía, observaba las luciérnagas que centelleaban y revoloteaban por el aire teñido de púrpura.

Pero para él, los veranos ya no eran idílicos. Ahora se habían convertido en su enemigo, pues cada vez que llegaba una ola de calor, las chicas dejaban de estar a salvo, sobre todo las que iban acompañadas por una amiga.

Tenía que llamar a Atlanta. Tenía que averiguar cuál sería la mejor forma de aproximarse al agente especial Kaplan. E iba a necesitar recursos. Lo antes posible. Los mejores expertos que pudieran encontrar. Un botánico, un biólogo, un geólogo forense, un entomólogo, y solo Dios sabía cuántos «ólogos» más. ¿Habría algún experto en serpientes? Necesitaba encontrar a alguien que supiera todo sobre serpientes de cascabel y qué significaba que una saliera de la boca de una muchacha muerta.

Y después estaba la roca que todavía no había conseguido ver. Y la hoja que había recuperado por la mañana y que no había conseguido rastrear. Estas eran las únicas pistas que tenía.

Necesitaba el cuerpo. Y también sería bueno que pudiera analizar la ropa. Y el bolso. Y el cabello. Y las sandalias. A aquel tipo le gustaba dejar pistas en los sitios más insólitos y, por lo que parecía, había depurado su técnica. Una serpiente de cascabel viva encerrada en un cadáver…

Mierda. Simplemente… mierda.

Se abrió una puerta en algún lugar cercano y Mac oyó unos pasos que se acercaban. Apareció una sombra en el patio e, instantes después, un hombre se detuvo ante ellos. Mac no sabía quién era, pero por la expresión de Kimberly supo que ella sí que le conocía.

—Kimberly —dijo el hombre, con voz serena.

—Papá —replicó ella, con la misma reserva.

Las cejas de Mac desaparecieron bajo la línea de nacimiento de su cabello. Pero entonces, el hombre, que vestía un elegante traje de color gris oscuro, se volvió hacia él.

—Y usted debe de ser el agente especial McCormack. Soy Pierce Quincy. Encantado de conocerle.

Mac estrechó la mano que le tendía. Y entonces lo supo. Sus labios esbozaron una mueca divertida mientras su estómago se relajaba y oía un suave pitido en los oídos. Había tenido la certeza de que el NCIS no había hecho nada durante aquellas ocho horas, pero ahora sabía que se había equivocado.

Y lo sabía porque Pierce Quincy no debería haber sabido su nombre, porque no tenía ninguna razón para conocer a ningún agente de la Academia Nacional. Y eso solo significaba que alguien le había dado instrucciones explícitas de buscar a Mac. Y por lo tanto…

—Es necesario que charlemos, así que si tienen la bondad de seguirme…—estaba diciendo Quincy, con aquel tono cautelosamente modulado.

—No deberías estar aquí —replicó Kimberly, con voz tensa.

—Me han invitado a venir.

—¡Yo no te he llamado!

—Nunca pensé que lo harías.

—¡Maldita sea! ¿Te han hablado del cadáver?

—Kimberly…

—¡Me está yendo bien!

—Kim...

—¡No necesito ninguna ayuda! ¡Y mucho menos la tuya!

—K...

—Vete. Vuelve a casa. Si de verdad me quieres, márchate.

—No puedo.

—¿Por qué no?

Pierce Quincy suspiró con pesadez, pero no dijo nada más. Alargó una mano y tocó el magullado rostro de su hija. Ella retrocedió y, al instante, su padre dejó caer el brazo junto a su costado, como si le quemara.

—Es necesario que charlemos —repitió Quincy, volviéndose hacia la entrada principal del edificio—. Así que si tienen la bondad de seguirme...

Mac se puso en pie y Kimberly, a regañadientes, echó hacia atrás su asiento. Mientras seguían a su padre, Mac le pasó el brazo por la cintura en un gesto amable.

—Creo que tenemos problemas —le murmuró al oído.

—Y graves —replicó ella, con amargura.

13

Quantico, Virginia
17:44
Temperatura: 36 grados

Quincy les condujo a un despacho del edificio principal de administración, cuyo rótulo indicaba que pertenecía al supervisor Mark Watson. Watson estaba apoyado en su mesa de trabajo, charlando con dos personas. Mac reconoció a una de ellas, pues era el oficial del NCIS que había visitado la escena del crimen. Había una mujer muy atractiva sentada a su lado, de treinta y muchos años, hermosa melena castaña y rostro sorprendentemente angular. Mac enseguida se dio cuenta de que no pertenecía al FBI pues, por la expresión de su rostro, parecía haber discutido con Watson.

—¡Kimberly! —exclamó la mujer, incorporándose y dándole un rápido abrazo.

—Rainie.—Kimberly esbozó una débil sonrisa, pero volvió a adoptar una expresión precavida en cuanto Watson se apartó de su escritorio. Era evidente que el supervisor iba a ser el protagonista del espectáculo, pues levantó las manos y esperó a que todos le prestaran atención.

En primer lugar efectuó las presentaciones pertinentes. Rainie resultó ser Lorreine Conner, la socia de Quincy en Investigaciones Quincy & Conner, con sede en Nueva York. El oficial del NCIS era el agente especial Thomas Kaplan, que trabajaba en la unidad de Crímenes Generales de Norfolk.

Acto seguido, Watson les anunció que el NCIS había solicitado a Investigaciones Quincy & Conner que se encargaran de la investigación, pues, como el cadáver había sido hallado en los terrenos de los marines y cerca de las instalaciones del FBI, consideraban que sería mejor recurrir a especialistas externos. La traducción de esto era la siguiente: todos eran muy conscientes de lo que ocurriría si el malo resultaba ser uno de ellos y alguien consideraba que habían intentado protegerle. De este modo, los políticos se habían cubierto las espaldas.

Mac permaneció junto a la puerta, que había sido cerrada para salvaguardar la privacidad, y Kaplan cedió su silla a Quincy para que se sentara junto a Rainie Conner. Kimberly, que había dejado la máxima distancia posible entre ella y su padre, se encontraba en la esquina más alejada de la sala, con los brazos cruzados sobre el pecho y la barbilla levantada para indicar que estaba dispuesta a pelear.

Ahora que todos sabían quiénes eran sus aliados, podían ponerse a trabajar.

Mark Watson dirigió sus primeras palabras a Kimberly.

—Tengo entendido que hoy ha estado con el agente especial Kaplan, nueva agente Quincy.

—Sí, señor.

—Pensaba que esta mañana le había hablado con claridad. Este caso pertenece al NCIS. No debe inmiscuirse.

—Usted me pidió que cooperara con el NCIS —replicó Kimberly, con voz calmada—. Fui a ver al oficial al mando para darle a conocer mi versión de los hechos. En esos momentos estaba a punto de comenzar la autopsia, así que le pregunté si podía estar presente y tuvo la amabilidad de permitírmelo. —Kimberly esbozó una tensa sonrisa—. Gracias, agente especial Kaplan.

Watson se volvió hacia Kaplan, que encogió sus fornidos hombros de marine.

—Me dijo su nombre y me pidió permiso. ¿Por qué no iba a concedérselo?

—No mentí en ningún momento —se apresuró a decir Kimberly—. Ni tampoco intenté inmiscuirme en la investigación. —Frunció el ceño—. Sin embargo, no pude matar a la serpiente. Pido disculpas por ello.

—Ya veo —replicó Watson—. ¿Y qué me dice de lo que ocurrió horas antes, cuando quebrantó directamente mis órdenes e intentó visitar de nuevo la escena del crimen? ¿También pretendía agilizar la investigación del NCIS?

—Estaba buscando al agente especial Kaplan…

—No me tome por un estúpido.

—Sentía curiosidad. Y al fin y al cabo no importa, pues los marines acataron sus órdenes y me echaron de allí.

—Ya veo. ¿Y qué me dice de lo que ocurrió después de que hostigara a los marines que protegían la escena, nueva agente Quincy? ¿Qué me dice de la hora que pasó conversando con el agente especial McCormack, después de que yo le hubiera dicho explícitamente que no hablara de su hallazgo con ningún miembro de la Academia? ¿Le importaría explicarme eso?

Kimberly se puso rígida y miró de reojo a Mac mientras reprimía una maldición. Por supuesto. Habían estado charlando en la sala Crossroad, delante de todo el mundo. Estúpida, estúpida, estúpida.

Esta vez, Watson no esperó a que Kimberly respondiera. Había puesto la directa... o quizá era consciente de lo tenso que estaba Quincy.

—Imagine mi sorpresa —prosiguió— cuando descubrí que en vez de regresar a su habitación, tal y como le había ordenado, mi estudiante se había dedicado a merodear por el bosque y después había mantenido una animada conversación con un estudiante de la Academia Nacional que resulta que ha trabajado en un caso que guarda un parecido asombroso con el homicidio de esta mañana. ¿Estaba compartiendo información con el agente especial McCormack, Kimberly?

—En realidad, él me la estaba proporcionando a mí.

—Todo esto me resulta extremadamente interesante. Sobre todo desde que hace diez minutos, McCormack se convirtió en el principal sospechoso del agente especial Kaplan.

—¡Por el amor de Dios! —estalló Mac—. Estoy haciendo todo lo posible por ayudar en un caso que solo es el principio de una larga pesadilla. ¿Tienen alguna idea del terreno que pisan?

—¿Dónde estuvo anoche? —le interrumpió el agente especial Kaplan.

—Estuve unas horas en el Carlos Kelly, en Stafford. Después regresé a Quantico, donde encontré a la nueva agente Quincy en el campo de tiro. Pero no...

Kaplan había posado sus ojos en Kimberly.

—¿A qué hora le vio en el campo de tiro?

—Debían de ser las once. No miré el reloj...

—¿Le vio regresar a los dormitorios?

—No.

—¿Hacia dónde se dirigió?

—No lo sé. Yo me retiré a mi edificio y no le presté atención.

—Por lo tanto —concluyó Kaplan, mirando a Mac—, nadie sabe dónde estuvo después de las once y media de la noche.

Watson tomó la palabra:

—¿No le parece demasiada coincidencia que se haya producido un asesinato que guarda tanto parecido con uno de sus casos mientras usted se encuentra en la Academia?

—No es ninguna coincidencia —dijo Mac—. Estaba planeado.

—¿Qué? —exclamó Watson. Miró a Kaplan, que parecía tan desconcertado como él. Al parecer, ambos eran partidarios de la teoría de que el policía de Georgia era el asesino. ¿Y por qué no? Hallan un cadáver a las ocho de la mañana y cierran el caso antes de las seis. Sería un titular impresionante. *Capullos.*

—Creo que deberían dejarle hablar —intervino Quincy, con voz calmada—. Por supuesto, solo es el consejo de un especialista externo.

—Sí —le secundó Rainie—. Déjenle hablar. Es posible que averigüemos algo.

—Gracias. —Mac les dedicó una mirada agradecida a la vez que evitaba encontrarse con los ojos de Kimberly. ¿Cómo debía de sentirse en este momento? ¿Herida, confundida, traicionada? No había pretendido causarle ningún problema, pero ahora ya no podía hacer nada.

—Pueden ponerse en contacto con mi supervisor, el agente especial al Mando Lee Grogen, de la oficina de Atlanta, para verificar lo que les voy a contar. A partir del año noventa y ocho, en Georgia se produjeron diversos asesinatos similares al que ha tenido lugar hoy aquí. Después del tercero creamos un grupo de operaciones multijurisdiccional encargado de la investigación, pero el Ecoasesino se desvaneció antes de que pudiéramos encontrarle, dejando siete víctimas a sus espaldas. No volvió a matar. Al principio, el grupo especial tenía más de mil pistas que seguir pero, tres años después, apenas nos quedaba nada.

»Las cosas volvieron a caldearse hace seis meses, cuando recibimos una carta por correo. Contenía el recorte de una carta al director similar a las que nuestro hombre solía enviar al *Atlanta Journal-Constitution*. Sin embargo, esta no había sido enviada a ningún periódico de Georgia, sino al *Virginia-Pilot*. Poco después empecé a recibir llamadas telefónicas…

—¿Usted o el grupo especial?

—Yo. En mi teléfono móvil. Ignoro la razón, pero de momento he recibido seis llamadas. Mi interlocutor utiliza algún tipo de dispositivo electrónico que distorsiona la voz y siempre me transmite el mismo mensaje: que el Ecoasesino se está poniendo nervioso. Que va a atacar de nuevo. Y que esta vez, ha elegido Virginia como terreno de juego.

—Entonces, su departamento decidió enviarle a Quantico —dijo Watson—. ¿Por qué? ¿Para hacer de perro guardián? ¿Para evitar por arte de magia otro crimen? ¿Por qué no nos comunicó el motivo de su presencia?

Mac le miró con seriedad.

—Me habría encantado explicar el motivo de mi presencia a todo aquel que me hubiese querido escuchar, pero seamos sinceros: aquí, los casos abiertos no valen nada. Todo el mundo habría asumido que estaba obsesionado con una investigación que todavía me quitaba el sueño. Por eso me limité a mantener una reunión preliminar con un lingüista forense de la Unidad de Ciencias de la Conducta, el doctor Ennunzio. Le enseñé las cartas al director, pero debo decirles que desconozco su opinión, pues ha estado eludiendo mis llamadas desde entonces. Y eso es todo. Conseguí una buena pista de una mala forma, pero ustedes están ladrando al árbol equivocado porque son unos inútiles paranoicos.

—Bueno, ha sido un buen resumen de la situación —comentó Rainie.

El rostro de Watson se había sonrojado sobre su corbata roja reglamentaria. Mac siguió mirándole a los ojos. Estaba tan enfadado que había empezado a hacer enemigos cuando lo que necesitaba eran aliados, pero no le importaba. Había muerto otra chica y estaba harto de permanecer encerrado en un despacho, discutiendo sobre un caso que aquellos tipos no lograrían comprender a tiempo.

—No hay ninguna prueba convincente que demuestre que este cadáver está relacionado con los asesinatos de Georgia —dijo por fin Kaplan—. ¿La persona que le llama le dijo que el Ecoasesino iba a atacar esta semana?

—No específicamente.

—¿Le dijo que lo haría en la Academia del FBI?

—Tampoco.

—¿Le explicó la razón por la que el asesino se había mantenido inactivo durante tres años?

—No.

—¿Y por qué decidió atacar en Virginia?

—Tampoco.

—En otras palabras, esa persona no le ha contado nada.

—Exacto, señor. Y ese es el principal problema de nuestra investigación. Han transcurrido cinco años y seguimos sin saber nada. Y como el asesinato de hoy no ha cambiado nada, podríamos dar por zanjado ya este asunto, porque así podría regresar al exterior y, ya sabe, hacer algo.

El ex marine ignoró este comentario y centró su atención en las respuestas que le había dado.

—En resumen, lo único que tiene es una carta al director publicada seis meses antes de que apareciera un cadáver. Me resulta muy poco verosímil. Un asesino en serie de Georgia que ha permanecido inactivo durante tres años decide dejar un cadáver en Quantico y solo se lo notifica a un estudiante de la Academia Nacional. No tiene ningún sentido.

—¿Acaso debería haberle llamado a usted? —preguntó Rainie, con un tono discretamente sarcástico. Mac sintió un inmenso aprecio por ella.

—No es eso lo que estoy diciendo…

—¿O acaso debería haberse explicado mejor en sus notas?

—¡Exacto! Si ese tipo se dedica a dejar notas, ¿dónde está la de este cadáver? Tengo la impresión de que le gusta acreditar sus crímenes, así que, ¿dónde ha dejado constancia de su autoría?

—Han transcurrido tres años —respondió Rainie—. Quizá ha cambiado de táctica.

—Escuchen —interrumpió Mac, con voz tensa. Advirtió la urgencia que transmitía su voz e intentó calmarse, pero le resultó imposible. No tenía tiempo para tonterías. Estos hombres no lo entendían. Y sin el papeleo y los memorandos pertinentes, nunca lo entenderían. Quizá, el Ecoasesino era consciente de ello. La burocracia era lenta, sobre todo cuando se trataba de asuntos legales. Las agencias encargadas del cumplimiento de la ley se movían dolorosamente despacio, puntuando las íes, cruzando las tes y cubriéndose las espaldas en todo momento. Mientras tanto, una muchacha había sido abandonada en algún lugar aislado, vestida con ropa de fiesta. Posiblemente, en estos momentos estaba aferrada a su galón de agua, preguntándose qué iba a ser de ella—. Hay mucho más que una maldita carta. El Ecoasesino tiene reglas. Nosotros las llamamos Las Reglas del Juego y en este asesinato hay muchas… o al menos las suficientes para que esté convencido de que se trata de él. —Mac levantó el dedo índice—. La primera es que solo ataca durante una ola de calor.

—Estamos en julio. Tenemos montones de olas de calor —objetó Watson.

Mac ignoró sus palabras.

—La segunda es que la víctima siempre está vestida y conserva el bolso. Nunca hay señales de robo ni de agresión sexual. El cadáver presenta un cardenal en el muslo o en las nalgas, pero la causa de la muerte siempre es una sobredosis del tranquilizante Ativan, inyectado en la parte superior del brazo izquierdo.

Watson atravesó a Kimberly con la mirada.

—No se le ha olvidado contarle ningún detalle, ¿verdad?

—¡Lo he visto con mis propios ojos! —replicó Mac, con brusquedad—. Maldita sea, llevo tres años esperando a que llegue este momento. Por supuesto que hice una visita a la escena del crimen. Los nuevos agentes no son los únicos que saben moverse con sigilo por el bosque…

—Usted no tenía ningún derecho…

—¡Tengo todos los derechos! Conozco a ese hombre. Llevo cinco años estudiándole y de verdad le digo que no tenemos tiempo para tonterías. ¿No lo entiende todavía? Esa muchacha no es la única víctima. La tercera regla del juego es que siempre las secuestra por parejas, pues la primera víctima no es más que un mapa, una herramienta que nos ayuda a determinar el lugar donde se está desarrollando el verdadero juego.

—¿Qué quiere decir con eso? —preguntó Rainie.

—Lo que quiero decir es que en estos momentos hay otra muchacha ahí fuera. Viajaba con la joven que ha aparecido muerta esta mañana. Quizá era su hermana, su compañera de piso o su mejor amiga. Estaba con ella cuando las atacaron y ha sido llevada a algún lugar que el Ecoasesino ha escogido de antemano. Siempre busca terrenos geográficamente únicos y, al mismo tiempo, peligrosos. En nuestro estado escogió una garganta de granito, un inmenso condado dedicado al cultivo del algodón, la ribera del Savannah y, por último, una zona pantanosa próxima a la costa. Le gustan los lugares abiertos donde abundan depredadores naturales tales como las serpientes de cascabel, los osos y los gatos monteses. Le gustan los lugares aislados, para que las chicas no puedan encontrar ayuda por mucho que caminen. Le gustan las zonas de interés ecológico que han quedado relegadas al olvido.

»Escoge uno de esos lugares para abandonar a la segunda muchacha, drogada, aturdida y confundida, y espera a ver qué ocurre. Con este calor, algunas no consiguen sobrevivir más de unas horas… pero otras, las más listas o las más fuertes, resisten varios días. Puede que incluso una semana. Son días largos y tortuosos, sin comida y sin agua, esperando a que alguien las encuentre y las salve.

Rainie le miraba con extasiada fascinación.

—¿Cuántas veces ha hecho esto antes?

—Cuatro. Secuestró a ocho muchachas y siete de ellas murieron.

—De modo que lograron rescatar a una.

—A Nora Ray Watts. Fue su última víctima. Logramos encontrarla a tiempo.

—¿Cómo? —preguntó Quincy.

Mac respiró hondo. Sus músculos se habían tensado de nuevo, pero intentó contener su impaciencia.

—El asesino deja pistas en el primer cadáver. Deja una serie de pruebas que, si se interpretan correctamente, delimitan la ubicación de la segunda víctima.

—¿Qué tipo de pistas?

—Flora y fauna, sedimentos, rocas, insectos, caracoles y todo aquello que se le pueda ocurrir. Al principio no comprendíamos su significado. Guardábamos las pruebas, las etiquetábamos siguiendo los procedimientos estándar, las enviábamos enseguida a los laboratorios… y lo único que rescatábamos eran cadáveres. Con el tiempo descubrimos que eran pistas, así que la cuarta vez que atacó, ya contábamos con la ayuda de un equipo de especialistas experimentados: botánicos, biólogos, geólogos forenses y demás. Nora Ray viajaba en un coche con su hermana. El cadáver de Mary Lynn presentaba un extraño sedimento en la camisa, restos de vegetación en los zapatos y un objeto extraño en la garganta.

—¿En la garganta? —preguntó Kaplan. Mac asintió con la cabeza. Por primera vez, el agente del NCIS parecía interesado.

—El sedimento de la camisa resultó ser sal, la vegetación de los zapatos fue identificada como *Spartina alterniflora* o espartina y el biólogo concluyó que el objeto extraño era la concha de un bígaro que habita en las marismas. Estos tres elementos juntos solo podían encontrarse en una marisma salada, de modo que enviamos a los equipos de búsqueda y rescate a la costa y, cincuenta y seis horas después, el helicóptero de la Guardia Costera localizó a Nora Ray, que agitaba frenética su camisa roja.

—¿No pudo ayudarles a identificar al asesino? —preguntó Rainie.

Mac movió la cabeza hacia los lados.

—Lo último que recordaba era que la rueda se había deshinchado. Cuando recuperó la conciencia, estaba sedienta en medio de una maldita marisma.

—¿Estaba drogada? —preguntó Watson.

—La contusión de su muslo izquierdo había empezado a desvanecerse.

—¿Las ataca por sorpresa?

—Creemos que localiza a sus víctimas en locales nocturnos. Siempre secuestra a chicas jóvenes, de ningún color de piel concreto, que viajan en pareja. Creemos que las sigue hasta el coche y que, antes de que arranquen, coloca un par de tachuelas detrás de la rueda trasera. Después, solo tiene que seguirlas. Tarde o temprano, la rueda se deshincha y él se detiene para ofrecerles su ayuda…

—¿Y las ataca con una aguja? —preguntó Watson, escéptico.

—No. Con una pistola de dardos similar a las que se utilizan para la caza mayor.

El silencio que reinaba en el despacho era tal que oyó respirar hondo a todos los presentes. Mac les dedicó una mirada severa.

—¿Creen que no hemos hecho nuestros deberes? Llevamos cinco años persiguiendo a ese hombre. Puedo describirles su perfil. Puedo decirles cómo caza a sus víctimas. Puedo decirles que no siempre consigue lo que quiere, pues dos parejas distintas nos informaron de que se les habían deshinchado las ruedas del coche y que un hombre se había detenido para ayudarlas. Pero ellas se negaron a bajar las ventanillas y, gracias a eso, consiguieron vivir un día más.

»Puedo decirles que Mary Lynn, la hermana de la joven que logró sobrevivir, dio positivo en una segunda droga, ketamina, un fármaco que utilizan los veterinarios y los oficiales de control animal por su rápido efecto anestésico. La ketamina es una sustancia controlada, pero también es sencillo encontrarla en las calles. De hecho, los jóvenes la consumen en ciertas discotecas y la llaman Kit Kat o Special K. Puedo decirles que el Ativan también está controlado y que es un medicamento que utilizan los veterinarios, pero que investigar a todos los veterinarios no nos llevó a ninguna parte, ni tampoco vigilar a los miembros de diferentes clubes de caza, como el Appalachian Mountain Club o la Sociedad Audubon.

»También puedo decirles que el asesino cada vez está más enfadado. Pasó de atacar una vez al año, lo que requiere una cantidad ingente de autocontrol en un asesino en serie, a atacar dos veces en doce semanas. Y puedo decirles que sus pistas son cada vez más complejas. Si la primera vez que atacó hubiéramos prestado más atención, habríamos sabido que una de las pistas era una extraña hierba que solo crece en un radio de ocho kilómetros en toda Georgia. Si hubiéramos identificado esa hierba, sin duda habríamos podido rescatar a esa muchacha. Sin embargo, la última vez que atacó, las pistas solo nos condujeron a las marismas saladas… y hay unas ciento sesenta mil hectáreas de marismas saladas en Georgia. Francamente, Nora Ray era una aguja en un pajar.

—Pero la encontrasteis —dijo Kimberly.

—Porque ella se las ingenió para mantenerse con vida —replicó Mac.

Quincy le miró con seriedad.

—Ciento sesenta mil hectáreas no es un área de búsqueda factible. Es imposible que un helicóptero que cubra una extensión de terreno semejante consiga localizar a una chica. Tenían que saber algo más.

—Yo tenía una teoría. Consideraba que existía una especie de perfil geográfico.

—¿Las diversas víctimas mantenían algún tipo de relación entre sí? ¿Tenían áreas geográficas en común?

—No, pero los cadáveres sí. Si los colocabas en el mapa de acuerdo con la dirección en la que miraban…

—Los utilizaba como brújulas —jadeó Quincy.

—Mapas. Ese tipo utilizaba a la primera chica como un simple mapa. Por eso pensé que, quizá, había utilizado el cadáver de Mary Ann para señalar la dirección en la que se encontraba su hermana. Al fin y al cabo, para él solo era una herramienta del juego.

—Jesús —murmuró Rainie.

El silencio se cernió sobre la sala hasta que Kaplan carraspeó.

—La víctima de esta mañana no apuntaba hacia ninguna dirección concreta. De hecho, sus brazos y piernas estaban extendidos en las cuatro direcciones.

—Lo sé.

—Es otra incoherencia.

—Lo sé.

—Sin embargo, tenía una roca en la mano —siguió diciendo Kaplan, cuyos ojos evaluaban a Mac—. Y una serpiente en la boca. No puedo decir que haya visto muchos casos similares.

—También tenía una hoja en el pelo —añadió Mac—. El médico forense se la quitó en la escena y yo la recuperé. Iré a buscarla en cuanto terminemos.

—Ha destruido la cadena de custodia —protestó Watson.

—Pues deme una azotaina. ¿Quieren la hoja o no?

—Simplemente, no tiene sentido —estaba diciendo Kaplan, que todavía parecía desconcertado—. Por una parte, la serpiente sugiere que esa muchacha podría ser el mapa del que usted está hablando. Por otra, lo único que tiene en común este caso con los anteriores es una carta al director publicada hace seis meses. Además, han transcurrido tres años desde la última muerte y su asesino siempre ha atacado en el estado de Georgia. Puede que ambos casos estén relacionados o puede que el hombre que le llama esté jugando con usted y que el cadáver haya aparecido aquí por simple casualidad.

Todos los presentes empezaron a asentir. Watson, Quincy y Rainie. Kimberly fue la única que no lo hizo y Mac se sintió orgulloso de ella.

—Tengo una teoría —dijo de repente. Todos le miraron y él lo consideró una invitación a seguir hablando.

—Cuando ese hombre empezó a matar en 1998, las primeras pistas que dejó fueron evidentes y sencillas. A partir de entonces empezó a incrementar la dificultad: las pistas cada vez eran más complejas, los lugares que escogía cada vez eran más peligrosos y cada vez atacaba con más frecuencia. Siempre lograba anticiparse a nuestra curva de aprendizaje e iba complicando las reglas del juego. Siempre se mantuvo un paso por delante de nosotros.

»Pero todo terminó en el año 2000 cuando, siete cadáveres después, logramos hacerlo bien y salvamos a una de esas muchachas. Entonces se retiró porque por fin habíamos ganado el juego.

Mac miró a Quincy.

—Los asesinos en serie nunca se retiran —dijo el perfilador psicológico.

—Cierto, pero no siempre lo saben, ¿verdad?

Quincy asintió, pensativo.

110

—En ocasiones lo intentan. Bundy salió de la cárcel en dos ocasiones y las dos veces juró que no volvería a atacar a ninguna mujer. Se retiró e inició una vida tranquila, pero no duró demasiado. Había infravalorado su necesidad fisiológica y emocional de matar. De hecho, cuanto más se esforzaba en reprimir sus impulsos, más intensos se volvían estos. Finalmente atacó a cinco jóvenes en una noche.

—Creo que este tipo ha intentado parar —dijo Mac, mientras Rainie y Kaplan cerraban los ojos—. Pero sus impulsos asesinos no han hecho más que intensificarse y, al final, se ha visto obligado a empezar de nuevo…

»Pero no ha regresado con el mismo juego —prosiguió, adoptando un tono sombrío—. Nosotros ganamos la partida anterior, de modo que ahora ha creado uno distinto. Uno en el que las extremidades de la víctima ya no son las agujas de una brújula. Uno en el que el mapa contiene una serpiente de cascabel viva y letal. Uno en el que el cadáver es abandonado en los terrenos de la Academia del FBI porque, ¿de qué sirve inventar un juego si no consigues que los mejores salgan a jugar contigo?

»En el año 2000, ese tipo mató a tres muchachas en doce semanas. Si se trata del mismo hombre, si se trata de un juego nuevo, no sé qué se le habrá ocurrido, pero les prometo que será mucho peor. Por eso, y disculpen si les ofendo, no puedo permanecer aquí encerrado ni un minuto más. No hay tiempo para hablar de este caso. No hay tiempo para redactar informes de investigación ni para establecer la cronología de los acontecimientos. Desde el mismo instante en que se encuentra el primer cadáver, el reloj empieza a hacer tictac. Si quieren tener alguna posibilidad de encontrar a la segunda víctima con vida, levanten el culo de sus asientos y pónganse a trabajar, porque les aseguro que allí fuera hay otra joven y lo único que deseo es que no sea ya demasiado tarde.

14

Virginia
19:52
Temperatura: 33 grados

Empezaba a estar cansado. Llevaba casi cuarenta y ocho horas despierto y había conducido durante más de dieciséis. El sol, que había brillado con intensidad durante la mayor parte del día, le había ayudado a seguir adelante, pero su luz empezaba a desvanecerse. A sus espaldas, el horizonte estaba veteado por las tonalidades rosas y anaranjadas de un sol agonizante. Ante él, en la densa zona boscosa por la que conducía, hacía tiempo que el astro rey había perdido la batalla.

La oscuridad se apiñaba bajo el espeso dosel que formaban las copas de los árboles. Las sombras crecían y se alargaban, formando profundos pozos de oscuridad que engullían el mundo que se extendía a dieciocho metros de él. Los árboles adoptaban formas retorcidas y antinaturales y las pocas hojas que quedaban en sus ramas estaban demasiado separadas. Pronto, este paisaje fue interrumpido por caravanas de anchura doble que se agazapaban en medio de los prados, rodeadas por los armazones de vehículos quemados y viejos aparatos eléctricos.

Pero el hombre no tenía que preocuparse de que nadie advirtiera su llegada.

No había niños que jugaran en estos campos. No había personas que se sentaran en estos porches delanteros. Aquí y allá podía ver sabuesos solitarios, perros flacos y huesudos con la cara hundida y las caderas prominentes, sentados en los desvencijados escalones de las caravanas. Por lo demás, solo la línea constante de zarigüeyas atropelladas marcaba su camino.

La vida todavía existía en este lugar, pero no todo el mundo podía moverse y pocas personas lograban acostumbrarse al olor que impregnaba el aire. Era un olor intenso y acre, como de huevos podridos y basura quemada, que hacía que los viejos vomitaran y que los ojos de los forasteros se llenaran de lágrimas. Era un olor que hacía que incluso los locales se preguntaran si la elevada tasa de cáncer que existía entre sus vecinos se debía realmente al azar.

Este lugar seguía perteneciendo a Virginia, aunque a la mayor parte del estado le gustaría olvidar que existía. Se suponía que Virginia era un estado hermoso, famoso por sus verdes montañas y sus idílicas playas. Virginia era para los amantes, como le gustaba decir al departamento de turismo. No se suponía que tuviera que tener este aspecto.

El hombre tomó la bifurcación de la derecha, dejó atrás el asfalto y empezó a avanzar sobre tierra. La furgoneta traqueteaba ruidosamente y el volante se sacudía bajo sus manos, aunque lo sujetaba sin demasiado esfuerzo. Sus músculos estaban cansados, pero transcurrirían varias horas antes de que pudiera descansar. Después prepararía un poco de café, se tomaría un par de minutos para estirar las piernas y los brazos y seguiría trabajando.

La vida se centraba en el esfuerzo. Debía aceptar su castigo como un hombre.

El espeso dosel de árboles quedó atrás y la furgoneta apareció en un claro, donde el oscuro cielo se hizo más brillante e iluminó una escena que parecía sacada de una pesadilla.

Las pilas de serrín que se alzaban hacia el cielo humeaban debido al calor que había quedado atrapado en su interior. Estaban cubiertas por una película blanca que algunos pensaban que era polvo, aunque en realidad era una fina capa de hongos. A su izquierda, cobertizos desvencijados con las ventanas destrozadas y las paredes vacilantes intentaban en vano cobijar cintas transportadoras largas y oxidadas que finalizaban bajo sierras gigantescas. A la luz mortecina, los dientes de aquellas sierras parecían ser de color negro. ¿Acaso estaban manchados de sangre? ¿Quizá aceite? Era imposible saberlo.

Habían cerrado este lugar hacía algunos años, pero solo cuando ya había sido demasiado tarde. El aserradero, que había permanecido escondido en este lugar remoto durante veinte años, había contaminado los ríos, había acabado con la vegetación de la superficie y había causado graves daños en el subsuelo.

Durante su juventud había estado en la serrería. Había visto a sus operarios talando los árboles con serruchos de cadena que funcionaban con gasolina. Ninguno de ellos llevaba protección en los ojos y pocos se molestaban en ponerse el casco. Los hombres se movían por aquel lugar vestidos con holgadas camisas de franela, mientras los troncos que talaban aguardan a quedar atrapados bajo las hambrientas hojas de aquellas sierras gigantescas.·

Las tazas de café se diseminaban por el suelo y las latas de Coca-Cola estrujadas formaban una extensión de minas antipersona en miniatura. Las viejas hojas de las sierras habían sido arrancadas de la maquinaria y arrojadas despreocupadamente a un lado. Si te movías por este lugar sin prestar atención podías romperte las perneras del pantalón... Y si te movías sin prestar atención alguna, podías perder una pierna.

Era un lugar espeluznante. Y las montañas de serrín todavía tenían que sufrir una combustión espontánea. En cuanto eso ocurriera, ya no habría ninguna esperanza en este lugar. Para nada ni para nadie.

Estúpidos. Habían destruido este terreno, después lo habían abandonado y habían tenido el cinismo de pensar que habían hecho las cosas bien.

El hombre salió de la furgoneta, con energías renovadas debido a la cólera que sentía. Enseguida, los insectos se arremolinaron alrededor de su rostro. Mosquitos, moscas amarillas y bichos diminutos. Llegaron en masa, atraídos por el olor a carne fresca y sudor salado. El hombre osciló la mano alrededor de su cabeza, aunque sabía que era inútil. El anochecer era la hora de los mosquitos. Y también la de los murciélagos marrones, que ya estaban descendiendo en picado sobre su cabeza, preparándose para el festín.

La muchacha que había encerrado en la parte posterior de la furgoneta no se movía. Le había administrado tres miligramos y medio de Ativan hacía cuatro horas, de modo que debería permanecer inconsciente dos más o incluso cuatro. Era importante que estuviera dormida durante el trayecto.

En primer lugar se ocupó de sí mismo y se puso un par de sobretodos azules de material sintético y elástico. Por lo general despreciaba las fibras sintéticas, pero en este lugar eran necesarias. El último análisis de agua que había realizado había revelado un pH de dos y medio... y eso significaba que la acidez del agua corroería y arrancaría literalmente su piel. Por lo tanto, era imprescindible que se protegiera con ropa sintética.

Había completado su atuendo con un par de botas de lona y unos gruesos guantes. A la cintura llevaba su equipo de emergencia: agua, galletas saladas, cerillas impermeables, una navaja suiza, una linterna, una brújula, una cuerda de nailon adicional y dos abrazaderas de reserva.

Después centró su atención en la muchacha. Era morena, pero no le importaba demasiado. Llevaba una especie de vestido diminuto de flores amarillas que no conseguía cubrir sus largas y bronceadas piernas. Parecía deportista, corredora o atleta. Puede que eso le ayudara durante los próximos días. O puede que no.

Apretó los dientes, se agachó y cargó su forma inerte a los hombros. Su brazo chilló a la vez que su espalda gemía. No pesaba demasiado, pero él no era corpulento y su cuerpo estaba fatigado tras cuarenta y ocho horas de intenso esfuerzo. Entonces se incorporó y lo peor quedó atrás.

También había traído un sobretodo para ella. La vistió del mismo modo que una niña vestiría a una muñeca, moviendo cada extremidad para ponerle la ropa, colocando los pies y las manos en los puntos adecuados y tirando de las prendas para que encajaran en su lugar.

A continuación la ató a la tabla de surf y, en el último minuto, recordó su bolso y la garrafa de agua. Entonces pensó en su rostro, en lo cerca que estaría de aquel fango tan ácido, y lo cubrió lo mejor posible con la capucha.

Se levantó y el mundo se oscureció.

¿Qué? ¿Dónde? Necesitaba… Tenía que…

Se encontraba en un viejo aserradero. Había traído a una muchacha con él. Había venido en su furgoneta.

El mundo empezó a girar de nuevo y la oscura nada le amenazó mientras se tambaleaba sobre sus pies y se llevaba las manos a las sienes. *¿Qué? ¿Dónde?* Necesitaba… Tenía que…

Se encontraba en un viejo aserradero. Correcto. Había traído a una muchacha con él… Se frotó las sienes con más fuerza, intentando mantenerse firme a pesar de la explosión de dolor. *Concéntrate, enfoca.* Había venido en su furgoneta y se había puesto un par de sobretodos azules. Tenía su equipo de supervivencia. Ya había cargado el agua sobre la tabla de surf. La muchacha estaba atada. Todo estaba preparado.

Esto le confundió aún más. ¿Por qué no recordaba haber preparado todo esto? ¿Qué había ocurrido?

Los agujeros negros, pensó entonces. Últimamente se sucedían con más frecuencia. El futuro y el pasado se deslizaban entre sus dedos a una velocidad aterradora. Era un hombre culto, un hombre que se enorgullecía de su inteligencia, su fuerza y su control. Sin embargo, también él formaba parte de la red de la naturaleza. Y nada vivía eternamente. Todo lo hermoso moría.

Hacía algún tiempo que las llamas aparecían constantemente en sus sueños.

El hombre se agachó, ató su cuerda a la tabla, la cargó al hombro y empezó a tirar.

Diecisiete minutos después había llegado a una pequeña grieta que se abría en el suelo. Pocas personas advertirían su presencia, pues no era más

115

que otro sumidero en un estado cuyo subsuelo de piedra caliza estaba más agujereado que el queso suizo. Pero esta grieta era especial. Lo había sabido desde su juventud y, en aquel entonces, ya había comprendido su potencial.

En primer lugar, ató con firmeza su cuerda alrededor del grueso tronco de un árbol cercano. Después, separando los pies para conservar el equilibrio y utilizando la cuerda, hizo descender lentamente la tabla de surf por el agujero, hasta las entrañas de la tierra. Al cabo de diez minutos oyó el suave chapoteo de la tabla al posarse en el agua, así que se acercó al agujero y descendió haciendo rápel por aquella grieta hedionda. Cuando llegó al fondo, el agua le cubría hasta las rodillas, la luz se desvanecía a doce metros de altura y una oscuridad infinita le rodeaba.

Eran pocas las personas que se aventuraban más allá del aserradero. No sabían que allí existía un ecosistema completamente distinto.

Conectó su linterna, localizó el estrecho pasaje de la caverna que se abría a su derecha y se apoyó sobre manos y rodillas para avanzar a gatas. La muchacha flotaba tras él, pues había vuelto a atar la tabla a su cintura.

Minutos después, el pasaje empezó a estrecharse y el hombre tuvo que avanzar con mayor cautela por aquella aceitosa corriente de agua putrefacta. Aunque le protegían los monos sintéticos, tenía la certeza de que el agua daba lengüetadas a su piel, se abría paso por sus células y se filtraba en sus huesos. Pronto penetraría en su cerebro y entonces no habría esperanza. Cenizas a las cenizas. Polvo al polvo.

El hedor putrefacto de diversas capas de guano de murciélago se combinó ahora con el de la ciénaga rezumante que chapoteaba alrededor de sus manos y rodillas. Un intenso y punzante olor a aguas residuales y residuos inundaba sus fosas nasales. El olor amenazador de la muerte.

Avanzaba lentamente, tanteando su camino a pesar de la linterna. Los murciélagos se asustaban con facilidad y no deseaba que una criatura rabiosa y muerta de pánico revoloteara ante su rostro. Lo mismo sucedía con los mapaches, aunque le sorprendería que alguno de ellos hubiera sobrevivido en este lugar. Sin duda, la mayoría de las criaturas que antaño vivían aquí habían muerto años atrás.

Ahora solo quedaba esta agua putrefacta, que corrompía los muros de piedra caliza a medida que propagaba su lenta e insidiosa muerte.

La tabla se balanceaba a sus espaldas y chocaba de vez en cuando contra su cuerpo. Entonces, cuando el techo ya estaba tan cerca que le obligaba a acercar peligrosamente el rostro a aquella corriente putrefacta, el túnel finalizó, los muros se retiraron y una inmensa caverna se extendió ante él.

El hombre se puso en pie de inmediato, sintiéndose algo avergonzado por su necesidad de levantarse, y respiró hondo varias veces, pues su necesidad de oxígeno se imponía a la aprensión que le causaba aquel hedor. Bajó la mirada y le sorprendió descubrir lo mucho que le temblaban las manos.

Debería ser más fuerte. Debería ser más duro. Pero llevaba cuarenta y ocho horas sin dormir y empezaba a estar cansado.

Invirtió treinta segundos más en recuperar la compostura y, entonces, se centró en la cuerda que rodeaba su cintura. Ya estaba aquí. Lo peor había quedado atrás y volvía a ser consciente de lo deprisa que avanzaban las agujas del reloj.

Cogió en brazos a la muchacha, la acostó sobre un saliente apartado del oscuro cieno y retiró el sobretodo que protegía su cuerpo. Dejó el bolso junto a su cuerpo. Y también la garrafa de agua.

A doce metros de altura, un conducto de veinte centímetros de diámetro formaba un improvisado tragaluz en el techo. Cuando llegara la luz del día, la joven sería recibida por una estrecha lanza de luz. Suponía que eso le proporcionaría una deportiva oportunidad de sobrevivir.

Volvió a atar la tabla a su cintura y, disponiéndose a abandonar aquel lugar, dedicó una última mirada a la morena.

Estaba tumbada cerca de un pequeño charco de agua. Esa agua no estaba contaminada como la de la corriente. Todavía no. Era agua de lluvia y le permitiría resistir unos días más.

Esa agua se agitaba y ondeaba con la promesa de la vida. Había criaturas que se movían bajo su superficie, negra como el carbón. Criaturas que vivían y respiraban y luchaban. Criaturas que mordían. Criaturas que reptaban. Criaturas a las que no les gustaban los intrusos.

La muchacha empezó a gemir y el hombre se inclinó sobre ella.

—Shhh —le susurró al oído—. Todavía no quieres despertar.

Cuando el agua volvió a agitarse, el hombre dio la espalda a la joven y se marchó.

15

Quantico, Virginia
21:28
Temperatura: 32 grados

—No tiene buen aspecto —dijo Rainie.

—Lo sé.

—¿Y qué diablos le ha pasado en el ojo? Parece que haya librado diez asaltos contra Tyson.

—Supongo que la práctica de tiro ha tenido algo que ver.

—Ha perdido peso.

—No se supone que esto tenga que ser fácil.

—Pero estás preocupado por ella. Vamos, Quincy. Suelta ya a esos fantasmas. Sé que te encantaría darle una paliza a Watson y yo estaré encantada de sujetarlo para que puedas hacerlo.

Quincy suspiró y apartó la mirada del expediente que estaba leyendo, las notas del caso del Ecoasesino de Georgia. Solo eran documentos sumariales pues, probablemente, los informes de investigación, las hojas de evidencia y los registros de actividad llenaban una habitación entera. A ninguno de los dos les gustaba trabajar con informes sumariales pues, por lo general, estaban repletos de conjeturas y conclusiones erróneas. Sin embargo, de momento era lo único que tenían.

El documento que Quincy estaba leyendo llevaba por título: «Perfil. Caso de Atlanta número 832». A Rainie le hormigueaban las manos. Sin duda, se trataba del perfil que había realizado el GBI sobre el Ecoasesino. Le gustaría leerlo, sobre todo después de haber oído el relato de aquel policía de Georgia, pero Quincy lo había cogido primero y probablemente lo leería hasta bien entrada la noche, pellizcándose el puente de la nariz en aquel gesto que significaba que estaba pensando con demasiada intensidad y provocándose un intenso dolor de cabeza.

—Si le digo algo se enfadará —dijo entonces.

—Porque es tu hija.

—Exacto. Y mi hija odia que me involucre en su vida. De hecho, está segura de que los cerdos volarán antes de que acepte mi ayuda.

Rainie le miró con el ceño fruncido. Estaba sentada con las piernas cruzadas sobre la colcha naranja que cubría la cama. Aunque era la cuarta vez que estaba en Quantico, este lugar seguía intimidándola. Parecía que aquellos terrenos gritaban que solo querían ser pisados por agentes de la ley acreditados. Y a pesar de que Quincy y ella llevaban juntos seis años, les seguían dando habitaciones separadas. No estaban casados y la Academia tenía su sentido del decoro.

Rainie sabía cómo funcionaba este mundo. Sabía que si Quincy no fuera su socio, jamás le habrían permitido cruzar aquellas puertas sagradas y, por lo tanto, podía entender las dificultades con las que tropezaba Kimberly, que había decidido seguir el largo camino hacia la elite de los cuerpos encargados del cumplimento de la ley.

—No creo que lo consiga —dijo Rainie con voz monótona—. Está demasiado ojerosa. Parece un perro que ha sido derrotado demasiadas veces.

—Este programa te obliga a forzar los límites. Está diseñado para poner a prueba tu nivel de resistencia.

—¡No digas tonterías! ¿Acaso crees que Kimberly carece de resistencia? Dios mío, siguió adelante incluso después de que un loco matara a Bethie. Se mantuvo alerta y supo reaccionar cuando ese mismo loco fue a por ella. Yo estaba a su lado, ¿recuerdas? A Kimberly le sobra resistencia. No necesita que un puñado de estúpidos trajeados intente demostrar lo contrario.

—No creo que a Watson le guste que le llamen estúpido.

—Oh, vas a conseguir que me enfade.

—No es mi intención. —Quincy levantó las manos en un gesto conciliador. Después de la reunión mantenida con Watson y Kaplan, se había quitado la americana del traje y ahora que estaba recluido en su habitación, incluso había cometido la osadía de arremangarse la camisa blanca de vestir y aflojarse la corbata. A pesar de todo, seguía pareciendo un agente del FBI y Rainie sintió el irresistible impulso de pelear con él, aunque solo fuera para arruinar un poco su aspecto.

—¿Qué quieres que haga? —preguntó Quincy.

—Deja de ser agente.

—¡Yo no soy agente!

—¡Oh, por el amor de Dios! No hay ningún agente más agente que tú. Estoy segura de que las cadenas de tu ADN están encriptadas. Cuando mueras, en el ataúd pondrán: «Propiedad del FBI».

—¿Eso se te ha ocurrido a ti solita?

—Sí, estoy en racha. Pero no cambies de tema. Kimberly tiene problemas. Ya la has visto. Y ya has visto cómo la trata Watson. Solo es cuestión de tiempo que las cosas lleguen a un punto crítico.

—Rainie… Supongo que no te gustará oír esto, pero Watson es un supervisor de la Academia que cuenta con una gran experiencia. Puede que tenga razón.

—¿Qué? ¿Te has vuelto loco?

Quincy dejó escapar un profundo suspiro.

—Kimberly desobedeció las órdenes. Aunque tuviera buenas razones para hacerlo, desobedeció las órdenes. Kimberly es una nueva agente. Esta es la vida que ha escogido y toda su carrera quedará definida por el hecho de que haga lo que le ordenen. Si es incapaz de hacerlo, es posible que el FBI no sea la organización más adecuada para ella.

—Encontró un cadáver. Cuando tú ingresaste en esta Academia, ¿cuántos cadáveres encontraste? Exacto. Kimberly tiene todo el derecho del mundo a hablar un poco sobre su descubrimiento.

—Rainie, mira estas fotografías de la escena del crimen y dime a quién se parece esta chica.

De mala gana, Rainie centró su mirada en las fotografías que se diseminaban a los pies de la cama.

—A Mandy —respondió sin vacilar.

Quincy asintió sombrío.

—Por supuesto que se parece a Mandy. Es lo primero que he advertido y tú no has tardado nada en darte cuenta. Sin embargo, Kimberly no ha mencionado nada al respecto.

—Si se le ocurriera decir, aunque fuera en un susurro, que la víctima le recuerda a su hermana fallecida, sin duda se la llevarían de aquí envuelta en una camisa de fuerza.

—Pero es evidente que la víctima le recuerda a su hermana. Y estoy seguro de que ese es el punto principal de todo este asunto.

Rainie le miró con el ceño fruncido. Quincy estaba recurriendo a la psicología barata. Podía sentir cómo se aproximaba la trampa.

—Tú también estás trabajando en este caso —rebatió ella.

—He trabajado en más de trescientos homicidios, así que he tenido más tiempo que ella para desarrollar cierta objetividad.

—Pero también te has dado cuenta del parecido.

—Sí.

—¿Y no te preocupa, Quincy?

—¿Qué? ¿Que una víctima se parezca tanto a Mandy o que Mandy muriera sin que yo pudiera hacer nada por ayudarla? —Rainie consideró que aquella pregunta era una invitación para que abandonara la cama. Él se puso tenso cuando acercó las manos a sus hombros, pero ya lo había esperado. A pesar de los años que llevaban juntos, Quincy seguía teniendo sus barreras y autodefensas. Por lo general no le molestaba demasiado, pero últimamente le entristecía.

—Estás preocupado por ella —susurró.

—¿Por Kimberly? Por supuesto que sí. Ha elegido un camino difícil. Y a veces... —Dejó escapar el aliento.

—Vamos.

—Kimberly quiere ser dura. Quiere ser fuerte. Y lo entiendo. Después de todo lo que le ha pasado, es natural que sienta deseos de ser invencible. Sin embargo... ¿El hecho de disparar un arma te hace omnipotente, Rainie? ¿El hecho de obligarte a ti misma a correr diez kilómetros diarios significa que nunca serás la víctima? ¿El hecho de enzarzarte en todos los combates físicos imaginables significa que nunca perderás? —No esperó a que respondiera, pues no era necesario—. Kimberly parece creer que si llega a convertirse en agente del FBI, nadie podrá volver a hacerle daño. ¡Oh, Dios, Rainie! ¡No sabes lo duro que es ver a tu propia hija cometiendo tus mismos errores!

Rainie deslizó los brazos alrededor de su espalda y apoyó la cabeza en su pecho. Entonces, como sabía que ninguna palabra podría reconfortarlo, decidió recurrir a un tópico que siempre era seguro: trabajo. Cadáveres. Un intrigante caso de homicidio.

—¿Crees que ese guaperas de Georgia dice la verdad? —preguntó.

—¿Ese guaperas de Georgia?

—Solo pienso en Kimberly. Ya sabes que soy una mujer altruista. Y tú ya has leído el expediente. ¿Qué opinas del hecho de que el Ecoasesino de Georgia ahora se dedique a atacar en Virginia?

—Todavía no lo sé —respondió Quincy, a regañadientes. Levantó la mano y la apoyó en su nuca. Momentos después, le acarició el cabello. Ella cerró los ojos y por un momento pensó que las cosas podrían ir bien.

—El Ecoasesino es un caso interesante. Lo que más me sorprende es que los investigadores solo sepan de su existencia por sus crímenes. Después de siete homicidios, siguen sin haber recuperado ningún arma homicida, siguen sin haber identificado ninguna escena del crimen primaria y siguen sin haber recogido restos de cabello, fibra, sangre o semen. Por lo que parece, el asesino pasa una ínfima cantidad de tiempo con cada una de sus víctimas, para reducir así la posibilidad de dejar pruebas. Simplemente ataca, mata y huye.

—Un monstruo eficiente.

Quincy se encogió de hombros.

—La mayoría de los asesinos se mueven por la sed de sangre. No solo desean matar, sino también saborear el dolor y el sufrimiento de sus víctimas. Sin embargo, esta es la cadena de homicidios más fría que he visto jamás. El asesino no parece sentir demasiado interés por la violencia, pero es extremadamente letal.

—Es él quien dispone las reglas del juego —dijo Rainie, pensando en voz alta—. Para él, el deporte no es matar, sino dejar los cadáveres en un lugar concreto y establecer las pistas. Solo escribe sus notas para asegurarse de que le acreditarán el crimen.

—Y esas notas proporcionan a su juego un enfoque ecológico —prosiguió Quincy—. ¿A este hombre realmente le importa el medioambiente o solo se trata de otra regla del juego? Todavía no sé demasiado, pero estoy bastante seguro de que las notas son una herramienta más. El asesino está decorando un escenario. Es como el Mago de Oz, que se esconde detrás de una cortina y mueve todas las cuerdas... ¿Pero con qué objetivo? ¿Qué es lo que quiere y qué es lo que consigue con todo eso? Todavía no conozco las respuestas.

—¿Qué similitudes existen entre este caso y el de Georgia? —preguntó Rainie.

—La causa de la muerte —respondió Quincy de inmediato—. No hay demasiados asesinos en serie que maten utilizando tranquilizantes de prescripción. Al menos, varones.

—A las mujeres les encanta el veneno —comentó Rainie.

—Exacto. Sin embargo, tu querido amigo Watson reveló algunos puntos interesantes. En primer lugar, que el Ecoasesino de Georgia siempre dejaba a la primera víctima cerca de una carretera principal, para que su «mapa» pudiera ser encontrado fácilmente. Siguiendo ese patrón, tendría sentido que la víctima hubiera sido abandonada en una base de los marines, pero debería haber aparecido en una de sus carreteras, en la MCB-4 o la MCB-3, y no en un sendero utilizado para correr. En segundo lugar, esa boca cosida me inquieta. Muestra un incremento en su necesidad de violencia; el hecho de que la mutilara post mórtem es una señal evidente de que deseaba que la víctima mantuviera la boca cerrada.

—También es posible que el asesino se esté enzarzando en un juego más peligroso, tal y como afirma el agente especial McCormack.

—Cierto. Sin embargo, la nueva ubicación me preocupa. Solo he echado un vistazo al perfil de Georgia, pero una de sus hipótesis principales es que el asesino es un hombre local. Su conocimiento de ciertas áreas es demasiado preciso para que pueda tratarse de un forastero. De hecho, la naturaleza de su juego es la de alguien que vive y ama esos parajes. No parece el tipo de persona que decida trasladarse a otro estado.

—Quizá pensó que la policía se estaba acercando demasiado.

—Es posible. Pero para que su juego funcione en Virginia, tiene que haber hecho los deberes.

—¿Y qué me dices de las llamadas? —preguntó Rainie—. A mí no me parece una simple coincidencia que, justo antes de que apareciera un nuevo cadáver, McCormack empezara a recibir llamadas anónimas en las que le decían que el Ecoasesino iba a atacar en Virginia. En mi opinión, su informante sabía algo.

—Esas llamadas anónimas aportan un gran interés al caso —convino Quincy. Suspiró de nuevo y se frotó las sienes—. Al parecer, al final del día tenemos seis razones para pensar que los casos no están relacionados y media docena más por las que pensar que sí lo están. Ahora tenemos que buscar el modo de lograr un desempate. —Posó sus ojos en ella—. ¿Sabes qué? Debemos averiguar la identidad de la víctima. En estos momentos tenemos un cadáver que podría o no estar relacionado con el caso de Georgia. Si tuviéramos pruebas concluyentes de que han sido secuestradas dos muchachas...

—Sería evidente que se trata del Ecoasesino —concluyó Rainie.

—Y yo prestaría mayor atención al caso de Georgia.

—¿Kaplan ha comprobado los registros de personas desaparecidas?

—Uno de sus hombres está examinando los registros, pero en las últimas veinticuatro horas no se ha abierto ninguno nuevo. Al menos, ninguno relacionado con una chica joven.

—Qué triste —murmuró Rainie—. Que te secuestren y te asesinen y nadie sepa aún que has muerto.

—La mayoría de las universidades cierran durante el fin de semana —replicó Quincy, encogiéndose de hombros—. Si nuestra víctima era universitaria, el hecho de que siguiera un horario de clases irregular hará que sus compañeros tarden más en darse cuenta de que ha desaparecido.

—Puede que esa sea la razón por la que se llevó su carné de identidad —comentó Rainie momentos después—. Si no sabemos quién es, no podemos saber con certeza si ella o alguna de sus compañeras han desaparecido. De este modo, el Ecoasesino ha conseguido ganar un poco de tiempo.

Quincy le dedicó una mirada especulativa.

—¿Y no crees que eso funciona también a la inversa?

—O es el Ecoasesino y no quiere que lo sepamos todavía... —dijo ella, lentamente.

—O alguien ha hecho bien sus deberes —concluyó Quincy en voz baja—. Alguien ha cometido un asesinato y ahora está intentando ocultar sus huellas enviándonos a una búsqueda inútil.

—¿Por dónde quieres empezar? —preguntó ella.

—Por donde empezamos siempre. Cerca de casa. Aquí mismo. —La envolvió entre sus brazos y la abrazó con fuerza—. Vamos, Rainie —le murmuró al oído—. Dime la verdad. ¿No has tenido siempre deseos de derrotar a la Academia del FBI?

—No imaginas cuántos.

—Lo estoy intentado —susurró él, momentos después.

—Lo sé. —Rainie cerró los ojos en un intento de contener las lágrimas.

16

Quantico, Virginia
21:46
Temperatura: 32 grados

Kimberly estaba sentada en la soledad de su habitación. Lucy, que le había hecho una breve visita, había llegado cargada de libros, los había dejado caer sobre su desordenado escritorio y había observado con atención a compañera.

—¡Guau! Tienes peor aspecto que por mañana —le había dicho, a modo de saludo.

—Llevo el día entero esforzándome —le había asegurado Kimberly.

—Encontrar un cadáver debe de ser duro.

—Así que te has enterado.

—Todo el mundo lo sabe, cariño. Es el tema del día. ¿Es tu primer cadáver?

—¿Incluyendo el de mi madre y mi hermana?

Lucy se había quedado inmóvil ante aquel comentario y el silencio se había prolongado.

—Bueno, tengo que reunirme con mi grupo de estudio —había dicho, por fin. Pero al llegar a la puerta, se había girado y la había mirado con expresión amable—. ¿Quieres venir con nosotros, Kimberly? Sabes que no nos importa.

—No —había respondido ella, con voz monótona.

Entonces, Lucy se había marchado.

Debería dormir. El supervisor Watson tenía razón. Tenía los nervios destrozados y ahora que la corriente de adrenalina había desaparecido, solo le quedaba una sensación de vacío. Deseaba tumbarse en la estrecha cama y sumirse en la bendita inconsciencia del sueño.

Pero entonces soñaría con Mandy. O con su madre. Y no estaba segura de cuál de los dos sueños le dolería más.

Podría reunirse con su padre en el dormitorio Jefferson. Él le hablaría, como siempre, pero Kimberly sabía que en su rostro habría una expresión distraída y desconcertada. Acababan de darle un caso sumamente importante, de modo que mientras escuchara los lamentos de su hija, la otra mitad de su cerebro estaría reorganizando las fotografías de la escena del crimen, los libros criminalistas y los expedientes. Sabía que su padre la quería, pero Mandy y ella habían comprendido a una edad temprana que su padre pertenecía sobre todo a los muertos.

No soportaba aquella habitación diminuta. No soportaba el sonido de los pasos en el vestíbulo. Los estudiantes se reunían con sus amigos para compartir risas, intercambiar historias y pasar un buen rato. Solo Kimberly estaba sola en aquella isla en la que se había convertido con tanto esfuerzo.

Decidió salir de la habitación. Cogió su cuchillo y desapareció por el pasillo.

El oscuro y opresivo calor del exterior la recibió como si fuera un muro. Pronto serían las diez de la noche y el aire seguía siendo insoportablemente pegajoso. Sin duda, el día siguiente sería castigador.

Empezó a caminar con pesadez, advirtiendo las manchas de sudor gris oscuro que aparecían en la parte delantera de su camiseta y sintiendo las gotas de humedad que se deslizaban por su espalda. Respiraba con suaves jadeos, pues sus pulmones luchaban por encontrar oxígeno en aquel aire que contenía un noventa por ciento de agua.

Todavía podía oír risas en la distancia. Les dio la espalda y se dirigió hacia la acogedora oscuridad del campo de tiro. A estas horas de la noche, nadie venía a este lugar. Bueno, casi nadie.

Este pensamiento apareció brevemente en su cabeza y le hizo recordar que estaba metida en un buen lío.

—Te estaba esperando —dijo el agente especial Mac McCormack, arrastrando las palabras.

—Pues no deberías haberlo hecho.

—No me gusta defraudar a una chica guapa.

—¿Me has traído una pistola? Entonces, lo siento.

Él se limitó a esbozar una sonrisa y sus dientes destellaron en blanco en la oscuridad.

—Pensaba que pasarías más tiempo con tu padre.

—No puedo. Está trabajando en el caso y a mí no se me permite acercarme.

—¿El hecho de que seáis parientes no te concede ciertos privilegios?

—¿Como por ejemplo ver las fotografías del homicidio? Creo que no. Mi padre es un profesional. Se toma muy en serio su trabajo.

—¿Cuántos años de terapia has necesitado para decir eso con una voz tan calmada y tan clara?

—Más de los que imaginas —reconoció, a regañadientes.

—Vamos, preciosa. Sentémonos. —Echó a andar hacia la superficie verde del campo de tiro sin mirar atrás y a Kimberly le sorprendió lo poco que le costó seguirle.

El césped era agradable; suave bajo su cuerpo maltrecho y fresco contra sus desnudas piernas empapadas en sudor. Se tumbó sobre la espalda, con las rodillas apuntando hacia el cielo y el corto y serrado cuchillo de caza enfundado en la cara interna de su muslo izquierdo. Mac se tumbó junto a ella, tan cerca que sus hombros se rozaban. Aquella proximidad le resultó algo inquietante, pero no se apartó.

Mac se había duchado después de la reunión que habían mantenido con Kaplan y Watson. Olía a jabón y a algún tipo de loción de afeitado especiada. Suponía que todavía llevaba el pelo mojado y, mientras pasaban bajo la luz que proyectaba una farola, le había parecido que sus mejillas estaban recién afeitadas. ¿Se había puesto guapo para ella? Y si así fuera, ¿acaso importaba?

Decidió que le gustaba el olor de su jabón y prefirió dejar las cosas así.

—Han salido las estrellas —comentó él, en un intento de entablar conversación.

—Suelen hacerlo por la noche.

—¿Y las ves? Pensaba que los nuevos agentes estabais demasiado ocupados para estas cosas.

—Durante los entrenamientos de combate personal pasamos mucho rato tumbados sobre la espalda... y eso ayuda.

Mac alargó una mano y le acarició la mejilla. Aquel contacto fue tan inesperado que Kimberly se sobresaltó.

—Tenías una brizna de hierba en la mejilla —explicó, con voz calmada—. No te preocupes, preciosa. No voy a atacarte. Sé que vas armada.

—¿Y si no fuera así?

—En ese caso, me tiraría encima de ti ahora mismo, por supuesto. Ya sabes que soy un hombre lleno de testosterona, propenso a dar rienda suelta a mis instintos.

—No me refiero a eso.

—No te gusta demasiado el contacto, ¿verdad? Es decir, todo aquel contacto que no consista en morderme, golpearme y apalearme.

—No estoy..., no estoy acostumbrada. Mi familia nunca fue demasiado afectuosa.

Pareció reflexionar sobre aquello.

—Si no te importa que te lo diga, tu padre parece algo estirado.

—Mi padre es muy estirado. Y mi madre procedía de una familia de clase alta. Como puedes suponer, en nuestro hogar las vacaciones eran una época de alegría y diversión. No puedes imaginar los hartones de reír que nos dábamos.

—Mi familia es ruidosa —replicó él—. No es muy grande, pero sí muy cariñosa. Mi padre todavía coge a mi madre por la cintura e intenta llevarla a rincones oscuros. Como adulto, envidio su relación, pero de niño… A todos nos aterraba no anunciar a gritos nuestra presencia cuando nos acercábamos a un pasillo oscuro.

Kimberly esbozó una pequeña sonrisa.

—¿Te ofrecieron una buena educación?

—Cielos, sí. Y mucho cariño. Mi padre es ingeniero civil y construye carreteras para el estado. Mi madre da clases en un instituto inglés. ¿Quién iba a pensar que serían tan felices?

—¿Hermanos?

—Una hermana. Más pequeña, por supuesto. La aterroricé durante la mayor parte de nuestra infancia, pero cada vez que yo me quedaba dormido en la sala de estar, me maquillaba la cara y me hacía fotos. Supongo que era su forma de vengarse. Estoy seguro de que no conoces a ningún otro hombre que sepa lo difícil que es quitarse una máscara de pestañas resistente al agua. Supongo que nunca seguiré una carrera política, pues esas fotos por sí solas me llevarían a la ruina.

—¿Qué hace ahora?

—Marybeth es profesora de guardería así que, en otras palabras, es más dura que la mayoría de los policías. Tiene que mantener controlados a todos esos monstruitos. Es posible que les maquille el rostro cuando se quedan dormidos, pero me da demasiado miedo preguntárselo.

—Eres el único agente de policía de tu familia.

—Tengo un primo bombero. Eso se parece bastante.

Ella sonrió de nuevo.

—Parecen buena gente.

—Lo son —convino él, y Kimberly percibió un afecto genuino en su voz—. Con un poco de entrenamiento podrían mejorar, pero la verdad es que como familia son geniales. ¿Echas de menos a tu madre y a tu hermana? —preguntó de repente.

—Sí.

—¿Debería callarme?

—¿Me harías caso si te dijera que sí?

—No. Creo que a mí también me vendría bien un poco de entrenamiento. Además, las estrellas brillan en el cielo y, cuando estás debajo de las estrellas, tienes que hablar.

—Es la primera vez que oigo eso —replicó Kimberly. Dirigió la mirada al cielo de la noche y, al sentir la cálida brisa sobre su rostro, advirtió que le resultaba más sencillo hablar.

—Mi familia no era feliz. No de la forma habitual. Pero lo intentábamos. Te lo aseguro. Deseábamos ser felices, así que nos esforzábamos en conseguirlo. Supongo que podrías decir que éramos insistentes.

—¿Tus padres se divorciaron?

—Con el tiempo, cuando éramos adolescentes…, pero los problemas ya venían de mucho antes. Ya sabes, los típicos asuntos de la vida policial. Mi padre tenía un trabajo muy exigente, trabajaba muchas horas, y mi madre había sido educada para algo distinto. Creo que le habría ido bien con un banquero o incluso con un médico. Los horarios habrían sido igual de malos, pero al menos su marido habría ostentado un título de cierto nivel. Además, mi padre era un perfilador psicológico del FBI que trabajaba a diario con la muerte, en casos de homicidio de una violencia extrema. Creo que mi madre nunca se acostumbró a eso. Creo que nunca dejó de resultarle desagradable.

—Es un buen trabajo —dijo Mac en voz baja.

Ella le miró y advirtió que su expresión era muy seria.

—Yo también lo creo. Siempre he estado orgullosa de él. Incluso cuando teníamos que marcharnos en plena fiesta de cumpleaños o cuando no podíamos ir. Su trabajo me parecía muy importante, el mismo que haría un superhéroe. La gente resultaba herida y mi padre acudía a en su rescate. Le echaba de menos y, aunque estoy segura de que a veces tenía rabietas, lo único que recuerdo es que me sentía muy orgullosa de él. Mi padre era genial. Sin embargo, para mi hermana la historia era completamente distinta.

—¿Era mayor o más joven?

—Mandy era mayor. Y también era… muy distinta a mí. Era nerviosa. Sensible. Un poco salvaje. Creo que el primer recuerdo que tengo de ella es que me gritaba porque había roto algo. Siempre estaba peleándose con mis padres. Literalmente. A ellos les gustaba dar buena imagen y ella era todo lo contrario. Y su vida era más dura en otros aspectos. Se lo tomaba todo muy a pecho. Una mala palabra y se sentía herida durante días. Una mala mirada y se sentía devastada. Tenía pesadillas, cierta tendencia a llorar a mares y verdaderos ataques. El trabajo de mi padre le aterraba y el divorcio la destrozó. Y cuando se convirtió en adulta, la vida no le resultó más sencilla.

—Por lo que dices, parece que era una mujer intensa.

—Lo era. —Kimberly guardó silencio unos instantes—. Sin embargo, ¿sabes qué es lo más irónico de todo? ¿Sabes qué pienso?

—¿Qué?

—Que nos necesitaba. Era exactamente el tipo de persona que mi padre y yo deseamos proteger. Era débil, tomaba malas decisiones, bebía demasiado, salía con hombres inadecuados y creía las mentiras que le contaba todo el mundo. Dios, mi hermana necesitaba desesperadamente que alguien la salvara de sí misma, pero no lo hicimos. Yo pasé gran parte de mi infancia enfadada con ella, llorando y quejándome porque siempre estaba triste por algo, pero ahora solo me pregunto por qué no cuidé mejor de ella. Ella pertenecía a nuestra familia. ¿Cómo pudimos fallarle tanto?

Mac no dijo nada, pero le tocó una vez más la mejilla. Suavemente. Con el pulgar. Kimberly sintió el roce de su piel endurecida a lo largo de la línea de su mandíbula y el contacto la hizo estremecer. Sintió deseos de cerrar los ojos y arquear la espalda como un gato.

—¿Otra brizna de hierba? —susurró.

—No —respondió él, en voz baja.

Kimberly le miró. Era consciente de que sus ojos decían demasiado y que necesitaba protegerse más, pero fue incapaz de detenerse.

—No te creen —dijo, con voz suave.

—Lo sé. —Sus dedos se deslizaron de nuevo por su mandíbula y se demoraron en la curva de su oreja.

—Mi padre es bueno. Muy bueno. Pero como todo investigador, es meticuloso. Empezará a trabajar por el principio hasta llegar a tu conclusión. Puede que en otro caso no importara, pero si tienes razón y hay otra chica secuestrada...

—El reloj hace tictac... —murmuró Mac. Las ásperas yemas de sus dedos volvieron a recorrer su mandíbula y se deslizaron suavemente por su cuello. Kimberly sentía que su pecho se alzaba y descendía cada vez más deprisa, como si una vez más estuviera corriendo por el bosque. ¿Estaba corriendo hacia algo o seguía escapando?

—Pareces muy tranquilo —dijo, de repente.

—¿Por el caso? En absoluto. —Sus dedos dejaron de moverse y se demoraron en la base de su cuello, cerrándose sobre su clavícula y sintiendo su rápido pulso. Sus ojos la miraban con intensidad. ¿Era un hombre que estaba a punto de besar a una mujer o un policía obsesionado con un caso difícil? A Kimberly no se le daban bien estas cosas. Las mujeres Quincy tenían un largo historial de mala suerte en el amor. De hecho, el último hombre al que su madre y Mandy creían haber amado las había matado. Eso sí que era intuición femenina.

De pronto deseó no haber hablado tanto de su familia. Deseó ser realmente una isla, poder volver a nacer sin ningún vínculo y sin ningún pasado. ¿Cómo habría sido su vida si su familia no hubiera sido asesinada? ¿Quién habría sido entonces Kimberly Quincy?

¿Habría sido más amable, más dulce, más gentil? ¿Habría sido el tipo de mujer capaz de besar a un hombre atractivo bajo las estrellas? ¿Una mujer capaz de enamorarse?

Apartó la mirada y separó su cuerpo de su roce. Ya no importaba. De repente le hacía demasiado daño mirarle a los ojos.

—¿Vas a trabajar en esto, verdad? —preguntó, dándole la espalda.

—Esta tarde he estado leyendo un poco sobre Virginia —dijo con despreocupación, como si ella no se hubiera apartado—. ¿Sabes que en este estado hay más de ciento sesenta mil hectáreas de playas, montañas, ríos, lagos, bahías, pantanos, embalses y cavernas? Cuenta con diversos sistemas montañosos importantes que ofrecen más de mil seiscientos kilómetros de senderos y ochocientas mil hectáreas de parques nacionales. Y a eso se le tiene que añadir la Bahía Chesapeake, el estuario más grande de los Estados Unidos. Además, hay cuatro mil cavernas y diversos embalses que se crearon inundando pueblos enteros. ¿Quieres variedad y sensibilidad ecológica? Virginia tiene variedad y sensibilidad ecológica. ¿Quieres peligro? Virginia tiene peligros. En resumen, Virginia es perfecta para el Ecoasesino… Y por supuesto que voy a trabajar en el caso.

—No tienes jurisdicción.

—En el amor y en la guerra todo vale. He llamado a mi supervisor. Ambos creemos que esta es la primera pista sólida que hemos conseguido en meses, de modo que si abandono la Academia Nacional para realizar ciertas averiguaciones, no se echará a llorar. Además, tu padre y el NCIS están yendo demasiado despacio. Para cuando sepan lo que nosotros ya sabemos, esa muchacha llevará muerta largo tiempo. Y no quiero que eso ocurra, Kimberly. Después de todos estos años, estoy harto de llegar tarde.

—¿Y qué vas a hacer?

—A primera hora de la mañana me reuniré con un botánico del Instituto de Cartografía Americano. Después improvisaré.

—¿Por qué vas a hablar con un botánico? Ya no tienes la hoja…

—No tengo la original —respondió—. Pero podría haber escaneado una copia…

—Has copiado una prueba —dijo ella, con seriedad.

—Sí.

—¿Y qué más?

—¿Vas a ir corriendo a contárselo a papá?

—Creo que me conoces mejor que eso.

—Lo intento.

—Estás obsesionado con este caso, ¿sabes? Podrías estar equivocado. Este crimen podría no tener relación alguna con el Ecoasesino ni con esas chicas de Georgia. La primera vez no encontraste a tu hombre y ahora solo ves lo que quieres ver.

—Es posible —se encogió de hombros—. ¿Pero acaso importa? Una joven ha muerto porque alguien la asesinó. Se trate de mi hombre o de otro distinto, encontrar a ese hijo de puta hará de este mundo un lugar mejor. Y francamente, con eso me daré por satisfecho.

Kimberly le miró con el ceño fruncido. Resultaba difícil discutir contra semejante tipo de lógica.

—Quiero ir contigo —dijo de repente.

—Watson no te lo permitirá. —Mac se incorporó y se limpió los hierbajos de las manos—. De hecho, te pegará semejante patada en el culo que pasarán días antes de que puedas sentir el dolor del moratón.

—Puedo solicitar una baja personal. Hablaré con uno de los consejeros y alegaré angustia emocional por haber encontrado un cadáver.

—Ah, querida, si les dices que sufres angustia emocional por haber encontrado un cadáver, seguro que te echan. Esto es la Academia del FBI. Si no puedes hacer frente a un cadáver, estás en el lugar incorrecto.

—La decisión no dependerá de Watson. Si el consejero está de acuerdo conmigo, tendré que irme. Es así de simple.

—¿Y cuándo descubra tus verdaderos motivos?

—Estaré de baja… y lo que haga en mi tiempo libre es cosa mía. Watson no tendrá ninguna autoridad sobre mí.

—No llevas demasiado tiempo en el FBI, ¿verdad?

Kimberly alzó la barbilla. Entendía su punto de vista y estaba de acuerdo con él. De hecho, esa era la razón por la que su corazón palpitaba con tanta fuerza en su pecho. Seguir este caso le haría ganarse su primer enemigo político, y eso sería un inicio menos que estelar para su carrera. Llevaba veintiséis años deseando convertirse en agente del FBI. Resultaba extraño que ahora estuviera tan dispuesta a echarlo todo por la borda.

—Kimberly —dijo Mac de repente, como si hubiera leído sus pensamientos—, sabes que esto no traerá de vuelta a tu madre ni a tu hermana, ¿verdad? ¿Sabes que por muchos asesinos a los que detengas, nada cambiará el hecho de que tu familia murió y que no pudiste hacer nada para salvarla?

—He visitado sus tumbas, Mac. Sé lo muertas que están.

—Además, eres una simple estudiante —prosiguió él—. No sabes nada de ese hombre y ni siquiera has completado tu formación. Es probable que tus esfuerzos no sirvan para nada. Reflexiona bien sobre ello antes de echar tu carrera por la borda.

—Quiero ir.

—¿Por qué?

Ella esbozó una tensa sonrisa. Aquella era la pregunta del millón de dólares. Y, honestamente, podía dar varias respuestas. Que Watson había tenido razón esta mañana y, nueve semanas después de haber ingresado en la Academia, seguía sin tener amigos ni aliados entre sus compañeros. Que, de hecho, solo había sentido lealtad por un cadáver que había encontrado en el bosque. Que sentía la culpabilidad del superviviente y estaba harta de pasar las vacaciones en un campo repleto de cruces blancas. Que tenía una necesidad mórbida de perseguir a la muerte después de haber sentido en una ocasión sus dedos en la nuca. Que, al fin y al cabo, era la hija de su padre. Que los vivos no se le daban bien y que estaba desesperadamente unida a los muertos, sobre todo cuando el cadáver guardaba semejante parecido con Mandy.

Había tantas respuestas posibles... Pero se sorprendió a sí misma cuando optó por responder con la que más se aproximaba a la verdad.

—Porque quiero.

Mac la miró durante un prolongado momento, antes de asentir en la oscuridad.

—De acuerdo. A las seis en punto de la mañana. Reúnete conmigo delante del Jefferson. Trae ropa para caminar.

»Y Kimberly —añadió, mientras ambos se levantaban—, no olvides tu Glock.

17

Albany, Georgia
01:36
Temperatura: 29 grados

La madre de Nora Ray seguía delante del televisor. Se había desplomado sobre el viejo sofá marrón, enfundada en la misma bata rosa descolorida que había llevado puesta durante los tres últimos años. Su corto cabello oscuro se encrespaba alrededor de su rostro y el gris asomaba en las raíces, donde permanecería hasta que la abuela de Nora Ray la visitara de nuevo y la obligara a cuidarse. Por lo demás, Abigail Watts pocas veces se movía del sofá. Estaba sentada con los hombros perfectamente arqueados, la boca ligeramente abierta y los ojos fijos al frente. Nora Ray pensaba que, del mismo modo que algunas personas caían en la bebida, su madre tenía el canal Nick@Nite.

Nora Ray todavía recordaba los días en que su madre había sido hermosa. Antaño, Abigail se levantaba a las seis de la mañana, se ponía rulos calientes en el pelo y se maquillaba. Para cuando Nora Ray y Mary Lynn bajaban a desayunar, su madre ya se movía por la cocina ataviada con un bonito vestido de flores, preparando café para su padre y cereales para ellas. Todos charlaban alegremente hasta las siete y cinco en punto, momento en que recogía su bolso y se iba a trabajar. En aquel entonces era secretaria en un bufete de abogados. No ganaba demasiado dinero, pero le gustaban su trabajo y los dos socios que dirigían la empresa. Además, le proporcionaba un aura de prestigio en el diminuto barrio obrero en el que vivían. Trabajar en un bufete de abogados… Eso sí que era un trabajo respetable.

Pero hacía años que la madre de Nora Ray no iba a trabajar. Nora Ray ni siquiera sabía si había dejado el trabajo de un modo oficial. Posiblemente, se había marchado el mismo día que recibió la llamada de la policía y nunca más había regresado.

Los abogados habían sido amables con ella. Le habían ofrecido sus servicios para un juicio que nunca había tenido lugar en un caso donde el autor nunca había sido detenido. Habían mantenido a Abigail en nómina durante un tiempo y después le habían concedido una excedencia. ¿Y ahora? Nora Ray no podía creer que su madre siguiera conservando su empleo después de tres años. Nadie era tan bueno. Nadie permitía que su vida permaneciera congelada durante un período de tiempo tan largo.

Excepto la familia de Nora Ray, por supuesto. Ellos vivían en una distorsión temporal. La habitación de Mary Lynn, pintada de amarillo brillante y decorada con medallas y trofeos de hípica, seguía estando exactamente igual que el día que desapareció. Los vaqueros sucios que había arrojado a una esquina seguían esperando a que la joven de dieciocho años regresara a casa y los pusiera a lavar. Su cepillo, repleto de largos cabellos marrones, descansaba sobre el tocador. Junto a él había un bote de brillo de labios rosa mal cerrado y otro de rímel.

Y enganchada al espejo que se alzaba sobre la cómoda, todavía podía verse la carta que le había enviado la Universidad Estatal de Albany. *Nos enorgullece anunciarles que Mary Lynn Watts ha sido aceptada formalmente como estudiante de primer año del curso 2000...*

Mary Lynn deseaba ser veterinaria. Algún día trabajaría a jornada completa salvando a los caballos que tanto amaba y Nora Ray se convertiría en abogada. Entonces, ambas comprarían granjas vecinas en el campo y cada mañana podrían montar juntas a caballo, antes de acudir a sus respectivos trabajos, que sin duda estarían muy bien remunerados y serían sumamente gratificantes. Eso era lo que habían decidido aquel verano. Habían estado haciendo castillos en el aire, sobre todo aquella última noche, tan calurosa que habían decidido salir a tomar un helado.

Al principio, justo después de que Nora Ray hubiera regresado a casa sin Mary Lynn, las cosas habían sido diferentes. Sus vecinos venían a visitarles. Las mujeres les llevaban cazuelas de comida, galletas y tartas; los hombres aparecían con cortacéspedes y martillos y, sin decir ni una palabra, se ocupaban de arreglar los pequeños desperfectos de la casa. Su pequeño hogar zumbaba de actividad. Todos sus vecinos se mostraban solícitos; todos sus vecinos deseaban asegurarse de que Nora Ray y su familia estaban bien.

En aquellos días, su madre todavía se duchaba y se arreglaba. A pesar de haber sido privada de una hija, seguía aferrándose al fino tejido de la vida cotidiana. Se levantaba, se ponía los rulos y preparaba café.

Al principio, su padre había sido quien peor lo había pasado. Se había dedicado a deambular de una habitación a otra con una mirada desconcertada en los ojos, flexionando constantemente sus grandes y encallecidos dedos. En teoría, era un hombre capaz de arreglar cualquier cosa. Él mismo había construido el porche un verano y de vez en cuando realizaba trabajos por el vecindario para costear las clases de hípica de Mary Lynn. Pintaba su casa cada tres años y se encargaba de que fuera la mejor cuidada del barrio.

Quienes le conocían decían que Big Joe podía hacer todo aquello que se propusiera. Pero aquel día del mes de julio, todo había cambiado.

Con el tiempo, los vecinos habían empezado a demorar sus visitas. La comida ya no aparecía por arte de magia en la cocina y el césped ya no era segado cada domingo. La madre de Nora Ray dejó de arreglarse y su padre regresó a su trabajo en Home Depot. Al anochecer, cuando volvía a casa, se reunía con su esposa en el sofá, donde permanecían sentados como zombis mirando comedias estúpidas, mientras el televisor pulverizaba sus rostros con brillantes y coloridas imágenes hasta bien entrada la noche.

Mientras tanto, las malas hierbas iban invadiendo el jardín y el porche principal se combaba por la falta de atención. Nora Ray aprendió a cocinar los platos de su madre mientras sus sueños de estudiar de derecho se iban alejando a la deriva.

Pronto, los vecinos empezaron a hablar de ellos entre susurros: «La triste familia que vive en la triste casita de la esquina. ¿Sabe qué le ocurrió a su hija? Bien, permita que se lo cuente»…

En ocasiones, Nora Ray pensaba que debería pasearse por el barrio con un papel de color escarlata pegado a la espalda, como la mujer del libro que había leído en el último año de instituto. Sí, su familia había perdido a una hija. Sí, su familia había sido víctima de un crimen violento. Sí, podría pasarle también a usted, así que hace bien al susurrar a nuestras espaldas y dar media vuelta cuando pasamos demasiado cerca. Puede que el asesinato sea contagioso. Ese hombre supo encontrar nuestro hogar, así que es posible que pronto encuentre el suyo.

Pero nunca dijo nada similar en voz alta. No podía hacerlo. Era el único miembro operativo de su familia. Tenía que seguir adelante. Tenía que fingir que una sola hija podía bastar.

La cabeza de su madre empezó a oscilar, como hacía siempre justo antes de quedarse dormida. Su padre ya se había acostado. Tenía que trabajar por la mañana y esto aportaba cierta normalidad al extraño patrón que ellos llamaban vida.

Abigail por fin sucumbió al sueño. Su cabeza cayó hacia atrás y sus hombros se hundieron cómodamente en el mullido sofá, comprado en tiempos más felices con la intención de vivir días más felices.

En cuanto su madre se quedó dormida, Nora Ray se retiró a su habitación. No apagó el televisor, pues a estas alturas sabía que la repentina ausencia de voces televisivas la despertaría más deprisa que cualquier alarma estridente. Por lo tanto, se limitó a coger el mando a distancia que su madre guardaba en el bolsillo de su descolorida bata y, muy lentamente, bajó el volumen.

Su madre empezó a roncar, con los ligeros y suaves resuellos de una mujer que no se había movido en meses y, sin embargo, se sentía exhausta.

Nora Ray observó a su madre, apretando los puños sobre sus costados. Deseaba acariciar su rostro. Deseaba decirle que todo iría bien. Deseaba suplicar que regresara su verdadera madre porque en ocasiones no quería ser la fuerte de la familia, porque en ocasiones deseaba ser ella quien se hiciera un ovillo y se echara a llorar.

Tras dejar el mando a distancia sobre la mesa de café, se dirigió de puntillas a su dormitorio, donde el aire acondicionado estaba permanentemente conectado a la gélida temperatura de catorce grados y una jarra de agua descansaba siempre junto a la cama.

Nora Ray enterró su cuerpo bajo la gruesa seguridad de sus sábanas, pero no se quedó dormida de inmediato.

Estaba pensando en Mary Lynn, recordando la última noche que habían pasado juntas. Tras abandonar el TGI Friday, habían montado en el coche y habían estado charlando alegremente durante el trayecto.

—¡Oh, no! —había dicho su hermana, al cabo de un rato—. Creo que hemos pinchado. Oh, espera. Buenas noticias. Un tipo ha parado detrás. Qué majo, ¿verdad, Nora Ray? El mundo está lleno de buenas personas.

El hombre estaba cansado. Muy, muy cansado. Poco después de las dos de la mañana, cuando había completado su última tarea, había regresado a la furgoneta y, aunque le dolían todos los músculos, se había tomado el tiempo necesario para limpiar el vehículo, tanto por dentro como por fuera, bajo la reconfortante luz de la linterna. Incluso se había arrastrado entre las ruedas para dar un manguerazo a la parte inferior. Sabía que el polvo podía contar historias y no quería asumir ningún riesgo.

A continuación había sacado la jaula del perro y la había limpiado con una esponja humedecida en amoníaco, cuyo intenso y pungente olor había hecho que sus sentidos volvieran a ponerse en guardia. Además de limpiar la jaula, aquel producto había destruido cualquier prueba que hubiera podido quedar en sus huellas dactilares.

Después había hecho inventario. ¿Debería limpiar el acuario? ¿Qué podía demostrar ese objeto? ¿Que había tenido una serpiente como mascota? Eso no era ningún crimen. De todas formas, no deseaba dejar nada al azar.

No quería ser uno de esos estúpidos de los que solía hablar su padre, que serían incapaces de encontrarse el agujero del culo aunque contaran con la ayuda de una linterna y las dos manos.

El mundo daba vueltas a su alrededor y sentía que las nubes de tormenta se congregaban al fondo de su cerebro. Cuando se sentía cansado, los ataques empeoraban. Los agujeros negros adoptaban un tamaño tremendo y no solo engullían horas y minutos, sino también días enteros. No podía permitir que eso ocurriera. Tenía que ser astuto. Tenía que mantenerse alerta.

Pensó de nuevo en su madre y en la triste expresión que se dibujaba en su rostro cada vez que el sol se desvanecía en el firmamento. ¿Había sabido que el planeta agonizaba? ¿Había comprendido ya en aquel entonces que todo aquello que era hermoso podía dejar de existir?

¿O simplemente había temido regresar al interior, donde su padre esperaba con su malhumor y los puños cerrados?

Al hombre no le gustaban estos pensamientos. No quería seguir jugando a este juego. Sacó el acuario del interior de la furgoneta y se deshizo de la capa de hierba y ramitas que contenía. Acto seguido, vació en su interior media botella de amoníaco y lo limpió con las manos desnudas. Podía sentir el fuerte producto químico abrasando su piel.

Más adelante, el líquido sobrante se filtraría en alguna corriente y mataría algas, bacterias y bonitos pececitos. Porque él tampoco era mejor. Hiciera lo que hiciera, seguía siendo un hombre que conducía un coche, compraba electrodomésticos y, probablemente, alguna vez había besado a alguna mujer que usaba un bote entero de laca para peinarse. Todos los hombres lo hacían. Los hombres mataban. Los hombres destruían. Los hombres pegaban a sus esposas, maltrataban a sus hijos, invadían un planeta y lo corrompían a su propia y retorcida imagen.

Sus ojos se movían de un lado a otro, los mocos se deslizaban por su nariz y su pecho se hinchó hasta que su aliento empezó a escapar con salvajes jadeos. Quiso creer que aquello se debía al fuerte olor del amoníaco, pero sabía la verdad. Había vuelto a recordar el rostro pálido y solitario de su madre.

Su hermano y él deberían haber regresado al interior con ella. Podrían haber sido los primeros en cruzar la puerta, comprobar el ambiente y, si hubiera sido necesario, recibir su castigo como hombres. Pero no lo habían hecho. Cuando su padre estaba en casa, ellos escapaban al bosque, donde vivían como dioses a base de ensalada de semillas, frambuesas y brotes de helecho.

Recurrían a la naturaleza en busca de cobijo e intentaban no pensar qué estaba ocurriendo en el interior de la diminuta cabaña del bosque. Al menos, eso era lo que hacían siempre que podían.

El hombre cerró la manguera. La furgoneta y el acuario estaban limpios y el conjunto del proyecto había sido desinfectado con amoníaco. Cuarenta y ocho horas después, todo había terminado.

Se llevó su equipo de matanza con él y lo guardó debajo del colchón antes de meterse por fin en la cama.

En cuanto su cabeza tocó la almohada, pensó en lo que acababa de hacer. Tacones altos, cabello rubio, ojos azules, vestido verde, manos atadas, cabello oscuro, ojos marrones, piernas largas, uñas hirientes, destellantes dientes blancos.

El hombre cerró los ojos y durmió mejor de lo que lo había hecho en años.

18

Quantico, Virginia
05:36
Temperatura: 28 grados

Quincy despertó sobresaltado al oír el timbre del teléfono. El instinto, alimentado por tantas llamadas en plena noche, le hizo extender el brazo hacia la mesita, pero el sonido se repitió una segunda vez, agudo e insistente. Entonces recordó que se encontraba en una de las habitaciones de la Academia del FBI y que el teléfono descansaba sobre el escritorio que se alzaba al otro lado de la sala.

Avanzó con sigilo y rapidez, pero ya era demasiado tarde. Aunque logró responder al tercer timbre, Rainie ya estaba incorporada sobre la cama, somnolienta. Su larga melena castaña, despeinada alrededor de su pálido rostro, resaltaba sus pómulos espectaculares y angulosos y su cuello largo y desnudo. Dios, era lo más hermoso que veía a primera hora de la mañana... y también lo más hermoso que veía a última hora del día. Durante todos estos años, esa mujer había conseguido dejarle sin aliento a diario.

La miró y entonces, como ocurría con demasiada frecuencia durante aquellos días, sintió un intenso dolor en el pecho. Le dio la espalda y sujetó el teléfono entre su hombro y la oreja.

—Pierce Quincy.

Y un momento después:

—¿Estás segura? No era eso lo que pretendía... Kimberly... Bueno, si eso es lo que quieres hacer... Kimberly... —Dejó escapar un profundo suspiro. Un dolor de cabeza incipiente ya se estaba formando en sus sienes—. Eres adulta, Kimberly. Respeto tu opinión.

Esto no le hacía ningún bien. El día anterior, su única hija viva se había marchado enfadada con él y, al parecer, hoy se había despertado aún más airada y había colgado el teléfono con brusquedad. Él había devuelto el auricular a su sitio con más cuidado, intentando disimular lo mucho que le temblaban las manos. Llevaba seis años intentando arreglar el puente que le separaba de su veleidosa hija, pero no había realizado demasiados progresos.

Al principio, Quincy había pensado que su hija simplemente necesitaba tiempo. Tras el intenso episodio que había vivido su familia, era natural que hubiera albergado tanta rabia en su interior. Él era agente del FBI, un profesional experimentado, pero no había hecho nada para salvar a Bethie y a Amanda. No podía culpar a Kimberly por odiarle. De hecho, durante mucho tiempo, también él se había odiado a sí mismo.

Sin embargo, a medida que pasaban los años y el crudo dolor de la pérdida y el fracaso remitían, había empezado a preguntarse si aquello se debía a algo más insidioso. Su hija y él habían vivido una experiencia angustiante y habían unido sus fuerzas para dar caza al psicópata que había atacado a los cuatro miembros de la familia. Este tipo de experiencia cambiaba a la gente. Cambiaba las relaciones.

Y forjaba asociaciones. Quizá, Kimberly ya no podía verle como un padre. Un padre tenía que ser un refugio seguro, un lugar donde cobijarse en tiempos turbulentos, pero Quincy no lo era para ella. De hecho, era posible que su presencia fuera un recuerdo constante de que la violencia podía golpear cerca de casa y de que los verdaderos monstruos no vivían debajo de la cama, sino que podían ser muy atractivos y miembros totalmente funcionales de la sociedad. Sin embargo, en cuanto entrabas en su punto de mira, ni siquiera un padre inteligente, fuerte y experimentado podía hacer nada por ayudarte.

A Quincy todavía le sorprendía lo sencillo que era fallar a aquellos a quienes amabas.

—¿Era Kimberly? —preguntó Rainie a sus espaldas—. ¿Qué quería?

—Va a abandonar la Academia esta mañana. Ha convencido a uno de los consejeros para que le conceda una excedencia por ansiedad.

—¿Kimberly? —preguntó Rainie con voz incrédula—. ¿Kimberly? ¿La que sería capaz de caminar descalza sobre el fuego antes de pedir unos zapatos y menos aún un extintor? Imposible.

Quincy se limitó a esperar, pues sabía que su compañera no tardaría demasiado en descubrir la verdad. Rainie siempre había sido una mujer brillante.

—¡Va a trabajar en el caso! —exclamó entonces. Su reacción fue completamente distinta a la de Quincy, pues echó hacia atrás la cabeza y soltó una carcajada—. Bueno, ¿qué querías? Ya te dije que ese tipo de Georgia era un verdadero quesito.

—Si el supervisor Watson lo descubre —dijo Quincy con seriedad—, su carrera habrá terminado.

—Si Watson lo descubre, simplemente montará en cólera por no haber sido el primero en acudir al rescate de esa muchacha. —Rainie se levantó de la cama—. Bueno, ¿qué quieres hacer?

—Trabajar —replicó él, con voz monótona—. Quiero conocer la identidad de la víctima.

—¡Sí, señor!

—Y quizá deberíamos hacer una visita al lingüista forense, el doctor Ennunzio —musitó con cautela.

Rainie le miró sorprendida.

—¿Por qué, Pierce Quincy? ¿Empiezas a creer en el Ecoasesino?

—No lo sé, pero creo que mi hija está demasiado implicada en todo esto. Pongámonos a trabajar, Rainie. Y hagámoslo con rapidez.

Kimberly y Mac realizaron la mayor parte del trayecto que los separaba de Richmond en silencio. Kimberly descubrió que a Mac le gustaban sobre todo las emisoras de música country y Mac no tardó en averiguar que Kimberly no funcionaba demasiado bien si no se tomaba una taza de café por la mañana.

Habían cogido el coche de Mac, pues el Toyota Camry de alquiler era más cómodo que el viejo Mazda de Kimberly. Mac había dejado una mochila llena de provisiones en el maletero y ella había añadido botas de excursionismo y un petate en el que había guardado su escasa colección de ropa.

A primera hora de la mañana había recuperado su pistola y había devuelto su Crayola de plástico y las esposas. A continuación había firmado diversos impresos, había entregado su tarjeta de identificación y eso había sido todo. Oficialmente, había solicitado la excedencia en la Academia del FBI. Por primera vez desde que tenía nueve años, había dejado de aspirar a convertirse en agente federal.

Se sentía ansiosa, culpable y horrorizada. Estaba tirando por la borda demasiados años de su vida por un simple capricho. Y ella nunca había hecho nada por capricho. Ella nunca había sido una mujer caprichosa.

Sin embargo, no se sentía mal. No le faltaba el aliento, indicándole que iba a sufrir un ataque de ansiedad. No tenía los músculos agarrotados, ni le dolía la cabeza ni le palpitaban las sienes. De hecho, hacía semanas que no tenía la cabeza tan despejada. Quizá, tras la neblina causada por la privación de sueño, se sentía incluso un poco nerviosa.

Pero no quería saber qué significaba eso.

No tardaron demasiado en llegar a Richmond. Mac le había tendido la copia impresa de un correo electrónico para que le indicara el camino hacia las oficinas del Instituto de Cartografía de los Estados Unidos, que estaban ubicadas en un parque empresarial situado al norte de la ciudad. A primera vista, aquel lugar no era lo que Kimberly había esperado, sobre todo porque el parque empresarial se alzaba en medio de una extensión suburbana. Dejaron atrás el instituto de la comunidad, una zona residencial y un colegio local. Los gráciles árboles proyectaban su sombra sobre las adorables aceras, había amplias extensiones de campos verdes y brillantes mirtos, con flores rosas y blancas.

El edificio del Instituto Cartográfico también era diferente a lo que había imaginado. Era una nueva construcción de ladrillo y cristal, con montones de ventanas y hermosamente ajardinado con más mirtos y Dios sabía qué otros arbustos. En definitiva, una decoración muy diferente a la que solía encontrarse en los monocromáticos edificios gubernamentales.

Era un bonito edificio que se alzaba en un bonito lugar. Kimberly se preguntó si Mac sabía que la sede de Richmond del FBI se encontraba literalmente al final de aquella misma calle.

Salieron del coche, cruzaron la pesada puerta de cristal y fueron recibidos de inmediato por una recepcionista.

—Querríamos ver a Ray Lee Chee —anunció Mac. La recepcionista les dedicó una sonrisa brillante y les indicó que la siguieran.

—¿Es botánico? —preguntó Kimberly, mientras seguía a Mac por el amplio y soleado pasillo.

—Geógrafo.

—¿Y a qué se dedica un geógrafo?

—Creo que trabaja con mapas.

—¿Le vas a enseñar la hoja a un tipo que dibuja mapas?

—Genny le conoce. Fue al colegio con su hermano o algo así. Al parecer, tiene buenos conocimientos de botánica y dijo que podría ayudarnos. —Mac se encogió de hombros—. Carezco de jurisdicción en este estado, de modo que no puedo solicitar los servicios del experto que prefiera.

La recepcionista se había detenido ante una oficina interior. Tras señalar una puerta parcialmente abierta, dio media vuelta y regresó a recepción. Kimberly se quedó a solas con Mac, preguntándose si estaba cometiendo una locura.

—¿Señor Chee? —preguntó Mac, asomando la cabeza por el umbral. Un asiático bajito y fornido abandonó al instante su asiento y se acercó a recibirles.

—Por Dios, no me llame así. Soy Ray, a secas. Si me llama «señor Chee», solo conseguirá que mire a mi alrededor en busca de mi padre.

Tras estrechar con vigor la mano de Mac, Ray saludó a Kimberly con el mismo entusiasmo. El geógrafo era más joven de lo que había imaginado; no tenía nada que ver con los típicos académicos estirados. Vestía pantalones cortos de color caqui y una camiseta de manga corta fabricada con aquellas microfibras que tanto gustaban a los excursionistas porque absorbían el sudor corporal.

Ray les condujo a su despacho repleto de papeles y volvió a ocupar su asiento, utilizando más energía de la necesaria. Sus bíceps se agitaban incluso cuando estaba sentado y sus manos se movían a mil por hora sobre la mesa, buscando Dios sabía qué.

—Genny me dijo que necesitaban mi ayuda —comenzó Ray, radiante.

—Deseamos identificar una hoja y, según tengo entendido, usted tiene cierta experiencia en esas cosas.

—Pasé mis días universitarios estudiando botánica —explicó Ray—, antes de pasarme a geografía. La verdad es que también estudié zoología y, durante una breve temporada, mecánica. En aquella época me gustaba, y ahora, cada vez que nuestro camión se estropea, todos mis compañeros se alegran de tenerme cerca. —Se volvió hacia Kimberly—. ¿Usted no habla?

—Si no tomo café, no.

—¿Necesita un estimulante? Hace media hora preparé la mezcla más fuerte del mundo en el hornillo. Ese mejunje le quitará el sueño de golpe y hará que le crezca un poco de pelo en el pecho. —Levantó ambas manos, que temblaban por la cafeína—. ¿Le apetece un poco?

—Mmmm, creo que esperaré.

—De acuerdo, usted misma, pero después de las primeras dieciséis tazas, de verdad le digo que no está tan malo—. Sus oscuros ojos se posaron de nuevo en Mac—. ¿Dónde está la hoja?

—En realidad, le hemos traído una imagen. —Mac rebuscó en su carpeta y extrajo una hoja de papel.

—¿Esto es todo lo que tienen? ¿Una imagen?

—Es una imagen escaneada. A tamaño real. Por delante y por detrás. —Ray siguió mirándole fijamente, hasta que Mac se encogió de hombros con tristeza—. Lo siento. Es todo lo que tenemos.

—Una hoja de verdad sería mejor, ¿sabe? Es decir, mucho mejor. ¿Puede volver a explicarme para qué es esto?

—Es una de las pruebas de un caso.

—¿La encontraron en la escena de un crimen? —El rostro de Ray se iluminó—. Si identifico esto, ¿podrá ser utilizado para atrapar al malo o localizar un cadáver? ¿Cómo hacen en *CSI?*

—Por supuesto —le aseguró Mac.

—¡Genial! —Ray aceptó el papel con más entusiasmo—. El hecho de disponer solo de una imagen lo hará más complicado, pero me gustan los retos. Veamos de qué se trata.

Sacó una lupa y estudió la imagen durante un segundo.

—Bueno, empecemos por lo básico. Es una angiosperma… para ustedes, un árbol de hojas grandes. Teniendo en cuenta la forma ovalada acabada en punta y los bordes toscamente dentados, es probable que pertenezca a la familia *Betula*… un tipo de abedul. —Alzó la mirada—. ¿Pueden volver a decirme dónde han encontrado esto?

—Me temo que no puedo comentarle nada más a ese respecto.

Ray volvió a mirar la imagen y frunció el ceño.

—¿Realmente es todo lo que tienen? ¿No había tronco, ni flores ni ramas?

—Nada.

—Pues en ese caso, supongo que también a ustedes les gustan los retos. —La silla de Ray empezó a retroceder y se detuvo de golpe ante la estantería que se alzaba a medio camino. El hombre examinó los títulos con rapidez y sus dedos pronto se detuvieron junto a un enorme volumen que llevaba por título «Manual de Botánica Gray»—. En lo que a buenas o malas noticias se refiere, el abedul es una de las tres familias de árboles más extensas. Son diversas las especies que tienen su hábitat aquí en Virginia. Si les gusta la historia, sabrán que los viejos montañeses de los Apalaches solían confeccionar cerveza de abedul a partir de la savia de los abedules negros. Es una cerveza que sabe ligeramente a gualteria. Estuvieron a punto de cosechar todos los abedules negros de las montañas para hacer ese mejunje, después desarrollaron el aceite de gualteria y finalmente, los montañeses empezaron a destilar alcohol de forma ilegal. Bien está lo que bien termina, ya saben.

Regresó rodando a su mesa, propulsando la silla con la misma facilidad que si fuera un pequeño automóvil, mientras sus dedos se deslizaban con rapidez por el extenso índice del manual. Kimberly miró por encima de su hombro y vio una página tras otra de hojas de árbol, todas ellas fotografiadas con una gran calidad de imagen y documentadas con una lista de palabras que parecían estar en latín. Era evidente que no se trataba de una lectura ligera para el verano.

—De acuerdo. Para empezar tenemos la *Betula lenta*, también conocida como abedul negro, abedul dulce o abedul de la cereza. Sus hojas miden entre siete y diez centímetros de largo. La de la imagen parece medir unos seis, pero es posible que todavía no esté madura, así que podría ser una posibilidad.

—¿Dónde se pueden encontrar abedules negros? —preguntó Mac.

—Oh, por todas partes. En las montañas de la mitad occidental del estado o en zonas de la Bahía de Chesapeake, cerca de los riachuelos. ¿Eso tiene sentido?

—Todavía no lo sé —replicó Mac. Ahora, también él fruncía el ceño—. ¿Otras opciones?

—La *Betula lutea* o abedul amarillo, que se suele encontrar en las montañas, a mayor altura que el abedul negro. Sin embargo, se trata de un árbol bastante más grande. Llega a medir veinticuatro metros de altura y tiene hojas de más de doce centímetros, así que supongo que esta hoja se le queda pequeña. Veamos… —Ray hojeó el volumen con rapidez.

—De acuerdo, la *Betula papyrifera* o abedul de papel. Las hojas también alcanzan los siete centímetros de largo, lo que se aproxima más en tamaño. Crece en las montañas, por lo general en áreas taladas o quemadas. Después está la *Betula nigra* o abedul de río, que se encuentra en zonas poco elevadas, junto a vías fluviales o en las proximidades de riachuelos, embalses, lagos, etc. Se trata de un abedul de menor tamaño, con hojas de entre cinco y siete centímetros, así que podría ser otra posibilidad. —Les miró con intensidad—. ¿No había amento?

—¿Qué?

—Las flores que suelen brotar en las hojas. En los abedules, son como racimos largos de forma cónica que penden entre las hojas. El tamaño de la flor varía de forma drástica, así que podría ayudarnos a estrechar la búsqueda. Además, habría una ramita pegada a la corteza. Como habrán podido suponer a partir de los nombres (negro, amarillo y papel), uno de los rasgos distintivos del abedul es el color de su tronco.

—Solo tengo la hoja —repitió Mac. Entonces musitó—: A nuestro hombre también le gustan los retos.

Se volvió hacia Kimberly. Sus hombros estaban cargados de tensión.

—Él no utilizaría nada común —dijo ella, en voz baja—. No hay brújula, ¿recuerdas? Por lo tanto, las pistas tienen que delimitar una región concreta… De lo contrario, no se trataría de ningún juego.

—Buena observación. —Mac se volvió hacia el geógrafo—. Ha dicho que el abedul es un árbol típico de Virginia. ¿Hay alguno que no sea común? ¿Alguna variedad extraña o en peligro de extinción?

Los ojos oscuros de Ray se iluminaron. Se acarició la barbilla.

—Buena pregunta… No, esto no va a servir de ninguna ayuda. —Cerró el libro y, tras reflexionar unos instantes, se volvió con brusquedad hacia el ordenador y tecleó con rapidez—. Lo que ustedes necesitan es un dendrólogo. Yo no soy más que un geógrafo al que le interesa la botánica. Sin embargo, un dendrólogo...

—¿Tiene un nombre más importante? —preguntó Kimberly.

—No, es un botánico experto en árboles. Verán, yo soy generalista. Pregúntenme sobre la flor que quieran. Se me dan muy bien las flores. Y los helechos. En cambio, un dendrólogo podrá explicarles todo aquello que siempre hayan querido saber sobre los árboles.

—Dios mío, hay «ólogos» para todo —murmuró Kimberly.

—Tantos que ni te lo imaginas —replicó Mac.

—Señores, han venido a la oficina de campo de Richmond. Las personas que trabajamos aquí somos, en nuestra mayoría, geógrafos e hidrólogos. Muchos tenemos también otros intereses como la botánica, la biología, la geología y demás. Estaremos encantados de ayudarles, pero creo que nuestros conocimientos son menos específicos de lo que ustedes necesitan. En Reston, en nuestra sede nacional, hay botánicos, palinólogos, geólogos, geólogos cársticos y demás. Ahí es donde viven los peces gordos.

—¿Dónde está Reston? —preguntó Mac.

—A dos horas al norte.

—No tenemos dos horas.

Los dedos de Ray se deslizaron por el teclado.

—Para los investigadores apremiados por el tiempo, disponemos de la mejor maravilla del siglo veinte. ¡Tachán! Internet, donde prácticamente hay un sitio web para cada «ología». La verdad es que a los tipos raros les encanta la tecnología. —Pulsó la tecla de retorno y apareció en pantalla una página del Departamento Estadounidense de Agricultura, titulada Dendrología de Virginia.

—Ver para creer —comentó Kimberly.

—Y que lo digas —replicó Mac.

—Y tenemos un sospechoso final para su consideración —anunció Ray—. Señoras y señores, permítanme presentarles a la *Betuna populifolia*, también conocida como abedul gris. Este miembro menor de la familia de los abedules alcanza tan solo los nueve metros y sus hojas miden unos siete centímetros y medio. Puede que la corteza parezca marrón, pero en realidad es de color blanco agrisado. A diferencia del abedul amarillo y el abedul de papel que, francamente, siempre parecen andar algo escasos de corteza, la del abedul gris es suave y no se descascara. Su madera es ligera y se utiliza sobre todo como combustible y para hacer pasta de papel. Lo mejor de todo es que únicamente se encuentra en una zona de todo el estado. Oh, aquí está el problema: no dicen cuál es.

Ray guardó silencio, arrugó la nariz y la movió de un lado a otro mientras seguía estudiando la pantalla. Mac se acuclilló tras él y su rostro adoptó aquella expresión intensa que Kimberly empezaba a conocer tan bien.

—¿Está diciendo que este abedul podría ser el de nuestra fotografía?

—Podría ser.

—¿Y que solo se encuentra en una zona de Virginia?

—Eso es lo que dicen los dendrólogos.

—Necesito conocer ese lugar. —Mac se interrumpió un segundo—. Ahora.

—Mmm, mmm, mmm, mmm. Bueno, esto es solo una conjetura. —Ray golpeó la pantalla del ordenador con su lapicero—. Fíjense en la distribución. El abedul gris es un árbol común en Nueva York, Pensilvania y Nueva Jersey. Estos tres estados se encuentran al norte de Virginia, y eso significa que, probablemente, a este árbol le gustan las temperaturas frescas. Por lo tanto, tiene que crecer en algún lugar de las...

—De las montañas —dijo Kimberly.

Él asintió.

—Sí. Y ahora la pregunta es la siguiente: ¿en qué cadena montañosa crece? ¿En el Blue Ridge, en los montes Shenandoah o en los Apalaches? Esperen, tengo una idea. —Su silla salió disparada por la sala una vez más. Cogió un listín telefónico de lo alto de la estantería, pasó diversas páginas, cogió el teléfono y marcó unos números—. Con Kathy Levine, por favor. ¿Ha salido? ¿Cuándo cree que volverá? Le dejaré un mensaje. —Guardó silencio unos instantes—. Kath, hola. Soy Ray Lee Chee, del Instituto Cartográfico. Tengo una pregunta sobre el abedul gris. ¿Dónde puedo encontrarlo en este estado? Se trata de un asunto bastante importante, muy de Sherlock Holmes. Cuando regreses, pégame un toque. Estaré esperando tu llamada. Adiós.

Colgó el teléfono y observó los ojos expectantes de sus interlocutores.

—Kathy trabaja como botánica en el Parque Nacional Shenandoah. Está muy familiarizada con los árboles de esa zona y, si alguien sabe algo del abedul gris, ese alguien es ella. Por desgracia, en estos momentos está realizando trabajo de campo.

—¿Hasta cuándo? —preguntó Mac.

—Hasta dentro de cuatro días.

—¡No disponemos de cuatro días!

Ray levantó una mano.

—Ya lo sé, ya lo sé. Eso ya lo tenía bastante claro. De todos modos, supongo que a mediodía irá a comer, comprobará los mensajes, me llamará y entonces yo les llamaré a ustedes. Solo faltan cuatro horas para el mediodía.

—Cuatro horas pueden ser demasiado tiempo —dijo Mac, con el rostro sombrío.

—¿Qué quieren que les diga? No es nada sencillo cuando solo dispones de la fotografía de una hoja.

—Tengo una pregunta —dijo Kimberly—. De todos los estudios que tiene... ¿sabe si existe alguna relación entre Virginia y Hawai?

—¿Virginia y Hawai?

—Sí.

—Uf. No tengo ni idea. Desde una perspectiva vegetal, no se me ocurre ninguna. Hawai es un lugar tropical, ya saben. Y Virginia no. Bueno, excepto esta semana. Siempre estamos preparados para hacer una excepción.

—¿No están relacionados de ninguna forma? —insistió Kimberly.

Ray agitó la nariz nuevamente.

—Podría preguntárselo a un geólogo. Nosotros tenemos montañas, y ellos también. Nosotros tenemos la bahía Chesapeake con su multitud de islas barrera, que podrían ser similares a las islas barrera hawaianas. Sin embargo, desde una perspectiva de fauna y flora, no veo ninguna relación.

—¿Y dónde podríamos encontrar un geólogo en este edificio?

—Aquí no hay geólogos. Tendrán que ir a Reston. —Al ver su expresión, se apresuró a levantar una mano—. Lo sé, lo sé. No tienen tiempo de ir a Reston. De acuerdo... Jennifer York. Es una de nuestras muestreadoras y creo que tiene buenos conocimientos de geología.

—¿Dónde está su despacho?

—Al otro lado del edificio, el tercero a la izquierda.

—De acuerdo. —Kimberly se volvió hacia Mac, que la miraba con una expresión desconcertada—. Ya le has oído. Vayamos a ver a esa geóloga.

19

Richmond, Virginia
08:31
Temperatura: 30 grados

—¿Por qué le has preguntado sobre Hawai? —quiso saber Mac treinta segundos después, mientras regresaban al vestíbulo del Instituto Cartográfico.

—Porque el ayudante del médico forense dijo que la víctima llevaba un folleto de viajes a Hawai en el bolso.

Mac la sujetó del brazo y ambos detuvieron sus pasos al instante. Mac estaba muy serio. Kimberly respiró con fuerza y miró con intensidad letal los dedos que le rodeaban la muñeca.

—No recuerdo que ayer mencionaras eso —dijo él, con voz grave.

—No se me ocurrió. El ayudante del forense comentó lo del folleto de pasada y la verdad es que yo tampoco le presté demasiada atención. Sin embargo, anoche recordé lo que habías dicho, que el asesino dejaba cosas en los bolsos de algunas víctimas, como una tarjeta de visita o la servilleta de una cafetería… Y entonces pensé en el folleto.

Mac le soltó la muñeca.

—¿Y anoche recordaste algo más?

—Sí. Me acordé de atarme el cuchillo.

Mac sonrió.

—¿Dónde lo llevas ahora? ¿En el tobillo? ¿En la cara interna del muslo? Te juro que eso ha sido lo primero que he pensado al verte esta mañana. Tan poca ropa y, sin embargo, sé que en algún lugar de ese esbelto cuerpecillo descansa un cuchillo de siete centímetros. Cariño, te juro que eres la única mujer que conozco que es capaz de hacer pensar a un hombre en cuchillos.

Mac acercó su cabeza a la de Kimberly. Olía a jabón. Era un olor limpio, intenso. Kimberly retrocedió un paso de inmediato. Tenía la extraña sensación de que le habían arrancado el aire de los pulmones.

—Si soy buen chico, ¿luego me dejarás registrarte? —murmuró Mac—. ¿O prefieres que sea malo?

—Eh, eh, eh. —Kimberly recuperó la compostura, levantó las manos y las situó con firmeza entre ellos—. ¡No voy a enrollarme contigo!

—Por supuesto que no.

—¿Qué se supone que significa eso?

—No eres el tipo de mujer con la que se pueda tener una aventura fortuita, Kimberly. Lo sé perfectamente. Contigo, supongo que sería algo muy serio. —Asintió y, de pronto, sus ojos azules se ensombrecieron, un gesto que le impresionó mucho más que sus bromas. Entonces, Mac se enderezó y se volvió hacia el vestíbulo—. Bueno, ¿dónde estará esa geóloga?

Echó a andar y Kimberly tuvo que hacer un esfuerzo enorme para alcanzarle.

Cinco minutos después, Mac llamó a una puerta cerrada cuyo rótulo rezaba: Jennifer York. La puerta se abrió en el acto.

—¿Sí? —preguntó una joven. Al igual que Ray Lee Chee, iba vestida de un modo informal, con pantalones de color caqui, una camisa blanca de cuello redondo y recias botas de excursionismo.

Mac esbozó una sonrisa y fue directo al grano.

—¿Es usted Jennifer York, verdad? Soy el agente especial Mac McCormack. Y esta es… la investigadora oficial Quincy. Hemos venido a hablar con su colega Ray Lee Chee para hacerle algunas preguntas referentes al caso que estamos investigando y nos ha recomendado que acudiéramos a usted, como experta en el campo de la geología.

La mujer pestañeó varias veces seguidas. Al principio, su mirada se había posado en el rostro de Mac, pero ahora se había deslizado hacia la amplia extensión de su pecho.

—¿Agente especial? ¿Como la policía?

—Sí, señora. Estamos trabajando en una situación especial, en un secuestro…, por llamarlo de algún modo. En la escena encontramos algunos objetos, como hojas de árbol y rocas. Necesitamos que las identifique para que podamos encontrar a la víctima. ¿Podría dedicarnos unos minutos de su tiempo? Estoy seguro de que nos será de gran ayuda.

Mac le dedicó una última y hechizadora sonrisa y la mujer estuvo a punto de tropezar mientras abría la puerta de par en par y les invitaba a pasar. Pareció advertir brevemente la presencia de Kimberly, pero enseguida volvió a posar sus ojos en Mac. Era indudable que aquel tipo tenía un don con las mujeres.

La oficina de Jennifer York era muy similar a la de Ray Lee Chee: una modesta disposición de estanterías llenas a rebosar, archivadores repletos de papeles y un práctico escritorio. La mujer permaneció de pie, tocando suavemente la mesa con una mano y la otra apoyada en la parte baja de la espalda, que había arqueado en un intento poco sutil de realzar sus pechos.

—Bueno —dijo Kimberly, ganándose por fin la atención de la mujer—. Nos estábamos preguntando si existe alguna relación entre Hawai y Virginia.

—¿Se refiere a los dos estados?

—Sí, creo que son estados. ¿Sabe si existe alguna relación entre ambos?

La morena miró a Kimberly durante un prolongado momento hasta que, de repente, abandonó su pose felina y se sentó en la silla. Al oír hablar de trabajo, su expresión se había vuelto seria.

—La verdad es que, desde la perspectiva de la geología, existe cierta conexión. Solemos comparar el Blue Ridge del Parque Nacional Shenandoah con las Islas Hawaianas porque ambos fueron creados, en parte, por flujos de lava basáltica. En esencia, hace mil millones de años, lo que ahora llamamos Blue Ridge eran en realidad las montañas Grenville, que creemos que podrían haberse extendido desde Terranova hasta Texas y haber sido tan altas como el Himalaya. Con el paso del tiempo, esta cadena montañosa se fue erosionando hasta que, hace unos seiscientos millones de años, pasó a convertirse en una serie de arrolladoras colinas. Entonces tuvimos los volcanes Catoctin.

—¿Volcanes? —preguntó Mac sorprendido—. ¿En Virginia?

—Más o menos. Se abrió una enorme falla en el valle y el magma basáltico del manto terrestre se filtró en la superficie, inundando el valle y creando la formación Catoctin, que se encuentra en la sección septentrional del parque.

—¿La formación Catoctin todavía existe? —preguntó Mac—. ¿Y su geología es similar a la de Hawai?

—Sí, la formación Catoctin todavía existe —respondió Jennifer, dedicándole una cálida sonrisa—. Sin embargo, su geología no es exacta. El basalto de Hawai es negro, mientras que las rocas del Parque Nacional Shenandoah son de color verde oscuro. Básicamente, un proceso llamado metamorfismo hizo que el basalto del Shenandoah se recristalizara en nuevos minerales como clorita, epidota y albita, que conceden a las rocas ese matiz verdoso.

Debido a dicha alteración, a las rocas del Shenandoah ya no las llamamos basaltos, sino metabasaltos.

Mac se volvió hacia Kimberly, que pudo leer la pregunta que había en sus ojos. La víctima había sujetado una roca en sus manos. ¿Había sido de color verdoso? No lo recordaba. Desde su posición no había tenido una buena perspectiva y aquella roca había sido uno de los primeros objetos que los investigadores del NCIS se habían llevado.

—¿Es extraño encontrar metabasaltos en el parque? —preguntó Mac.

—En absoluto. Sobresalen a los lados del camino cuando se accede desde la entrada septentrional del parque y hasta llegar a Thornton Gap. Después hay otro tramo de unos treinta kilómetros desde Stony Man hasta Swift Run Gap. Y hay más durante todo el camino, hasta el extremo meridional del parque.

—¿Hay algún tipo de roca que sea poco frecuente? —preguntó Kimberly.

York tuvo que meditar su respuesta.

—Bueno, el Parque Nacional Shenandoah cuenta con tres lechos de roca principales. Como ya les he dicho, los metabasaltos se encuentran en el norte y el sur; el siliciclasto, en la sección meridional o alrededor del Thornton Gap; y el granito, en la zona central del parque. Los siliciclastos, que son rocas sedimentarias que contienen cantidades abundantes de sílice, se localizan en una pequeña sección del parque, pero creo que el granito ocupa una zona más definida, pues se agrupa en la sección central. De todos modos, cada tipo de lecho de roca presenta ciertas variaciones. Por ejemplo, dependiendo del lugar donde se encuentren, ciertos tipos de granito tendrán mayor concentración de un mineral que de otro. Lo mismo ocurre con los metabasaltos y los siliciclastos.

—¿No todas las rocas se forman del mismo modo? —preguntó Mac.

—Exacto. —Le dedicó otra cálida sonrisa, como una profesora felicitando a su estudiante favorito—. Los geólogos nos pasamos la vida analizando rocas. Básicamente, observamos bajo un microscopio polarizado un corte transversal de la muestra. El hecho de determinar los componentes minerales de la roca permite delimitar con mayor precisión la zona del parque en la que se encuentra esa roca concreta. En algunos casos, puede tratarse de un área muy reducida. Aquí no disponemos de semejante equipo, pero si me dejan la roca, estaré encantada de efectuar una serie de llamadas…

—La verdad es que no tenemos la roca…

Ella arqueó una ceja.

—¿No la tienen?

—No —repitió—. Pero tenemos un folleto de viajes a Hawai.

York parpadeó. Era evidente que intentaba comprender aquella frase, pero finalmente desistió.

—Bueno, sin una muestra de roca, no estoy segura de qué decirles. Sí, en el Parque Nacional Shenandoah hay montones de rocas. Y sí, algunas son similares a las que pueden encontrarse en Hawai. Sin embargo, no sé qué más puedo decirles. El Parque Nacional Shenandoah engloba unas treinta y dos mil hectáreas. Allí hay montones de rocas y áreas de interés geológico.

—¿Tiene algún libro o alguna guía de rocas que nos podamos llevar? —preguntó Kimberly—. De ese modo, en cuanto consiguiéramos la muestra, podríamos buscar la información.

—No sería lo bastante específica. A simple vista, solo lograrían determinar si la roca en cuestión es basalto, granito o siliciclasto… Eso reduciría a la mitad su área de búsqueda, pero aún les quedarían dieciséis mil hectáreas. Para analizar de verdad una roca, es necesario observar sus componentes minerales a través del microscopio.

—¿Y no dispone de ningún microscopio que nos pueda prestar? —preguntó Kimberly, débilmente.

—Son bastante caros. Creo que el Gobierno estadounidense se daría cuenta.

—Maldito gobierno.

—Consigan la roca y llámenme —dijo York—. Estaré encantada de ayudarles.

Una vez más, sus ojos estaban fijos en Mac.

—Lo intentaremos —dijo Mac, diligente. Kimberly sabía que solo estaba siendo amable. Nunca tendrían acceso a la roca que habían encontrado en la mano de la víctima. Eran unos intrusos que nunca podrían acceder a esa prueba real que podría proporcionarles una información tan relevante.

—Una última pregunta —dijo Kimberly—. ¿En el Parque Nacional Shenandoah hay serpientes de cascabel?

York pareció sorprendida.

—Bastantes. ¿Por qué lo pregunta?

—Solo quería saberlo. Supongo que será mejor que me ponga unas botas bien gruesas.

—Cuidado con las rocas —advirtió York—. A las serpientes de cascabel les gusta enrollarse entre sus grietas y recovecos o incluso dormir sobre su superficie caldeada por el sol hasta el anochecer.

—Entendido.

Mac le tendió la mano y York le dedicó una sonrisa deslumbrante, a la vez que arqueaba una vez más la espalda. Kimberly recibió un apretón de manos bastante más tenso. Seguramente, porque no tenía acento sureño ni los músculos de Mac.

Regresaron a la puerta principal. Al otro lado del cristal, el cielo ya había adoptado una ardiente tonalidad azul brillante.

—No ha ido tan bien. —Mac se detuvo junto a la puerta, como si se estuviera preparando para abandonar la comodidad del aire acondicionado y regresar una vez más al calor.

—Al menos tenemos algo por donde empezar —replicó Kimberly, con firmeza—. Todas las señales apuntan al Parque Nacional Shenandoah.

—Sí, a sus treinta y dos mil hectáreas. Pero debemos encontrar a esa muchacha lo antes posible. —Agitó la cabeza, contrariado—. Necesitamos helicópteros. Y equipos de búsqueda y rescate. Y a la Guardia Nacional. Y media docena de perros. Esa pobre mujer…

—Lo sé —dijo Kimberly, en voz baja.

—No es justo. Una víctima secuestrada merece toda la ayuda del mundo. Y en cambio…

—Solo nos va a tener a nosotros.

Mac asintió y las líneas de frustración que cruzaron su bronceado rostro estuvieron a punto de hacer que Kimberly alargara la mano para acariciárselo. Se preguntó a quién le habría sorprendido más aquel contacto no solicitado: ¿a él o a ella?

—Necesitamos provisiones —dijo Mac—. Y después será mejor que nos pongamos en marcha. Nos espera un largo viaje hasta el Shenandoah, sobre todo porque no sabemos adónde vamos.

—Vamos a encontrarla —dijo Kimberly.

—Necesitamos más información. Maldita sea. ¿Por qué no cogí aquella roca?

—Porque eso habría significado cruzar la línea. El forense se había deshecho de la hoja, pero la roca…

—Ya había sido debidamente guardada y etiqueta. Supongo que en estos momentos se encuentra en algún laboratorio criminalista —dijo Mac, con amargura.

—Vamos a encontrarla —repitió Kimberly.

Mac contempló la puerta de cristal en completo silencio. Sus sombríos ojos azules brillaban por la frustración pero, durante un instante, la expresión de su rostro se suavizó.

—Kimberly, la entusiasta —susurró.

—Sí.

—Espero que tengas razón. —Echó un vistazo a su reloj—. Las diez de la mañana —anunció en voz baja, mientras empujaba la pesada puerta—. Caray, empieza a hacer calor.

Tina despertó lentamente y al instante fue consciente de dos cosas: de la intensa sed que tenía —tanta que se le había hinchado la lengua, que parecía de algodón en su boca— y del incesante zumbido que resonaba a su alrededor.

Abrió los ojos, pero no pudo ver nada entre la gruesa maraña de cabellos rubios, que se habían pegado a su rostro empapado en sudor. Apartó los largos mechones, pero solo pudo ver una oscura y confusa neblina. Sin embargo, no tardó en descubrir a qué se debía aquel zumbido.

Se puso en pie de un salto y agitó los brazos, frenética, mientras intentaba sofocar el grito que ascendía por su garganta. Eran mosquitos. Estaba cubierta de la cabeza a los pies por cientos de mosquitos que zumbaban, revoloteaban y le picaban.

Malaria, pensó al instante. O el mosquito que transmite el virus de la encefalitis. O la peste bubónica, por lo que a ella respectaba. Nunca había visto tantos insectos juntos. Revoloteaban alrededor de su cabeza y hundían sus hambrientos aguijones en su piel. *Oh, Dios. Oh, Dios. Oh, Dios.*

Sus pies aterrizaron en el barro y sus sandalias de plataforma con ocho centímetros de tacón se hundieron de inmediato en la acuosa marisma. Sintió un pequeño alivio cuando el barro le cubrió los pies, pero entonces cometió el error de bajar la mirada y esta vez gritó con todas su fuerzas. Allí mismo, deslizándose junto a su tobillo, entre el barro, había una larga serpiente negra.

Tina se encaramó con rapidez a la roca en la que había estado recostada. Los mosquitos se apiñaban a su alrededor, hambrientos. Ahora también podía ver a otros cazadores: moscas amarillas, mosquitos zancudos y otras criaturas zumbantes de todo tipo y tamaño. Rodeaban su cabeza y sus hombros, buscando la piel desprotegida de su cuello, las comisuras de su boca y el blanco de sus ojos. Los puntos rojos inflamaban sus orejas, párpados y mejillas, y tenía las piernas cubiertas de manchas coloradas. De algunas de ellas escapaba sangre fresca, cuyo aroma atraía a nuevos mosquitos. Empezó a batir palmas... y al instante empezó a darse palmadas por todo el cuerpo.

—Morid, morid, morid —jadeaba. Y lo hacían. Sus cuerpos regordetes y sobrealimentados reventaban entre sus dedos y las palmas de sus manos se manchaban con su propia sangre. Los mataba por docenas, pero cientos de ellos se apresuraban a ocupar sus puestos y a morder dolorosamente su tierna piel.

Se dio cuenta de que estaba llorando y respiró hondo, intentando llenar de oxígeno sus pulmones. Entonces, en medio de aquel frenesí, ocurrió lo inevitable: su estómago se retorció. Apoyándose sobre manos y rodillas, la joven vomitó por el borde de la roca en el barro que tenía debajo y que olía tan raro.

Agua. Bilis verdosa. El preciado alimento que tanto necesita. Su estómago se contrajo de nuevo y su cabeza desapareció entre sus hombros mientras vomitaba. Los mosquitos aprovecharon aquella oportunidad para enjambrarse sobre sus hombros, codos y pantorrillas. La estaban devorando viva y no podía hacer nada por evitarlo.

Los minutos pasaron. El nudo de su estómago se relajó; las náuseas remitieron y dejaron de constreñir sus entrañas. Temblando, se enderezó de nuevo, echó hacia atrás su larga y sudada melena y sintió nuevos aguijonazos en sus orejas.

Los mosquitos danzaban ante sus ojos, buscando piel que morder. Los apartó zarandeando los brazos, pero sus movimientos eran los de una mujer que es consciente de que no puede vencer al enemigo. Aunque matara a mil insectos, mil más ocuparían su lugar. Oh, Dios…

Le ardía la garganta y la piel le abrasaba. Acercó sus manos temblorosas a su rostro y descubrió que también estaban cubiertas de picaduras coloradas y airadas. Entonces contempló el cielo candente, donde el sol había empezado a brillar con todas sus fuerzas. La jaula del perro había desaparecido y, al parecer, ella había sido arrojada a algún tipo de foso cenagoso, donde se convertiría en alimento para los insectos, las serpientes y Dios sabía qué más.

—La buena noticia —susurró Tina para sus adentros—, es que no parece haber cerca ningún pervertido sexual desquiciado.

Se echó a reír y al instante empezó a llorar. Entonces susurró, con una voz que solo oyeron los mosquitos y las serpientes:

—¡Lo siento tanto, mamá! ¡Oh, Dios, que alguien me saque pronto de aquí!

20

Quantico, Virginia
10:08
Temperatura: 32 grados

A las ocho en punto de la mañana, el agente especial Kaplan había escoltado a Rainie y a Quincy hasta la escena del crimen acordonada, donde había aparecido el cadáver el día anterior. A las ocho y diez, Kaplan se había marchado para ocuparse de las tareas que tenía que realizar durante el día, dejando a la pareja a solas. Quincy no había tenido nada que objetar, pues le gustaba pasearse por la escena sin que nada distrajera su atención, ya fueran voces que murmuraban, el incesante chasquido de las cámaras o los arañazos de los bolígrafos sobre el papel. La muerte se había llevado una vida, y Quincy prefería la calma que seguía a la tormenta, cuando todos los investigadores se habían marchado y podía quedarse a solas con sus divagaciones.

Rainie, que se encontraba a unos nueve metros de distancia, caminaba sin hacer ningún ruido por los límites del bosque. A estas alturas, ya estaba acostumbrada al modo de trabajar de Quincy y lo hacía con el mismo sigilo que él. Pasaron dos horas recorriendo la cuadrícula y diseccionando lenta y metódicamente cada centímetro de la zona acordonada. Después, conscientes de que incluso los mejores policías podían pasar por alto algún detalle, abandonaron el perímetro para buscar aquello que otros podían no haber visto, aquella pista que por arte de magia haría que el resto de piezas encajaran. Si realmente existía…

Bajo la sombra relativa de los gruesos robles, el calor les martilleaba de forma despiadada. Compartieron una botella de agua, después otra y ahora estaban a punto de terminar el caldeado líquido de la tercera. La camisa blanca de vestir de Quincy, que había planchado por la mañana, se pegaba a su pecho y delgadas perlas de sudor adornaban su rostro. Sus dedos dejaban manchas de humedad en su pequeña libreta y la pluma resbalaba entre el sudor de sus dedos.

Era una mañana brutal, el comienzo brutal de lo que sin duda sería un día brutal. ¿Era esto lo que deseaba el asesino? ¿Agentes de la ley acalorados, trabajando en un entorno húmedo e insoportable que les dejaba sin aliento y hacía que los uniformes se les pegaran al cuerpo? Algunos asesinos se deshacían de sus víctimas en lugares extremadamente duros o desagradables porque les encantaba que los detectives de homicidios tuvieran que vadear por ciénagas o rebuscar en contenedores de basura. Primero humillaban a sus víctimas y después se regocijaban pensando en lo que tendría que hacer la policía.

Quincy se detuvo y se giró una vez más, frunciendo el ceño muy a su pesar. Deseaba conocer este lugar. Deseaba sentir este lugar. Deseaba entender por qué, de todos los lugares posibles que había en esta base que ocupaba ciento sesenta hectáreas, el asesino había decidido deshacerse del cadáver justo en este punto.

Era una zona resguardada y el espeso dosel de árboles hacía que el sendero fuera invisible durante la noche. El camino en sí era lo bastante amplio para que pasara un coche por él, pero las cuatro ruedas tendrían que haber dejado al menos una débil impresión en él y no había ninguna marca. El sujeto no identificado había elegido un punto situado a ochocientos metros de la carretera y había recorrido a pie esta distancia en la más absoluta oscuridad, tambaleándose bajo el peso muerto de un cuerpo de cincuenta kilos. Seguramente había docenas de lugares más accesibles y con menos exigencias físicas.

Así que una vez más: ¿por qué el sujeto no identificado había elegido este lugar?

Quincy empezaba a tener algunas ideas. Y estaba seguro de que Rainie también tendría alguna opinión sobre el tema.

—¿Qué tal les va? —preguntó Kaplan, que se estaba acercando por el camino de tierra. Parecía más fresco que ellos, sin duda porque había estado en un lugar provisto de aire acondicionado. Quincy se sintió resentido de inmediato.

—Les he traído repelente de insectos —anunció el agente, con voz alegre.

—Es usted el rey de los hombres —le aseguró Quincy—. Ahora mire a sus espaldas.

Kaplan, obediente, se detuvo y miró atrás.

—No veo nada.

—Exacto.

—¿Eh?

—Baje la mirada —dijo Rainie, impaciente, a seis metros de distancia—. Compruebe sus pisadas.

A primera hora de la mañana, Rainie había recogido su tupido cabello moreno en una coleta, pero esta había empezado a soltarse hacía aproximadamente una hora y ahora los mechones se pegaban a su nuca en sudorosos zarcillos. Parecía enloquecida, pues el cabello se le había rizado por la humedad y sus ojos grises estaban prácticamente negros por el calor. Al haberse criado en la costa de Oregón, con su clima relativamente moderado, Rainie odiaba la temperatura y humedad elevadas. De hecho, Quincy sospechaba que solo tardaría una hora más en empezar a mostrarse violenta.

—No hay ninguna huella —dijo Kaplan.

—Exacto. —Quincy suspiró y desvió su atención de la escena—. Según el Canal Meteorológico, en esta zona cayeron tres centímetros de agua de lluvia hace cinco días. Si abandona el camino para adentrarse en el bosque, verá que hay áreas en las que el terreno todavía está embarrado y es suave al tacto. El espeso dosel de los densos árboles impide que la tierra se cueza al sol y, teniendo en cuenta la humedad, no creo que pueda secarse demasiado.

—Pero el camino es firme.

—Sí. Al parecer, nada endurece tan bien el suelo como el paso diario de cientos de reclutas de los marines y el FBI. El camino está duro como una roca. Se necesitaría algo más que una persona de noventa kilos y un cadáver de cincuenta para dejar alguna marca en él.

Kaplan los miró con el ceño fruncido. Era obvio que no entendía lo que le estaban diciendo.

—Ya les dije que no había ninguna huella. Las buscamos…

Quincy sintió deseos de suspirar de nuevo. Por eso prefería trabajar con Rainie. Advirtió que su compañera miraba al agente especial del NCIS con un nivel renovado de irritación.

—Si alguien se internara en estos bosques desde la carretera, ¿qué ocurriría?

—El terreno está enlodado, de modo que dejaría huellas.

—Es decir, que cualquier visitante casual dejaría huellas porque el suelo está húmedo.

—Sí, supongo que sí.

—¿Y qué es eso que hay a mi izquierda, a nueve metros de distancia? —preguntó Quincy, con voz clara.

—La ruta de entrenamiento físico.

Quincy le miró.

—Si usted quisiera llevar un cadáver al bosque, sin duda habría seguido el camino pavimentado, pues este le habría ofrecido mayor estabilidad y la seguridad de no dejar ninguna huella, sobre todo cuando el terreno que hay a su alrededor está enlodado.

—El camino arbolado está menos transitado —replicó Kaplan—. Ofrece un mejor escondite.

—Según el informe del forense, lo más probable es que el sujeto no identificado se deshiciera del cadáver durante la madrugada. Teniendo en cuenta la hora, ese hombre ya estaba bien escondido. ¿Por qué siguió el camino de tierra? ¿Por qué se arriesgó a dejar huellas?

—¿Quizá porque no es muy listo? —replicó Kaplan, que no estaba nada convencido.

Rainie movió la cabeza hacia los lados, impaciente.

—Porque lo sabía. Porque había estado en este camino. Porque sabía que la tierra se había endurecido y le protegería. Además, la amplitud del sendero reducía las probabilidades de que el cadáver se arañara con la rama de algún árbol o que una ramita arrancara accidentalmente un trozo de tela. Reconózcalo, Kaplan. El sujeto no identificado no puede ser cualquiera. Esa persona conoce este lugar. De hecho, es muy probable que haya corrido por este sendero en algún momento de los últimos cinco días.

Cuando regresaron a la Academia, era evidente que Kaplan se sentía desanimado.

—El martes por la noche hablé con los cuatro marines que estaban de guardia —anunció—. Me dijeron que aquella noche no ocurrió nada que escapara de lo normal, ni vehículos desconocidos ni conductores sospechosos. Comentaron que había sido una noche especialmente movida, pues los estudiantes de la Academia Nacional habían salido disparados en busca de bares provistos de aire acondicionado, y que los coches habían estado entrando y saliendo hasta las dos de la mañana. De todos modos, me aseguraron que todos sus ocupantes habían mostrado las identificaciones pertinentes y que, en su opinión, todo había sido normal.

—¿Llevan un registro de las personas que entran y salen del recinto? —preguntó Rainie, que caminaba detrás de Quincy.

—No, pero todos los conductores deben mostrar sus pases de seguridad. Los marines que están de guardia también pueden pedirles que les enseñen el carné de conducir y que les comuniquen su destino final.

—¿Cómo es un pase de seguridad?

Kaplan señaló el cuello de la camisa de Rainie, del que colgaba una tarjeta de plástico blanco.

—Es similar, pero el color varía. Algunos son azules, otros blancos y otros amarillos. Cada color indica un nivel de autorización distinto. Una tarjeta amarilla indica que se trata de un huésped que puede entrar sin escolta, una persona que tiene acceso libre al recinto. Hay otras tarjetas en las que pone «Visitante Escoltado», y eso significa que a esa persona no se le permite entrar en la base si no va acompañada de la persona apropiada.

Rainie observó su pase.

—A mí no me parece tan complicado. ¿No podrían haber robado uno?

—Hay que registrar el pase tanto para entrar como para salir. Y le aseguro que la policía del FBI se toma este asunto muy en serio. Ninguno de nosotros se alegraría demasiado si cualquiera que pasara por aquí pudiera llevarse un pase de seguridad.

—Solo preguntaba —dijo Rainie, adoptando un tono suave.

A pesar del tono apologético, Kaplan le miró con el ceño fruncido. Era evidente que la conversación que habían mantenido antes había herido su ego.

—No se puede robar una insignia. No se puede entrar así como así en esta base. Por el amor de Dios, nos tomamos estas cosas muy en serio. De acuerdo, es posible que tengan razón y que el asesino sea alguien de dentro. Es una idea que me entristece, aunque realmente no sé por qué, pues si todos los buenos chicos fueran buenas personas, yo me quedaría sin trabajo, ¿no?

—No es un pensamiento demasiado esperanzador —replicó Rainie.

—Es el peor pensamiento del mundo. —Kaplan miró a Quincy—. ¿Sabe? He estado pensando… Teniendo en cuenta que no se produjo ninguna agresión sexual y que no existe un «arma homicida», ¿no deberíamos estar investigando también a las mujeres?

—No —respondió Quincy.

—Pero las que matan con veneno son ellas. Además, la ausencia de agresión sexual me inquieta. Un hombre no mata a una mujer con una sobredosis de droga y se deshace de su cadáver en el bosque. Los hombres son depredadores sexuales. Por cierto, ¿se han fijado en cómo vestía esa muchacha?

—La víctima —replicó Quincy con sequedad— vestía minifalda, una prenda bastante frecuente en esta época del año. Además, insinuar que cierta forma de vestir invita a la agresión sexual…

—¡No era eso lo que quería decir! —se apresuró a decir Kaplan.

—Ningún depredador asesina por sexo —continuó Quincy, como si Kaplan no hubiera hablado—. Lo hace por poder. Hemos detenido a diversos asesinos en serie que no eran en absoluto depredadores sexuales sádicos. Berkowitz, por ejemplo, era estrictamente un asesino, pues elegía a sus víctimas, las seguía hasta el coche, abría fuego sobre la pareja y se marchaba. Kaczynski, en cambio, prefería matar y mutilar a distancia, con sus cartas. Y recientemente hemos tenido a los Beltway Snipers, que consiguieron aterrorizar a toda la Costa Este matando a sus víctimas desde sus coches. Matar no tiene nada que ver con el sexo, sino con el poder. En este contexto, las drogas tienen mucho sentido, puesto que son armas de control.

—Además —dijo Rainie, tomando la palabra—, es imposible que una mujer pueda recorrer ochocientos metros por el bosque cargando con un cadáver. No tenemos tanta fuerza en la mitad superior del cuerpo.

Cuando abandonaron la relativa comodidad del bosque, el sol les golpeó con la fuerza de un martillo. Oleadas de calor revoloteaban sobre el camino pavimentado.

—¡Santo Dios! —exclamó Kaplan—. Y ni siquiera es mediodía.

—Va a ser un día duro —murmuró Quincy.

—Que se joda la Academia —dijo Rainie—. Voy a ponerme los pantalones cortos.

—Una última cosa. —Kaplan levantó una mano para evitar que se marcharan—. Creo que hay algo que deberían saber.

Rainie se detuvo, dejando escapar un suspiro impaciente. Quincy esperó, sabiendo que Kaplan estaba a punto de revelarles una información importante.

—Hemos recibido el informe toxicológico de la víctima. Se han encontrado dos drogas en su sistema. Una pequeña dosis de ketamina y una dosis bastante mayor, y sin duda letal, de benzodiazepina, Ativan. En otras palabras…

—El agente especial McCormack nombró ambas drogas anoche —murmuró Quincy.

—Sí —replicó Kaplan—. McCormack conocía las drogas. ¿Qué opinan al respecto?

21

Quantico, Virginia
11:48
Temperatura: 35 grados

Mac condujo hasta que las columnas de hormigón de Richmond quedaron atrás. Se dirigían hacia el oeste por la interestatal 64, donde una elevada cadena montañosa de color verde oscuro se alzaba contra el brillante cielo azul.

Se detuvieron en una gasolinera de Texaco para llenar el depósito y, después, en un Wal-Mart para comprar los productos que necesitarían para su expedición: repelente de insectos, un botiquín de primeros auxilios, calcetines de excursionismo, barritas energéticas, chocolatinas, diversas botellas de agua y un enorme contenedor de agua. Mac llevaba en su mochila una brújula, una navaja suiza y cerillas impermeables, pero compraron dichos objetos para Kimberly, por si acaso.

Cuando regresaron al Toyota de alquiler, Mac descubrió que Ray Lee Chee le había dejado un mensaje en el contestador. La botánica Kathy Levine se reuniría con ellos en el albergue Big Meadows del Parque Nacional Shenandoah a la una y treinta minutos. Sin decir ni una palabra, se pusieron en marcha de nuevo.

Las ciudades iban y venían; las urbanizaciones residenciales florecían a los lados de la carretera y se marchitaban lentamente. A medida que avanzaban hacia el oeste, el terreno se fue abriendo como si fuera un océano de esmeralda y Mac se quedó sin respiración. «El país de Dios», habría dicho su padre. Ya no quedaban demasiados lugares como este.

Mientras Kimberly conducía, abandonaron la interestatal y empezaron a recorrer los serpenteantes caminos de la US 15 hasta llegar a la US 33. Dejaron atrás enormes campos, todos ellos interrumpidos por un único rancho de ladrillo rojo con un porche blanco recién pintado. Pasaron junto a lecherías, establos, viñedos y terrenos agrícolas.

En el exterior, todo había adoptado un matiz verdoso. El paisaje era como una inmensa colcha de *patchwork* de campos cuadrados, cosidos entre sí mediante arbolillos de color verde oscuro. Dejaron atrás caballos y vacas y pasaron junto a pueblos diminutos definidos por decrépitas charcuterías, viejas gasolineras y prístinas iglesias bautistas. Entonces, en un abrir y cerrar de ojos, las aldeas desaparecieron y se sumergieron aún más en la creciente sombra que proyectaba la elevada cadena montañosa. Iniciaron el ascenso, lentos pero seguros.

Kimberly no había abierto la boca desde que habían abandonado la oficina de la geóloga. Como había bajado el visor y este proyectaba una sombra sobre la mitad superior de su rostro, resultaba difícil leer su expresión.

Mac estaba preocupado por ella. A primera hora de la mañana le había parecido que estaba en plena forma, a pesar de que sus mejillas descarnadas y sus ojos febriles anunciaban que no había dormido demasiado. Vestía pantalones de lino, una camisa de vestir blanca y una americana de lino a juego. El conjunto le confería un aspecto brillante y profesional, pero Mac sospechaba que había elegido los pantalones largos para poder esconder el cuchillo y la chaqueta para poder ocultar la discreta protuberancia de la Glock que pendía de su cintura. En otras palabras, tenía la sensación de que era una mujer que se había preparado para ir a la guerra.

De hecho, sospechaba que Kimberly iba a la guerra a menudo. Sospechaba que, desde la muerte de su madre y su hermana, su vida se había convertido en una larga batalla. Este pensamiento le causó un inesperado dolor.

—Es precioso —dijo Mac, por fin.

Ella se removió en su asiento y le dedicó una breve mirada, antes de estirar las piernas.

—Sí.

—¿Te gustan las montañas o eres una chica de ciudad?

Ella movió la cabeza hacia los lados.

—Soy una chica de ciudad. Me crié en Alexandria, cerca de estas montañas, pero puede decirse que Alexandria es un suburbio de Washington D.C. y los intereses de mi madre estaban más próximos al Instituto Smithsoniano que a las Montañas Shenandoah. Más adelante, cuando comencé la universidad, me trasladé a Nueva York. ¿Y qué me dices de ti?

—Me encantan las montañas. Y los ríos, los campos, los huertos, las corrientes, los bosques y todo lo demás. Tuve una infancia afortunada. Mis abuelos…, los padres de mi madre, tenían un huerto de melocotoneros de cuarenta hectáreas. Cuando sus hijos se casaron, regalaron a cada uno de ellos un terreno de treinta mil metros cuadrados para que se construyeran una casa, con el objetivo de que todos los hermanos estuvieran cerca. Podría decirse que mi hermana y yo crecimos en el medio de la nada, rodeados por una docena de primos y un montón de espacio al aire libre. Cada día, mi madre nos echaba de casa de una patada, nos decía que no nos matáramos y que llegáramos a tiempo para cenar. Y eso era lo que hacíamos.

—Seguro que lo pasabas genial con tus primos.

—Bueno. Solíamos pelearnos continuamente, pero eso también formaba parte de la diversión. Inventábamos juegos y nos metíamos en líos. Básicamente, nos dedicábamos a ir de un lado a otro como salvajes. Y por las noches —la miró de reojo—, jugábamos a juegos de mesa.

—¿Toda la familia? ¿Cada noche? —su tono era escéptico.

—Sí. Nos íbamos turnando de casa. Fue mi madre quien empezó la tradición. Odia la televisión porque dice que pudre el cerebro. La llama la «caja tonta». Cuando cumplí doce años, se deshizo de la nuestra. No sé si mi padre logró reponerse de la pérdida, pero después de aquello nos vimos obligados a buscar la forma de pasar el rato.

—Así que jugabais a juegos de mesa.

—A los mejores. Al Monopoly, al Scrabble, al Yahtzee, al Boggle, al Life y a mi favorito, el Risk.

Kimberly arqueó una ceja.

—¿Y quién ganaba?

—Yo, por supuesto.

—Te creo —dijo, con voz seria—. Intentas transmitir esa relajada rutina sureña, pero en el fondo eres un competidor nato. Puedo verlo cada vez que hablas sobre este caso. No te gusta perder.

—Quien dijo que no había ganadores ni perdedores obviamente perdió.

—Estoy de acuerdo contigo.

Sus labios se curvaron.

—Estaba seguro de ello.

—En mi familia no jugábamos a juegos de mesa —explicó, por fin—. Nosotros leíamos libros.

—¿Libros serios o divertidos?

—Serios, por supuesto. Al menos, cuando mi madre estaba delante. Sin embargo, en cuanto se apagaban las luces, Mandy sacaba las novelas de *Las gemelas de Sweet Valley* que había traído a escondidas. Las leíamos bajo las mantas a la luz de una linterna y nos reíamos como locas.

—¿*Las gemelas de Sweet Valley*? Y yo que pensaba que eras una de esas chicas a las que les gustaba Nancy Drew.

—Me gustaba Nancy, pero a Mandy se le daba mucho mejor el contrabando de libros y ella prefería *Las gemelas de Sweet Valley*. Y el alcohol, pero eso es otra historia.

—Eres una rebelde.

—Todos tenemos nuestros momentos. —Se volvió hacia él—. Bueno, hombretón sureño. ¿Alguna vez has estado enamorado?

—Oh, no.

Ella le miró atentamente, hasta que Mac dejó escapar un suspiro y confesó:

—Sí. Una vez. De una de las amigas de mi hermana. Ella nos presentó, hicimos buenas migas y durante un tiempo, las cosas fueron bastante bien.

—¿Qué ocurrió?

—No lo sé.

—Eso no es una respuesta.

—Viniendo de un hombre, esa es la única respuesta.

Ella volvió a mirarle fijamente, hasta que Mac decidió continuar.

—Probablemente fui un idiota. Rachel era buena chica. Divertida. Atlética. Dulce. Daba clases de primaria y se le daban muy bien los chavales. Sin duda, yo lo habría hecho mucho peor.

—Por lo que parece, fuiste tú quien decidió terminar la relación. ¿Le rompiste el corazón?

Se encogió de hombros.

—La verdad es que dejé que se marchitara. Rachel era el tipo de chica con el que un chico debía casarse, echar raíces y criar 2,2 hijos. Y yo no estaba todavía en ese punto. Ya sabes cómo es este trabajo. Recibes una llamada y tienes que marcharte. Y solo Dios sabe cuándo vas a regresar. La imaginaba esperándome horas y horas, con una sonrisa cada vez más triste. No me parecía correcto.

—¿La echas de menos?

—La verdad es que hace años que no pienso en ella.

—¿Por qué? Por lo que dices, parece la mujer perfecta.

Mac le dedicó una mirada impaciente.

—Nadie es perfecto, Kimberly. Y si de verdad quieres saberlo, te diré que teníamos un problema. Un problema importante, a mi modo de ver. Nunca discutíamos.

—¿Nunca discutíais?

—Jamás. Y un hombre y una mujer deben discutir. Francamente, deberían librar una verdadera batalla cada seis meses, y después hacer el amor hasta que rompieran los muelles del colchón. Al menos, esa es mi opinión. Ahora te toca a ti. ¿Cómo se llamaba él?

—No hay ningún nombre.

—Cariño, todo el mundo tiene un nombre. El chico que se sentaba delante de ti en matemáticas, el jugador de rubgy que se esfumó de la universidad, el novio de tu hermana que secretamente deseabas que fuera tuyo... Vamos. Confesarse es bueno para el alma.

—Sigue sin haber ningún nombre. En serio. Nunca he estado enamorada. No creo que sea de esas.

Mac le miró con el ceño fruncido.

—Todo el mundo se enamora.

—Eso no es cierto —replicó—. El amor no es para todos. Hay personas que viven solas durante toda la vida y son muy felices. Enamorarse implica dar. Y también implica ser más débil. A mí nunca se me han dado demasiado bien esas cosas.

Él le dedicó una lenta e intensa mirada.

—Bueno, preciosa. Es evidente que todavía no has conocido al hombre correcto.

Las mejillas de Kimberly se sonrojaron. Le dio la espalda y siguió mirando por la ventana. Ahora la carretera ascendía por una abrupta pendiente. Habían llegado oficialmente al Blue Ridge y estaban recorriendo el Swift Run Gap. La carretera zigzagueaba en ángulos muy cerrados que ofrecían pequeños atisbos de paisajes suntuosos. Al cabo de unos minutos coronaron la cima, situada a más de siete mil trescientos metros de altura, y contemplaron el mundo que se extendía ante ellos como una manta de color verde oscuro. Los verdes valles se zambullían en el vacío, el granito gris remontaba el vuelo y el cielo azul se extendía hasta más allá de lo que sus ojos alcanzaban a ver.

—¡Guau! —exclamó Kimberly, y Mac fue incapaz de añadir algo mejor.

Se detuvieron en el acceso del Parque Nacional Shenandoah, pagaron la entrada y recibieron un mapa que señalaba los diferentes miradores. Entonces se dirigieron hacia el norte, hacia Big Meadows, por la Carretera Skyline.

Ahora avanzaban más despacio, pues el límite de velocidad era de treinta y cinco kilómetros por hora. Ninguno de los dos protestó, porque de repente había millones de cosas que ver y apenas el tiempo suficiente para verlas. Los hierbajos bordeaban el serpenteante camino, salpicados de flores amarillas y blancas. Más allá, entre los árboles, los helechos creaban una gruesa moqueta verde y suntuosos robles y majestuosas hayas entrelazaban sus ramas en lo alto, rompiendo el sol en una docena de piezas de oro. Una mariposa amarilla pasó a toda velocidad ante ellos. Al oír jadear a Kimberly, Mac volvió la cabeza y vio que un cervatillo y su madre cruzaban la carretera a sus espaldas.

Dos pinzones amarillos jugaban al pilla-pilla en un bosquecillo de pinos. Minutos después llegaron al primer mirador, donde los árboles retrocedían y la mitad del estado de Virginia se mostraba una vez más ante ellos.

Mac necesitaba parar. No era la primera vez que se encontraba en un lugar como este, pero en ocasiones un hombre sentía la necesidad de sentarse a mirar. Kimberly y él se embebieron de aquel panorama de bosques esmeralda, salpicados de piedras grises y flores salvajes de brillantes colores. Las montañas Blue Ridge realmente sabían ofrecer un buen espectáculo.

—¿Crees que de verdad es ecologista? —preguntó Kimberly en un murmullo.

Mac no tuvo que preguntarle a quién se refería.

—No estoy seguro, aunque siempre elige lugares de grandes dimensiones.

—El planeta agoniza —dijo ella, con voz suave—. Mira a la derecha. Hay extensiones de abetos muertos, probablemente por el pulgón lanígero, que está infestando tantos y tantos bosques. Aunque estas montañas pertenezcan a un parque natural protegido, ¿cuánto tiempo crees que estará a salvo el valle que se extiende ante nosotros? Algún día, esos campos se dividirán y todos esos árboles distantes se convertirán en centros comerciales que alimentarán a los hambrientos consumidores. Antaño, la mayor parte de los Estados Unidos tenía un aspecto parecido, pero ahora tienes que conducir cientos de kilómetros para encontrar paisajes de semejante belleza.

—Es el progreso.

—Eso es solo una excusa.

—No —replicó Mac—. Y sí. Todo cambia. Las cosas mueren. Probablemente, deberíamos estar preocupados por nuestros hijos. De todos modos, sigo sin saber qué tiene eso que ver con el hecho de que un hombre se dedique a matar a mujeres inocentes. Quizá al Ecoasesino le gusta pensar que es diferente. Quizá tiene un poco de conciencia y le molesta matar por el simple hecho de matar. Sin embargo, sus cartas y sus comentarios sobre el medio ambiente... La verdad es que creo que todo eso no es más que un montón de mierda que se inventa para permitirse hacer lo que realmente desea: secuestrar y asesinar a esas muchachas.

—En psicología aprendimos que existen muchas razones distintas por las que la gente se comporta de cierta forma. Y esto también se aplica a los asesinos. A algunos, es su ego lo que les impulsa a matar. Su ego superdesarrollado les obliga a anteponer sus necesidades a todo lo demás y les impide poner límites a su conducta. Algunos ejemplos son el asesino en serie que mata porque le gusta sentirse poderoso, el niño que aprieta el gatillo porque le apetece o el agente de bolsa que se carga a su amante después de que esta le haya amenazado con contárselo todo a su esposa; y la mata porque realmente cree que su deseo de seguridad es más importante que la vida de otra persona.

»Pero también existe otro tipo de asesino: el asesino moral. Se trata del fanático que entra en una sinagoga y empieza a disparar a diestro y siniestro porque cree que es su obligación. O aquel que dispara a los médicos que practican abortos porque considera que lo que hacen es pecaminoso. Esas personas no matan para satisfacer a su niño interior, sino porque creen estar haciendo lo correcto. Puede que el Ecoasesino entre en esta categoría.

Mac arqueó una ceja.

—¿De modo que esas son nuestras únicas opciones? ¿Perturbados inmaduros por un lado y perturbados justicieros por el otro?

—Técnicamente hablando, sí.

—De acuerdo. ¿Quieres que hablemos de psicología? Yo también sé jugar a eso. Creo que fue Freud quien dijo que todo lo que hacemos comunica algo sobre nuestra forma de ser.

—¿Conoces a Freud?

—Eh, no te dejes engañar por mi atractivo físico, bonita. Tengo cerebro en la cabeza. Según Freud, la corbata que eliges, el anillo que llevas o la camisa que compras dice algo sobre ti. Nada es aleatorio; todo lo que haces tiene una intención. Bien, centrémonos ahora en lo que hace ese tipo. Siempre secuestra a mujeres que viajan en pareja y que fueron vistas por última vez saliendo de un bar. ¿Por qué lo hace? En mi opinión, los asesinos que actúan como terroristas atacan a personas que profesan ciertas creencias, pero les da igual que sus objetivos sean hombres, mujeres o niños. El asesino moral ataca al médico que practica abortos por su profesión, no por su sexo. Sin embargo, nuestro hombre lleva a sus espaldas ocho crímenes en Georgia… y dos más si consideramos que también ha actuado aquí. En todos los casos, ha escogido como víctimas a jóvenes universitarias que una noche salieron a tomar algo. ¿Qué nos dice eso sobre él?

—Que no le gustan las mujeres —respondió Kimberly en voz baja—. Especialmente las que beben.

—Las odia —continuó Mac—. Son mujeres libertinas, mujeres desinhibidas… no sé cómo las categoriza en su mente, pero es evidente que las odia. Ignoro el motivo, y es posible que ni siquiera él lo sepa. Quizá cree que realmente lo hace por el medio ambiente, pero si nuestro hombre realmente pretendiera salvar el mundo, existiría cierta variedad entre sus víctimas. Sin embargo, solo ataca a mujeres. Y punto. En mi opinión, eso le convierte en otro tipo de perturbado muy peligroso.

—¿No crees en los perfiles?

—Kimberly, hace cuatro años que tenemos su perfil. Pregúntale a esa pobre chica de la morgue si nos ha sido de alguna ayuda.

—Es un pensamiento amargo.

—Realista —replicó él—. Ningún hombre trajeado va a resolver este caso en las oficinas. Este caso solo puede resolverse aquí, deambulando por las montañas, sudando a mares y esquivando serpientes de cascabel, porque eso es lo que quiere el Ecoasesino. Odia a las mujeres, pero cada vez que deja a una de sus víctimas en un terreno peligroso, también nos apunta a nosotros. A los agentes de la ley. A los equipos de búsqueda y rescate. Pues somos nosotros quienes tenemos que andar por estas colinas y sudar a mares... y estoy seguro de que lo sabe.

—¿Alguna vez ha resultado herido algún miembro de los equipos de rescate?

—Demonios, sí. En la Garganta Tallulah hubo diversas caídas y extremidades rotas, dos voluntarios sufrieron un golpe de calor en el campo de algodón y durante nuestra maravillosa búsqueda por el río Savannah, un tipo tuvo que vérselas con un caimán y otros dos fueron mordidos por víboras.

—¿Alguna baja? —preguntó ella.

Mac contempló el vasto y profundo terreno.

—Todavía no, preciosa —murmuró.

22

Parque Nacional Shenandoah, Virginia
13:44
Temperatura: 36 grados

Kathy Levine era una mujer diminuta e inteligente que tenía el cabello pelirrojo cortado muy corto y un montón de pecas en la nariz. Saludó a Mac y Kimberly con vigor cuando entraron en el albergue Big Meadows, un recinto construido a base de vigas y cristal, y les indicó que la siguieran a una oficina posterior.

—Ray me dijo que tenían la imagen de una hoja. No la hoja real, sino la imagen.

—Así es. —Mac se apresuró a entregarle la imagen escaneada. Kathy la dejó sobre la mesa, delante de ella, y encendió de un golpetazo una lamparilla para poder verla con todo detalle. La nueva luz no comportó cambio alguno en la sala, que ya estaba iluminada por toda una pared de luz solar.

—Podría tratarse de abedul gris —dijo por fin la botánica—. Sería más sencillo si tuvieran la hoja real.

—¿Es usted dendróloga? —preguntó Kimberly, con curiosidad.

—No, pero sé qué hay en mi parque. —La mujer volvió a apagar la lamparilla de un palmetazo y los miró con franqueza—. ¿Están familiarizados con los *refugia*?

—¿Con los refugios? —preguntó Mac.

—Lo que pensaba. *Refugia* es el término que se utiliza para referirse a aquellas plantas que existen como reliquias glaciales en un clima al que ya no pertenecen. Hace millones de años, toda esta área estaba cubierta de hielo y, cuando este se derritió, ciertas plantas permanecieron. En la mayoría de los casos, empezaron a crecer a mayor altura, buscando las frías condiciones que necesitaban para sobrevivir. El abeto bálsamo y el cedro rojo son dos ejemplos de *refugia* que se encuentran en este parque. Y también el abedul gris.

—Ray nos dijo que solo crecía en un área concreta —dijo Mac.

—Sí. Justo al otro lado de la puerta. Permitan que se lo enseñe en un mapa. —La botánica se levantó de la silla y se acercó a la estantería que se extendía a lo largo de la pared. Acto seguido, procedió a desplegar el mapa más grande que Kimberly había visto en su vida. Llevaba por título «Mapa geológico del condado de Shenandoah» y estaba repleto de rayas púrpura brillante, fucsia oscuro y naranja neón. Había las suficientes para herir los ojos de una persona.

—Este es el mapa geológico que incluye esta sección del parque. Nosotros nos encontramos aquí. —Levine dejó caer la inmensa hoja de papel sobre la desordenada superficie de su escritorio y se apresuró a señalar un punto de color verde lima situado cerca de la base—. La mayor extensión de abedules grises crece en la meseta pantanosa que cruza el campamento Big Meadows, pero también pueden encontrarse diseminados aquí y allá en un radio de kilómetro y medio. Por lo tanto, si lo que están buscando es el abedul gris de Virginia, puedo decirles que se encuentran en el lugar exacto.

—Genial —murmuró Mac—. Ojalá pudiéramos estar seguros de que lo que buscamos es abedul gris. ¿Hay mucha gente en la zona en esta época del año?

—¿Se refiere a los campistas? En estos momentos hay unas treinta personas registradas. Por lo general suele haber más, pero el calor ha espantado a muchos. También recibimos bastantes excursionistas que vienen a pasar el día al parque pero, debido al calor, la mayoría lo visita sin abandonar la comodidad del aire acondicionado de sus coches.

—¿Los huéspedes tienen que registrarse?

—No.

—¿Disponen de patrullas o vigilantes de algún tipo que controlen el parque?

—Contamos con el personal necesario por si surgen problemas, pero no nos dedicamos a recorrer el parque para asegurarnos de que todo va bien.

—De modo que cualquier persona puede entrar y salir de aquí sin que nadie lo sepa.

—Mierda.

—¿Les importaría explicarme de qué va todo esto? —Levine asintió a Kimberly—. Sé que va armada, así que podrían contarme lo demás.

Mac pareció reflexionar sus palabras. Miró a Kimberly, pero esta no supo qué decirle. Puede que careciera de jurisdicción, pero seguía siendo un agente especial. En cambio, ella había dejado de ser una estudiante de la Academia del FBI a las seis en punto de aquella misma mañana.

—Estamos trabajando en un caso —explicó Mac, con sequedad—. Tenemos razones para creer que esta hoja podría estar relacionada con la desaparición de una joven local. Si descubrimos de dónde procede, la encontraremos a ella.

—¿Está diciéndome que esa muchacha podría estar en algún lugar de mi parque? ¿A pesar del calor que hace?

—Es una posibilidad.

Levine cruzó los brazos sobre su pecho y los miró a ambos con intensidad.

—¿Saben? —dijo, por fin—. Creo que ha llegado el momento de que me muestren algún documento que les identifique.

Mac se llevó la mano al bolsillo trasero y sacó sus credenciales. Kimberly se limitó a quedarse como estaba. No tenía nada que enseñar ni nada que decir. Por primera vez fue consciente de la inmensidad de lo que había hecho. Durante toda su vida solo había deseado una cosa. ¿Qué iba a hacer ahora?

Les dio la espalda. A través de las ventanas, la brillante luz del sol le abrasaba los ojos. Los cerró con fuerza, intentando centrarse en la sensación de calor que invadía su rostro. Ahí fuera había una muchacha. Una muchacha que necesitaba su ayuda.

Su madre y su hermana seguían estando muertas. Y Mac tenía razón: nada de lo que hiciera cambiaría nada. ¿Qué diablos estaba intentando demostrar? ¿Que era tan capaz de autodestruirse como Mandy?

¿O quizá que, por una vez, deseaba hacer algo bien? Deseaba encontrar a aquella muchacha y sentirse feliz por un día, pues cualquier cosa tenía que ser mejor que este dolor que llevaba seis años soportando.

—Aquí pone Servicio de Investigación de Georgia —le estaba diciendo Levine a Mac.

—Sí, señora.

—Si la memoria no me falla, estamos en Virginia.

—Sí, señora.

—Ray no les hizo tantas preguntas, ¿verdad?

—Ray nos ayudó mucho en nuestra investigación. Agradecemos sus esfuerzos y nos complace que usted se haya ofrecido a hablar con nosotros.

Levine, que no se dejó engañar, se volvió hacia Kimberly.

—Supongo que usted no tiene credenciales.

Kimberly dio media vuelta.

—No, no las tengo —replicó, con voz monótona.

—Escuchen, en estos momentos debe de haber una temperatura de treinta y ocho grados a la sombra y, aunque no me gusta demasiado hacer trabajo de campo con este calor, esta es la profesión que he elegido. Por lo tanto, será mejor que empiecen a contármelo todo, pues no me hace ninguna gracia haber descuidado las obligaciones que me impone mi gobierno solo para hablar con unos candidatos a policía que, por lo que parece, están fuera de su jurisdicción.

—Estoy investigando un caso —replicó Mac, hablando con voz clara—. El asesino comenzó sus andanzas en Georgia, donde atacó a ocho muchachas. Si quiere ver las fotografías, puedo enseñarle tantas como su estómago pueda soportar. Tengo razones para creer que ese hombre ahora está operando en Virginia. El FBI está al tanto de lo ocurrido pero, para cuando logre descubrir quién hizo qué a quién, es muy probable que esa muchacha ya haya alimentado a diez osos durante toda una semana. Llevo años trabajando en este caso. Conozco a ese hombre. Y tengo razones legítimas para pensar que ha secuestrado a una joven y la ha abandonado en este parque. Sí, allí fuera hace calor. Sí, ella está perdida. Y no, no estoy dispuesto a quedarme de brazos cruzados esperando a que un puñado de federales cumplimente todos los papeles necesarios. Pretendo encontrar a esa joven, señora Levine, y la señora Quincy se ha ofrecido a ayudarme. Por eso estamos aquí hablando con usted. Y si eso le molesta, peor para usted, porque es muy probable que esa joven esté en su parque… y le aseguro que necesita nuestra ayuda.

En el rostro de Kathy Levine se dibujó una expresión preocupada.

—¿Tiene referencias? —preguntó por fin.

—Puedo darle el nombre de mi supervisor en Georgia.

—¿Está al tanto de este caso?

—Me envió aquí para investigarlo.

—Si coopero con ustedes, ¿qué significará?

—No dispongo de jurisdicción en este estado, señora. Oficialmente hablando, no puedo ordenarle nada.

—Pero usted cree que la muchacha podría estar aquí. ¿Desde cuándo?

—Seguramente la abandonó durante el día de ayer.

—Ayer la temperatura alcanzó los treinta y ocho grados —comentó Levine.

—Lo sé.

—¿Sabe si está equipada?

—Ese tipo secuestra a las muchachas durante la noche, a la salida de un bar. Como mucho llevará su bolso y ropa de fiesta.

Levine pestañeó un par de veces.

—Dios mío. ¿Y no es la primera vez que lo hace?

—Ha secuestrado a ocho jóvenes en Georgia y, de momento, solo una de ellas ha conseguido sobrevivir. Lo único que deseo es que ahora puedan ser dos.

—Disponemos de un equipo de búsqueda y rescate en el parque —anunció Levine—. Si... si usted tiene razones poderosas por las que creer que hay, digamos, una excursionista perdida en el área de Big Meadows y si usted informara de su desaparición, tendría autoridad para llamar al equipo.

Mac se quedó inmóvil. Aquella oferta era inesperada y desesperadamente necesaria. ¡Un equipo de búsqueda y rescate! ¡Diversas personas buscando a la joven! ¡Expertos que habían recibido la formación necesaria! En otras palabras, aquella era la primera oportunidad genuina de éxito que habían tenido en todo el día.

—¿Está segura? —preguntó Mac—. Podría ser una búsqueda inútil. Podría estar equivocado.

—¿Se equivoca con frecuencia?

—No en este tipo de cosas.

—En ese caso...

—Me gustaría informar de la desaparición de una excursionista —dijo Mac de inmediato.

—Permítame hacer una llamada —replicó la señora Levine.

23

Quantico, Virginia
14:23
Temperatura: 37 grados

A las dos y media, Kaplan había concertado una entrevista con el doctor Ennunzio para preguntarle sobre las conversaciones que había mantenido con Mac. Seguramente, Kaplan no creía que el lingüista forense estuviera relacionado con el Ecoasesino de Georgia, pero deseaba interrogar a alguien sobre las diferentes acciones del agente especial McCormack. Al menos, eso era lo que pensaba Rainie.

Quincy y ella habían decidido acompañarle. Kaplan tenía sus preguntas y ellos tenían las suyas. Además, era muy probable que las oficinas de la Unidad de Ciencias de la Conducta estuvieran a siete grados bajo cero o, en caso contrario, a bastante menos temperatura que el resto de lugares en los que habían estado de momento.

Las oficinas estaban ubicadas en el sótano del edificio en el que se realizaban las prácticas de tiro. Rainie solo había estado allí en una ocasión, pero siempre le había parecido un lugar un poco extraño. Y no solo porque había personas disparando dos plantas más arriba, algo que debería incomodar a cualquiera, sino también porque los ascensores que descendían hasta allí estaban escondidos en una aislada esquina, junto a la lavandería, y para llegar a ellos tenías que pasar junto a contenedores llenos a rebosar de ropa blanca sucia y chalecos antibalas usados. Menudo lugar de trabajo.

Al llegar al sótano, la puerta del ascensor se abrió ante un vestíbulo de paredes forradas de madera y pasillos que se alejaban en todas direcciones. Los visitantes podían sentarse en el sofá de cuero mientras admiraban los diversos carteles que anunciaban los proyectos de la Unidad de Ciencias de la Conducta. «La violencia doméstica según los agentes policiales», rezaba el primero, anunciando un seminario que pronto se celebraría. «Suicidio y cumplimiento de la Ley», rezaba otro. «El futuro y el cumplimiento de la Ley: la conferencia del milenio», anunciaba el tercero.

Siete años atrás, cuando Rainie había conocido a Quincy, este investigaba para la Oficina de Ciencias de la Conducta. Su proyecto consistía en desarrollar un programa que estableciera de forma efectiva el perfil de los asesinos en serie menores de edad. La verdad es que no se podía decir que los investigadores de la Unidad de Ciencias de la Conducta fueran un puñado de personas de poco peso.

Una de las paredes estaba decorada con las fotografías de los investigadores que trabajaban en la unidad y, por si alguien pensaba que carecían de sentido del humor, la última que aparecía en la hilera central era el retrato enmarcado de un extraterrestre, con la cabeza en forma de cono y grandes ojos negros. A decir verdad, el alienígena era el más atractivo de todos.

Kaplan accedió al pasillo central, seguido por Rainie y Quincy.

—¿Lo echas de menos? —preguntó Rainie a Quincy, hablándole al oído.

—En absoluto.

—No es tan lúgubre como imaginaba.

—Espera a haber pasado una semana entera trabajando sin luz natural.

—Quejica.

—Sé buena o te encerraré en el refugio antiaéreo.

—Promesas, promesas —murmuró ella. Quincy le apretó la mano. Aquel era el primer contacto que habían tenido en el día.

Por lo que Rainie pudo determinar, aquel espacio subterráneo era básicamente un gran recuadro dividido por tres hileras de pasillos que conducían a las estrechas oficinas. Kaplan se detuvo ante la última puerta del pasillo central, dio un par de golpecitos y un hombre se apresuró a abrirles. Al parecer, les estaba esperando.

—¿Agente especial Kaplan? —preguntó.

Rainie se mordió el labio inferior justo a tiempo. *Guau*, pensó. *Un clon de Quincy.*

El doctor Ennunzio vestía un traje azul marino de corte elegante, con la corbata reglamentaria de color rojo republicano. Rondaba los cuarenta y cinco años, tenía la complexión delgada de un ávido corredor y la mirada intensa de un académico que cada noche se llevaba trabajo a casa. Su cabello, oscuro y muy corto, empezaba a volverse gris por las sienes. Su actitud era directa y su expresión algo impaciente, de modo que Rainie sospechó que consideraba que aquella reunión iba a ser una pérdida de tiempo.

Kaplan realizó las presentaciones pertinentes. Ennunzio le tendió brevemente la mano a Rainie, pero a Quincy le ofreció un apretón de manos prolongado y genuinamente sincero. Al parecer, conocía el trabajo del antiguo agente.

Rainie los observó largo y tendido. *Quizá es uno de los requisitos necesarios para ser agente del FBI,* pensó. *Para que te admitan, tienes que llevar esos trajes y tener esa mirada tan intensa.* Era posible.

Tras mostrarles su diminuto despacho, demasiado pequeño para dar cabida a cuatro adultos, Ennunzio los guió por el pasillo hasta una sala de conferencias que apenas se utilizaba.

—Esto solía ser el despacho del director —explicó, volviendo a centrar su atención en Quincy—. En su época, pues ahora se utiliza como sala de conferencias. Los peces gordos han sido trasladados al otro lado. No es demasiado difícil encontrar sus nuevos despachos. Solo hay que seguir los pósteres del *El silencio de los corderos.*

—A todo el mundo le gusta Hollywood —murmuró Quincy.

—Bueno —dijo Ennunzio, tomando asiento y dejando una carpeta de papel manila delante de él—. Querían hacerme algunas preguntas sobre el agente especial McCormack, del Servicio de Investigación de Georgia, ¿verdad?

—Sí —respondió Kaplan—. Tenemos entendido que iba a entrevistarse con usted.

—El martes a mediodía. Pero la cita no llegó a producirse, pues tuve que asistir a una conferencia en Washington, patrocinada por el Instituto Lingüístico Forense.

—Una conferencia para lingüistas —musitó Rainie—. Tuvo que ser la bomba.

—La verdad es que fue fascinante —replicó Ennunzio—. Una presentación especial sobre las cartas de ántrax que recibieron los senadores Tom Daschle y Tom Brokaw. Se trataba de determinar si los sobres habían sido escritos por alguien cuya primera lengua era el inglés o el árabe. La verdad es que fue un análisis sumamente interesante.

Muy a su pesar, Rainie estaba intrigada.

—¿Y a qué conclusión llegaron?

—Nos atrevemos a apostar a que las cartas fueron escritas por un inglés nativo que intentaba hacerse pasar por árabe. Utilizamos la expresión «correo trampa» cuando la persona que envía la misiva utiliza ciertos trucos con la intención de engañar al destinatario. En este caso, la prueba definitiva fue la combinación al parecer aleatoria de letras mayúsculas, minúsculas y versalitas que aparecían en el sobre. Una caligrafía descuidada e infantil parece indicar que esa persona no se siente cómoda con la sintaxis inglesa, pero en realidad refleja que está tan familiarizada con el alfabeto romano que puede manipularlo como quiera. De lo contrario, no habría sido capaz de construir las frases con semejante combinación de estilos y letras. Y aunque los mensajes de ambas misivas eran breves y estaban repletos de errores ortográficos, tenemos la certeza de que era otro intento de engaño. Las misivas breves requieren un uso muy conciso de la lengua inglesa y suelen ser escritas por personas que poseen un nivel de estudios elevado. Puedo asegurarle que fue una presentación de primera.

—Le creo —dijo Rainie, dedicando una mirada impotente a Kaplan.

—De modo que el martes no vio al agente especial McCormack —apuntó el agente encargado de la investigación.

—No.

—¿Pero había hablado antes con él?

—Cuando el agente especial McCormack llegó a la Academia Nacional, se acercó a mi despacho para preguntarme si podría hacerle un hueco para consultarme sobre un caso de homicidio. Tenía las copias de algunas cartas al director y deseaba toda la información que pudiera proporcionarle al respecto.

—¿Le proporcionó copias de las cartas? —preguntó Quincy.

—Me enseñó las que tenía. Por desgracia, el Servicio de Investigación de Georgia solo había podido recuperar el documento original de la última carta y, francamente, con las versiones publicadas no se puede trabajar, pues los periódicos suelen filtrarlas.

—¿Quería saber si ese tipo también mezclaba las mayúsculas y las minúsculas? —preguntó Rainie.

—Algo así. Escúchenme; voy a decirles lo mismo que le dije al agente McCormack. La lingüística forense es un campo muy amplio. Como experto, he recibido formación para estudiar el lenguaje, la sintaxis, la ortografía y la gramática. No analizo la caligrafía en sí, pues eso debe hacerlo un experto en caligrafía. Yo me fijo en cómo se prepara y presenta un documento, pues esas son las cosas que proporcionan contexto para mis análisis. En este campo, todos tenemos nuestra propia especialidad. Algunos lingüistas se enorgullecen de poder ofrecer una especie de perfil forense, pues el análisis de los documentos les permite identificar la raza probable, el sexo, la edad, la educación e incluso la dirección de la persona que los escribió. Yo también puedo hacerlo en cierta medida, pero mi subespecialidad es la autoría. Si me proporcionan un par de textos, puedo decirles si la persona que escribió la carta de amenaza es la misma que dejó una nota a su madre.

—¿Y cómo lo hace? —preguntó Rainie.

—Examino el formato, pero sobre todo me fijo en la elección de las palabras, la estructura sintáctica y la repetición de errores o frases. Todo el mundo tiene una serie de expresiones predilectas que suelen repetir con cierta frecuencia en sus escritos. ¿Conocen los dibujos animados de los Simpson?

Rainie asintió.

—De acuerdo, si usted fuera la jefa de policía de Springfield y recibiera una nota en la que advirtiera un uso repetido de la expresión «¡Mosquis!», probablemente querría iniciar su investigación por Homer Simpson. En cambio, si la carta contuviera la expresión «Multiplícate por cero», seguramente preferiría empezar por Bart. Todo el mundo tiene una serie de frases que le gusta utilizar y, por lo tanto, cuando escriben, es bastante probable que recurran a dichas muletillas. Lo mismo ocurre con los errores gramaticales y las faltas de ortografía.

—¿Y en el caso del Ecoasesino? —preguntó Quincy.

—No había datos suficientes. El agente especial McCormack me enseñó tres copias y un original. Con solo un original, me resulta imposible comparar la caligrafía, la tinta o la elección de papel. En lo que respecta al contenido, las cuatro cartas contenían el mismo mensaje: «El reloj hace tictac… El planeta agoniza… Los animales lloran… Los ríos gritan. ¿Pueden oírlo? El calor mata…» Francamente, para poder comparar la autoría necesitaría material adicional como, por ejemplo, otra carta o un documento de mayor extensión que, presuntamente, pudiera haber escrito el sospechoso. ¿El nombre de Ted Kaczynski les resulta familiar?

—¿El Unabomber? Por supuesto.

—Ese caso se centró sobre todo en los escritos del señor Kaczynski. No solo contábamos con las palabras escritas en los paquetes en los que enviaba sus bombas, sino también con diversas notas incluidas en estos, las cartas que dirigió a la prensa y el manifiesto que exigía que se publicara en los periódicos. Sin embargo, no fue un lingüista forense quien estableció las conexiones, sino el hermano de Kaczynski, que reconoció ciertas partes del manifiesto debido a las cartas que le enviaba su hermano. Sin una cantidad de material tan extensa que analizar, ¿quién sabe si hubiéramos sido capaces de identificar al Unabomber?

—En cambio, este tipo no le ha dado a la policía demasiado con lo que trabajar —replicó Rainie—. ¿No le parece extraño? Por lo general, y siguiendo con el ejemplo que usted nos acaba de dar, en cuanto esos tipos empiezan a hablar resulta que tienen mucho que decir. Este hombre nos ha dado a entender que le preocupa el medioambiente, pero no ha comentado nada más sobre el tema.

—La verdad que eso fue lo primero que me desconcertó —dijo Ennunzio, posando la mirada en Quincy—. Creo que esto pertenece más a su especialidad que a la mía, pero resulta inusual encontrar cuatro mensajes breves idénticos. En cuanto un asesino establece contacto, ya sea con la prensa o con alguna figura de autoridad, la comunicación suele volverse más fluida. Por eso me sorprendió tanto que el mensaje de la última carta al editor fuera exactamente igual que los anteriores.

Quincy asintió.

—Cuando un asesino se comunica, ya sea con la prensa o con algún agente al cargo de la investigación, casi siempre lo hace para dejar constancia de su poder. A algunos, enviar cartas y ver cómo sus mensajes son repetidos por los medios de comunicación les proporciona el mismo tipo de emoción que experimentan otros asesinos cuando visitan la escena del crimen o contemplan un recuerdo de alguna de sus víctimas. Los asesinos suelen empezar con algo breve, una nota inicial o una llamada telefónica, pero en cuanto saben que han conseguido la atención de todo el mundo, utilizan dichas comunicaciones para vanagloriarse, jactarse y reafirmar constantemente su sentido del control. Forma parte de su obsesión egoísta. —Quincy frunció el ceño—. Sin embargo, este mensaje es diferente.

—Se distancia de los hechos —dijo Ennunzio—. Fíjense en la frase: «El calor mata». No es él quien mata, sino el calor. Como si él no tuviera nada que ver.

—Sin embargo, el mensaje está repleto de frases breves y usted ha comentado que eso indica que posee un nivel elevado de educación.

—Es inteligente, pero se siente culpable —explicó Ennunzio—. No desea matar, pero se siente impulsado a hacerlo y, por lo tanto, pretende echar la culpa a cualquier otra cosa. Quizá, esa es la razón por la que no ha escrito nada más. Con sus cartas no pretende demostrar su poder, sino buscar la absolución.

—Existe otra posibilidad —se apresuró a decir Quincy—. Berkowitz también escribió largas cartas a la prensa en un intento de explicar sus crímenes, pero él sufría una enfermedad mental y, por lo tanto, entraba en una categoría distinta a la de asesino organizado. Aquellas personas que padecen algún tipo de incapacidad mental, como la paranoia o la esquizofrenia...

—Suelen repetir una frase —dijo Ennunzio—. Eso también se puede observar en aquellos que han sufrido una embolia o tienen un tumor cerebral. Invariablemente, todos ellos repiten una y otra vez una palabra o un mantra.

—¿Está diciendo que este tipo está loco? —preguntó Rainie.

—Es posible.

—Pero si está chiflado, ¿cómo es posible que haya esquivado a la policía y haya sido capaz de secuestrar y asesinar a ocho mujeres?

—No he dicho que sea estúpido —replicó Quincy—. Es probable que sea competente en diversos aspectos, aunque aquellos que le rodean deben de saber que hay algo en él que no acaba de estar bien. Posiblemente se trata de un tipo solitario que se siente incómodo en compañía de otras personas. Puede que esa sea la razón por la que pasa tanto tiempo al aire libre y por la que utiliza la emboscada como forma de ataque. Un asesino como Ted Bundy confiaría en sus habilidades sociales para abrirse paso hasta la víctima y romper sus defensas; en cambio, este hombre sabe que no puede hacer algo así.

—Sin embargo, es capaz de idear elaborados rompecabezas —dijo Rainie con voz monótona—. Busca víctimas desconocidas, se comunica con la prensa y juega con la policía. En mi opinión, ese tipo es una especie de psicópata de la vieja escuela.

Kaplan levantó una mano.

—Bueno, ya es suficiente. Creo que nos estamos desviando un poco del tema. El Ecoasesino es problema del estado de Georgia. Nosotros hemos venido aquí para hablar del agente especial McCormack.

—¿Qué ocurre con él? —preguntó Ennunzio, con el ceño fruncido.

—¿Cree que McCormack podría haber escrito esas notas?

—No lo sé. Tendrían que proporcionarme algún otro documento que hubiera sido escrito por él. ¿Por qué están investigando al agente especial McCormack?

—¿No se ha enterado?

—¿De qué? Salí de la ciudad para asistir a una conferencia. Ni siquiera he tenido tiempo de escuchar todos los mensajes.

—Ayer encontraron un cadáver —explicó brevemente Kaplan—. Una joven. En la ruta de entrenamiento físico de los marines. Tenemos razones para pensar que McCormack podría estar implicado.

—Ciertos elementos del caso son similares a los del Ecoasesino —añadió Rainie, ignorando la mirada sombría de Kaplan—. El agente especial McCormack cree que el crimen ha sido obra del Ecoasesino, que ha empezado a atacar aquí en Virginia, mientras que el agente especial Kaplan cree que McCormack podría ser nuestro hombre y que simplemente preparó la escena de forma que encajara con la de un antiguo caso.

—¿Han encontrado un cadáver aquí? ¿En Quantico? ¿Ayer? —Ennunzio parecía aturdido.

—Debería salir de este refugio antiaéreo de vez en cuando —le dijo Rainie.

—¡Eso es terrible!

—Yo tampoco creo que la muchacha disfrutara demasiado.

—No, no lo entienden. —Ennunzio observó sus notas con ojos enloquecidos—. Tengo una teoría... y se la hubiera sugerido al agente especial McCormack de haber tenido la oportunidad de hablar con él. No se trata más que de una sospecha, pero...

—¿Qué? —preguntó Quincy—. Explíquenosla.

—El agente especial McCormack mencionó de pasada que había empezado a recibir llamadas telefónicas sobre el caso. Me dijo que, al parecer, un informador anónimo estaba intentando ayudarles. McCormack creía que podía tratarse de alguien cercano al asesino, un miembro de su familia o su esposa. Sin embargo, mi opinión es bien distinta. Teniendo en cuenta que las cartas al director son tan breves y que, con el tiempo, la mayoría de los asesinos tienden a dilatar sus comunicaciones...

—Oh no —dijo Quincy, cerrando los ojos. Era evidente que había seguido la línea de sus pensamientos—. Si el sujeto no identificado se siente culpable, si intenta desvincularse del acto...

—Quería pedirle al agente especial McCormack que grabara dichas llamadas o transcribiera las conversaciones al pie de la letra en el mismo instante en que colgara —prosiguió Ennunzio, con voz sombría—. De este modo, podría comparar el lenguaje del informante con las palabras de las cartas. Verán, no creo que esté hablando con ningún miembro de la familia. En mi opinión, el agente especial McCormack está hablando con el propio asesino.

24

Virginia
15:13
Temperatura: 36 grados

Tina soñó con fuego. Estaba atada a una estaca en medio de un montón de ramitas, sintiendo cómo las llamas le lamían las piernas mientras la multitud congregada aplaudía.

—Mi bebé —les gritaba—. ¡No hagáis daño a mi bebé!

Pero a nadie le importaba. Todos se reían. Las lenguas de fuego le calcinaron los dedos, empezando por las yemas y ascendiendo a gran velocidad hacia los codos. Pronto su cabello ardió en llamas que quemaron sus orejas y chamuscaron sus pestañas. El calor del fuego se intensificó y se abrió paso por su boca para abrasar sus pulmones. Sus globos oculares se derritieron, sintió como se deslizaban por su rostro y, entonces, el fuego se coló en las cuencas y devoró con ansia su carne, mientras su cerebro empezaba a hervir y su rostro se desollaba del cráneo…

Tina despertó asustada. Levantó la cabeza, que descansaba sobre la roca, y fue consciente de dos cosas a la vez: que tenía los ojos tan hinchados que era incapaz de abrirlos y la sensación de que le ardía la piel.

Los mosquitos todavía se enjambraban a su alrededor. Y también las moscas amarillas. Movió los brazos débilmente, en un intento de apartarlas. No le quedaba nada de sangre. Deberían dejarla en paz y buscar una presa fresca, en vez de contentarse con una joven exhausta que estaba al borde de la deshidratación. Pero eso a los bichos no parecía importarles. Además, estaba bañada en sudor de la cabeza a los pies y, al parecer, en el mundo de los insectos, eso la convertía en un manjar digno de dioses.

El calor era insoportable. Ahora el sol brillaba justo sobre su cabeza, abrasándole la piel abotargada por las picaduras y agrietándole los labios.

Tenía la garganta seca e inflamada. La piel de sus brazos y piernas se contraía bajo el intenso resplandor del sol y tiraba incómodamente de sus articulaciones. Tenía la impresión de ser un pedazo de carne que había permanecido demasiado tiempo al sol. Literalmente, estaba siendo curada para convertirse en un trozo de cecina humana.

Tienes que moverte. Tienes que hacer algo.

Tina ya había oído aquella voz con anterioridad, en el fondo de su mente. Al principio le había dado esperanzas, pero ahora solo la llenaba de desesperación. No podía moverse, no podía hacer nada. No era más que forraje para los mosquitos y, si abandonaba su roca, también sería alimento para las serpientes. Estaba segura de ello. Antes de que las picaduras de los mosquitos hubieran sellado sus ojos, había reconocido aquel lugar lo mejor que había podido. Se encontraba en una especie de pozo de unos tres o cuatro metros de diámetro, cuya amplia boca bostezaba al menos a seis metros de altura. Tenía la roca. Tenía su bolso. Y tenía el galón de agua que le había dejado aquel hijo de puta, seguramente para burlarse de ella.

Eso era todo. Un pozo. Roca. Agua. Y por todo su alrededor, aquel barro de olor extraño que se filtraba bajo su anaquel de roca. No estaba dispuesta a abandonar la roca y pisar el cieno, pues había visto moverse cosas en la marisma que descansaba a sus pies. Cosas oscuras y resbaladizas que, con toda certeza, estarían encantadas de alimentarse de carne humana. Cosas que realmente le aterraban.

Bebe.

No puedo. Si lo hago, me quedaré sin agua y moriré.

Ya te estás muriendo. Bebe.

Buscó a tientas la botella de agua. Estaba caliente al tacto. Había bebido un poco al despertar, pero había vuelto a tapar apresuradamente su preciada reserva. Sus recursos eran limitados. En el bolso guardaba un paquete de chicles, seis galletas de mantequilla de cacahuete y un pequeño Boggie con doce galletitas saladas. Alguna ventaja tenía que tener el hecho de estar embarazada.

Estaba embarazada. Se suponía que debería estar bebiendo como mínimo ocho vasos de agua diarios para dar sustento a la nueva infraestructura que se estaba creando en su cuerpo. Y debería estar comiendo unas trescientas calorías adicionales al día. Y debería estar haciendo reposo. En el libro de preparación a la maternidad que había leído no hablaban sobre cómo sobrevivir con tres sorbos de agua y un par de galletitas. ¿Cuánto tiempo podría continuar así? ¿Y su bebé?

Este pensamiento la desanimó, pero al mismo tiempo le infundió fuerzas. Su voz interna tenía razón. No sobreviviría si permanecía de brazos cruzados en aquella roca dejada de la mano de Dios en aquel pozo dejado de la mano de Dios. Ya estaba agonizando, así que podría hacer algo para rebelarse contra su destino.

Sus dedos hinchados se pelearon con el tapón de plástico de la garrafa hasta que este salió volando y desapareció entre el barro. No importaba. Acercó la garrafa a sus labios y bebió con ansia. El agua estaba caliente y sabía a plástico cocido, pero la bebió agradecida. El primer sorbo aplacó su garganta oxidada. El segundo fue indulgente y maravilloso. Y tras el tercero, la apartó de sus labios y jadeó, intentando coger aire y desesperada por beber un poco más. Su sed era como una bestia independiente, que acababa de despertar y estaba hambrienta.

—Galletitas saladas —se dijo con firmeza—. La sal es buena.

Posó la jarra con cuidado, palpando la roca en busca de un lugar estable. Enseguida encontró el bolso y, tras pelearse con la cremallera durante unos dolorosos minutos, logró abrirlo.

Los mosquitos habían regresado, atraídos por el olor del agua fresca. Las moscas amarillas revoloteaban alrededor de sus labios y se posaban en las comisuras como si estuvieran dispuestas a beber el agua directamente de su boca. Las palmeó con furia y tuvo la breve satisfacción de sentir que sus cuerpos regordetes reventaban contra sus dedos. Enseguida llegaron más moscas que se arrastraron por sus labios, sus ojos y el suave tejido del interior de sus orejas, y supo que tenía que dejarlas hacer lo que quisieran. Debía ignorar sus constantes picaduras y su espantoso zumbido. Tenía que renunciar a esta batalla o, sin duda, perdería la guerra.

Rebuscó en su bolso, con una expresión sombría. Sus dedos encontraron el Boggie de galletitas saladas y sacó seis. Una docena de mordiscos después, se las había comido todas. La textura salada y seca no tardó en intensificar su sed.

Solo un sorbito más, pensó. Para que bajaran las galletitas saladas. Para suavizar el dolor que sentía porque las moscas, las moscas, las moscas… Estaban por todas partes, zumbando y mordiéndole. Y cuanto más intentaba ignorarlas, más se posaban en ella y hundían sus diminutos dientes en su piel. No iba a conseguirlo. Iba a volverse loca y lo mínimo que podía hacer una persona perturbada era beber.

Alcanzó la botella, pero enseguida retiró la mano. Tenía agua. No mucha, pero sí suficiente. Además, no sabía cuánto tiempo llevaba aquí. Antes, había pasado una hora entera gritando sin ninguna suerte. Sospechaba que aquel desgraciado se había deshecho de ella en un lugar remoto y aislado…, y si eso era cierto, sobrevivir dependía de ella. Tenía que ser inteligente, permanecer calmada. Tenía que idear un plan.

Se frotó los ojos. Fue una mala idea pues, al instante, sintió que le abrasaban. Sería tan agradable sentir un poco de esa agua por el rostro… Si se lavara los ojos, quizá conseguiría abrirlos y ver algo. Si se limpiaba el sudor, quizá los mosquitos la dejarían en paz.

Menuda estupidez. Aquello solo era una quimera. Estaba sudando de la cabeza a los pies, el vestido playero verde se le pegaba a la piel y tenía la ropa interior empapada. La única vez que había pasado tanto calor había sido en una sauna sueca. Lavarse la cara solo la aliviaría durante un par de segundos; entonces, volvería a estar bañada en sudor y sintiéndose miserable.

La clave estaba en organizar sus recursos y utilizarlos de forma frugal.

Y tenía que escapar del sol. Debía encontrar un lugar sombrío y relativamente fresco para pasar el día y buscar el modo de escapar durante la noche.

Ahora recordó el parte meteorológico. Haría calor. Y las temperaturas irían en aumento. Probablemente rebasarían los cuarenta grados a finales de semana. No tenía demasiado tiempo, sobre todo porque ya se sentía muy cansada.

Tenía que moverse. Tenía que salir de este foso o moriría.

Tina todavía no estaba preparada para morir.

Apoyó los dedos sobre sus hinchados y doloridos párpados y los obligó a abrirse. Una especie de líquido viscoso se deslizó por su rostro. Mantuvo los párpados abiertos con decisión, permitiéndose tan solo unos breves y rápidos parpadeos.

Al principio, nada. Y entonces… la sustancia viscosa se separó de sus ojos y el mundo empezó a enfocarse lentamente. Brillante, duro, castigador.

Tina inspeccionó su entorno. A sus pies descansaba una especie de cieno espeso y húmedo. Sobre su cabeza, a unos cinco o seis metros de altura, la boca del foso. ¿Y más allá? No tenía ni idea. No veía arbustos, árboles ni matojos. Sin embargo, fuera lo que fuera, no le cabía duda de que tenía que ser mejor que lo que había aquí debajo.

Centró su atención en las paredes. Se puso en pie con cautela al borde del peñasco, contó hasta tres y dejó que la parte superior de su cuerpo cayera hacia adelante. Sus manos, rojas e hinchadas, golpearon con fuerza la superficie. Por un momento sintió un dolor abrumador y restallante, pero entonces estuvo allí, con los pies en el peñasco y el resto de su cuerpo apoyado contra la pared del pozo.

La pared estaba más fría de lo que había imaginado. Y húmeda. Resbaladiza. Parecía estar cubierta de algas o musgo. Tina estaba tan asqueada que sintió deseos de apartar las manos, pero se obligó a sí misma a extender los dedos y palpar la roca en busca de asideros.

No es ninguna roca, decidió momentos después. La áspera textura era demasiado uniforme, no había ningún nudo que sobresaliera ni ninguna grieta zigzagueante. Era una superficie arenosa que le arañaba suavemente las palmas. *Hormigón,* advirtió de repente. *Oh, Dios mío.* Estaba en un foso construido por el hombre. ¡Aquel hijo de puta la había arrojado al infierno que había creado con sus propias manos!

¿Eso significaba que se encontraba en el patio posterior de alguna casa? Los pensamientos se precipitaban por su mente. ¿Quizá en algún tipo de zona residencial? Si tan solo pudiera trepar por el hueco y encontrar la forma de salir a la superficie…

Pero si estaba en una zona habitada, ¿por qué nadie había respondido a sus gritos? ¿Y por qué aquel lodo era tan extraño? ¿Por qué en aquel barro pegajoso reptaban cosas que prefería no ver…?

Quizá aquel tipo tenía una casa en el campo o en lo más profundo del bosque. Quizá, su hogar estaba en algún lugar apartado de la civilización, donde nunca nadie podría ser más listo que él.

Eso tenía bastante sentido, teniendo en cuenta su tendencia a secuestrar muchachas jóvenes.

De todos modos, si pudiera escalar hasta lo alto… En cuanto estuviera en la superficie podría correr, esconderse, buscar una carretera, seguir una corriente… Aunque estuviera en el medio de la nada, allí arriba tendría una oportunidad, y eso era más de lo que tenía aquí abajo.

Siguió examinando las rugosas paredes con las manos. Ahora más deprisa. Con más determinación. Momentos después encontró lo que buscaba: una enredadera. Y otra. Y otra más. Una planta invasora de algún tipo que, o bien buscaba el barro o bien intentaba escapar de él. No le importaba.

Tina enrolló las tres enredaderas alrededor de su mano y tiró de ellas para probar su resistencia. Parecían fuertes y flexibles. Quizá podría utilizarlas. Podría apoyar los pies en la pared sin tocar el barro y trepar por ellas. ¿Por qué no? Lo había visto hacer docenas de veces en la televisión.

Ahora que tenía un objetivo, se puso seria. Se impulsó de nuevo hasta su rocoso anaquel y examinó sus bienes mundanos. Necesitaba su bolso, pues allí guardaba comida y otros objetos que solo Dios sabía si podrían resultarle útiles. Esta parte era sencilla. Se lo colgó del hombro e intentó no hacer ninguna mueca cuando el cuero se deslizó sobre su carne quemada por el sol. Lo de la garrafa de agua era más complicado, pues no le cabía en el bolso y no creía que pudiera sujetarla con una mano y trepar por las parras al mismo tiempo.

Durante un breve momento consideró la idea de bebérsela de un trago. ¿Por qué no? Sería tan agradable sentir cómo se deslizaba por su garganta, húmeda y refrescante. Además, en cuanto escapara de este infierno dejaría de necesitarla, ¿no?

Era imposible saberlo. Ni siquiera sabía qué había allí arriba. No, tenía que llevarse el agua consigo. Aunque pesara y estuviera caliente al tacto. Era la única que tenía.

Su vestido. El tejido era fino y etéreo. Podría romperlo en tiras y utilizarlas para atar la garrafa a su bolso. Sujetó con ambas manos el dobladillo y tiró con fuerza, pero el material se escabulló al instante de su agarre. Sus dedos estaban tan hinchados que se negaban a cooperar. Lo intentó una y otra vez, jadeando con fuerza, frenética.

Pero el maldito tejido no se rompió. Necesitaba tijeras. Y esa era una de las muchas cosas que no llevaba en el bolso.

Intentó contener los sollozos y volvió a sentirse derrotada cuando los mosquitos, para agradecer su inmovilidad, intentaron alimentarse de nuevo. Tenía que moverse, tenía que hacer algo.

¡El sujetador! Podía quitárselo y anudarlo alrededor de la garrafa de agua; así, los tirantes harían las veces de asa. O mejor aún, podía atar el sujetador a la correa del bolso pues, de este modo, tendría las manos libres para escalar. Perfecto.

Levantó el dobladillo de su vestido playero y lo separó de su piel. Al instante, los mosquitos y las moscas se emocionaron. Carne pálida, nuevas zonas carentes de sangre. Intentó no pensar en ello mientras se quitaba el sujetador empapado en sudor. El tejido de nailon estaba pegajoso al tacto. Hizo una mueca y, cuando por fin logró quitárselo, dejó escapar un suspiro.

Le parecía una crueldad volver a ponerse aquel sudoroso y apestoso vestido. Hacía tanto calor que estaría mucho mejor desnuda, sin ningún tejido incómodo que rozara su piel salada y dolorida. Además, así incluso la más ligera brisa le refrescaría el pecho, la espalda…

Apretó los dientes y se obligó a sí misma a ponerse de nuevo el vestido. La prenda se mostró poco cooperativa, pues no hizo más que enrollarse y retorcerse mientras ella se contoneaba. Por un instante sus pies resbalaron sobre la roca. Se tambaleó, insegura, sin apartar la vista del lodo que cubría el suelo. Entonces cayó sobre la roca y se sujetó con fuerza.

Su corazón le aporreaba las costillas. Oh, deseaba acabar de una vez con esto. Deseaba regresar a casa. Deseaba ver a su madre. Deseaba estar en Minnesota en invierno, cuando podía correr por la calle y dejarse caer sobre la profunda nieve blanca. Recordó el sabor de los copos en la punta de la lengua, la sensación de los cristales de hielo al derretirse en su boca, el suave cosquilleo de la nieve cayendo sobre sus pestañas.

¿Estaba llorando? Le resultaba difícil saberlo, debido al sudor que cubría su rostro y las moscas que se enjambraban en las comisuras de sus ojos.

—Te quiero, mamá —susurró Tina. Apartó de su mente aquel pensamiento, pues sabía que de lo contrario se echaría a llorar.

Dio varias vueltas al sujetador alrededor del asa de la garrafa y, a continuación, la ató a su bolso. El peso dificultaba sus movimientos y el agua parecía estar a punto de derramarse, pues había perdido el tapón, pero tendría que valer. Ya tenía sus provisiones consigo. ¿Ahora qué?

Se puso en pie sobre la roca y volvió a dejarse caer sobre la pared. Sus manos arañaron la superficie, deteniendo su caída. Entonces buscó las enredaderas y encontró seis. Enrolló tres en cada mano, doloridas por el efecto del sol, pero había llegado el momento de sonreír y soportar el dolor.

Tina se deshizo de sus poco prácticos zapatos y respiró hondo por última vez. El sol caía con fuerza sobre su cabeza. El sudor se deslizaba por sus mejillas. Los insectos zumbaban, zumbaban, zumbaban...

Tina tiró de las plantas con ambas manos, a la vez que impulsaba su pie derecho hacia la pared. Arañó con los dedos la resbaladiza superficie en busca de un lugar donde sujetarse, encontró un punto más seco y los hundió en él. Tras contar hasta tres, se impulsó hacia arriba con los brazos y, al instante, sintió que las enredaderas cedían. Mientras caía de espaldas, intentó buscar con las piernas su rocoso anaquel. La garrafa de agua oscilaba de un lado a otro, desequilibrándola aún más. No iba a conseguirlo. Iba a caerse en aquel apestoso cieno.

Tina movió desesperada las manos, liberándolas de las enredaderas. Se estrelló de costado contra la roca, giró en un remolino, rodó y se sintió agradecida al advertir que caía de bruces sobre la estable superficie. ¡El agua! ¡El agua! ¡El agua! Sus manos buscaron frenéticas la garrafa, que por arte de magia seguía derecha y contenía su preciada carga.

Volvía a estar en su roca, tenía un poco de agua, estaba a salvo.

Las enredaderas cayeron en el cieno de debajo. Y mientras lo hacían, se fijó en sus extremos. Habían sido cortados a media altura. Entonces apareció revoloteando una hoja de papel blanco que parecía haber sido arrancada de su lugar de descanso por la turbulencia de arriba.

Tina extendió una cansada mano y sintió que el papel se posaba en su palma.

Lo acercó a los ojos.

Ponía: «El calor mata».

—¡Hijo de puta! —Tina intentó gritar, pero tenía la garganta demasiado seca y las palabras escaparon por su boca como un simple susurro. Se humedeció los labios, pero no sirvió de nada. Sintiéndose derrotada, dejó caer la cabeza mientras sus últimas energías abandonaban su cuerpo.

Necesitaba más comida. Necesitaba más agua. Necesitaba descansar de este calor desesperante si deseaba sobrevivir. Y ahora los bichos habían regresado y las moscas amarillas pretendían darse un festín con su sangre...

—No voy a morir aquí —murmuró con decisión, intentando hacer acopio de fuerza de voluntad—. Maldita sea, no voy a hacerlo.

Pero si no podía escalar hasta la boca del foso...

Muy lentamente, los ojos de Tina se posaron en el espeso y resbaladizo barro.

25

Parque Nacional Shenandoah, Virginia
16:25
Temperatura: 37 grados

—Hemos dividido la zona de búsqueda en diez secciones diferentes. Cada equipo, integrado por dos miembros, deberá analizar su sección en el mapa y recorrerla trazando la cuadrícula estándar. La buena noticia es que la excursionista solo lleva veinticuatro horas desaparecida, de modo que no puede haber recorrido más de cincuenta kilómetros y eso nos confiere un área de búsqueda bastante limitada. La mala noticia es que dicho radio de cincuenta kilómetros incluye algunas de las zonas más difíciles y escarpadas del parque. Quiero que todos ustedes recuerden lo siguiente:

»En primer lugar, que un excursionista desorientado se dirige siempre hacia abajo. Está cansado y exhausto, así que en cuanto pierde el sentido de la dirección se encamina montaña abajo, aunque la ayuda se encuentre a tan solo seis metros de distancia montaña arriba. En segundo lugar, que los excursionistas suelen seguir el sonido de las corrientes de agua. Todo el mundo sabe lo importante que es el agua, sobre todo alguien que está desorientado. Si en su sección de la cuadrícula hay agua, comprueben meticulosamente los alrededores de la corriente y síganla hasta donde sea posible. En tercer lugar, salvo por los senderos de excursionismo, el terreno es difícil, el follaje denso y el suelo traicionero. Presten atención a las rocas movidas, las ramas rotas y los matojos pisados. Si esa mujer estuviera siguiendo algún sendero, a estas alturas ya la habría visto alguien. Por lo tanto, lo más probable es que se encuentre en las zonas no marcadas.

Kathy Levine se interrumpió y contempló con seriedad a los veinte voluntarios expertos en búsqueda y rescate que se habían congregado en el albergue Big Meadows.

—Ahí fuera hace calor. Sí, seguro que están pensando: «Oh, no nos habíamos dado cuenta», pero les hablo muy en serio. Cuando se alcanzan estas temperaturas, la deshidratación es una amenaza constante. Por lo general, unos dos litros de agua diarios bastan para evitarla, pero, por desgracia, en estas condiciones sus cuerpos pierden aproximadamente un litro por hora a través de los pulmones y los poros, de modo que dos litros serán insuficientes. Cada uno de ustedes debería llevar encima ocho litros de agua, pero como el peso sería prohibitivo, les vamos a exigir que lleven o bien pastillas de cloro o bien un sistema de purificación de agua. Podrán rellenar sus recipientes en los diferentes riachuelos que encuentren por el camino. No beban el agua de esas corrientes sin haberla tratado antes porque, por muy limpia y clara que parezca, en su mayor parte está contaminada por la *Giardia lamblia,* un parásito que les garantizo que les proporcionará siete terribles días de intensa diarrea. Beban con frecuencia, pero háganlo bien.

»Asumo que todos ustedes estarán bien hidratados, así que espero que no resbalen colina abajo ni tropiecen con un oso dormido. Quiero que tengan bien presentes estas últimas instrucciones. En primer lugar, cuidado con las serpientes de cascabel. En el parque abundan. De vez en cuando llegarán a un hermoso prado repleto de rocas desplazadas por un viejo derrumbe. Esos prados son lugares ideales para sentarse a descansar, pero les recomiendo que no lo hagan, pues las serpientes piensan lo mismo y han convertido la mayoría de esas rocas en su hogar. No vamos a discutir con ellas. En segundo lugar, cuidado con las avispas. Les gusta construir sus avisperos en las brechas del suelo o en los troncos podridos. Si las dejan en paz, ellas les dejarán en paz. Sin embargo, si tropiezan con un avispero, les recomiendo que no regresen a todo correr junto a su compañero, pues solo conseguirán arrastrarle hacia la confusión y es necesario que uno de ustedes esté en condiciones de buscar ayuda. Y en último lugar, cuidado con las ortigas. Si nunca han visto una, les diré que son unas plantas de grandes hojas verdes que nos llegan aproximadamente a los muslos. Hervidas hacen un buen caldo para la cena, pero si las tocan conocerán la versión natural de la fibra de vidrio. Los pinchos se introducen inmediatamente en la piel y emiten un veneno que permanece durante mucho tiempo. Transcurren entre treinta y sesenta minutos antes de que la inflamación remita y, para entonces, les aseguro que ya habrán renunciado a todo aquello que siempre habían deseado.

»Este parque es hermoso. Lo he recorrido casi en su totalidad durante los últimos cinco años y no se me ocurre ningún otro lugar más maravilloso en la tierra. Sin embargo, recuerden que la naturaleza exige respeto. Es necesario que nos mantengamos concentrados. Es necesario que nos movamos deprisa. Pero, en estas condiciones, también es necesario que utilicemos en todo momento la cabeza. Nuestro objetivo es encontrar a una persona, no perder a otra. ¿Alguna pregunta? —Levine hizo una pausa. Nadie tenía nada que preguntar—. Bien. En ese caso, pongámonos en marcha. Solo nos quedan cuatro horas y media de luz.

El grupo se dividió. Cada uno de los voluntarios se reunió con su compañero de equipo y salieron juntos del albergue. Todos estaban al tanto del trabajo que tenían que realizar y todos parecían haber comprendido las instrucciones. Probablemente, Mac y Kimberly eran los más inexpertos, a pesar de Mac ya había participado en diferentes tareas de búsqueda y rescate. Este tenía la impresión de que Kimberly se sentía más incómoda, pues, aunque contaba con el equipo y la forma física necesaria, ella misma había reconocido que nunca había pasado demasiado tiempo en el bosque.

Si lo que Kathy Levine había dicho era cierto, esta iba a ser una verdadera aventura.

—¿Qué crees que ha querido decir con lo de las avispas? —preguntó Kimberly, mientras abandonaban el maravilloso frescor del albergue y accedían al calor abrasador—. Si las avispas construyen sus nidos en el suelo y nosotros caminamos sobre el suelo, ¿cómo se supone que podemos evitarlos?

—Prestando atención a dónde pisamos —replicó Mac. Se detuvo, alzó el mapa que les habían proporcionado y lo colocó de forma acorde con el entorno. Ambos formaban oficialmente el Grupo de Búsqueda D y les había sido asignada un área de ocho kilómetros cuadrados de la Zona de Búsqueda D.

—Pero si voy mirando el suelo, ¿cómo se supone que debo buscar a una mujer desaparecida o ramas rotas o lo que sea?

—Es como conducir. Miras adelante para saber qué se aproxima, después miras a tu alrededor y después vuelves a mirar adelante. Miras adelante, echas un vistazo a tu alrededor, miras adelante, echas un vistazo a tu alrededor, miras adelante… Bueno, según el mapa, debemos seguir este sendero.

—Pensaba que no íbamos a caminar por ningún sendero. Levine ha dicho que tendríamos que movernos por un terreno difícil…, aunque no sé qué diablos significa eso.

—Y es cierto —replico Mac, paciente—, pero el primer medio kilómetro debemos recorrerlo por un sendero. Después nos desviaremos y accederemos a las entrañas de la bestia.

—¿Y cómo sabremos por dónde ir?

—Examinando el mapa y utilizando las brújulas. Es lento, pero seguro.

Kimberly apenas asintió. Observaba nerviosa el oscuro bosque que se alzaba ante ellos, enmoquetado en nueve tonos de verde. Mac veía belleza, pero ella veía algo mucho más terrible.

—Vuelve a contarme cuántas veces has hecho esto —susurró.

—Colaboré en dos de las operaciones de rescate de Georgia.

—Dijiste que la gente resultaba herida.

—Sí.

—Dijiste que el asesino preparaba escenarios como este solo para torturarnos.

—Sí.

—Es un verdadero hijo de puta, ¿verdad?

—Oh, sí.

Kimberly asintió, enderezando los hombros y alzando la barbilla en aquel gesto que Mac ya conocía tan bien.

—De acuerdo —dijo entonces, con voz tensa—. Vamos a encontrar a esa chica, vamos a alegrarnos el día y vamos a salir de este parque para poder detener a ese cabrón. ¿Trato hecho?

—Eres la mujer con la que me identifico —replicó Mac con seriedad.

Emprendieron la marcha entre los espesos y oscuros bosques.

Caminar por el sendero de tierra era fácil. Era empinado, pero manejable, pues los rebordes rocosos y las viejas raíces formaban una cascada natural de escaleras. Las sombras abundaban porque el espeso dosel de árboles impedía el paso del sol, pero resultaba más difícil escapar del calor y la humedad. Mientras descendían por el sendero, a Mac empezó a faltarle el aliento. Minutos después, su rostro se cubrió de sudor y pudo sentir que la humedad salpicaba de molestas gotitas sus omoplatos, allí donde la mochila le presionaba la camisa. El sol brillaba con fuerza, pero la humedad era su verdadero enemigo, pues podía convertir aquel bosque de alta montaña en un refugio sombrío o en una selva humeante donde cada paso requería un gran esfuerzo físico.

Mac y ella se habían cambiado de ropa para la operación. Kimberly vestía pantalones cortos de color caqui y una camiseta de algodón de manga corta, el atuendo informal de una excursionista aficionada. Mac, que contaba con mayor experiencia, se había puesto pantalones cortos de nailon y una camisa de nailon de secado rápido. En cuanto había empezado a sudar, el material sintético había secado la humedad de su cuerpo, concediéndole cierto nivel de comodidad. En cambio, Kimberly ya tenía la camiseta de algodón pegada al cuerpo y, pronto, tanto esta como los pantalones cortos empezarían a irritarle dolorosamente la piel. Mac se preguntó si Kimberly protestaría. No, estaba convencido de que no lo haría.

—¿Crees que todavía está viva? —preguntó Kimberly, lacónica. Su aliento también escapaba en breves jadeos, pero avanzaba con paso firme. Cuando se solicitaban sus servicios, aquella mujer no decepcionaba.

—En cierta ocasión leí un estudio sobre operaciones de búsqueda y rescate —explicó Mac—. El setenta y cinco por cierto de las víctimas mortales murió durante las primeras cuarenta y ocho horas. Si realmente esa joven fue abandonada ayer, tenemos veinticuatro horas más para encontrarla.

—Por lo general, ¿qué es lo que mata a las personas perdidas? —preguntó, entre jadeos.

—La hipotermia. O en un día como este, los golpes de calor. Básicamente, la exposición a los elementos es lo que más les afecta. ¿Sabías que los niños menores de seis años que se pierden en el bosque gozan de una tasa de supervivencia más elevada?

Kimberly movió la cabeza hacia los lados.

—A los niños les resulta más sencillo confiar en sus instintos —explicó Mac—. Si están cansados, duermen y si están asustados buscan refugio. En cambio, los adultos siempre tienen la certeza de que podrán recuperar el control, así que, en vez de escapar de la lluvia, el frío o el sol, siguen caminando, convencidos de que la salvación está a la vuelta de la esquina. Y eso es exactamente lo que no se debe hacer. Las oportunidades de sobrevivir son mayores si permaneces tranquilo y te quedas quieto en un lugar. Una persona normal puede pasar hasta cinco días sin agua y hasta un mes sin comida, pero si te dedicas a caminar sin parar, te arriesgas a quedarte sin reservas, a sobreexponerte a los elementos, a caerte por un barranco, a tropezar con la guarida de un oso, etcétera. Así que ya sabes que un excursionista perdido muere durante las primeras cuarenta y ocho horas, mientras que cualquier estúpido es capaz de sobrevivir una semana entera.

Mac se interrumpió de repente. Miró de nuevo el mapa y después la brújula.

—Espera. Sí. Aquí es donde debemos desviarnos.

Kimberly se detuvo junto a él y Mac pudo sentir que su inquietud se multiplicaba inmediatamente por diez. No había ningún camino marcado ante ellos, sino tierra que descendía en picado entre un amasijo de peñascos, arbustos y hierbajos. Los árboles caídos yacían en medio de su camino, cubiertos de mullido musgo y brillantes helechos. Ramas tronchadas sobresalían a una altura peligrosamente baja, y gruesas enredaderas verdes cubrían la mitad de los árboles que había a la vista.

El bosque era frondoso, oscuro. Kathy Levine tenía razón: contenía secretos que podían ser hermosos y, a la vez, letales.

—Si nos separamos —dijo Mac, con voz tranquila—, quédate quieta y toca el silbato. Te encontraré.

A todos los miembros de los equipos de búsqueda y rescate se les habían proporcionado estridentes silbatos de plástico. Debían dar un silbido para comunicarse con sus compañeros y dos para anunciar que habían encontrado a la joven. Tres silbidos era la llamada internacional de socorro.

Kimberly había deslizado los ojos hacia el suelo. Mac la veía examinar cada roca y cada grieta en busca de señales de avispas o serpientes de cascabel. Tenía la mano apoyada sobre su muslo izquierdo. *Ahí es donde lleva el cuchillo*, pensó, y al instante sintió que un anticuado arrebato de lujuria masculina hacía que se le encogiera el estómago. No sabía por qué una mujer armada podía resultarle tan atractiva, pero Kimberly le encantaba.

—Todo irá bien —le dijo entonces.

Kimberly por fin le miró.

—No hagas promesas que no puedas cumplir —replicó. Acto seguido abandonó el sendero y accedió a aquel terreno repleto de maleza.

Avanzar deprisa cada vez le resultaba más difícil. Kimberly resbaló en dos ocasiones y bajó rodando media pendiente. Los largos y gruesos hierbajos le ofrecían poca tracción, a pesar de que llevaba botas de montaña, y las rocas y las raíces de los árboles surgían en los lugares más inoportunos. Si miraba hacia el suelo en busca de obstáculos, la rama de un árbol le arañaba el muslo; si miraba hacia arriba, se arriesgaba a golpearse las espinillas con un tronco caído; y si intentaba mirar a todas partes a la vez, acababa cayéndose..., por lo general, con dolorosos y sangrientos resultados.

Tras dos horas de caminata, sus piernas lucían un entramado de arañazos que hacía juego con los que todavía se estaban curando en su rostro. Logró evitar las avispas, pero sin darse cuenta metió el pie en hiedra venenosa. Dejó de tropezar con troncos caídos, pero se torció dos veces los tobillos al resbalar en una roca.

Podía decirse que no estaba disfrutando demasiado del bosque. Suponía que debería ser hermoso, pero para ella no lo era. Sentía la soledad de este lugar, donde el sonido de los pasos de su compañero era sofocado por el musgo que cubría las rocas y, aunque sabía que había otro equipo de búsqueda en un radio de cinco kilómetros, era incapaz de oír nada. Se sentía desorientada bajo aquellos gigantescos árboles que bloqueaban la luz del sol y hacían que fuera tan difícil saber en qué dirección avanzaban. Aquel terreno escarpado y ondulante les obligaba continuamente a descender para subir o a ascender para bajar. ¿Dónde estaba el norte? ¿Y el sur? ¿Y el este? ¿Y el oeste? Ya no lo sabía, y eso le hacía sentirse ansiosa de un modo que era incapaz de explicar.

El inmenso tamaño de los árboles la engullía a mayor profundidad que cualquier océano. Se ahogaba en su verdor y no estaba segura de cómo mantener la cabeza sobre la superficie o qué dirección seguir para llegar a la orilla. Era una chica de ciudad en un lugar que le resultaba completamente desconocido. En un lugar como este podían ocurrirte muchas cosas malas y era posible que nunca nadie encontrara tu cadáver.

Intentó centrarse en la mujer desaparecida para distraerse. Si la joven había comenzado la velada en un bar, seguramente llevaba sandalias. ¿Habría sido lista y se habría deshecho de ellas desde un principio? Kimberly ya había resbalado varias veces con sus botas de montaña y sabía que sería imposible moverse por este terreno con sandalias. Ir descalzo no era agradable, pero al menos podías caminar.

¿Hacia dónde se habría dirigido primero? Kathy Levine había dicho que hacia abajo, que los excursionistas que se perdían buscaban el camino más fácil. En opinión de Kimberly, avanzar por este lugar no era sencillo. Tener que mirar y decidir dónde poner el pie antes de pisar era un trabajo lento y laborioso. Quizá no era tan aeróbico como caminar montaña arriba, pero los músculos de sus piernas y glúteos ya estaban gritando, y su corazón palpitaba con furia.

¿La joven habría intentado buscar refugio? ¿Se habría detenido en algún lugar fresco a descansar? Mac le había dicho que la clave consistía en quedarse quieto. Estar tranquilo. Mantener el control. No caminar sin rumbo.

Kimberly miró a su alrededor. Los árboles se arqueaban, las sombras se alzaban amenazadoras y las profundas grietas estaban repletas de habitantes desconocidos.

Estaba segura de que la joven había echado a correr. Estaba segura de que los arbustos y las ramas la habían lastimado mientras buscaba desesperada alguna señal de civilización. Seguramente había gritado durante horas, hasta quedar afónica y necesitada de contacto humano. Y cuando había caído la noche, cuando en los bosques habían resonado los gruñidos de las grandes bestias y el zumbido de los insectos…

Probablemente, la joven había echado a correr de nuevo. Tropezando. Resbalando. Y quizá cayendo de bruces entre la hiedra venenosa o sobre algún avispero. ¿Y entonces qué le habría ocurrido? Herida, aterrorizada y perdida en la oscuridad…

Habría buscado agua para calmar sus heridas, pensando que lo que fuera que se deslizara por la corriente tenía que ser menos peligroso que las criaturas que acechaban en el bosque.

Kimberly se detuvo en seco y levantó una mano.

—¿Oyes eso? —le preguntó a Mac.

—Agua —replicó este. Sacó el mapa de la mochila—. Hay una corriente al oeste.

—Debemos seguirla. Eso es lo que dijo Levine, ¿verdad? Que los excursionistas se sienten atraídos hacia el agua.

—Me parece buena idea.

Kimberly dio un paso a la izquierda…

Y su pie dejó de sostener su peso. Hacía un segundo había estado pisando suelo sólido, pero ahora su pierna salió disparada y ella cayó de espaldas y resbaló pendiente abajo, golpeándose la cadera contra una roca y arañándose el muslo con un tronco caído. Desesperada, intentó colocar las manos bajo su cuerpo para detenerse. Apenas era consciente de que Mac gritaba su nombre a sus espaldas.

—¡Kimberly!

—Ahhhhhh. —¡Pum! Otro tronco apareció en su camino y se estrelló contra él con la gracia de un rinoceronte. Las estrellas brillaban ante sus ojos y un zumbido pitaba en sus oídos. Era muy consciente del sabor a sangre de su boca, pues se había mordido la lengua. Y entonces, de repente, todo su cuerpo empezó a arder.

—Mierda. Maldita sea. ¿Qué diablos ocurre? —Estaba de pie, pegándose palmetazos en los brazos y las piernas. Cómo dolía, cómo dolía, cómo dolía. Era como si un millón de termitas le mordieran la piel una y otra vez. Abandonó de un salto los hierbajos y empezó a trepar por la pendiente, sujetándose a las ramas con las manos mientras sus pies removían la hierba.

Subió cuatro metros y medio, pero no sirvió de nada. Su piel seguía ardiendo. Su sangre rugía. Observó impotente su cuerpo, que de repente se iluminó con un sarpullido de color rojo brillante.

Mac por fin llegó junto a ella.

—No te rasques. No te rasques. No te rasques.

—¿Qué diablos es esto? —chilló, frenética.

—Felicidades, preciosa. Creo que acabas de encontrar las ortigas.

26

Quantico, Virginia
20:05
Temperatura: 36 grados

—Entonces, ¿qué tenemos? —preguntó Quincy.

Eran las ocho de la tarde y Rainie, el agente especial Kaplan, el supervisor Watson y él se habían reunido en un aula que casi nunca se utilizaba. Nadie parecía demasiado contento, en parte porque la mitad estaban agotados después de haber analizado la escena del crimen bajo aquel calor abrasador y, en parte, porque no tenían ninguna información que aportar a pesar de que ya llevaban catorce horas trabajando.

—Creo que tendríamos que seguir investigando a McCormack —insistió Kaplan—. Ya saben que en este trabajo no existen las coincidencias y el hecho de que estuviera aquí en el mismo momento en que uno de sus viejos casos se reavivara… En mi opinión, es demasiada coincidencia.

—No ha sido ninguna coincidencia; estaba planeado —replicó Rainie, irritada. Su opinión al respecto era muy clara—. Ya ha hablado con su jefe y sabe que McCormack nos ha contado la verdad.

—Todo el mundo protege a los suyos.

—¿Está insinuando que el Servicio de Investigación de Georgia al completo está implicado en este crimen? ¿Hemos pasado de una simple coincidencia a una teoría de conspiración?

Quincy levantó la mano, deseoso de interrumpir aquella discusión antes de que empezara… una vez más.

—¿Y qué hay del anuncio? —le preguntó a Kaplan.

—Según el director del Departamento de Asuntos Públicos, el anuncio llegó ayer con instrucciones de que fuera publicado hoy, pero el *Quantico*

Sentry es una publicación semanal y su próxima edición no verá la luz hasta este viernes. Al director no le gustó el anuncio, pues consideraba que ocultaba un mensaje codificado, quizá relacionado con drogas, así que me lo envió.

Kaplan le pasó una copia del anuncio en cuestión, deslizándola sobre la mesa. Era un recuadro pequeño, de cinco por cinco centímetros, perfilado por un borde negro en cuyo interior había un bloque de texto. El texto rezaba: «Querido director, el reloj hace tictac... El planeta agoniza... Los animales lloran... Los ríos gritan. ¿Pueden oírlo? El calor mata...»

—¿Por qué un anuncio? —preguntó Watson.

—El *Quantico Sentry* no publica cartas al director.

—¿Cuáles son sus normas para la publicación de anuncios? —preguntó Quincy.

Kaplan se encogió de hombros.

—Se trata de un periódico civil que se publica con la colaboración del Departamento de Asuntos Públicos de esta base, de modo que cubre cualquier tema de actualidad local. Hay montones de anuncios de comerciantes locales, obras benéficas, servicios para el personal militar y demás. En realidad, no difiere demasiado de cualquier otro pequeño periódico regional. Para que el anuncio sea aceptado, tiene que estar impreso y se tiene que efectuar el pago de antemano.

—¿De modo que nuestro hombre se tomó el tiempo necesario para conocer los requisitos de publicación y, sin embargo, no se dio cuenta de que no podría ser publicado hoy? —preguntó Watson, escéptico—. En mi opinión, ese tipo no es tan inteligente.

—Consiguió lo que quería —respondió Quincy—. Estamos leyendo el mensaje el día deseado.

—Por simple casualidad —replicó Watson.

—En absoluto. Ese hombre lo hace todo con un propósito. El *Quantico Sentry* es el periódico más antiguo del Cuerpo. Forma parte de su tradición y orgullo. Quería publicar en él su mensaje por la misma razón que se deshizo del cadáver en la base. Nos está acercando su crimen. Esta pidiendo a gritos nuestra atención.

—Además, encaja con el mismo patrón —prosiguió Rainie—. Hasta ahora teníamos el modus operandi del Ecoasesino, pero ahora también tenemos la carta. En mi opinión, nuestro siguiente paso es obvio.

—¿Y cuál se supone que es? —preguntó Watson.

—¡Llamar a McCormack! Volver a darle el caso, porque él conoce a ese tipo mejor que nosotros. Y como es muy probable que haya otra muchacha ahí fuera, creo que también deberíamos llamar a algunos expertos para que examinaran una vez más el cadáver y esos pequeños detalles que dejó el asesino, como la serpiente de cascabel, la hoja y la roca. Vamos. Como dice el anuncio, el reloj hace tictac y ya hemos perdido el día entero.

—Los envié al laboratorio —replicó Kaplan.

—¿Qué usted ha hecho qué? —preguntó Rainie, incrédula.

—Envié la roca, la hoja y… hum, los diversos fragmentos de serpiente al laboratorio criminalista de Norfolk.

—¿Y qué diablos va a hacer con esos objetos un laboratorio criminalista? ¿Espolvorearlos en busca de huellas?

—No es mala idea…

—¡Es una idea terrible! ¿No ha escuchado a McCormack? ¡Tenemos que encontrar a esa muchacha!

—¡Basta! —Quincy habló con voz autoritaria desde el otro lado de la mesa, pero no sirvió de nada. Rainie ya se había levantado de la silla, con los puños cerrados, y Kaplan parecía estar igual de ansioso por pelear. Había sido un día muy largo. Abrasador, agotador, extenuante. El tipo de día que fomentaba las peleas en los bares y que obstaculizaba la cooperación entre casos de homicidio multijurisdiccionales.

—Debemos avanzar por dos caminos a la vez —dijo Quincy con firmeza—, de modo que cierren la boca, siéntese y préstenme atención. Rainie tiene razón. Tenemos que actuar deprisa.

Rainie volvió a sentarse muy despacio en su asiento. Kaplan la imitó y, a regañadientes, le prestó toda su atención.

—En primer lugar vamos a asumir que, quizá, ese hombre es el Ecoasesino. ¡Eh, eh, eh! —Kaplan ya estaba abriendo la boca para protestar, así que Quincy le dedicó la misma mirada severa que antaño solía utilizar con los nuevos agentes. El hombre guardó silencio al instante—. Aunque no tengamos la absoluta certeza, es evidente que este caso de homicidio coincide con un patrón previamente observado en Georgia. Teniendo en cuenta las similitudes, debemos considerar que hay otra muchacha secuestrada y, por lo tanto, debemos examinar las pruebas que hallamos en el cadáver como si fueran las piezas de un rompecabezas geográfico. —Miró a Kaplan.

—Puedo llamar a algunos expertos en botánica, biología y geología para que examinen lo que tenemos —dijo el agente especial, a regañadientes.

—Deprisa —dijo Rainie.

Kaplan le lanzó una mirada.

—Sí, señora.

Rainie se limitó a sonreír.

Quincy respiró hondo.

—En segundo lugar —continuó—, necesitamos ampliar nuestro campo de investigación. Al leer los sumarios de los casos de Georgia he tenido la impresión de que nunca supieron gran cosa sobre el asesino. Generaron un perfil y una lista de suposiciones, pero ninguna de ellas ha sido demostrada de forma alguna. Creo que deberíamos comenzar haciendo *tabula rasa* e ir generando nuestras propias impresiones sobre el crimen. Por ejemplo, ¿por qué el asesino dejó el cadáver en los terrenos de Quantico? Es evidente que se trata de un hombre que desea poner a prueba a las autoridades. Se siente tan invencible que se atreve a moverse por la agencia de investigación de elite de los Estados Unidos. También tenemos las diversas cartas al director, además de sus llamadas telefónicas al agente especial McCormack. Esto hace que nos planteemos diversas preguntas: ¿el asesino intenta reafirmar su sentimiento de poder y control, o se pone en contacto con los responsables de la ley con la esperanza de que lo atrapen, pues se siente culpable? ¿El informante anónimo es el asesino o alguien completamente distinto?

»Y en tercer lugar, debemos preguntarnos por qué el objetivo de su juego no son los marines ni el FBI, sino el agente especial McCormack.

—Oh, supongo que bromea —gruñó Kaplan.

Quincy le dedicó su fría y dura mirada.

—Imagine por un momento que el informante anónimo es el asesino y que, gracias a sus llamadas, ha conseguido traer al agente especial McCormack hasta Virginia. Eso significaría que el asesino pretendía atacar en esta zona y que, para poder empezar el juego, deseaba que el agente especial McCormack estuviera cerca. El anuncio del *Quantico Sentry* encaja en este patrón, pues el viernes el periódico habría sido distribuido por toda la base y, sin duda, McCormack habría comprendido que el juego había empezado.

Rainie parecía preocupada.

—Eso escaparía de lo normal —musitó.

—Lo sé. No es normal que un asesino fije como objetivo a un agente de la ley concreto, pero cosas más extrañas han ocurrido…, y como oficial al mando de la investigación, McCormack era el miembro más visible de los grupos de operaciones de Georgia. Si el asesino se identifica con un objetivo específico, es lógico que este sea McCormack.

—De modo que tenemos dos hipótesis —murmuró Rainie—: un psicópata corriente que intenta molestar a McCormack o un perturbado azotado por la culpabilidad que sigue asesinando a jóvenes, pero muestra señales de remordimiento. ¿Por qué ninguna de estas teorías me ayudará a dormir mejor esta noche?

—Porque en ambos casos se trata de un tipo letal. —Quincy se volvió hacia Kaplan—. Supongo que habrá pedido que analicen el anuncio del *Quantico Sentry*.

—Lo han intentado —replicó—, pero la verdad es que no hay mucho con lo que trabajar. El sello y el sobre son autoadhesivos, así que no hay restos de saliva. Tampoco se han encontrado huellas y, al tratarse de un anuncio impreso, no se puede analizar la caligrafía.

—¿Y la forma de pago?

—Lo hizo en efectivo. Se supone que no se debe enviar dinero por correo pero, al parecer, nuestro asesino es un alma confiada.

—¿Y el matasellos?

—De Stafford.

—¿El pueblo de al lado?

—Sí, fue enviado ayer. Todos sus movimientos han sido locales. Un tipo de la zona asesina a una mujer y envía su mensaje.

Quincy arqueó una ceja.

—Es astuto. Ha hecho sus deberes. Bueno, el papel es un buen lugar por donde empezar. El doctor Ennunzio dijo que el GBI le había enviado el original de una carta al director. Me gustaría que le dejara también este anuncio, pues es posible que le proporcione cierta información que pueda cotejar.

Kaplan tuvo que reflexionar unos instantes.

—Podrá quedárselo una semana —dijo por fin—. Pero después, lo querré de vuelta en mi laboratorio.

—Su cooperación quedará convenientemente registrada —le aseguró Quincy.

Se oyeron unos golpes en la puerta. Quincy apretó los labios, frustrado por aquella intrusión ahora que por fin parecían estar avanzando, pero Kaplan ya se estaba poniendo en pie.

—Seguramente es uno de mis agentes —dijo, a modo de explicación—. Le dije que estaría por aquí.

Abrió la puerta del aula y apareció un joven con el cabello rapado que sostenía un papel en la mano. Su cuerpo prácticamente se sacudía por la emoción.

—Pensé que querría ver esto de inmediato —se apresuró a decir el muchacho.

Kaplan cogió el papel y, tras echarle un vistazo, miró al joven con seriedad.

—¿Están seguros?

—Sí, señor. Nos lo confirmaron hace quince minutos.

—¿Qué ocurre? —preguntó Rainie. Incluso Watson se enderezó en su asiento. Kaplan se volvió hacia ellos lentamente.

—Ya tenemos la identificación de la joven —anunció, posando los ojos en Quincy—. Les aseguro que este caso no es como los de Georgia. Dios mío, esto es mucho, mucho peor.

—Pausa para beber.

—Enseguida.

—Kimberly, pausa para beber.

—Quiero ver qué hay al otro lado de la curva…

—O te paras para beber un poco de agua o te hago un placaje.

Kimberly le miró con el ceño fruncido. Mac, que le observaba con una expresión decidida en el rostro, se había detenido a tres metros de ella, sobre un peñasco que sobresalía por encima del riachuelo que estaban siguiendo.

Llevaban tres horas caminando y Kimberly tenía la mitad del cuerpo cubierto por un sarpullido de color rojo brillante, cortesía de la hiedra venenosa y las ortigas. Su camiseta y sus pantalones cortos estaban completamente empapados, sus calcetines emitían un sonido chapoteante a cada paso que daba y prefería no hacer comentario alguno sobre el pegajoso casquete en el que se había convertido su cabello.

En cambio, Mac descansaba con una rodilla apoyada en el peñasco con una camisa de nailon que se amoldaba a su fornido pecho y su corto cabello moreno echado hacia atrás, realzando su rostro bronceado y cincelado. No jadeaba ni tenía ningún arañazo en la piel. A pesar de que llevaban tres horas caminando sin parar, parecía un maldito modelo de portada de la revista de venta por correspondencia *L. L. Bean*.

—Inténtalo —dijo Kimberly, pero por fin detuvo sus pasos y, a regañadientes, sacó la botella de agua. Estaba caliente y sabía a plástico, pero le gustó sentirla descender por su garganta. Tenía muchísimo calor. Su pecho subía y bajaba con fuerza. Sus piernas temblaban. En su opinión, la carrera de obstáculos de los marines era mucho más fácil que este recorrido.

—Al menos, el calor mantiene a raya a las garrapatas —dijo Mac, intentando darle conversación.

—¿Qué?

—Las garrapatas. No les gusta el calor. Pero te aseguro que si estuviéramos en primavera o en otoño…

Kimberly examinó frenética sus piernas desnudas. ¿Alguna de sus pecas se movía bajo aquel sarpullido rojo? Lo último que necesitaba era que uno de esos parásitos chupadores de sangre decidiera darse un banquete… De pronto advirtió la ironía que se escondía en la voz de su compañero y levantó la mirada con recelo.

—Estás jugando con fuego —gruñó.

Él se limitó a sonreír.

—¿Vas a coger el cuchillo? Llevo todo el día deseándolo.

—No pretendo destruir tus fantasías varoniles, pero te aseguro que me arrepiento de llevarlo encima. Me está destrozando la piel del muslo y ha estado a punto de matarme.

—¿Te lo quieres quitar? Podría ayudarte.

—¡Por el amor de Dios!

Le dio la espalda y se pasó una mano por su corto cabello. Cuando la apartó, la palma estaba húmeda y salada. Aunque era evidente que tenía un aspecto espantoso, Mac seguía flirteando con ella. Aquel tipo era un perturbado.

Deslizó la mirada hacia el sol. Desde su posición aventajada, podía ver cómo se zambullía lentamente en el horizonte. En este lugar era fácil perder la noción del tiempo, pues los árboles proyectaban su sombra sobre el paisaje, oscureciéndolo, y la temperatura no parecía estar descendiendo. Solo ahora Kimberly fue consciente de que la noche no tardaría en llegar.

—No queda mucho tiempo —murmuró.

—No —convino él, con una voz tan sombría como la suya.

—Deberíamos iniciar el regreso. —Se inclinó para guardar la botella de agua, pero Mac se acercó a ella y le cogió la mano para impedírselo.

—Tienes que beber más.

—¡Acabo de beber!

—No estás bebiendo lo suficiente. Apenas has bebido un litro. Ya oíste a Kathy Levine. En estas condiciones, probablemente estás sudando cada hora esa misma cantidad de líquido. Bebe, Kimberly. Es importante.

Sus dedos no se habían apartado de su brazo. No lo apretaban ni le estaba haciendo daño, pero Kimberly sintió aquel contacto con demasiada intensidad. Mac tenía las yemas de los dedos endurecidas y la palma de la mano empapada, probablemente tan sudada como el resto de su cuerpo. Y el suyo. Kimberly permaneció inmóvil.

Y por primera vez…

Pensó en acercarse un poco más. Pensó en besarle. Seguro que besaba de maravilla. Imaginaba que lo haría lentamente, con suma cautela. Para él, besar debía de ser como flirtear, una parte del juego de estimulación que había practicado durante la mayor parte de su vida.

¿Y para ella?

Sería un beso desesperado. Lo sabía con certeza. Sería un beso que transmitiría necesidad, esperanza y cólera. Sería un intento vano por dejar atrás su cuerpo y liberarse de la implacable ansiedad que ensombrecía cada paso que daba. Sería olvidar por un momento que había una joven perdida en este lugar y que, aunque lo estaba intentando con todas sus fuerzas, era posible que no fuera lo bastante buena. No había podido salvar a su hermana. No había podido salvar a su madre. ¿Por qué pensaba que esta vez sería distinto?

Porque lo necesitaba con todas sus fuerzas. Porque lo deseaba con toda su alma. Mac podía tomarse la vida como un juego, pero ella se la tomaba muy en serio.

Kimberly retrocedió, sacó de nuevo la botella de agua y bebió un largo trago.

—En momentos como este —dijo, después de beber—, deberías ser capaz de exigirte un poco más.

Su tono era beligerante, pero Mac se limitó a arquear las cejas.

—¿Crees que soy un blando?

Ella se encogió de hombros.

—Creo que nos estamos quedando sin luz. Creo que deberíamos movernos más y hablar menos.

—Kimberly, ¿qué hora es?

—Las ocho pasadas.

—¿Y dónde estamos?

—En algún lugar de nuestra cuadrícula de cinco kilómetros, supongo.

—Llevamos descendiendo unas tres horas. Y vamos a descender un poco más porque, al igual que tú, deseo ver qué hay detrás de ese recodo. ¿Te importaría decirme cómo vamos a conseguir completar nuestro descenso de tres horas y regresar mágicamente al campamento base en la hora de día que nos queda?

—No lo sé.

—Es imposible —explicó Mac, con voz monótona—. Cuando anochezca seguiremos caminando por este bosque. Es así de simple. La buena noticia es que, según mi mapa, nos encontramos cerca de un sendero que se dirige hacia el oeste. En cuanto veamos qué hay tras ese recodo, dejaremos un marcador y encontraremos el sendero antes del anochecer. Caminar por ahí será más sencillo y podremos usar la linterna para iluminar nuestro camino. De este modo, solo será un trayecto duro y peligroso, no un acto completamente temerario. No creas que no sé forzar los límites, preciosa. Lo único que ocurre es que he tenido más años que tú para perfeccionar la técnica.

Kimberly le miró y, de repente, asintió. Mac estaba poniendo las vidas de ambos en peligro y, de un modo perverso, esto hacía que le resultara aún más atractivo.

—De acuerdo, oh viejo sabio —bromeó, cargando la mochila a la espalda y volviéndose hacia el lecho del río.

Mac le dio un suave golpecito en la espalda y Kimberly esbozó una sonrisa que le hizo sentir mejor.

Cuando llegaron al siguiente recodo, la suerte les sonrió por primera vez en el día.

Kimberly fue la primera en verlo.

—¿Qué es esto? —preguntó, nerviosa.

—Sigue siendo nuestra sección. No debería haber superposiciones…

Kimberly señaló el árbol y la rama rota. Después descubrió el helecho aplastado y los hierbajos pisados. Empezó a caminar más deprisa, siguiendo aquellas inconfundibles señales de avance humano que trazaban un escarpado sendero que discurría en zigzag entre los árboles. Las marcas eran inconfundibles. Eran las que dejaría una persona corriendo desesperada o, quizá, un hombre cargando a su espalda un cuerpo drogado.

—Mac —dijo, con emoción apenas contenida.

Él echó un vistazo al sol.

—Kimberly —le dijo, con voz sombría—. ¡Corre!

La mujer echó a correr sendero abajo, seguida por Mac.

27

Virginia
20:43
Temperatura: 34 grados

Tina odiaba aquel barro. Rezumaba, restallaba y hedía. Ondulaba y se retorcía con cosas que no podía ver y prefería no conocer. Ondulaba lentamente, como una bestia viva, esperando a que ella sucumbiera.

No tenía elección. Estaba demasiado cansada y deshidratada. La piel le ardía por el exceso de sol y picaduras de insectos. Sentía que su cuerpo ardía, pero había empezado a temblar y, de forma incongruente, tenía la carne de gallina.

Se estaba muriendo; era así de simple. Las personas estaban formadas por aproximadamente un setenta por ciento de agua y eso la convertía en un estanque que literalmente se estaba secando.

Hecha un ovillo contra la cálida superficie de la roca, pensó en su madre. Quizá debería haberle hablado de su embarazo. Se habría preocupado, por supuesto, pero solo porque sabía por experiencia lo dura que podía ser la vida de una joven madre soltera. Sin embargo, en cuanto la conmoción hubiera quedado atrás, estaba segura de que la habría ayudado y ofrecido todo su apoyo.

Habría traído una pequeña vida a la tierra. Habría visto su carita arrugadita y gimoteante. Podía imaginarse a sí misma, cansada y orgullosa, llorando con su madre en la sala de partos. Podía imaginarlas eligiendo ropita para el bebé y protestando durante las tomas de la noche. Quizá habría tenido una niña, una niñita fuerte que continuara con la tradición familiar. Las tres Krahn, listas para dirigir el mundo. Oh, que se preparara el estado de Minnesota.

Se habría esforzado tanto en ser una buena madre. Quizá no lo conseguiría, pero lo intentaría con todas sus fuerzas.

Tina por fin alzó la cabeza y contempló el cielo. A través de las hendiduras de sus ojos inflados podía ver la bostezante lona azul de su prisión. El horizonte parecía más oscuro. El sol por fin se estaba poniendo, borrando su candente resplandor blanco, pero no había refrescado. La humedad seguía siendo una manta pegajosa, tan opresiva como la nube de mosquitos y moscas amarillas que se enjambraban alrededor de su rostro.

Agachó la cabeza y se miró la mano, acercándola a escasos centímetros de sus ojos. Tenía heridas abiertas por haberse rascado los cientos de picaduras de mosquito. De pronto vio que una mosca amarilla se posaba en su piel, hurgaba en sus heridas abiertas y depositaba un montón de huevos blancos diminutos y brillantes.

Sintió ganas de vomitar. No, no podía hacerlo. Sería un uso ineficiente de la poca agua que le quedaba. Pero de todos modos iba a vomitar. Ni siquiera había muerto y ya estaba siendo utilizada como carnaza para las larvas. ¿Cuánto tiempo podría continuar así? Su pobre bebé. Su pobre madre.

Y entonces, aquella voz práctica y calmada de Minnesota empezó a hablar de nuevo en el fondo de su cabeza: «*¿Sabes qué, chavala? Ha llegado el momento de ser fuerte. O haces algo ahora o descansarás para siempre en paz*».

Los ojos de Tina se deslizaron hacia el rezumante cieno negro.

Simplemente hazlo, Tina. Sé fuerte. Enséñale a esa rata de qué estás hecha. No puedes rendirte sin haber luchado antes.

Se sentó. El mundo empezó a girar a su alrededor y la bilis ascendió con rapidez hasta su garganta. Tosió para reprimir las náuseas y, tras avanzar con cautela hasta el borde del peñasco, contempló el légamo. Parecía pudín. Olía como…

¡No vomites!

—De acuerdo —susurró Tina—. Lo haré. ¡Esté preparada o no, allá voy!

Hundió el pie derecho en el cieno y, enseguida, algo rozó su tobillo y se alejó a toda velocidad. Tina se mordió el labio inferior para reprimir un grito y se obligó a hundir más el pie en el barro. Era como deslizar el cuerpo por entrañas podridas. Caliente, resbaladizo, denso…

¡No vomites!

Introdujo el pie izquierdo en el légamo, vio con claridad la silueta de una serpiente negra que se alejaba a toda velocidad y esta vez dejó escapar un largo y ronco grito de impotencia. Estaba asustada, odiaba este lugar y no sabía por qué aquel hombre le había hecho esto. Ella nunca le había hecho daño a nadie. No merecía ser arrojada a un foso donde se estaba cociendo viva, mientras las moscas depositaban huevos diminutos en las profundas heridas de su piel.

Y aunque lamentaba haber practicado el sexo sin tomar las debidas precauciones y haber echado a perder su juventud, estaba segura de que no merecía este tipo de tortura. Sin duda, su bebé y ella merecían una oportunidad para vivir una vida mejor.

Los mosquitos se apiñaban a su alrededor. Ella movía los brazos sin cesar, hundida hasta las pantorrillas en aquel cieno y haciendo lo imposible por contener las náuseas.

Sumérgete en el barro, Tina. Es como zambullirse en una piscina de agua fría. Aprieta los dientes y zambúllete en el barro. Es la única opción que tienes.

Y entonces…

Allí, en la distancia. Lo oyó de nuevo. Un sonido. ¿Pasos? No, no. Voces. ¡Había alguien en las proximidades!

Tina dirigió su cabeza hacia la boca del foso.

—¡Eh! —intentó gritar—. ¡Eh, eh!

Pero lo único que salió por su reseca garganta fue el croar de una rana. Las voces se desvanecían. Había alguien en las proximidades, pero se estaba alejando. No le cabía ninguna duda.

Tina cogió la garrafa medio vacía y bebió varios sorbos gigantescos, con codicia. Estaba tan desesperada por conseguir ayuda que era incapaz de racionar sus reservas. Entonces, con la garganta recién lubricada, echó hacia atrás la cabeza y gritó con todas sus fuerzas.

—Eh, eh. ¡Estoy aquí! ¡Por favor, que alguien me ayude! Oh, por favor, venid…

Kimberly corría. Aunque le ardían los pulmones y tenía agujetas en los costados, siguió descendiendo por la empinada pendiente, chocando contra la espesa maleza, saltando sobre los leños putrefactos y rodeando los peñascos. Podía oír la ardiente y pesada respiración de Mac, que trotaba junto a ella.

Era un ritmo suicida. Podían torcerse un tobillo, tropezar con una roca, estrellarse contra un árbol o algo mucho, mucho peor.

Pero el sol se estaba poniendo y la luz del día escapaba entre sus dedos para ser reemplazada por una fiera penumbra que tintaba el cielo de color rojo sangre. Y el sendero, tan claro hacía tan solo quince minutos, estaba tan oscuro que desaparecía ante sus ojos.

Cuando Mac la adelantó, Kimberly obligó a sus piernas, más cortas, a seguir adelante.

La arbolada pendiente, de pronto, dio paso a un amplio claro. Los arbustos espinosos y el entramado de árboles quedaron atrás y se encontraron en una extensión de hierbajos que les cubrían las rodillas. Entonces el suelo se niveló, facilitando su avance.

Kimberly no detuvo sus pasos. Seguía corriendo a toda velocidad, intentando distinguir el rastro a la mortecina luz, cuando advirtió dos cosas a la vez: una abrupta confusión de cientos de rocas a su izquierda y, a unos cuatro metros y medio de altura, sobre la pila, una franja roja. *Una falda,* pensó al instante. *Y un cuerpo humano.* ¡Era la muchacha!

¡La habían encontrado!

Kimberly se abalanzó hacia el montón de rocas. Oyó vagamente que Mac le decía a gritos que se detuviera a la vez que intentaba cogerla por la muñeca, pero se zafó de su agarre.

—¡Es ella! —gritó con alegría, saltando sobre la pila—. ¡Eh! ¡Eh! ¡Hola, hola, hola!

Kimberly oyó tres fuertes silbidos a su espalda, la llamada internacional de socorro. No entendió la razón. Habían encontrado a la joven. Habían salvado su vida. Había hecho lo correcto al abandonar la Academia. Lo había conseguido.

Entonces pudo ver bien a la muchacha y cualquier sensación de triunfo que hubiera podido tener estalló como una burbuja y la obligó a detenerse.

La franja roja no era un trozo de algodón teñido de rojo brillante, sino unos pantalones cortos blancos manchados de sangre seca. Y las pálidas extremidades no eran las de una joven que se había tumbado plácidamente a descansar, sino las de un cuerpo magullado e hinchado, retorcido de tal forma que resultaba imposible reconocerlo. Y entonces, mientras Kimberly contemplaba el cadáver, le pareció ver que uno de los miembros de la joven se movía.

Advirtió el sonido al instante. Un tamborileo constante y creciente. La profunda vibración de docenas y docenas de serpientes de cascabel.

—Kimberly —dijo Mac en voz baja, a sus espaldas—. Por el amor de Dios, no te muevas.

Kimberly ni siquiera se atrevió a asentir. Se quedó ahí, totalmente inmóvil, mientras a su alrededor las rocas se desdoblaban adoptando formas serpentinas.

—La muchacha está muerta —dijo por fin Kimberly. Su voz sonaba ronca y débil, como la de una mujer en estado de *shock*. Mac se acercó un poco más a las rocas pero, al tercer paso, el sonido de nuevas serpientes sacudió la pila. Se detuvo al instante.

El tamborileo parecía salir de todas partes. Diez, veinte, treinta víboras distintas. Parecían diseminarse por todo su alrededor. *Dios mío*, pensó Mac, acercando lentamente una mano a la espalda para alcanzar la pistola.

—Debía de estar cansada y aturdida —murmuró Kimberly—. Vio las rocas y trepó para tener una perspectiva mejor.

—Lo sé.

—Dios mío, creo que han mordido cada centímetro de su cuerpo. Nunca…, nunca había visto nada semejante.

—Kimberly, he sacado la pistola. Si algo se mueve, dispararé. Tú no hagas ningún movimiento.

—No servirá de nada, Mac. Hay demasiadas.

—Cállate, Kimberly —gruñó.

Ella volvió la cabeza hacia él y sonrió.

—¿Quién de los dos está siendo ahora el impaciente?

—A las serpientes les gustamos tan poco como ellas a nosotros. Si permaneces tranquila y no te mueves, desaparecerán bajo las rocas. He tocado el silbato. La ayuda no tardará en llegar.

—Estuve a punto de morir una vez. ¿Te lo he contado ya? Un hombre al que creía conocer bien. Resultó que me estaba utilizando para poder acercarse a mi padre. Nos acorraló a Rainie y a mí en la habitación de un hotel y me apuntó a la cabeza con una pistola. No hubo nada que Rainie pudiera hacer. Todavía recuerdo el tacto del cañón. No era frío, sino cálido. Como carne viva. Resulta extraño sentirse tan impotente. Resulta extraño estar atrapado en los brazos de otro ser humano sabiendo que va a quitarte la vida.

—No estás muerta, Kimberly.

—No, mi padre le sorprendió. Le disparó al pecho. Treinta segundos después, todo había cambiado y yo era la que seguía con vida, aunque tenía el pelo cubierto de sangre y mi padre me estaba diciendo que todo iría bien. Fue bonito que mintiera.

Mac no sabía qué decir. La luz se desvanecía con rapidez y el montón de rocas había empezado a convertirse en otro mundo, en uno demasiado negro.

—Nunca tuvo ninguna oportunidad —murmuró Kimberly, volviendo a posar la mirada en el cuerpo de la joven—. Mírala, con sus pantalones cortos y su blusa de seda. Se había vestido para pasar un rato divertido, no para enfrentarse a la naturaleza. Esto supera con creces la crueldad.

—Le encontraremos.

—Pero no antes de que muera otra muchacha.

Mac cerró los ojos.

—Kimberly, el mundo no es tan malo como crees.

—Por supuesto que no, Mac. Es mucho peor.

Tragó saliva. La estaba perdiendo. Podía sentir cómo Kimberly se sumergía en la fatalidad, pues era una mujer que había escapado en una ocasión de la muerte y no tenía esperanzas de volver a tener tanta suerte. Deseaba decirle que saltara hacia atrás, para después estrecharla entre sus brazos y prometerle que todo iría bien.

Pero ella tenía razón. Siempre que un hombre intentaba proteger a aquellos a quienes amaba, recurría de forma inevitable a las mentiras.

—¿Ves las serpientes? —le preguntó.

—No hay suficiente luz. Se confunden con las rocas.

—Yo no las oigo.

—No, han quedado en silencio. Quizá están cansadas. Han tenido un día muy ajetreado.

Mac se acercó un poco más. No estaba seguro de cuánto podría aproximarse a las rocas, pero no oyó ningún sonido de advertencia. En cuanto estuvo a un metro y medio, sacó la linterna e iluminó las piedras. Resultaba difícil decirlo; algunas parecían despejadas, pero otras presentaban protuberancias que bien podrían ser serpientes.

—¿Crees que puedes saltar hasta mí? —le preguntó a Kimberly.

Se encontraba al menos a seis metros de distancia, de pie en un ángulo extraño sobre el montón de rocas. Quizá si saltaba con rapidez de una piedra a otra…

—Estoy cansada —susurró.

—Lo sé, preciosa. Yo también estoy cansado. Pero tenemos que sacarte de ahí. He empezado a acostumbrarme a tu ardiente sonrisa y a tu buena disposición. Estoy seguro de que no querrás decepcionarme ahora.

Ella guardó silencio.

—Kimberly —dijo, en un tono más apremiante—. Necesito que me prestes atención. Eres una mujer fuerte y brillante. Quiero que pienses en una solución para poder salir de esta.

Los ojos de ella se perdieron en la distancia. Mac vio que los peñascos temblaban. Era incapaz de imaginar qué estaba pensando, pero por fin se volvió hacia él.

—Fuego —dijo con voz calmada.

—¿Fuego?

—Las serpientes odian el fuego, ¿no? ¿O quizá he visto demasiadas películas de Indiana Jones? Si enciendo una antorcha, es posible que consiga asustarlas.

Mac se movió deprisa. No era experto en serpientes, pero le parecía buena idea. Iluminándose con la linterna, no tardó en encontrar una rama caída del tamaño adecuado.

—¿Lista?

—Lista.

Lanzó la rama al aire con un grácil movimiento. Momentos después oyó un pequeño golpe cuando ella la atrapó entre sus manos. Ambos contuvieron el aliento. Se oyó un suave sonido, abajo, a la derecha.

—Quieta —le advirtió Mac.

Kimberly se quedó inmóvil largos minutos, hasta que el sonido se desvaneció.

—Tendrás que buscar todo lo demás en la mochila —le ordenó Mac—. Si llevas un par de calcetines de lana de sobra, envuelve uno alrededor de la rama. Encontrarás la cajita de un carrete de fotos en el bolsillo delantero. La puse yo. Contiene tres bolas de algodón empapadas en vaselina. Son excelentes para encender fuego. Insértalas en los pliegues del calcetín y préndelas con la cerilla.

Alzó la linterna para iluminarla con su luz mientras ella trabajaba. Sus movimientos eran lentos y subyugados, pues intentaba no llamar la atención de las serpientes.

—No consigo encontrar mis calcetines de repuesto —dijo por fin—. ¿Qué tal una camiseta?

—Servirá.

Para cogerla tenía que dejar la mochila en el suelo. Mac iluminó brevemente el terreno que la rodeaba y le pareció que estaba despejado de serpientes. Ella la posó con sumo cuidado, pero se oyeron nuevos siseos cuando las serpientes percibieron el movimiento y mostraron su desaprobación. Se quedó quieta de nuevo, con la cintura bien erguida, y Mac pudo ver el brillo de sudor en su frente.

—Ya casi está —le dijo.

—Por supuesto. —Le temblaban tanto las manos que estuvo a punto de dejar caer la rama. Un nuevo sonido, próximo y fuerte, reverberó en la oscuridad. Mac vio que Kimberly cerraba los ojos con fuerza y se preguntó si estaría recordando otra verdad sobre aquel día en la habitación de aquel hotel: si cuando aquel hombre la había apuntado a la cabeza con la pistola, su primer pensamiento había sido que no deseaba morir.

Vamos, Kimberly, pensó. *Regresa junto a mí.*

Envolvió la camiseta alrededor de la rama, insertó las bolas de algodón entre los pliegues y cogió las cerillas de madera. Su temblorosa mano sostuvo en alto la primera y se oyó el sonido del fósforo arañando la caja. En cuanto la cerilla cobró vida, la acercó a las bolas de algodón y la antorcha empezó a arder.

Inmediatamente, el espacio que había a su alrededor se iluminó, revelando no una, sino cuatro serpientes de cascabel enrolladas.

—Mac —dijo Kimberly, con voz clara—. Prepárate para cogerme.

Movió la antorcha hacia delante y, al instante, las serpientes sisearon y retrocedieron, alejándose de las llamas. Kimberly bajó de un salto la primera roca. Y la segunda, la tercera y la cuarta, mientras las grietas cobraban vida y las serpientes derribaban las piedras intentando escapar de las llamas. Las rocas estaban vivas, siseaban, se retorcían, rechinaban. Kimberly se zambulló en aquella serpentina confusión.

—¡Mac! —gritó. Salió catapultada de la última roca y se estrelló contra el duro cuerpo de Mac.

—Te tengo —dijo él, sujetándola por los hombros y quitándole la antorcha de sus manos temblorosas.

Por un momento, se quedó ahí, conmocionada y aturdida. Entonces apoyó la cabeza en su pecho y él la abrazó con más alegría y desesperación de la que debería haber mostrado.

—Mandy —murmuró Kimberly, echándose a llorar.

28

Parque Nacional Shenandoah, Virginia
23:51
Temperatura: 32 grados

Llegaron los expertos y se hicieron cargo de la escena. Llevaban consigo linternas, además de focos alimentados por generadores. Los voluntarios, armados con palos, hicieron de manipuladores de serpientes de emergencia, mientras otros hombres, provistos de recias botas y gruesos pantalones, vadeaban entre el montón de rocas para recoger el cadáver y depositarlo en una camilla.

Kathy Levine permaneció junto a Mac mientras este informaba de su hallazgo a las autoridades pertinentes. Al ser un parque nacional, Shenandoah era jurisdicción del FBI, de modo que Watson seguiría teniendo su caso y Mac y Kimberly quedarían relegados una vez más al papel de intrusos.

A Kimberly no le importaba. Estaba sentada a solas en la acera, delante del albergue Big Meadows, observando los vehículos de emergencias que se amontonaban en el aparcamiento: ambulancias y equipos médicos que no tenían a nadie a quien salvar, un destacamento de bomberos que no tenía fuegos que extinguir y la furgoneta del forense, el único profesional que podría ejercer su profesión esta noche.

Hacía calor. La humedad se deslizaba por su rostro como si fueran lágrimas..., o quizá todavía estaba llorando. Le resultaba difícil saberlo. Por primera vez en su vida se sentía completamente vacía. Era como si todo aquello que había sido en alguna ocasión hubiera desaparecido, como si se hubiera vaciado por un desagüe. Sin huesos, su cuerpo no tendría peso. Sin piel, dejaría de tener forma. El viento llegaría y se la llevaría volando como si fuera un montón de ceniza… y quizá sería mejor así.

Nuevos coches llegaban y se marchaban. Los extenuados voluntarios accedían al interior de la improvisada cantina, donde engullían cubos de agua helada y hundían los dientes en jugosos gajos de naranja mientras los equipos médicos curaban sus pequeños cortes y torceduras. En su mayoría, se limitaban a desplomarse sobre las sillas plegables metálicas que se diseminaban por la sala, sintiéndose físicamente extenuados y emocionalmente vacíos tras una búsqueda que había culminado con una amarga decepción.

Mañana, todo esto habría terminado. Los voluntarios de búsqueda y rescate regresarían a su vida cotidiana, a sus rituales mundanos y a sus preocupaciones rutinarias. Regresarían junto a sus familias, sus grupos excursionistas o sus departamentos de bomberos.

¿Y Kimberly qué haría? ¿Regresaría a la Academia para disparar a las dianas y fingir que eso la hacía más dura? ¿Para practicar nuevos simulacros en el Callejón Hogan, donde tendría que esquivar balas de pintura y rivalizar en valor con actores sobrepagados? Podía someterse a la última ronda de exámenes, graduarse para convertirse en una agente del FBI y pasar el resto de su vida fingiendo que su carrera le hacía sentirse realizada. ¿Por qué no? A su padre le había funcionado.

Deseaba apoyar la cabeza en la dura acera que bordeaba el aparcamiento. Deseba fundirse con el cemento hasta que el mundo dejara de existir. Deseaba regresar a una época en la que no supiera tantas cosas sobre las muertes violentas o qué podían hacerle a un cuerpo humano docenas de serpientes de cascabel.

Antes le había dicho la verdad a Mac. Estaba cansada. Habían sido seis años de extenuantes noches sin dormir. Deseaba cerrar los ojos y no volver a abrirlos nunca más. Deseaba desaparecer.

Unos pasos se acercaban. Una sombra cayó entre ella y los faros de la ambulancia. Alzó la mirada y vio a su padre, cruzando el aparcamiento con uno de sus impecables trajes de sastre. Su delgado semblante estaba serio; sus ojos oscuros eran inescrutables. Avanzaba hacia ella con firmeza, como un hombre duro y peligroso que venía a hacerse cargo de los suyos.

A Kimberly ya no le quedaban fuerzas para resistirse.

—Estoy bien… —empezó.

—Cállate —replicó Quincy, con voz tosca. Entonces, le pasó un brazo por la espalda para ayudarla a levantarse de la acera y, para sorpresa de ambos, la abrazó con fuerza—. Dios mío, estaba tan preocupado por ti —susurró, apretando la mejilla contra su cabello—. Cuando recibí la llamada de Mac… Kimberly, me estás matando.

Y para sorpresa de ambos, ella se echó a llorar una vez más.

—No lo conseguimos. Estaba segura de que esta vez lo conseguiría, pero fuimos demasiado lentos y ella ya estaba muerta. Oh, Dios, papá. ¿Cómo es posible que siempre llegue demasiado tarde?

—Shhh...

Kimberly echó la cabeza hacia atrás hasta que pudo ver su anguloso rostro. Durante gran parte de su infancia, su padre había sido una figura distante y fría. Ella le respetaba, le admiraba y se esforzaba continuamente para que se sintiera orgulloso de ella. Sin embargo, él seguía siendo inaccesible, una persona demasiado importante que solía abandonar su hogar a todo correr para ayudar a otras familias y pocas veces estaba cerca de la suya. De repente, sintió la necesidad de que su padre lo entendiera.

—Si tan solo hubiera sido capaz de avanzar más deprisa... No tengo experiencia en las montañas. ¿Cómo puedo haberme criado tan cerca de aquí y no saber nada sobre la naturaleza? No hacía más que tropezar y caer, papá, y me metí entre las ortigas... Por el amor de Dios, ¿por qué no fui capaz de avanzar más deprisa?

—Lo sé, cariño. Lo sé.

—Mac tenía razón. Deseaba salvar a Mandy y a mamá, pero como no pude ayudarlas, pensaba que salvar a esa muchacha serviría. Pero ellas siguen estando muertas y, ahora, esa chica también ha muerto. ¿De qué sirve todo esto?

—Kimberly, lo que les ocurrió a tu madre y a Mandy no fue culpa tuya...

Se apartó de él y empezó a gritar. Sus palabras resonaban por todo el aparcamiento, pero ella no parecía darse cuenta.

—¡Deja de decir eso! ¡Siempre dices lo mismo! ¡Por supuesto que fue culpa mía! ¡Fui yo quien confió en él! ¡Fui yo quien le habló de nuestra familia! ¡Sin mí, nunca habría sabido dónde encontrarlas! ¡Sin mí, nunca las habría matado! ¡Deja de mentirme, papá! ¡Lo que les ocurrió a mamá y a Mandy fue culpa mía! ¡Simplemente dejé que te culparas a ti mismo porque sabía que eso te haría sentir mejor!

—¡Ya basta! Solo tenías veinte años. Eras demasiado joven. No puedes culparte de lo ocurrido.

—¿Por qué no? Tú lo haces.

—Entonces, los dos somos idiotas, ¿de acuerdo? Los dos somos idiotas. Lo que les ocurrió a Mandy y a tu madre... yo habría muerto por ellas, Kimberly. Si lo hubiera sabido, si hubiera podido, te juro que habría dado la vida por ellas. —Su respiración era más rápida y jadeante. Kimberly se quedó desconcertada al ver el brillo de las lágrimas en sus ojos.

—Yo también habría dado mi vida por ellas —susurró.

—Hicimos todo lo que pudimos, y lo hicimos lo mejor que pudimos. Pero él era nuestro enemigo, Kimberly. Él les quitó la vida. Y Dios intentó ayudarnos, pero el enemigo era demasiado astuto.

—Quiero que regresen.

—Lo sé.

—Las echo de menos continuamente. Incluso a Mandy.

—Lo sé.

—Papá, no sé por qué sigo viva…

—Porque Dios se apiadó de mí, Kimberly. Porque sin ti, creo que me habría vuelto loco.

Volvió a abrazarla con fuerza. Ella lloró desconsolada, apoyada en su pecho, y pudo sentir que su padre también lloraba, pues las lágrimas caían sobre su cabello. Su estoico padre, que ni siquiera lloraba en los entierros.

—Deseaba tanto salvarla—susurró Kimberly.

—Lo sé. No es malo preocuparse por los demás. Algún día, ese será tu punto fuerte.

—Pero duele. Y ahora ya no podemos hacer nada. El juego ha terminado y ha ganado la persona equivocada… Me siento incapaz de regresar a casa a esperar que comience el siguiente partido. Estamos hablando de vidas y de muertes. Deberíamos tomárnoslo más en serio.

—No ha terminado, Kimberly.

—Por supuesto que sí. No conseguimos encontrar a la segunda chica. Ahora, lo único que podemos hacer es esperar.

—No. Esta vez no. —Su padre respiró hondo y se separó lentamente de ella. Entonces la miró en la oscura y sofocante oscuridad, con el semblante más triste que Kimberly había visto en su vida—. Kimberly —le dijo, con voz calmada—. Lo siento mucho, cariño, pero esta vez no había solo dos chicas. Esta vez, el asesino se llevó a cuatro.

Cuando logró llegar a la escena del crimen, Rainie resoplaba con fuerza. Las lámparas iluminaban el camino, haciendo que fuera sencillo avanzar, pero la pendiente era demasiado pronunciada. Y aunque era más de medianoche y la luna brillaba en el cielo, parecía que nadie se había molestado en comentárselo al calor. Tenía la camiseta y los pantalones cortos empapados; había echado a perder el tercer conjunto del día.

Odiaba este tiempo. Odiaba este lugar. Deseaba regresar a casa, pero no al piso que compartía con Quincy en un elevado edificio de Manhattan, sino a Bakersville, Oregón, donde los abetos alcanzaban alturas asombrosas y la fresca brisa del océano agitaba el agua. Donde las personas se conocían por su nombre y, aunque resultaba difícil escapar del pasado, te proporcionaba un ancla para el presente. Bakersville, su pueblo, su comunidad, el lugar donde se sentía como en casa…

El ataque de nostalgia la golpeó con fuerza, como había hecho con tanta frecuencia durante los últimos meses. El dolor del pasado le llenaba de una inquietud tan grande que cada vez le resultaba más difícil ocultarlo. Sabía que Quincy se había dado cuenta, pues en ocasiones veía que la miraba con una pregunta en los ojos. Deseaba poder darle una respuesta, ¿pero cómo iba a hacerlo cuando ni siquiera ella misma sabía lo que le pasaba?

En ocasiones ansiaba cosas que no sabía nombrar. Y en ocasiones, cuando pensaba en lo mucho que amaba a Quincy, todo esto le hacía aún más daño.

Encontró a Mac reunido con tres personas alrededor del cadáver. La primera parecía el médico forense, la segunda tenía pinta de ayudante y la tercera era una mujer pelirroja con el cabello corto y el rostro salpicado de pecas. Tenía la constitución de un petardo, con las piernas musculosas y la espalda amplia de una excursionista versada. No pertenecía al departamento forense. Probablemente, era quien dirigía las operaciones de búsqueda y rescate.

Treinta segundos después, Mac efectuó las presentaciones pertinentes y Rainie se sintió complacida al descubrir que no se había equivocado. El forense resultó ser Howard Weiss, su ayudante era Dan Lansing y la pelirroja era Kathy Levine, la mujer que había organizado la búsqueda.

Levine todavía tenía asuntos que tratar con los forenses, de modo que los tres se retiraron, dejando a Mac y Rainie solos junto al cadáver.

—¿Dónde está Quincy? —preguntó Mac.

—Me dijo que necesitaba mantener una conversación paternal con Kimberly. Al ver su cara preferí no entrometerme.

—¿Discuten mucho?

—Solo porque se parecen demasiado. —Se encogió de hombros—. Algún día se darán cuenta.

—¿Qué me dice sobre Kaplan y Watson? ¿Van a unirse al grupo o no les han permitido abandonar la base?

—Todavía no lo sé. Watson trabaja a jornada completa en la Academia, de modo que, aunque el FBI por fin se haya decidido a formar un equipo para investigar este caso, es posible que prefiera no involucrarle personalmente. Kaplan es el investigador jefe del homicidio de Quantico, de modo que tiene tiempo de sobra para ocuparse del caso, pero carece de jurisdicción. Sin embargo, como es un hombre de recursos, supongo que en una hora o dos se pondrá en marcha y aparecerá rodeado de agentes del NCIS. ¿No cree que somos las personas más afortunadas del planeta? —Deslizó la mirada hacia la bolsa de plástico negro, cuyo contenido estaba bien iluminado por uno de los focos alimentados por un generador—. ¡Joder!

—Recibió dos docenas de mordeduras —dijo Mac—. Como mínimo. La pobre debió de dirigirse directamente hacia el nido y no tuvo ninguna oportunidad.

—¿Y su bolso? ¿Y la garrafa de agua?

—Todavía no han aparecido, pero tampoco sabemos en qué lugar fue abandonada. A la luz del día podremos encontrar su rastro y seguirlo. Probablemente encontraremos sus cosas durante el camino.

—Parece extraño que se deshiciera del agua.

Mac se encogió de hombros.

—Con este calor, un galón apenas es suficiente para cuatro horas. Ella llevaba aquí al menos veinticuatro, así que…

—Así que, aunque este tipo juegue bien, es un verdadero cabrón. —Rainie se enderezó—. Bueno, ¿quiere que le cuente primero la buena noticia o la mala?

Mac guardó silencio unos instantes. Rainie advirtió que su mandíbula era ahora más huesuda y que habían aparecido nuevas arrugas en su frente. Era obvio que se había esforzado al máximo. Sin embargo, ni siquiera parpadeaba.

—Si de verdad da igual, creo que prefiero empezar por la buena.

—Puede que sepamos su nombre. —Rainie sacó la libreta de espiral del bolsillo trasero de su pantalón y empezó a pasar las páginas. Entonces, observó una vez más el cadáver—. Morena, veinte años de edad, ojos marrones, con una marca de nacimiento en la parte superior del pecho izquierdo…— se inclinó, guardando silencio, y miró de reojo a Mac. El agente ya había apartado la mirada, gesto que Rainie agradeció. Era incapaz de comprender que algunas personas manipularan los cadáveres como si fueran simples muñecas. Aunque estuviera muerta, aquella muchacha tenía una familia, una vida y personas que la amaban profundamente. No había ninguna necesidad de faltarle al respecto de un modo innecesario.

Con suma cautela, desabotonó la parte superior de la blusa de la joven y tuvo que moverle la cabeza para que la luz del foco pudiera iluminar el punto que buscaba. Entonces pudo ver, asomando por el borde de su sujetador negro de satén, una marca de nacimiento de color marrón oscuro en forma de trébol.

—Sí —dijo Rainie en voz baja—. Es Vivienne Benson. Estudiaba en la Universidad Mary Washington de Fredericksburg y durante el verano trabajaba para su tío. Cuando ayer no se presentó al trabajo, el hombre llamó a su casera, que fue a su apartamento y lo encontró vacío… Bueno, solo estaba el perro, aullando desesperado por salir. La mujer se apiadó del pobre animal y después llamó a la policía. Según ella, ni Vivienne ni su compañera de piso, Karen Clarence, serían capaces de salir la noche entera. Sobre todo por el perro, al que querían con locura.

—¿Karen es rubia?

—No, morena.

Mac frunció el ceño.

—El cadáver que encontramos en Quantico tenía el cabello rubio.

—Lo sé.

—¿No era Karen Clarence?

—No. Era Betsy Radison. Su hermano la identificó hace unas horas.

—Rainie, en estos momentos estoy un poco cansado. ¿Podría apiadarse de un extenuado agente del servicio de investigación de Georgia y empezar a contarme la historia desde el principio?

—Me encantaría. Resulta que la casera ha sido una verdadera fuente de información. Hace un par de noches, estaba sentada a la fresca cuando Vivienne y Karen bajaron las escaleras a esperar a que las pasaran a recoger. Según dice, Viv y Karen se montaron en un coche con otras dos compañeras de universidad y las cuatro se dirigieron a un bar de Stafford.

—¿Las cuatro?

—Con Betsy Radison y Tina Krahn, que también viven en Fredericksburg y asisten a los cursos de verano. Las cuatro muchachas salieron el martes por la noche en el Saab descapotable de Betsy. Desde entonces, nadie las ha vuelto a ver. Esta misma noche, la policía de Fredericksburg ha entrado en el apartamento de Betsy y Tina, pero lo único que han encontrado ha sido una docena de mensajes de la madre de Tina Krahn en el contestador. Al parecer, no le gustó la última conversación que mantuvo con su hija y, desde entonces, la ha llamado un montón de veces para hablar con ella.

—Tengo que sentarme —dijo Mac. Se separó del cadáver de Vivienne Benson, encontró un tronco cortado y se dejó caer sobre su tosca forma como si de repente sus piernas ya no pudieran sostenerle. Entonces deslizó una mano por su empapado cabello repetidas veces—. Tendió una emboscada a cuatro jóvenes al mismo tiempo —dijo por fin, intentando asimilar aquella espantosa idea—. Se deshizo de Betsy Radison en Quantico y abandonó aquí a Vivienne Benson. Eso significa que todavía tenemos que buscar a Karen Clarence y Tina Krahn, a quienes podría haber llevado… ¡Maldita sea! ¡La hoja de abedul gris! Me pareció que era una pista demasiado fácil viniendo de él, pero por supuesto… No era ningún final, sino un extraño principio.

—Como dijo Quincy, los asesinos en serie tienden a incrementar el grado de violencia de sus crímenes.

—¿Ha publicado alguna carta al director? —preguntó.

—Bueno, más que una carta, un anuncio en el *Quantico Sentry*.

—¿El periódico de los marines? —Mac frunció el ceño—. ¿El que se distribuye por toda la base?

—Sí. Tenemos el original que envió, pero no revela demasiado en lo que respecta a pruebas forenses. Quincy se lo ha enviado al doctor Ennunzio para que analice el texto.

—¿Se han reunido con el lingüista forense? Diablos, han estado muy ocupados.

—Lo intentamos —replicó Rainie, con modestia—. Usted no tardará demasiado en verle, pues Quincy ha solicitado que Ennunzio se una al equipo de investigación. Ambos sostienen la teoría de que la persona que le llamaba no era un informante anónimo, sino el propio asesino. Sin embargo, todavía no han conseguido averiguar por qué lo hace.

—La persona que me llama no lo hace para regodearse. Si realmente me estuviera llamando el Ecoasesino, ¿no cree que habría intentado acreditarse la autoría de esas muertes?

—Bueno, puede que sí y puede que no. Existen diversas teorías. La primera es que se siente culpable por lo que hace y solo intenta conseguir que usted le detenga. La segunda es que está mentalmente incapacitado y por eso repite su mensaje una y otra vez. La tercera es que usted también forma parte de este juego e intenta atraerle hacia el bosque, como hace con sus víctimas. Observe el cadáver, Mac. ¿Está completamente seguro de que usted no podría haber acabado así?

—Kimberly ha estado a punto de conocer el mismo destino —replicó él, en voz baja.

La expresión de Rainie se volvió muy gentil.

—Lo sé... Y entonces él también habría ganado, ¿verdad? Pase lo que pase, él ganará.

—Hijo de puta.

—Sí.

—Creo que ya soy demasiado viejo para esta mierda, Rainie —dijo. Y en el mismo instante en que finalizó la frase, su teléfono empezó a sonar.

29

Parque Nacional Shenandoah, Virginia
01:22
Temperatura: 31 grados

—Agente especial McCormack.

—El calor mata.

—Cierre el pico. ¿De verdad cree que esto es un juego? Hemos encontrado el cadáver de su última víctima con dos docenas de mordeduras de serpiente de cascabel. ¿Eso le hace sentir bien? ¿Se siente mejor al saber que ha convertido a una muchacha en alimento para víboras? No es más que un hijo de puta enfermo y no pienso volver a hablar con usted.

Mac cerró de golpe el teléfono móvil. Estaba furioso. Más furioso que nunca. Su corazón palpitaba con fuerza en su pecho y podía oír el rugido de su sangre en los oídos. Deseaba hacer algo más que gritar a un diminuto teléfono. Deseaba encontrar a aquel tipo y molerlo a palos.

Rainie le miraba sorprendida.

—Debo decirle que estoy impresionada, ¿pero de verdad cree que ha sido buena idea?

—Solo hay que esperar. —Instantes después, el teléfono volvió a sonar—. Se pone en contacto con las autoridades para ejercer el control, ¿no? No está dispuesto a permitir que sea yo quien asuma el mando de la situación, pero eso no significa que no pueda hacerle sudar—. Abrió el teléfono—. ¿Y ahora qué quiere? —Era evidente que, aquella noche, el buen policía había dejado de existir.

—Solo intento ayudar —replicó una voz malhumorada y distorsionada.

—Es usted un mentiroso y un asesino. ¿Y sabe qué? Sabemos con certeza que eso le convierte también en una persona que se hace pis en la cama. Deje de hacerme perder el tiempo, gilipollas.

—¡No soy ningún asesino!

—Los dos cadáveres que he visto sugieren lo contrario.

—¿Ha vuelto a hacerlo? Pensaba… Pensaba que ustedes tendrían más tiempo.

—Basta de mentiras. Sé que es usted el asesino. ¿Le apetece regodearse? ¿De eso se trata? Ha drogado a dos jóvenes y después las ha matado. Sí, es usted el tipo más miserable de la ciudad.

Rainie abrió los ojos de par en par y movió la cabeza hacia los lados, furiosa. Tenía razón, por supuesto. Si aquel tipo deseaba estimular su ego, no era buena idea animarle.

—¡No soy el asesino! —protestó la voz, adoptando un tono agudo. Al instante, recuperó en parte el control—. Solo intento ayudar. Tiene dos opciones: o me escucha y aprende, o continúa con este juego usted solito.

—¿Quién es usted?

—Él se está enfadando.

—Basta de tonterías. ¿Desde dónde me llama?

—Va a atacar de nuevo. Pronto. Puede que ya lo haya hecho.

Mac decidió arriesgarse.

—Ya ha atacado de nuevo. Esta vez no se llevó a dos jóvenes, sino a cuatro. ¿Qué me dice de eso?

Una pausa. Era evidente que su interlocutor estaba sorprendido.

—Yo no sabía…, no pensaba…

—¿Por qué está ahora en Virginia?

—Porque creció aquí.

—¿Es de Virginia? —Mac alzó la voz mientras intercambiaba miradas de preocupación con Rainie.

—Sus primeros dieciséis años —replicó el hombre.

—¿Cuándo se trasladó a Georgia?

—No lo sé. Han pasado… años. Tiene que entenderlo. No creo que quiera hacer ningún daño a esas muchachas. Solo pretende ponerlas a prueba. Si permanecieran tranquilas, si fueran astutas y si mostraran un poco de fuerza…

—Por el amor de Dios, son solo niñas.

—También lo fue él.

Mac movió la cabeza hacia los lados. ¡Estaba tachando al asesino de víctima! No estaba dispuesto a escuchar esa mierda.

—Escuche, tengo dos muchachas muertas y otras dos en peligro. Dígame su nombre y acabe con todo esto. Usted tiene la capacidad de hacerlo. Podría convertirse en el héroe. Simplemente dígame su maldito nombre.

—No puedo.

—Entonces, envíemelo por correo.

—¿El primer cuerpo le condujo al segundo?

—Dígame su jodido nombre.

—Entonces, el segundo le conducirá al tercero. Muévase deprisa. No sé... no estoy seguro de qué hará a continuación.

La comunicación se cortó. Mac blasfemó y arrojó el teléfono a los arbustos, asustando a un mapache que rebuscaba en la basura. Sin embargo, con este gesto no consiguió calmar su malhumor.

Deseaba echar a correr montaña arriba. Deseaba zambullirse en una gélida corriente. Deseaba echar hacia atrás la cabeza y aullar a la luna. Deseaba soltar todas las obscenidades que había aprendido en la niñez y, entonces, hacerse un ovillo y echarse a llorar.

Llevaba demasiado tiempo trabajando en este caso para seguir viendo tantas muertes.

—Mierda —dijo por fin—. Mierda, mierda, mierda.

—No le ha dado ningún nombre.

—Me ha jurado que no es el asesino. Me ha jurado que solo intenta ayudar.

Rainie observó el cadáver.

—Podría estar equivocada.

—Seamos serios. —Mac suspiró, enderezó los hombros y avanzó con decisión hacia el cadáver—. Las cuatro jóvenes desaparecieron a la vez... ¿Sabe si viajaban en el mismo vehículo?

—Eso creemos.

—En ese caso no disponemos de demasiado tiempo—. Se agachó y retiró la bolsa de plástico del cadáver de la joven.

—¿Qué está haciendo?

—Buscar pistas, porque si la primera víctima nos condujo a la segunda, la segunda nos conducirá a la tercera

—Oh, mierda —replicó Rainie.

—Sí. ¿Sabe qué? Vaya en busca de Kathy Levine y dígale que vamos a necesitar ayuda. Y cantidades ingentes de café.

—¿Los exhaustos voluntarios no podrán descansar?

—Esta noche no.

Nora Ray volvía a soñar. Se encontraba en un lugar alegre, en la tierra de la fantasía, donde sus padres sonreían y su difunto perro bailaba, mientras ella flotaba en un estanque de agua fresca y sedosa que acariciaba dulcemente su piel. Amaba este lugar, ansiaba venir aquí.

Podía oír reír a sus padres, contemplar un cielo azul en el que nunca ardía un sol abrasador y sentir la pureza cristalina del agua en sus extremidades.

Volvió la cabeza al ver que la puerta se abría. Y sin vacilar, dejo atrás el estanque.

Mary Lynn recorría a caballo kilómetros de pastos verdes. Copo de Nieve galopaba por los campos de margaritas salvajes y saltaba sobre los troncos caídos. La joven tenía la postura tensa y compacta de un jinete y sostenía las riendas con manos ligeras y firmes. El caballo surcaba los cielos y Mary Lynn le acompañaba. Era como si ambos fueran solo uno.

Nora Ray cruzó la verja. Había dos chicas sentadas en la baranda superior. Una era rubia y la otra, morena.

—¿Sabes dónde estamos? —le preguntó la rubia a Nora Ray.

—Estáis en mi sueño.

—¿Te conocemos? —preguntó la morena.

—Creo que conocimos al mismo hombre.

—¿Podremos montar a caballo? —preguntó la morena.

—No lo sé.

—Ella es muy buena —dijo la rubia.

—A mi hermana nunca se le ha resistido ningún caballo —anunció con orgullo Nora Ray.

—Yo también tengo una hermana —dijo la morena—. ¿Soñará conmigo?

—Cada noche.

—Eso es muy triste.

—Lo sé.

—Ojalá pudiera hacer algo.

—Estás muerta —replicó Nora Ray—. No puedes hacer nada. Ahora, creo que todo depende de mí.

Entonces su hermana desapareció, el campo se desvaneció y, antes de que estuviera preparada, ella empezó a alejarse del estanque. Despertó en su cama, con los ojos abiertos de par en par, el corazón latiendo a mil por hora y sujetándose con fuerza a la colcha.

Nora Ray se incorporó muy despacio. Se sirvió un vaso de agua de la jarra que descansaba en su mesita de noche y bebió un largo trago, sintiendo cómo el frío líquido se deslizaba por su garganta. En ocasiones sentía la sal endureciéndose como escarcha alrededor de su boca, cubriendo su barbilla y envolviendo sus labios. En ocasiones, recordaba la intensa e inextinguible sed que sentía en todos los poros de su piel, mientras el sol brillaba con todas sus fuerzas, la sal se endurecía y ella enloquecía por beber. Agua, había agua por todas partes, pero no tenía ni una gota que beber.

Terminó el vaso de agua y dejó que la humedad se demorara en sus labios, como el rocío sobre los pétalos de una rosa. Entonces abandonó la habitación.

Su madre dormía en el sofá, con la cabeza encorvada con torpeza hacia un lado. En la tele, Lucille Ball se metía en un tonel de uvas y empezaba a pisotearlas. Su padre estaba en la habitación contigua, durmiendo solo en la cama de matrimonio.

El silencio que reinaba en la casa hizo que Nora Ray sintiera una soledad que amenazó con partir en dos su corazón. Habían pasado ya tres años, pero nadie se había curado. Nada iba mejor. Todavía podía recordar el áspero tacto de la sal blanqueando la última gota de humedad que quedaba en su cuerpo. Todavía podía recordar la rabia y la confusión que había sentido mientras los cangrejos le mordisqueaban los dedos de los pies. Todavía podía recordar su deseo de sobrevivir a aquel infierno y regresar junto a su familia. Si tan solo pudiera volver a ver a sus padres y fundirse en sus amorosos brazos…

Pero su familia nunca había regresado junto a ella. Nora Ray había sobrevivido, pero ellos no.

Y ahora, habían aparecido otras dos chicas en los campos de sus sueños. Sabía qué significaba eso. La ola de calor había comenzado el domingo y el hombre que invadía sus pesadillas había recuperado su juego letal.

El reloj marcaba las dos de la madrugada, pero decidió que no importaba. Cogió el teléfono y marcó el número que se sabía de memoria. Momentos después dijo:

—Necesito contactar con el agente especial McCormack. No, no quiero dejar ningún mensaje. Necesito verle. Lo antes posible.

Tina no soñó. Su cuerpo exhausto se había rendido y ahora estaba tumbada en el barro en un sueño que bordeaba la inconsciencia. Uno de sus brazos todavía tocaba el peñasco, permitiéndole conservar un vínculo con la relativa seguridad. El resto de su cuerpo pertenecía al cieno, que se deslizaba entre sus dedos, cubría su cabello y reptaba por su garganta.

En el espeso barro había cosas que se movían. Algunas no sentían ningún interés por una presa de semejante tamaño y otras no sentían ningún interés por una comida que todavía no estaba muerta. Arriba, una oscura sombra avanzó con pesadez por el sendero y se detuvo al borde del pozo. Una cabeza gigantesca miró hacia abajo y sus oscuros ojos brillaron en la noche. Olía a carne cálida y sangrienta, una comida buena y deliciosa que era justo de su tamaño.

Nuevos olfateos. Dos zarpas gigantescas rastrillaron un lado del agujero. La presa se encontraba a demasiada profundidad y el terreno no era manejable. El oso retrocedió, dejando escapar un gruñido. Si la criatura subía, lo intentaría de nuevo, pero mientras tanto había otras cosas buenas que comer en la oscuridad.

El hombre no dormía. A las dos de la madrugada empezó a empaquetar sus cosas. Ahora tenía que moverse deprisa. Podía sentir la oscuridad que se congregaba en los bordes de su mente. El tiempo se volvía más fluido, los momentos se deslizaban entre sus dedos y desaparecían en el abismo.

La presión aumentaba en la base de su cráneo. Podía sentirlo, una verdadera presencia física en lo alto de su columna, un nuevo zarcillo que empezaba a presionar el canal interno de su oído izquierdo. Estaba bastante seguro de que se trataba de un tumor. Ya había tenido uno, hacía años, cuando el tiempo había empezado a desvanecerse por primera vez. ¿Lo que había perdido al principio habían sido solo minutos? Ya ni siquiera podía recordarlo.

El tiempo se volvía más fluido y los agujeros negros invadían su vida. Le habían extirpado un tumor, pero había aparecido otro nuevo para devorar su cerebro. Probablemente, en estos momentos era del tamaño de una uva. O puede que incluso de una sandía. De hecho, era posible que su cerebro ya ni siquiera fuera un cerebro, sino una gigantesca masa maligna de células que se dividían de forma constante. No le cabía ninguna duda. Eso explicaría los malos sueños y las noches sin dormir. También revelaría la razón por la que el fuego le llegaba ahora con tanta frecuencia, obligándole a hacer cosas que sabía que no debía hacer.

Advirtió que volvía a pensar en su madre. Su rostro pálido, sus hombros delgados y encorvados. También pensaba en su padre, en su forma de moverse por la pequeña cabaña del bosque.

«Un hombre tiene que ser duro, muchachos, un hombre tiene que ser fuerte. No escuchéis nunca a nadie que trabaje para el gobierno, pues ellos solo desean convertirnos en personas dependientes e incapaces de opinar, que no saben vivir sin ayudas federales. Nosotros no somos así, muchachos. Nosotros tenemos tierras. Y mientras conservemos nuestras tierras, siempre seremos fuertes».

Y él era lo bastante fuerte para golpear a su esposa, maltratar a sus hijos y retorcerle el pescuezo al gato. Era lo bastante fuerte y vivía en un lugar lo bastante aislado para hacer lo que le diera la gana sin que ningún vecino oyera los gritos.

Las oscuras nubes de tormenta se estaban congregando, rugían. Ahora estaba sentado, atado a la silla, mientras su padre ataba a su hermano, su madre lavaba los platos y su padre les decía que enseguida les tocaría a ellos. Ahora, su hermano y él estaban escondidos debajo del porche delantero, planeando su gran huida; sobre sus cabezas, su madre lloraba y su padre le decía que entrara a limpiarse la maldita sangre que ensuciaba su rostro. Y ahora era medianoche y su hermano y él se estaban escabullendo por la puerta principal; en el último momento se habían girado y habían visto a su madre, pálida y silenciosa a la luz de la luna. *Marchaos,* decían sus ojos. *Escapad mientras podáis.* Lágrimas silenciosas surcaban sus magulladas mejillas. Ellos habían regresado al interior y ella los había abrazado con fuerza, como si fueran la única esperanza que le quedaba.

Y en aquel momento había sabido que odiaba a su madre tanto como la amaba. Y había sabido que ella compartía ese mismo sentimiento con su hermano y con él. Eran cangrejos apiñados en el fondo de un cubo, subiéndose los unos sobre los otros de forma que, nunca, ninguno de ellos lograra quedar en libertad.

El hombre osciló sobre sus piernas. Sentía que la oscuridad se aproximaba y que su cuerpo se tambaleaba al borde del abismo... El tiempo se deslizaba entre sus dedos.

El hombre se giró, golpeó la pared con el puño y dejó que el dolor le obligara a regresar a la realidad. La sala volvió a enfocarse. Los oscuros puntos abandonaron sus ojos. Bien.

El hombre se dirigió a su vestidor y cogió la pistola.

Y se preparó para lo que ocurriría a continuación.

30

Parque Nacional Shenandoah, Virginia
02:43
Temperatura: 31 grados

Rainie y Mac seguían trabajando en el cuerpo de la víctima cuando Quincy apareció junto a ellos. Los miró unos instantes antes de posar sus ojos en Kathy Levine y, entonces, les dedicó una mirada inquisidora.

—Es de los nuestros —explicó Rainie.

—¿De verdad?

—Bueno, se arriesgó a organizar un equipo de búsqueda basándose simplemente en la corazonada de Mac y, en estos momentos, está recogiendo arroz del bolsillo de un cadáver. Tú dirás.

Quincy arqueó una ceja y miró de nuevo a Levine.

—¿Arroz?

—Blanco y crudo —dijo ella—. De grano largo. Pero yo no soy cocinera, sino botánica, así que es posible que quiera una segunda opinión.

Quincy centró su atención en Mac, que estaba examinando con cautela el pie izquierdo de la joven.

—¿Por qué arroz?

—Ojalá lo supiera.

—¿Algo más?

—Lleva un collar… una especie de frasco con un fluido de color claro. Podría ser una pista. También hemos encontrado nueve fragmentos de hoja diferentes, cuatro o cinco muestras de tierra, media docena de tipos de hierba, algunos pétalos de flores aplastados y montones de sangre. —Mac señaló la pila de recipientes en los que habían guardado las pruebas—. Sírvase usted mismo. Y le deseo buena suerte a la hora de determinar si proceden de la excursión de la muchacha por estos bosques o si fue él quien las dejó. Definitivamente, esta nueva estrategia está cambiando las cosas. ¿Qué ha ocurrido con Kimberly?

—La tienen los federales.

Al oír estas palabras, los tres levantaron la cabeza.

—Creo que ha habido un cambio de planes —explicó Quincy, esbozando una triste sonrisa.

—Quincy —dijo Mac—. Dígame de qué diablos está hablando.

Quincy miró a Rainie.

—Llegó el equipo del FBI, sin Kaplan y sin Watson. De hecho, no reconocí a ninguno de los agentes. Entraron y, al ver a Kimberly, se la llevaron para interrogarla. Me ordenaron que esperara delante del albergue.

—¡Serán gilipollas! —explotó Rainie—. Primero no querían tener nada que ver con todo esto y ahora han montado su propio equipo y nadie más está autorizado a jugar. ¿Qué van a hacer? ¿Empezar desde el principio, a pesar de lo avanzado de la partida?

—Supongo que eso es exactamente lo que pretenden. De todos modos, recuerda que el FBI puede organizar una búsqueda bastante buena. Traerán operadores informáticos, escenógrafos, manipuladores de perros, equipos de búsqueda y rescate, expertos en topografía y pilotos de reconocimiento. En veinticuatro horas habrán instalado un centro de operaciones, los aviones analizarán la zona con fotografías infrarrojas y los voluntarios estarán ahí para ayudar. Tampoco es tan mala idea.

—Las fotografías infrarrojas son una verdadera estupidez en esta época del año —replicó Mac—. Nosotros ya lo intentamos y les aseguro que creíamos que cada maldita roca y cada maldito oso eran nuestro objetivo. De hecho, los ciervos también parecen humanos en esas fotografías. Al final teníamos cientos de objetivos distintos y ni uno solo de ellos era la muchacha desaparecida. Además, buscar en esta zona significa asumir que la siguiente víctima se encuentra en algún lugar de estos bosques, pero sé que no es así. Ese hombre nunca repite un lugar y, además, el objetivo principal de su juego consiste en ir incrementando su dificultad. Esa muchacha se encuentra en algún lugar distante y, lo crean o no, mucho más peligroso.

—A juzgar por lo que he visto de momento, es muy probable que tenga razón. —Quincy dio media vuelta y contempló el oscuro camino—. Supongo que los agentes federales tardarán unos diez minutos en llegar, y esa demora se debe a que Kimberly me ha prometido que no será sincera en sus respuestas. Sé que eso se le da bien. —Hizo una mueca y los miró—. Eso significa que durante los próximos diez minutos seguiré formando parte del caso y tendré cierta autoridad sobre las pruebas. Señora Levine, como botánica, ¿podría decirme si alguna de estas muestras está fuera de lugar?

—El arroz —respondió al instante.

—Me llevaré la mitad.

—Y el frasco con el fluido, quizá. Aunque podría tratarse de un objeto personal.

—¿Tenemos un listado con las prendas que llevaban las jóvenes la última vez que fueron vistas?

—No —respondió Rainie.

—Me llevaré la mitad del fluido —musitó Quincy.

Mac asintió y al instante sacó un frasco de cristal del equipo de procesamiento de pruebas. Quincy advirtió que le temblaban un poco las manos. Quizá se debía a la fatiga o, quizá, a la rabia. Sabía por propia experiencia que no importaba, siempre y cuando siguieras cumpliendo con tu trabajo.

—¿Por qué se lleva solo la mitad de las muestras? —preguntó Levine.

—Porque si me las llevara enteras, los agentes se darían cuenta de que faltaba algo, me harían preguntas y me vería obligado a devolvérselas. En cambio, si es evidente que no falta nada…

—Nadie preguntará nada.

—Y yo nunca les contaré la verdad —replicó Quincy con una sombría sonrisa—. ¿Y ahora qué más?

Levine señaló las diversas bolsas.

—La verdad es que no lo sé. La luz no es demasiado buena y no llevo ninguna lupa encima. Teniendo en cuenta el estado de esas hojas, yo diría que se le quedaron pegadas mientras se abría paso entre la maleza. Sin embargo, si no dispongo de más tiempo para analizar…

—El asesino suele dejar tres o cuatro pistas —dijo Mac.

—De modo que estamos pasando algo por alto.

—O lo está haciendo más difícil —sugirió Rainie.

Mac se encogió de hombros.

—Yo diría que el montón de falsos positivos que tenemos ya complican bastante el juego.

Quincy consultó su reloj.

—Disponen de cinco minutos. Examinen las pruebas y váyanse. Y Rainie, cariño, creo que será mejor que desconectes el teléfono móvil.

Mac terminó de analizar el pie y se acercó a la cabeza de la joven. La echó hacia atrás, le abrió la boca e introdujo un dedo enguantado en la cavidad.

—En dos ocasiones escondió pruebas en la garganta de la víctima —dijo, a modo de explicación. Giró la mano a la izquierda, después a la derecha y, dejando escapar un suspiro, movió la cabeza hacia los lados.

—Creo que tengo algo —anunció entonces Rainie—. ¿Podéis darme más luz? La verdad es que podría tratarse simplemente de caspa.

Quincy acercó la linterna y Rainie examinó el cabello de la joven. Los mechones parecían estar cubiertos por una fina capa de polvo. Mientras Rainie sacudía la cabeza de la víctima, nuevos restos cayeron sobre la bolsa de plástico que había colocado debajo.

Levine se acercó un poco más, cogió un poco de polvo entre sus dedos y lo olisqueó.

—No sé. No es caspa, pues la textura es demasiado arenosa. Casi… no sé.

—Guarden una muestra —ordenó Quincy, dirigiendo una vez más la mirada hacia el camino. Lo oyó de nuevo. Ya no estaban demasiado lejos. Podía oír pasos descendiendo por el sendero.

—Rainie… —murmuró, con voz tensa.

Ella se apresuró a guardar un poco de polvo en un frasco de cristal, lo tapó y lo guardó en el bolsillo trasero de su pantalón. Kathy ya tenía parte del arroz y Mac había escondido la mitad del fluido.

Ya se había puesto en pie cuando Quincy se dirigió a Levine.

—Si le preguntan, empezaron a trabajar en la escena bajo mis órdenes. Esto es lo que han encontrado y lo han catalogado según los procedimientos. Y en cuanto a mí, lo último que saben es que me vieron alejarme de la escena. Confíe en mí; no dirá ninguna mentira.

Los pasos se acercaban. Quincy le tendió la mano a la botánica.

—Gracias —le dijo.

—Buena suerte.

Quincy empezó a descender por la ladera y Rainie y Mac se apresuraron a seguirle. Levine les observó mientras la oscuridad les engullía. Enseguida se quedó completamente a solas.

—Por última vez, ¿cómo supieron que tenían que venir al parque? ¿Qué fue lo que les condujo a usted y al agente especial McCormack a Big Meadows y al cadáver de otra joven?

—Tendrá que preguntar al agente especial McCormack sobre sus razonamientos. A mí, personalmente, me apetecía venir de excursión.

—¿De modo que descubrió el cadáver por arte de magia? ¿Su segundo cadáver en veinticuatro horas?

—Supongo que tengo un don.

—¿Va a pedir otra baja por depresión? ¿Va a necesitar más tiempo para lamentarse, señorita Quincy, mientras encuentra los cadáveres que faltan?

Kimberly apretó los labios. El «agente mezquino» —que se había presentado con su verdadero nombre, aunque hacía rato que había olvidado cuál era— ya llevaba dos horas con esto. Él se había dedicado a atacar y ella a regatear. Ninguno de ellos se lo estaba pasando demasiado bien y, de hecho, teniendo en cuenta lo avanzado de la hora y la falta de sueño, ambos estaban algo más que un poco hartos.

—Quiero agua —dijo Kimberly.

—En un minuto.

—He estado caminando cinco horas a casi cuarenta grados. Déme agua o, cuando sea víctima de la deshidratación, le demandaré, acabaré con su carrera y le impediré conseguir la generosa pensión gubernamental con la que pretende costearse su jubilación. ¿Está claro?

—Su actitud no es demasiado buena para una persona que aspira a convertirse en agente —replicó Mezquino.

—Ya. Tampoco les gustaba demasiado en la Academia. Quiero mi agua.

Mezquino mantuvo el ceño fruncido. Era evidente que intentaba decidir si debía ceder o no, cuando la puerta se abrió y entró en la sala el padre de Kimberly. Resultaba extraño que, por primera vez en años, ella se alegrara realmente de verle, a pesar de que se habían separado hacía tan solo unas horas.

—El equipo médico te atenderá ahora —anunció Quincy.

Kimberly parpadeó varias veces seguidas y entonces lo entendió.

—Oh, gracias a Dios. Me duele… todo.

—Espere un minuto —empezó Mezquino.

—Mi hija ha tenido un día muy duro. No solo ha ofrecido su ayuda para encontrar a una mujer perdida sino que, como podrá ver si le mira los brazos y las piernas, lo ha hecho a expensas de un gran coste personal.

Kimberly sonrió a Mezquino. Era cierto. Tenía un aspecto terrible.

—Me metí de cabeza en una zona de ortigas —explicó alegre—. Y entre hiedra venenosa. Y me estrellé contra una docena de árboles. Por no hablar de lo que les hice a mis tobillos. Oh sí, necesito atención médica.

—Tengo más preguntas —espetó Mezquino, con voz tensa.

—En cuanto haya sido atendida, estoy seguro de que mi hija estará encantada de cooperar.

—¡Ahora no está cooperando!

—Kimberly —dijo su padre, reprendiéndola.

Ella se encogió de hombros.

—Estoy cansada, tengo calor y me duele todo el cuerpo. ¿Cómo se supone que puedo pensar con claridad cuando me han sido negadas el agua y la atención médica adecuada?

—Tienes razón. —Quincy, que ya estaba cruzando la sala, la ayudó a levantarse de su silla metálica plegable—. De verdad, agente, sé que mi hija es una mujer muy fuerte, pero incluso usted debería saber que no se debe interrogar a nadie sin proporcionarle antes el tratamiento adecuado. Me la llevo con los médicos. Después podrá hacerle todas las preguntas que quiera.

—No sé...

Quincy ya había pasado el brazo derecho alrededor de la cintura de Kimberly y su mano izquierda sostenía el brazo que ella le había pasado por los hombros, como si necesitara apoyo con desesperación—. Vaya al puesto médico en media hora. Estoy seguro de que, para entonces, Kimberly estará lista y dispuesta a cooperar.

Quincy y Kimberly abandonaron la sala, él cargando en parte su peso y ella fingiendo una impresionante cojera.

Por si Mezquino les seguía, Quincy la llevó directamente al puesto de primeros auxilios. Mientras estuvo allí, Kimberly bebió agua, comió cuatro gajos de naranja y fue atendida por un médico... durante aproximadamente treinta segundos. Este le dio un bálsamo para las piernas y los brazos y, entonces, Quincy y su hija abandonaron el puesto médico y se internaron en una remota sección del aparcamiento.

Rainie les estaba esperando. Y también Mac. Cada uno en un vehículo.

—Sube al coche —le dijo Quincy—. Hablaremos durante el camino.

31

Parque Nacional Shenandoah, Virginia
03:16
Temperatura: 31 grados

Mac siguió las luces traseras del coche de Quincy, que les alejaron del frenético caos de Big Meadows y les internaron en la oscuridad de una carretera serpenteante iluminada tan solo por la luna y las estrellas.

Kimberly guardó silencio largo rato, al igual que Mac. Volvía a estar cansada, pero ahora de un modo distinto. Era el tipo de fatiga física que sentías tras un día largo y extenuante y pocas horas de sueño. El tipo de cansancio que más le gustaba. Le resultaba familiar. Y casi reconfortante. Siempre había forzado su cuerpo y siempre se había recuperado con rapidez. En cambio, sus destrozadas emociones…

Mac se inclinó y le cogió la mano. Momentos después, ella le estrujó los dedos entre los suyos.

—Me vendría bien un poco de café —dijo él—. Unos cinco litros.

—A mí me vendrían bien unas vacaciones. Unas cinco décadas.

—¿Y qué tal una ducha fría?

—¿Y qué me dices de aire acondicionado?

—Y ropa limpia.

—Y una cama blandita.

—Y una bandeja gigante de galletas de mantequilla mojadas en leche.

—Y una jarra de agua helada con rodajas de limón.

Ella suspiró. Él la imitó.

—No vamos a acostarnos en breve, ¿verdad? —preguntó en voz baja.

—Creo que no.

—¿Qué ha ocurrido?

—No estoy seguro. Apareció tu padre y nos dijo que había llegado el equipo del FBI encargado del caso y que ya no estábamos invitados a la fiesta. Malditos sean los federales.

—¿Han sacado a Rainie y a papá del caso? —preguntó Kimberly, incrédula.

—Todavía no. Probablemente ha ayudado el hecho de que ambos apagaran los teléfonos móviles y efectuaran una rápida retirada. De todos modos, parece que los federales están intentando volver a inventar la rueda y tu padre sabe que no hay tiempo para eso. Hemos estado trabajando con Kathy Levine para identificar qué objetos del cuerpo de la víctima podrían ser pistas y nos hemos llevado la mitad. Creo que esto nos convierte, oficialmente, en desertores. ¿De verdad deseas ser agente del FBI, Kimberly? Porque después de esto…

—Que se joda el FBI. Ahora cuéntame el plan.

—Trabajaremos con Rainie y con tu padre. Intentaremos encontrar a las dos muchachas que quedan, después buscaremos al hijo de puta que hizo todo esto y lo clavaremos a la pared.

—Eso es lo más bonito que he oído en toda la noche.

—Bueno —dijo él, con modestia—. Me esfuerzo.

Poco después, el coche de Quincy se detuvo en uno de los miradores panorámicos y Mac le siguió. Debido a lo avanzado de la hora, no había otros coches en las proximidades y se encontraban lo bastante lejos de Skyline Drive como para ser invisibles desde la carretera. Los cuatro salieron de sus respectivos vehículos y se reunieron alrededor del capó del coche de alquiler de Mac.

La noche seguía siendo caliente y pesada. Los grillos cantaban y las ranas croaban, pero incluso esos sonidos sonaban apagados. Era como si todo permaneciera en silencio, expectante. Debería haber rayos y truenos. Vendría bien una impresionante tormenta de esas que caían durante el mes de julio, que trajera consigo lluvia purificante y temperaturas más frescas. Sin embargo, la ola de calor se cernía sobre ellos, cubriendo el mundo con una pegajosa humedad y silenciando a la mitad de las criaturas de la noche.

Quincy se había quitado la chaqueta, se había aflojado la corbata y se había arremangado.

—De modo que tenemos tres pistas posibles —dijo, intentando comenzar una conversación—. Un frasco de líquido, arroz y el polvo que cubría el pelo de la víctima. ¿Alguna idea?

—¿Arroz? —preguntó Kimberly.

—Sin cocinar, blanco, de grano largo —le informó Mac—. Al menos, eso es lo que dijo Levine.

Kimberly movió la cabeza hacia los lados.

—Eso no tiene sentido.

—Le gusta complicar las cosas cada vez más —replicó Mac—. Bienvenida a las reglas del juego.

—¿A qué distancia cree que se encuentran las otras dos muchachas? —preguntó Rainie—. Si ese tipo secuestró a diversas chicas, es posible que la primera víctima hable por las otras tres. Al fin y al cabo, solo es un hombre y tiene una cantidad de tiempo limitada para hacerlo todo.

Mac se encogió de hombros.

—No estoy seguro de su nueva forma de actuar. Puedo decirle que en Georgia se movía por todas partes. Comenzó en un parque estatal famoso por su garganta de granito, después se desplazó a los campos de algodón, después a la ribera del río Savannah y por último a las marismas saladas de la costa. Cuatro regiones claramente distintas del estado. Aquí, como usted bien dice, existen ciertos asuntos prácticos que le limitan a la hora de deshacerse de los cuerpos, sobre todo si tiene que hacerlo en menos de veinticuatro horas.

—La logística necesaria para transportar diversos cuerpos es complicada —comentó Quincy.

—Es probable que el vehículo elegido sea una furgoneta, pues esta ofrece la posibilidad de esconder a las mujeres secuestradas, inyectarles veneno en las venas y llevarlas al lugar elegido. En este caso habrá necesitado bastante espacio, teniendo en cuenta que se llevó a cuatro mujeres.

—¿Cómo se las habrá apañado para secuestrar a cuatro jóvenes a la vez? —murmuró Kimberly—. Se supone que al menos una de ellas intentaría pelear.

—Dudo que tuvieran ninguna oportunidad. Su método de emboscada preferido consiste en utilizar una pistola de dardos. Se acerca al coche, les dispara ketamina de efecto rápido y ellas se sumergen en la tierra de los sueños antes de poder protestar. Si se acerca otro coche, puede fingir ser el conductor de cuatro jóvenes que han bebido demasiado. Entonces, en cuanto deja de haber moros en la costa, las mete en su furgoneta, les inyecta más ketamina para que sigan estando inconscientes durante el tiempo necesario e inicia la segunda fase de su plan maestro. No es un asesino brillante, pero es evidente que hace bien su trabajo.

Todos asintieron con tristeza. Sí, no cabía duda de que ese hombre hacía bien su trabajo.

—Rainie me ha dicho que ha recibido una nueva llamada —le dijo Quincy a Mac.

—Sí, en la escena. El tipo que llamó me juró que no era el asesino. Se puso furioso cuando le acusé de los crímenes y me dijo que solo intentaba ayudar y que lamentaba que hubieran muerto más chicas. No quiso decirme su nombre ni el del asesino, pero me aseguró que él era un tipo decente.

—Ese hombre miente —dijo Quincy, con voz monótona.

—¿De verdad lo cree?

—Piense en las dos últimas llamadas. La primera la recibió la noche antes de que encontraran a la primera víctima…, por casualidad, más o menos en el mismo momento en que el asesino debía de estar tramando su emboscada o, quizá, cuando ya había secuestrado a las jóvenes. La segunda la ha recibido esta noche, cuando estaba en la escena del crimen de la segunda víctima. Creo que el agente especial Kaplan lo consideraría una sospechosa coincidencia.

—¿Cree que el Ecoasesino está cerca? —preguntó Mac.

—A los asesinos les gusta mirar. ¿Por qué este tipo iba a ser diferente? Además, ha dejado un rastro de migajas para que lo sigamos, así que quizá también le gusta seguir nuestros avances. —Quincy suspiró y se apretó el puente de la nariz—. Antes dijo que el servicio de investigación de Georgia había intentado encontrar al Ecoasesino. Rastrearon las drogas utilizadas, establecieron el perfil estándar de las víctimas e investigaron a veterinarios, excursionistas, campistas, amantes de los pájaros y todo tipo de personas a las que les gusta la vida al aire libre.

—Sí.

—Y crearon un perfil. Según este, el asesino es un varón de raza blanca, con una inteligencia superior a la media y, probablemente, un trabajo mediocre. Viaja con frecuencia, tiene habilidades sociales limitadas y tendencia a estallar en cólera cuando se siente frustrado.

—Eso es lo que nos dijo el experto.

—Hay dos cosas que me sorprenden —continuó Quincy—. La primera es que creo que ese tipo es más listo de lo que ustedes creen, pues, por definición, este juego les obliga a centrar su atención inmediata y sus recursos en encontrar a la segunda víctima y no al asesino.

—Bueno, al principio…

—Un rastro se enfría, Mac. Todos los detectives lo saben. Cuanto más tiempo pasa, más difícil resulta encontrar al sospechoso.

Mac asintió a regañadientes.

—Sí, de acuerdo.

—Y en segundo lugar, ahora sabemos algo muy interesante que ustedes no sabían.

—¿Qué?

—Que ese hombre tiene acceso a la base de los marines de Quantico... y eso estrecha el círculo de sospechosos a un grupo de personas relativamente pequeño del estado de Virginia. Se trata de una pista que no debemos desperdiciar.

—¿Cree que ha hecho esto un marine o un agente del FBI? —preguntó Mac, con el ceño fruncido.

Quincy tenía una mirada distante en los ojos.

—Todavía no lo sé, pero el cadáver que dejó en Quantico y las llamadas telefónicas que le ha hecho... Sé que ahí hay algo importante, pero todavía no sé de qué se trata. ¿Podría transcribir la conversación que ha mantenido con él esta noche? ¿De forma literal, incluyendo todos los comentarios que haya hecho el informante? El doctor Ennunzio querrá leerlo.

—¿Crees que todavía va a ayudarnos? —preguntó Kimberly.

—Estás dando por sentado que sabe que nos han retirado el caso. —Quincy se encogió de hombros—. Es un académico de oficina; los agentes de campo nunca se acuerdan de informar de estas cosas a sus colegas. Ellos viven en su mundo y los de la Unidad de Ciencias de la Conducta viven en el suyo. Además, vamos a necesitar su ayuda. De momento, esas cartas y esas llamadas son la única prueba directa que tenemos del Ecoasesino. Si queremos romper este patrón, debemos identificarle. De lo contrario, no estaremos tratando la enfermedad, sino solo los síntomas.

—Supongo que no va a abandonar a esas dos chicas —dijo Mac, con aspereza.

—Sí que voy a hacerlo —respondió Quincy con voz calmada—. Pero usted no.

—¿Divide y vencerás? —preguntó Rainie.

—Exacto. Mac, usted y Kimberly se centrarán en la búsqueda de esas muchachas. Rainie y yo proseguiremos con la búsqueda del asesino.

—Podría ser peligroso —dijo Mac.

Quincy se limitó a sonreír.

—Por eso me llevo a Rainie conmigo. Pretendo que solo intente acercarse a ella.

—Amén —dijo Rainie.

—Podríamos probar de nuevo con el Instituto de Cartografía —propuso Kimberly—. Podríamos llevarles las pruebas que tenemos. No estoy segura de qué hacer con el arroz, pero seguro que un hidrólogo sabrá decirnos algo sobre el fluido.

Mac asintió.

—Es posible que también sepan algo sobre el arroz. Quizá, es como la conexión Hawai. Para un hombre corriente podría no significar nada, pero en manos del experto apropiado...

—¿Dónde están esas oficinas? —preguntó Quincy.

—En Richmond.

—¿A qué hora abren?

—A las ocho en punto.

Quincy consultó la hora en el reloj.

—Buenas noticias, chicos. Al fin podremos dormir un poco.

Abandonaron el parque nacional, se detuvieron en el motel de uno de los pueblos cercanos y reservaron tres habitaciones. Quincy y Rainie desaparecieron de inmediato en la suya, Mac se dirigió a su cuarto y Kimberly hizo lo propio.

Los muebles eran escasos y deslucidos. La cama estaba cubierta por una descolorida colcha azul y estaba hundida por el centro debido al exceso de huéspedes que habían dormido en ella. El olor era el típico de una habitación de motel: olía a tabaco rancio y a limpiacristales.

Pero tenía una habitación. Y tenía una cama. Podía dormir.

Kimberly conectó el aire acondicionado, se quitó la ropa empapada en sudor y se metió en la ducha. Restregó con la esponja su maltrecho cuerpo y se lavó el cabello una y otra vez, mientras intentaba olvidar las rocas, las serpientes y la tortuosa muerte de la joven. Siguió frotándose sin parar, hasta que se dio cuenta de que nunca sería suficiente.

Volvía a pensar en Mandy. Y en su madre. Y en la muchacha que habían encontrado en Quantico. Y en Vivienne Benson. Pero las víctimas se mezclaban en su mente. En ocasiones, el cadáver de los bosques de Quantico tenía el rostro de Mandy; en ocasiones, la joven de las rocas iba vestida como Kimberly; y en ocasiones, era su madre quien corría entre los árboles, intentado escapar del Ecoasesino, a pesar de que ya había sido asesinada por un demente hacía seis años.

Un investigador tenía que ser objetivo. Un investigador tenía que ser desapasionado.

Kimberly por fin salió de la ducha, se puso una camiseta y usó la descolorida toalla para secar el vapor del espejo. Entonces contempló su reflejo. Su rostro pálido y magullado. Sus mejillas hundidas. Sus labios descarnados. Sus ojos azules demasiado grandes.

Jesús. Parecía demasiado asustada para ser ella.

242

Estuvo a punto de venirse abajo. Sus manos se sujetaron con fuerza al borde del lavamanos, hundió los dientes en el labio inferior y se esforzó con amargura en encontrar una pizca de cordura en su ser.

Durante toda su vida había tenido un objetivo. Disparar armas. Leer libros sobre homicidios. El mundo del crimen le resultaba fascinante, como buena hija de su padre que era. Todos los casos eran enigmas que resolver. Deseaba aquel reto. Deseaba llevar una placa. Salvar al mundo. Ser siempre la que estaba al mando.

Kimberly, una mujer dura y fría, sentía ahora su mortalidad como un profundo agujero en lo más profundo de su estómago. Y sabía que ya no era tan dura.

Tenía veintiséis años y le habían despojado de todas sus defensas. Ahora se había convertido en una joven consternada que era incapaz de comer y de dormir. Y tenía miedo a las serpientes. ¿Salvar al mundo? Si ni siquiera era capaz de salvarse a sí misma.

Debería renunciar, dejar que su padre, Rainie y Mac se ocuparan de todo. Ya había renunciado a la Academia. ¿Acaso importaría que desapareciera ahora? Podía pasar el resto de su vida acurrucada en un armario, con las manos unidas alrededor de las rodillas. ¿Quién la culparía? Había perdido a la mitad de su familia y había estado a punto de ser asesinada en dos ocasiones. Si alguien tenía razones para sufrir una crisis nerviosa, ese alguien era ella.

Pero entonces empezó a pensar de nuevo en las dos jóvenes desaparecidas. Mac ya les había dicho sus nombres: Karen Clarence y Tina Krahn. Dos universitarias a las que les había apetecido salir a tomar algo con sus amigos una abrasadora noche de martes.

Karen Clarence. Tina Krahn. Alguien tenía que encontrarlas. Alguien tenía que hacer algo. Puede que, con todo, fuera la digna hija de su padre, pues no podía limitarse a dar media vuelta. Podía abandonar la Academia, pero no podía dar la espalda a este caso.

Se oyó un golpe en la puerta. Kimberly alzó lentamente la mirada. Sabía quién había al otro lado. Debería ignorarle…, pero ya estaba cruzando la habitación.

En cuanto abrió la puerta supo que Mac había dedicado aquellos treinta minutos a ducharse y afeitarse.

—Hola —dijo él en voz baja, entrando en el dormitorio.

—Mac, estoy demasiado cansada…

—Lo sé. También yo. —La cogió del brazo y la condujo hacia la cama. Ella le siguió a regañadientes. Puede que le gustara el olor de su jabón, pero también deseaba con desesperación estar sola.

—¿Te he comentado que no suelo dormir bien en las habitaciones de los moteles? —preguntó Mac.

—No.

—¿Te he comentado que estás fantástica llevando solo esa camiseta?

—No.

—¿Te he comentado lo guapo que estoy yo cuando no llevo nada encima?

—No.

—Bueno, es una lástima, porque todo eso es cierto. Pero tú estás cansada y yo también, así que esto es todo lo que vamos a hacer esta noche. —Se sentó en la cama e intentó que ella le imitara, pero Kimberly permaneció en pie.

—No puedo hacerlo —susurró.

Él no insistió. En vez de ello, extendió uno de sus largos brazos y le acarició la mejilla. Sus ojos azules ya no sonreían, sino que la observaban con atención, con una expresión sombría. Cuando Mac la miraba de esta forma, Kimberly apenas era capaz de respirar.

—Esta noche me has dado un buen susto —dijo él, en voz baja—. Cuando estabas en aquellas rocas, rodeada por todas aquellas serpientes, tuve mucho miedo.

—Yo también tuve miedo.

—¿Crees que estoy jugando contigo, Kimberly?

—No lo sé.

—¿Te molesta que flirtee o que sonría?

—A veces.

—Kimberly —su pulgar le acarició de nuevo la mejilla—. Te aseguro que eres la mujer más hermosa que he conocido jamás y no sé cómo decirte que sin ti, los pensamientos se convierten en una especie de línea recta.

Ella cerró los ojos.

—No…

—¿Te apetece pegarme? —murmuró él—. ¿Te apetece gritar y chillar al mundo entero, o quizá lanzar el cuchillo? No me gusta verte enfadada, cariño. Daría lo que fuera por no verte triste.

Eso bastó. Kimberly se dejó caer en la cama junto a él, sintiendo que algo grande y frágil cedía en su pecho. ¿Sería eso la debilidad? ¿Estaba sucumbiendo? Ya no lo sabía. Y tampoco le importaba. De pronto deseaba apoyar la cabeza en su amplio pecho y rodearle con los brazos la delgada cintura. Deseaba sentir su calor y que sus brazos la abrazaran con fuerza. Deseaba sentir su cuerpo sobre el suyo, exigiendo y tomando y conquistando. Deseaba algo fiero y rápido. Deseaba no tener que pensar ni sentir. Simplemente ser.

Le culparía de todo por la mañana.

Alzó la cabeza y rozó sus labios con los suyos. Su aliento le hacía cosquillas en la mejilla y sentía el temblor de su cuerpo. Entonces le besó la mandíbula. Era suave. Cuadrada. La siguió hasta llegar al cuello, donde podía ver su palpitante pulso. Mac había apoyado las manos en su cintura y no las movía, pero ahora podía sentir su tensión, su fornido cuerpo inmovilizado por el gran esfuerzo que hacía Mac por controlarlo.

Percibió una vez más la fragancia de su jabón. Después, el olor a menta de su boca. Y los tonos especiados de su loción de afeitado sobre su mejilla recién afeitada. Vaciló de nuevo. Los elementos eran personales, poderosos. Las cosas que él había hecho por ella no tenían nada que ver con el sexo por el sexo.

Iba a llorar de nuevo. Oh, Dios, odiaba sentir aquel nudo en el pecho. No deseaba seguir siendo aquella criatura. Deseaba volver a ser Kimberly, la mujer fría y lógica. Cualquier cosa tenía que ser mejor que pasarse el día llorando. Cualquier cosa tenía que ser mejor que sentir tanto dolor.

Las manos de Mac se habían movido. Se cerraron en su cabello y lo acariciaron con suavidad. Entonces, sus dedos se deslizaron desde sus sienes hasta las tersas líneas de su cuello.

—Shhh —murmuró—. Shhh.

Kimberly no era consciente de haber emitido sonido alguno.

—Ya no sé quién soy.

—Solo necesitas dormir, preciosa. Lo verás todo mejor por la mañana. Todo será mejor por la mañana.

Mac la acostó a su lado. Ella se dejó llevar sin protestar, sintiendo la creciente presión del cuerpo de Mac sobre su cadera. *Ahora hará algo,* pensó. Pero no lo hizo. Simplemente la acurrucó en la curva que formaba su cuerpo. Kimberly sentía el calor de su pecho en la espalda y sus brazos, que parecían bandas de acero, alrededor de la cintura.

—A mí tampoco me gustan los moteles —dijo de pronto, y casi pudo sentir su sonrisa contra su cabello. Al minuto siguiente, supo que se había quedado dormido.

Kimberly cerró los ojos y rodeó con sus dedos los brazos de Mac. Y durmió mejor de lo que lo había hecho en años.

32

Front Royal, Virginia
06:19
Temperatura: 31 grados

Mac fue el primero en despertar, cuando el suave pitido de su teléfono móvil penetró en sus sueños. Durante unos instantes se sintió desorientado e intentó recordar aquella habitación apenas iluminada, con su cama combada y su olor rancio. Entonces vio a Kimberly, acurrucada cómodamente en la suavidad de la curva de su brazo, y el resto de la velada regresó a su memoria.

Se movió deprisa, pues no deseaba despertarla. Deslizó el brazo derecho por debajo de su cabeza y sintió el consiguiente hormigueo ascendiendo desde el codo a medida que los nervios regresaban dolorosamente a la vida. Reprimió una lastimosa maldición. Mientras sacudía la mano se dio cuenta de que no sabía dónde estaba el teléfono. Tenía el vago recuerdo de haberlo arrojado al otro lado de la habitación durante la noche. La verdad era que, teniendo en cuenta cómo lo trataba últimamente, era un milagro que todavía funcionara.

Se arrodilló y avanzó a gatas por el cuarto hasta que lo encontró. Mientras sonaba por cuarta vez, lo abrió y respondió.

—Agente especial McCormack al habla —miró la cama. Kimberly no se había movido.

—Te ha costado responder —dijo una voz varonil, en la distancia.

Se relajó al instante. No era aquella voz distorsionada, sino su jefe, el agente especial al mando Lee Grogen.

—Ha sido una larga noche —explicó Mac.

—¿Ha ido bien?

—No demasiado. —Mac le hizo un resumen de lo acontecido durante las últimas doce horas. Grogen le escuchó sin interrumpirle.

—¿Estás seguro de que se trata de él?

—A mí no me cabe ninguna duda. Por supuesto, si quieres conocer la opinión oficial, tendrás que preguntárselo a los federales. Supongo que creen que se trata de un acto terrorista.

—Pareces resentido, Mac.

—Tres horas de sueño provocan eso en una persona. Lo único que puedo decirte en estos momentos es que tenemos dos muchachas más ahí fuera. Disculpa mi lenguaje, pero que se jodan los federales. Tengo algunas pistas y voy a ir tras ellas.

—Y yo voy a fingir que no he oído eso. De hecho, voy a fingir que estamos hablando sobre pesca. —Grogen suspiró—. Oficialmente hablando, Mac, no puedo ofrecerte nada. Mi jefe podría intentar presionar al suyo para conseguir su cooperación, pero cómo son los federales…

—Tenemos las manos atadas.

—Probablemente. Al menos mencionarán nuestro nombre en la conferencia de prensa: cuando anuncien la gran pieza que han cazado, seremos los palurdos locales que vieron primero al tipo y no fueron capaces de realizar su trabajo. Ya sabes cómo son estas cosas…

—No estoy dispuesto a renunciar —dijo Mac en voz baja.

—Intenta que no tenga que ponerme entre un hombre y su pesca —dijo Grogen.

—Gracias.

—Ha surgido otra complicación.

—Oh, oh. —Mac se pasó la mano por la cara. Volvía a estar cansado, a pesar de que solo llevaba despierto diez minutos—. ¿Qué ocurre?

—Nora Ray Watts.

—¿Eh?

—Me llamó en plena noche. Quiere hablar contigo. Dice que tiene información sobre el caso y que solo te la va a dar a ti, en persona. Mac, esa muchacha sabía que habían muerto dos chicas.

—¿Han publicado algo los periódicos?

—Nada de nada. Ni siquiera yo sabía que habían muerto hasta hace diez minutos, cuando tú me lo contaste. Francamente, estoy un poco asustado.

—Puede que se haya puesto en contacto con ella —murmuró Mac.

—Es posible.

—Es lo único que tiene sentido. Escribir cartas ya no es suficiente y el hecho de llamarme posiblemente le frustra. Al menos, eso espero. Así que ahora ha decidido ponerse en contacto con una antigua víctima... ¡Será cabrón!

—¿Qué quieres hacer?

—No puedo regresar a Atlanta. No hay tiempo.

—Le dije a Nora que estabas fuera de la ciudad.

—¿Y?

—Me dijo que iría adonde estuvieras. Mac, si te soy sincero, creo que quiere ir para allá.

Mac parpadeó, desconcertado. Nora Ray ya había sufrido bastante. No podía arrastrarla de nuevo a esta confusión. Era una civil. Una víctima.

—No —respondió.

Su supervisor guardó silencio.

—De ningún modo —repitió Mac—. Ella no merece esto. Ese tipo ya le desbarató la vida en una ocasión. Es hora de que sea libre, cure sus heridas y esté con su familia. Tiene que olvidar lo ocurrido.

—No creo que eso sea posible.

—Yo no puedo protegerla, Lee. No sé dónde está ese tipo. No sé dónde va a atacar. He estado trabajando con un ex perfilador psicológico del FBI que cree que el asesino podría estar intentando tendernos una emboscada.

—Se lo diré.

—¡Lo antes posible!

—¿Y si de todos modos desea verte?

—¡Estará loca!

—Mac, si sabe algo, si tiene una pista...

Mac agachó la cabeza y se pasó una mano por el cabello. Dios, en ocasiones odiaba su trabajo.

—Entonces dile que puedo reunirme con ella en el aeropuerto de Richmond —dijo por fin—. Cuanto antes, mejor. El día es joven y todavía pueden ocurrir muchas cosas.

—Estaremos en contacto. Y Mac..., buena suerte con la pesca.

Mac cerró el teléfono y apoyó la frente en su fría carcasa plateada. Menudo lío. Debería regresar a la cama. Y si no, meterse en la ducha. Cuando se levantara por segunda vez, era posible que este día tuviera más sentido.

Pero la neblina ya se estaba despejando. Estaba pensando en agua y arroz y todas aquellas pistas que forzosamente conducían a lugares reales y terribles. Habían sido afortunados al poder dormir unas horas, pues solo Dios sabía cuándo podrían volver a hacerlo.

Se levantó y avanzó hacia la cama. Kimberly tenía los brazos cruzados sobre la cintura y el cuerpo tenso, como si se estuviera protegiendo incluso dormida. Mac se sentó al borde del colchón, le acarició la curva de la mandíbula con el pulgar y echó hacia atrás su corto cabello rubio. Ella no se movió.

Dormida parecía más vulnerable; sus finos rasgos eran delicados e incluso algo frágiles. Mac no permitió que aquella imagen le engañara. Sabía que podía pasar años enteros esforzándose en memorizar la curva de su sonrisa y que, un buen día, ella cruzaría la puerta sin mirar atrás... Posiblemente, pensando que le estaba haciendo un favor.

En su mundo, a los tipos como él no les gustaban las chicas como ella. Era extraño, pues sentía que hacía tiempo que había abandonado su mundo.

Deslizó los dedos por su brazo y Kimberly abrió los ojos.

—Lo siento, preciosa —susurró.

—¿Ha muerto alguien más?

—No si nos ponemos en marcha.

Kimberly se incorporó y, sin decir nada más, se dirigió al cuarto de baño. Mac se tumbó sobre la cama y apoyó la mano en la calidez que había dejado el calor de su cuerpo. Ahora podía oír el sonido del agua caliente, el crujido de las viejas y oxidadas tuberías. Volvió a pensar en el día anterior y en la imagen de Kimberly rodeada por docenas de serpientes de cascabel.

—Voy a cuidar mejor de ti —prometió, en el silencio de la habitación.

Entonces se preguntó qué les depararía el día y si sería capaz de mantener su promesa.

33

Richmond, Virginia
08:08
Temperatura: 31 grados

—En mi opinión, se trata de agua.

Kimberly suspiró aliviada y Mac se apoyó en la pared de la diminuta oficina. Ninguno de los dos había sido consciente del nerviosismo con el que habían estado esperando aquella noticia hasta que Brian Knowles, el hidrólogo del Instituto de Cartografía, se la había dado.

—¿Podría ser agua bendita? —preguntó Kimberly.

Knowles la miró desconcertado.

—La verdad es que no disponemos de ninguna prueba para eso. No soy el Papa, sino un simple empleado del gobierno.

—¿Pero puedes ayudarles? —le apremió Ray Lee Chee, que había llevado personalmente a Mac y a Kimberly al despacho de Knowles hacía diez minutos y ahora estaba sentado en el borde de un archivador gris de color bronce, oscilando los pies rítmicamente.

—Nos gustaría analizar la muestra —explicó Mac—. Necesitamos identificar su fuente, saber si procede de un estanque, un riachuelo o un pozo de abastecimiento concreto. ¿Podría hacerlo?

Knowles bostezó, movió uno de sus adormecidos hombros y pareció reflexionar su respuesta. Era un tipo atractivo de unos treinta y cinco años, con una espesa mata de cabello marrón y los tejanos más viejos del mundo. Al igual que Ray Lee Chee, parecía estar en forma. Sin embargo, a diferencia del geógrafo, las mañanas no eran lo suyo. Brian Knowles parecía tan cansado como se sentía Kimberly.

—Bueno —dijo entonces—. Se puede analizar el agua para identificar diferentes elementos, como el pH, el oxígeno disuelto, la temperatura, la turbiedad, la salinidad, el nitrógeno, el amoníaco, el arsénico, las bacterias y demás. También se puede analizar la dureza del agua y los diferentes constituyentes inorgánicos tales como hierro, manganeso y sulfatos. Además, existen diversos análisis que identifican los contaminantes del agua. Por lo tanto, sí que se puede analizar.

—Bien, bien —dijo Mac.

—Pero existe un problema —Knowles abrió las manos en un gesto de impotencia—. No estamos junto a la fuente y no se puede hacer demasiado con seis gotas de agua.

Mac arqueó una ceja, sorprendido, y miró a Kimberly, que se encogió de hombros.

—Al menos le hemos traído agua —dijo la mujer—. A Ray solo le dimos la fotografía de una hoja.

—Es cierto. Y lo hice bien —se jactó Ray—. Así que no eches a perder ahora nuestro registro de logros, Knowles. Si perseveramos, es muy posible que consigamos nuestro propio programa de televisión. Ya sabes, «Ley y Orden: Instituto de Geología Americano». Piensa en las chicas, Brian. Piensa en las chicas.

Pero Knowles no parecía demasiado convencido. Se recostó en su asiento y se llevó las manos a la nuca.

—Escuchen, solo intento ser práctico. Para conseguir resultados precisos de cualquier tipo de análisis de agua es necesario encontrarse junto a la fuente y examinar la muestra *in situ*. En cuanto se embotella el agua, ocurren diversas cosas. En primer lugar, su temperatura varía. En segundo lugar, queda separada de su fuente de oxígeno y, por lo tanto, los análisis de oxígeno dejan de ser válidos. En tercer lugar, al estar en un recipiente cerrado, el pH aumenta. En cuarto lugar, es posible que ese mismo recipiente haya contaminado la prueba. Y en quinto lugar… Bueno, no se me ocurre el quinto en estos momentos, pero me limitaré a decir que tampoco sería bueno. Los resultados de los análisis que pueda efectuar serán tan relevantes como un sexto dedo: te da algo que mirar, pero no sirve para nada.

—Pero no conocemos la fuente —le recordó Mac—. De esto se trata. Esta muestra es lo único que nos han dado para localizarla. Estoy seguro de que habrá algo que pueda hacer.

Mac le miró con ojos suplicantes hasta que Knowles dejó escapar un suspiro.

—Pero los resultados no serán precisos —les advirtió.

—Asumimos que serán aproximaciones.

—Ni siquiera sé si deben llamarlo así. —A pesar de sus palabras, Knowles ya tenía entre sus dedos el tubo de cristal que contenía la preciada muestra—.

¿Están seguros de que no hay más? Me las apañaría mucho mejor con unos cuarenta mililitros.

—Lo máximo que podemos conseguir son seis gotas más.

Knowles parpadeó.

—Maldita sea. El tipo que les dio esto debe de ser bastante tacaño.

—Le gustan los retos.

—Hablo en serio… pero supongo que no van a contarme nada más sobre el caso.

—No.

—Lo imaginaba, pero nunca está de más preguntar… —Knowles suspiró de nuevo, se enderezó sobre su silla y contempló la muestra con atención—. Bueno, creo que podré realizar un análisis de salinidad, pues solo se necesita el agua suficiente para cubrir la base de la sonda. También podré hacer el de pH, para el que se utiliza un medidor. Sin embargo, el análisis de pH puede depositar una pequeña cantidad de cloruro de potasio en la muestra, aumentando así su conductividad eléctrica y arruinando el análisis de salinidad… Por lo tanto, primero haré el de salinidad y después analizaré el pH. En cuanto a los minerales, no sé si habrá algún instrumento de medición calibrado para una muestra tan pequeña. Respecto a los análisis bacterianos, es necesario pasar el agua por un tamiz… y no estoy seguro de que eso sirva de mucho en este caso. Y lo mismo ocurre con los análisis de materias vegetales. —Alzó la mirada—. Por lo tanto, salinidad y pH, aunque les recuerdo una vez más que el tamaño de la muestra es demasiado limitado, la metodología deficiente y, por lo tanto, los resultados serán demasiado relativos para poder extraer de ellos alguna conclusión precisa. Por todo lo demás, estoy dispuesto a jugar. Nunca antes había trabajado en un caso de asesinato.

—Cualquier información nos será de gran ayuda —dijo Mac, sombrío.

Knowles abrió el cajón y sacó de su interior una pequeña caja de plástico con una raída etiqueta en la que ponía Equipo de Campo. Abrió el estuche y empezó a sacar medidores portátiles y largas sondas metálicas.

—Primero salinidad —murmuró para sus adentros, insertando el medidor en el agua.

No dijo nada durante un rato, pero gruñó varias veces.

—¿Qué mide un análisis de salinidad? —preguntó Kimberly—. ¿Si es agua dulce o salada?

—Puede hacerlo —Knowles la miró—, pero en realidad estoy midiendo la cantidad de microsiemens por centímetro cúbico, pues esa cantidad me dará una idea sobre el contenido disuelto. El agua por sí sola no tiene conductividad eléctrica, pero si tiene una gran cantidad de sal u otros minerales disueltos, su nivel de conductividad será más elevado. Tendrá más microsiemens por centímetro cúbico. Así que, de un modo indirecto, lo que intento averiguar es dónde ha estado esta agua.

Observó el medidor y retiró la sonda de la muestra.

—Bueno, según mi medidor de salinidad, esta agua presenta una lectura de quince mil microsiemens por centímetro cúbico. Por lo tanto, y teniendo en cuenta mis anteriores advertencias, ¿saben qué significa eso?

Todos le miraron con expresiones vacías y él tuvo la generosidad de iluminarlos.

—Esta agua tiene una buena conductividad. No la suficiente para ser salada, pero hay una gran cantidad de contenido disuelto en la muestra. Puede que sean minerales o iones, algo que conduzca la electricidad mejor que el agua por sí sola.

—¿Está contaminada? —preguntó Mac, vacilante.

—Presenta un elevado contenido disuelto —repitió Knowles, con obstinación—. En estos momentos no podemos extraer ninguna otra conclusión. Ahora, lo lógico sería realizar análisis para los diferentes minerales, pues eso permitiría responder a su pregunta… Pero como no podemos hacerlo, analizaremos el pH. —Dejó a un lado el primer medidor e insertó un segundo. Tras observarlo con el ceño fruncido, extrajo la punta y murmuró—: maldita sonda. Esperen un segundo.

Secó la punta, sopló sobre ella y le dio un palmetazo. Dejando escapar un gruñido de satisfacción, volvió a insertarla en el agua. Este segundo intento tampoco le satisfizo.

—Mierda, esto no va bien.

—¿Qué ocurre? —preguntó Kimberly.

—La muestra debe de ser demasiado pequeña para la sonda o el medidor está estropeado. Indica que el pH es de tres con ocho, y eso es imposible.

Esta vez golpeó dos veces la sonda contra la mesa y lo intentó de nuevo.

—¿Qué significa tres con ocho? —preguntó Mac.

—Ácido, muy ácido. Un nivel de acidez capaz de dejar agujeros en la ropa. El pH base es de 7. La mayoría de los peces y algas necesitan al menos un pH de 6,5 para sobrevivir; las serpientes, almejas y mejillones lo necesitan de 7; y los insectos, sanguijuelas y carpas pueden sobrevivir en uno de 6. Cuando analizamos estanques y corrientes en los que existe vida acuática, el nivel suele rondar los seis. Por otra parte, el agua de lluvia en Virginia tiene un pH de entre cuatro con dos y cuatro con cinco. Podríamos pensar que se trata de agua de lluvia pura, pero el análisis de salinidad nos revela que no es así. Tres con ocho… —Seguía moviendo la cabeza hacia los lados—. Es ridículo.

Observó de nuevo el medidor, dejó escapar un último gruñido contrariado y sacó la sonda.

—¿Qué indica? —preguntó Mac.

—La misma estupidez que antes: tres con ocho. Lo siento, pero la muestra debe de ser demasiado pequeña. Eso es todo lo que puedo decir.

—Ha realizado tres análisis y ha obtenido en todos ellos resultados idénticos —comentó Kimberly—. Puede que el agua tenga esa acidez.

—No tiene sentido, sobre todo si tenemos en cuenta que las lecturas de pH que obtenemos son superiores al pH original de la fuente. Francamente, no se suelen encontrar lecturas de pH inferiores a cuatro con cinco. No ocurre nunca…, salvo en los casos de drenaje ácido de mina.

Mac se puso tenso.

—Háblenos del drenaje ácido de mina.

—No hay mucho que decir. El agua escapa de la mina o pasa por sus diferentes estratos, contaminándose en su camino y obteniendo un pH extremadamente bajo, de dos con algo.

—¿Y eso sería extremadamente insólito? ¿Sería inusual en este estado? Knowles miró a Mac.

—No hay muchos lugares en el mundo que tengan lecturas de pH de dos, y mucho menos en el estado de Virginia.

—¿Y dónde está esa mina? —apremió Kimberly.

—Querrá decir minas, en plural, como en minas de carbón. Hay muchas.

—¿Dónde?

—Sobre todo, en el sudoeste de Virginia. Debe de haberlas en unos siete condados, creo. —Knowles miró a Ray en busca de confirmación—. Veamos… Dickenson, Lee, Russell, Scout… Demonios, nunca seré capaz de recitarlos de memoria. Dejen que eche un vistazo. —Retrocedió hacia su archivo, empujó las piernas de Ray y rebuscó entre diversas carpetas de papel manila.

—¿Qué tamaño tiene esa área? —preguntó Kimberly.

Knowles se encogió de hombros y miró de nuevo a Ray.

—Ocupa la mayor parte de la esquina sudoeste del estado —explicó Ray—. No es pequeña, si eso es lo que quiere saber.

—Pero es probable que el agua proceda de allí —replicó Mac.

—Yo no diría eso —le advirtió Knowles—. La muestra es demasiado pequeña, los resultados demasiado subjetivos y hay demasiadas variables que escapan a mi control.

—Pero es una posibilidad viable.

—Si usted considera que una lectura de tres con ocho puede ser correcta, le digo que sí, que una mina es un buen lugar para buscar este tipo de reserva de agua contaminada. La otra teoría posible... —Se interrumpió y se mordisqueó el labio inferior—. Tiene que tratarse de algún tipo de contaminación —murmuró entonces—. Eso es lo único que podría reducir el nivel de pH de un modo tan drástico. Podría deberse a una mina, pero también a la contaminación producida por residuos orgánicos. El proceso consiste, básicamente, en que una gran dosis de material orgánico biodegradable se filtra en el agua. Las bacterias se alimentan del desecho, la población de bacterias se multiplica y empiezan a consumir el oxígeno más rápido de lo que las algas y las plantas acuáticas pueden producirlo. Entonces, todo aquello que necesita oxígeno para vivir, los peces, los insectos y las plantas, se muere y las bacterias anaeróbicas invaden la fuente acuática, pues son los únicos seres vivos que pueden sobrevivir en un pH tan bajo.

—Pero usted no puede analizar la muestra en busca de bacterias, ¿verdad? —preguntó Kimberly.

—No. Es demasiado pequeña.

—¿Hay... algo más que pueda hacer?

—Bueno, podría intentar analizar sus minerales. En este centro trabaja un tipo que ha estado estrujando muestras que se remontan a hace miles de años para extraer el agua y analizarla con el equipo. A pesar del reducido tamaño de las muestras, sé que ha conseguido resultados. No sé cuán buenos...

—Nos conformaremos con lo que sea —le interrumpió Mac.

—Es muy importante —insistió Kimberly—. Necesitamos estrechar la búsqueda a una región geográfica lo más reducida posible. Siete condados es un buen comienzo, pero siete kilómetros sería mucho mejor.

—Siete kilómetros, ¿eh? —Knowles le dedicó una mirada dubitativa—. Aunque tuviera suerte y lograra identificar un grupo de minerales... Bueno. —Guardó silencio—. Existen ciertas diferencias fisiográficas clave entre los condados mineros. Hay montones de piedra arenisca y esquisto en algunas áreas, y carsts en otros. Por lo tanto, es posible que los resultados minerales sean de ayuda. No siete kilómetros, por supuesto, pero es posible que pueda centrar la búsqueda en un condado o dos.

—¿Cuánto tardará? —le apremió Mac.

—Primero tendré que hablar con ese tipo y averiguar cómo utilizar el equipo... Concédanme un par de días.

—Le damos dos horas.

—¿Qué?

—Escúcheme. Hay dos mujeres desaparecidas. Ya han transcurrido casi cuarenta y ocho horas desde que fueron vistas por última vez y una de ellas se encuentra en algún lugar, cerca de esta agua. O la encontramos pronto o dejará de importar.

Knowles tenía la boca abierta de par en par. Parecía turbado por la noticia, pero entonces miró la diminuta muestra con renovado disgusto.

—De acuerdo —dijo entonces—. Concédanme dos horas.

—Una última pregunta. —Mac centró su atención en Ray Lee Chee—. Tenemos otra muestra que deseamos analizar…, pero el único problema es que no sabemos qué es.

Les mostró el frasco de cristal que contenía el residuo que habían encontrado en el cabello de la segunda víctima. Ray fue el primero en examinarlo y después se lo pasó a Knowles. Ninguno de los dos sabía qué era, pero decidieron que un palinólogo, un experto en polen, podría ayudarles. Y también les dijeron que estaban de suerte, puesto que uno de los mejores del estado, Lloyd Armitage, estaría ahí al mediodía para una reunión de equipo.

—¿Algo más? —preguntó Ray.

—Arroz —dijo Kimberly—. Crudo, de grano largo. ¿Significa algo para ustedes?

Esta pregunta provocó un intercambio de miradas divertidas. Knowles confesó que prefería la pasta y Ray Lee Chee dijo que nunca le había gustado cocinar. De todos modos, preguntarían.

La reunión concluyó ahí. Knowles analizaría el agua en busca de muestras minerales, Ray preguntaría sobre el arroz, y Mac y Kimberly volverían a ponerse en marcha.

—Lo de la hoja fue más fácil —dijo ella, mientras avanzaban por el pasillo.

—Supongo que esa es su intención. —Mac empujó las puertas exteriores y fueron recibidos por el muro de calor.

—¿Es la hora? —le preguntó Kimberly, al ver que miraba su reloj.

—Sí.

Montaron en el coche y se dirigieron hacia el aeropuerto.

34

Richmond, Virginia
10:34
Temperatura: 34 grados

A simple vista, Nora Ray Watts resultó ser muy distinta a lo que Kimberly había imaginado. Pensaba que sería una joven profundamente traumatizada que caminaba con la cabeza agachada y los hombros encorvados. Una joven que vestiría ropa normal y corriente en un intento desesperado por pasar desapercibida. Una joven cuya mirada furtiva se precipitaría por el atestado aeropuerto buscando la fuente de alguna amenaza no identificada.

Había imaginado que tendrían que tratarla con guantes de seda. Le invitarían a una Coca-Cola, escucharían lo que afirmaba saber sobre el Ecoasesino y después la enviarían de vuelta a la relativa seguridad de Atlanta. Así era como se hacían estas cosas y, francamente, no podían dedicarle más tiempo.

Sin embargo, Nora Ray Watts tenía otro plan en mente.

Avanzó a grandes zancadas por el centro de la terminal, con una vieja bolsa de flores colgada del hombro. Llevaba la cabeza bien alta y los hombros rectos. Vestía tejanos ceñidos, una etérea camisa azul sobre un top sin mangas de color blanco y recias botas de excursionismo. Su larga melena morena estaba recogida en una coleta y no llevaba nada de maquillaje en la cara. La joven avanzó directamente hacia ellos, y el resto de pasajeros se apresuró a dejarle paso.

Kimberly tuvo dos impresiones a la vez: que era una joven que había crecido demasiado rápido y que era una mujer distante que ahora existía como una isla en el océano de la humanidad. Entonces se preguntó, sintiendo cierto pánico, si eso mismo era lo que veía la gente cuando la miraba a la cara.

Nora Ray se detuvo ante ellos y Kimberly apartó la mirada.

—Agente especial McCormack —dijo con voz grave, tendiéndole la mano a Mac.

En cuanto Mac efectuó las presentaciones pertinentes, Nora Ray también le tendió la mano a Kimberly. El apretón fue fuerte pero rápido, el de alguien a quien no le gustaba el contacto físico.

—¿Qué tal el vuelo? —preguntó Mac.

—Bien.

—¿Qué tal están tus padres?

—Bien.

—Me alegro. ¿Y qué tipo de historia les has contado para venir hoy aquí? Nora Ray alzó la barbilla.

—Les he dicho que iba a pasar unos días con una compañera de universidad de Atlanta. Mi padre se alegró al saber que iba a ver a una amiga, pero mi madre estaba demasiado ocupada viendo *Enredos de familia*.

—Mentir no es bueno para el alma, jovencita.

—No. Pero el miedo tampoco. ¿Vamos?

Se dirigió a la cafetería mientras Mac arqueaba una ceja.

—No es la típica víctima —murmuró Kimberly, mientras echaban a andar tras la joven. Mac se limitó a encogerse de hombros.

—Tiene una buena familia. O al menos la tenía antes de que ocurriera aquella desgracia.

Una vez en la cafetería, Mac y Kimberly se sirvieron grandes tazas de café amargo. Nora Ray pidió gaseosa y una magdalena de plátano, que se comió con los dedos mientras se sentaban ante una mesita de plástico.

Mac prefirió no preguntarle nada de inmediato. Kimberly, que también se tomó su tiempo, se dedicó a beber sorbos de aquel brebaje de sabor infecto y a recorrer con la mirada el aeropuerto de Richmond como si no hubiera nada que le preocupara. Como si no tuviera nada mejor que hacer que sentarse en aquella gloria provista de aire acondicionado. Como si lo más urgente del día fuera beberse aquella taza de café. Deseaba que su corazón no latiera con tanta fuerza en su pecho. Deseaba que ninguno de los tres fuera tan insoportablemente consciente de la naturaleza huidiza del tiempo.

—Deseo ayudarles —dijo de pronto Nora Ray. Había terminado de destruir su magdalena y ahora les miraba con una expresión nerviosa, temblorosa. Ya no era la mujer distante, sino la joven que había crecido demasiado deprisa.

—Mi jefe me dijo que sabías algo sobre la situación actual —dijo Mac, adoptando un tono neutral.

—Ha vuelto a hacerlo. Ha vuelto a secuestrar. Y dos de esas chicas han muerto, ¿verdad?

—¿Cómo sabes eso, cariño?

—Porque lo sé.

—¿Te ha llamado?

—No.

—¿Te envía cartas?

—No. —Enderezó la espalda y dijo, con voz firme—: Yo he preguntado primero, así que responda a mi pregunta. ¿Han muerto dos chicas más? ¿Lo ha vuelto a hacer?

Mac guardó silencio. Mientras tanto, los dedos de Nora Ray reunieron las migajas de su magdalena y las separaron una vez más, formando pequeñas bolitas pastosas. La chica era buena, pues logró permanecer callada más rato que él.

—Sí —respondió, con sequedad—. Sí, ha vuelto a matar.

El fuego la abandonó al instante. Los hombros de Nora Ray se vinieron abajo y sus manos cayeron pesadamente sobre la mesa.

—Lo sabía —susurró—. No quería saberlo, deseaba creer que solo era un sueño. Pero en mi corazón…, en mi corazón, siempre lo supe. Pobres chicas. Nunca tuvieron ninguna posibilidad.

Mac se inclinó hacia delante. Cruzó los brazos sobre la mesa y la observó con atención.

—Nora Ray, tienes que empezar a hablar. ¿Cómo sabes eso?

—¿No se reirán?

—Después de las últimas treinta y seis horas, no me quedan fuerzas para reír.

La mirada de Nora Ray se posó en Kimberly.

—Yo estoy más cansada que él —le dijo ella—. Así que tu secreto está a salvo con nosotros.

—Soñé con ellas.

—¿Soñaste con ellas?

—Sueño con mi hermana continuamente. Nunca se lo he dicho a nadie, porque solo conseguiría preocuparles, pero hace años que veo a Mary Lynn en sueños. Creo que está contenta. En el lugar en el que está hay campos y caballos y el sol brilla con intensidad. Ella no me ve; no sé si yo existo en su mundo. Sin embargo, de vez en cuando la veo y creo que está bien. Hace unos días apareció otra chica. Y anoche, otra más se sentó junto a ella sobre la valla. Creo que todavía están intentando aceptar que han muerto.

El rostro de Mac se había quedado vacío de expresión. Deslizó una mano por su rostro, una vez y otra. Kimberly se dio cuenta de que no sabía qué decir. Ninguno de los dos había imaginado que esta conversación iba a dar un giro semejante.

—¿Esas chicas perciben tu presencia? —preguntó por fin Kimberly—. ¿Te hablan?

—Sí. Una de ellas tiene una hermana más pequeña. Me preguntó si su hermana también soñaría con ella por las noches.

—¿Podrías describir a esas chicas?

Nora Ray les hizo dos descripciones. No eran exactamente correctas, pero tampoco estaban equivocadas. Una rubia y una morena. Las personas que afirmaban poseer habilidades psíquicas solían hacer descripciones genéricas, para que la imaginación de sus interlocutores rellenara los huecos. Kimberly volvía a sentirse cansada.

—¿Viste al hombre? —le preguntó Mac.

—No.

—¿Solo sueñas con las chicas?

—Sí.

Mac abrió las manos.

—Nora Ray, no sé en qué puede ayudarnos esto.

—Yo tampoco —reconoció ella, adoptando un tono cansado. Estaba al borde de las lágrimas—. Pero significa algo, ¿no? Tengo una conexión. Una especie de… ¡No sé qué es, pero veo a esas chicas! ¡Y sé que han muerto! Sé que están heridas, confusas y muy enfadas con ese hombre por lo que les ha hecho. Podría servir de algo. Es posible que pueda hacerles más preguntas, conseguir información sobre el asesino y averiguar dónde vive. No sé. ¡Pero significa algo! ¡Sé que significa algo!

Su voz se quebró por la cólera y sus manos empezaron a aplastar de forma compulsiva las migajas de la magdalena. Sus pulgares presionaban la mesa cada vez con más fuerza, como si aquel gesto fuera lo único que le permitía conservar la cordura.

Kimberly miró a Mac, que parecía lamentar haber aceptado reunirse con la joven. La verdad es que no podía culparle.

—Te agradezco que hayas venido a contarme esto —dijo por fin, con voz grave.

—No va a enviarme a casa.

—Nora Ray…

—¡No! ¡Puedo ayudarles! Todavía no sé cómo, pero sé que puedo ayudarles. Si todavía le están buscando, me quedaré.

—Nora Ray, eres civil y yo estoy realizando una investigación policial a la que tengo que dedicar cantidades ingentes de tiempo y esfuerzo. Estoy seguro de que tus intenciones son buenas, pero tu presencia aquí solo me impedirá moverme con rapidez y, disculpa mi lenguaje, lo enviará todo a la mierda. Tienes que irte a casa. Te llamaré cuando sepamos algo.

—Va a atacar de nuevo. Aquel último verano lo hizo en dos ocasiones. Esta vez hará lo mismo.

—Nora Ray, cariño… —Mac extendió las manos. Parecía estar buscando el modo de llegar a ella y hacerle entender la inutilidad de sus esfuerzos—. Por decirlo de algún modo, el asesino ya ha atacado dos veces. En esta ocasión, en vez de llevarse a dos chicas, secuestró a cuatro. Ya han muerto dos y hay otras dos desaparecidas, y esa es la razón por la que no puedo permanecer más tiempo aquí sentado manteniendo esta conversación. Se trata de algo muy serio. Vete a casa, Nora Ray. Estaremos en contacto.

Mac se levantó de la mesa y Kimberly le imitó. Pero Nora Ray no estaba dispuesta a ceder. Cuando la muchacha se levantó de la mesa, en sus ojos marrones brillaba una luz febril.

—Entonces es eso —jadeó—. Vamos a encontrar a esas chicas. Esa es la razón por la que las veo en mis sueños. Tenía que venir aquí a ayudar.

—Nora Ray…

La muchacha le obligó a guardar silencio sacudiendo con firmeza la cabeza.

—No. Tengo veintiún años, soy mayor de edad y he tomado una decisión. Voy a ir con usted, aunque tenga que seguirle en taxi o encerrarme en su maletero. El tiempo le apremia, así que limítese a asentir con la cabeza y podremos acabar con esto de una vez. Tres cabezas son mejor que dos. Usted mismo.

—Sube en ese avión o llamaré a tus padres.

—No. Míreme a los ojos y dígame que estoy equivocada. Vamos: dígame que tiene la absoluta certeza de que no puedo ayudarles. Ese hombre lleva mucho tiempo matando, agente especial McCormack. Ese hombre lleva años matando y ustedes todavía no han podido detenerle. Teniendo en cuenta todo eso, puede que los sueños no sean un lugar tan malo por donde empezar.

Mac vaciló. A aquella joven se le daba bien fomentar el sentido de la culpabilidad. Además, había cierta verdad en sus palabras. Más de un departamento de policía célebre había recurrido a psíquicos y videntes para resolver algún caso. En ocasiones, los detectives llegaban a un punto en que todo lo lógico estaba hecho, la cronología de los acontecimientos se había analizado una y otra vez y todas las pistas habían sido rastreadas. Los policías se sentían frustrados, los rastros se enfriaban y, de pronto, descubrían que la mejor pista que habían conseguido en todo el año era la de un sombrerero perturbado, que había llamado para decirles que había tenido una visión.

Kimberly estaba muy a favor de la idea de los sueños, a pesar de que solo llevaban treinta y seis horas trabajando en el caso. ¿Cómo debía de sentirse Mac después de aquellos cinco años brutales? Habían muerto dos chicas. Y dos más habían desaparecido. El reloj hacía tictac…

—Ya conoces el tipo de terreno que elige ese hombre —dijo finalmente Mac.

Nora Ray dejó la bolsa junto a ella y señaló sus botas de excursionismo.

—He venido preparada.

—Es peligroso.

Ella sonrió.

—No es necesario que me lo diga.

—Hace tres años tuviste mucha suerte.

—Lo sé. Y desde entonces he practicado mucho. He leído libros de supervivencia, he estudiado la naturaleza y me he puesto en forma. Le sorprendería lo mucho que sé ahora. Puede que mis conocimientos les resulten de ayuda.

—Esta no es tu batalla.

—Esta es mi única batalla. Mi hermana nunca regresó a casa, agente especial McCormack. Mi familia está destrozada. He pasado tres años encerrada en una casa sin vida, esperando a que llegara el día en que, por arte de magia, dejara de tener miedo. ¿Y sabe qué he aprendido? Que eso nunca ocurrirá si no pongo yo algo de mi parte. Por eso estoy aquí.

—Espero que no estés buscando venganza. Si le encontramos e intentas ponerle una mano encima…

—Soy una chica de veintiún años que viaja con una bolsa que ha sido registrada por los controles de seguridad del aeropuerto. ¿Qué cree que voy a hacer?

Mac parecía muy incómodo. Miró a Kimberly, que se encogió de hombros.

—Ya veo que atraes a cierto tipo de mujeres —le dijo ella, en broma.

—Voy a cambiar de colonia —replicó, muy serio.

—¿Y hasta entonces?

Suspiró y contempló la terminal.

—De acuerdo —dijo entonces—. ¿Por qué no? Estoy en este caso de forma ilegal. Y Kimberly también. ¿Por qué no aceptar a otro miembro que no pueda ser sancionado? Os aseguro que esta es la investigación más extraña que he realizado en mi vida. —Entonces miró a Nora Ray—. ¿Sabes algo sobre arroz?

—No.

—¿Y sobre polen?

—Que te hace estornudar.

Mac movió la cabeza hacia los lados.

—Coge la bolsa. Tenemos un largo camino por delante y se está haciendo tarde.

Nora Ray echó a andar junto a Kimberly, y ambas intentaron seguir las largas y airadas zancadas de Mac.

—¿Te sientes mejor? —preguntó por fin Kimberly a la joven.

—No —respondió ella—. Sobre todo, siento miedo.

35

Quantico, Virginia
10:41
Temperatura: 33 grados

Quincy y Rainie se dirigían hacia Quantico en silencio. Últimamente, el silencio formaba parte de sus vidas: comían en silencio, viajaban en silencio y compartían dormitorio en silencio. A Rainie le extrañaba haber tardado tanto en darse cuenta. Quizá, al principio le había parecido un silencio agradable. Eran dos personas que se sentían tan cómodas juntas que no necesitaban palabras. Sin embargo, ahora aquel silencio le parecía azaroso. Si fuera ruido, sería como el fuerte crujido de un iceberg resquebrajándose de repente en plena área de glaciares.

Rainie apoyó la frente en el cálido cristal de la ventanilla del pasajero. Sin darse cuenta, se frotó las sienes y deseó poder sacar aquellos pensamientos de su mente.

En el exterior, el sol brillaba implacable. A pesar del aire acondicionado de su diminuto coche de alquiler, podía sentir el calor que se congregaba al otro lado de los respiraderos. Además, sus piernas desnudas estaban calientes debido a los rayos del sol y el molesto sudor se deslizaba por su espalda.

—¿Estás pensando en Oregón? —le preguntó de pronto Quincy. Vestía el traje azul habitual. De momento, la chaqueta descansaba en el asiento trasero, pero la corbata rodeaba su cuello. Rainie no sabía cómo era capaz de vestirse de traje cada mañana.

—No exactamente. —Se enderezó en su asiento y estiró sus piernas desnudas. Vestía unos pantalones cortos de color caqui y una camisa blanca que necesitaba un buen planchado. Para ella no había trajes, a pesar de que regresaban a Quantico. Aquel no era su lugar y ambos lo sabían.

—Estos últimos días estás pensando mucho en Oregón, ¿verdad? —preguntó de nuevo Quincy.

Ella le miró con cautela, sorprendida por su tenacidad. Le resultó imposible leer su rostro, pues sus ojos oscuros miraban al frente y sus labios formaban una línea recta. Rainie decidió que había optado por abordar el tema como un psicólogo, con un enfoque neutral.

—Sí —respondió.

—Ha pasado mucho tiempo. Casi dos años. Quizá deberíamos regresar cuando esto termine. A Oregón. Tomarnos unas vacaciones.

—De acuerdo. —Su voz sonó más pastosa de lo que pretendía. ¡Maldita sea! ¡Tenía lágrimas en los ojos!

Al oír aquella voz, Quincy se volvió hacia ella y, por primera vez, Rainie vio el pánico en su rostro.

—Rainie…

—Lo sé.

—¿He hecho algo mal?

—No eres tú.

—Sé que puedo ser distante. Sé que me encierro demasiado en mi trabajo…

—También es el mío.

—Pero no eres feliz, Rainie. Y no se trata tan solo de hoy. Hace mucho tiempo que no eres feliz.

—No. —Le sorprendió haber dicho aquello en voz alta y, al instante, sintió una extraña sensación en el centro del pecho. Alivio. Había dicho aquella palabra en voz alta. Había hablado del elefante que se paseaba por su habitación desde hacía ya seis meses. Alguien tenía que hacerlo.

Los ojos de Quincy regresaron a la carretera. Sus manos se abrían y se cerraban sobre el volante.

—¿Hay algo que pueda hacer? —preguntó por fin, con voz más calmada. Rainie sabía que esa era su forma de hacer las cosas. Si le pegabas un puñetazo en la tripa, simplemente enderezaba los hombros. En cambio, si hacías daño a su hija o amenazabas a Rainie, se quitaba los guantes, sus oscuros ojos brillaban con furia, su cuerpo de corredor adoptaba la forma de una larga lanza y se alzaba no como Quincy, el célebre criminólogo, sino como Pierce, un hombre extremadamente peligroso.

Pero eso solo ocurría cuando hacías daño a alguien a quien amaba. Nunca había hecho nada por protegerse a sí mismo.

—No lo sé —respondió ella, con franqueza.

—Si quieres ir a Oregón, iremos. Si necesitas un descanso, descansaremos. Si necesitas espacio, te lo daré. Y si necesitas consuelo, dímelo y detendré ahora mismo el coche para estrecharte entre mis brazos. Pero tienes que decirme algo, Rainie, porque ya llevo varios meses flotando en la oscuridad y creo que estoy perdiendo la razón.

—Quincy...

—Haría lo imposible por hacerte feliz, Rainie.

—Lo siento mucho, Quincy —dijo entonces ella, con un hilo de voz—. Pero creo que quiero tener un hijo.

Kaplan les estaba esperando cuando se detuvieron en el aparcamiento del dormitorio Jefferson. Parecía acalorado, cansado y harto.

—Un pajarito me ha dicho que se supone que no debo hablar con ustedes —dijo en el mismo momento en que desmontaron del vehículo—. Me ha dicho que solo puedo hablar con un tipo nuevo, que al parecer es quien dirige ahora la investigación.

Quincy se encogió de hombros.

—A mí nadie me ha informado de ningún cambio en el personal. ¿Y a ti, Rainie?

—No —respondió—. Yo tampoco he oído nada.

—Ese pajarito debía de estar tomándole el pelo —dijo entonces Quincy.

Kaplan arqueó una ceja. Entonces, con un movimiento sorprendentemente rápido para ser un tipo tan grande, cogió el teléfono móvil que Quincy llevaba a la cintura y, al ver que estaba desconectado, dejó escapar un gruñido.

—Muy astuto. Bueno, como están jodiendo a sus propios hombres, voy a darles la bienvenida a mi pequeño club. Tengo un cadáver, sigo teniendo jurisdicción y no estoy dispuesto a renunciar al caso.

—Amén —dijo Quincy. Rainie se limitó a bostezar.

Kaplan seguía mirándoles con el ceño fruncido.

—¿Por qué desean volver a interrogar a mis guardias? ¿Creen que no lo hice bien la primera vez?

—No, pero ahora tenemos más información sobre el sospechoso.

Esto pareció calmar al agente especial, que sacudió los hombros y les indicó que montaran en su coche para acceder a la base.

—Los chicos tenían que salir a entrenarse por la mañana —explicó Kaplan—, así que pedí a su comandante que permanecieran en la escuela. Ambos nos esperan allí. Son jóvenes, pero buenos. Si tienen alguna información que pueda sernos de ayuda, nos la darán.

—¿Ha habido más actividad por aquí?

—¿Más cadáveres? Gracias a Dios, no. ¿Más anuncios en el *Quantico Sentry?* Ninguno que haya cruzado la mesa de nadie. Me reuní con los padres de Betsy Radison anoche, a última hora. Eso es todo.

—Supongo que fue duro —comentó Quincy, en voz baja.

—Sí, mucho.

Kaplan se dirigió al grupo de edificios señalados como marine TBS, es decir, la Escuela Básica de los marines. Había dos jóvenes reclutas sentados en la acera, vestidos con uniforme de camuflaje, con los gorros bajados para ocultar sus rostros y gruesos cinturones de herramientas atados a la cintura. En cuanto Kaplan, Quincy y Rainie desmontaron, ambos se pusieron en posición de firmes.

Mientras Kaplan efectuaba las presentaciones pertinentes, los reclutas mantuvieron la vista al frente.

—Este es el civil Pierce Quincy. Les va a hacer algunas preguntas referentes a la noche del quince de julio. Esta es su compañera, Lorraine Conner. También ella les hará algunas preguntas referentes a esa misma noche. Ustedes responderán lo mejor que sepan. Les mostrarán todo el respeto y cooperarán con ellos, del mismo modo que harían si fuera un oficial de los marines quien les solicitara su ayuda. ¿Está claro?

—¡Señor, sí, señor!

Kaplan asintió a Quincy.

—Puede proceder.

Quincy arqueó una ceja, pues la pompa y la situación se le antojaban algo excesivas. Entonces recordó que Kaplan había recibido varios golpes últimamente. El FBI le había obligado a salir de su mundo, así que ahora hacía gala del poder que todavía esgrimía en el suyo.

Se acercó a los marines.

—¿Ambos estaban de guardia durante el turno de noche del quince de julio?

—Señor, sí, señor.

—¿Ambos ordenaron que se detuvieran todos los coches y solicitaron a cada conductor su identificación?

—¡Detuvimos a todos los vehículos que entraron en la base, señor!

—¿Pidieron la identificación pertinente a los pasajeros?

—¡Todos los visitantes de la base deben mostrar su identificación, señor!

Quincy miró a Rainie, pero ella no se atrevió a encontrarse con su mirada, por miedo a echarse a reír, llorar o ambas cosas a la vez. La mañana ya había sido bastante surrealista y ahora tenía la impresión de estar interrogando a dos focas adiestradas.

—¿Qué tipo de vehículos entraron aquella noche? —preguntó Quincy.

Por primera vez, no recibió una respuesta inmediata. Ambos reclutas seguían mirando al frente, como ordenaba el procedimiento, pero era evidente que se sentían confundidos.

Quincy lo intentó de nuevo.

—El agente especial Kaplan me ha comentado que aquella noche hubo mucho tráfico.

—¡Señor, sí, señor! —respondieron al unísono los marines.

—Supongo que la mayor parte de dicho tráfico eran estudiantes de la Academia Nacional que regresaban a sus dormitorios.

—¡Señor, sí, señor!

—Y supongo que dichas personas conducían, en su mayoría, coches de alquiler o sus vehículos privados. Por lo tanto, la mayoría de los coches que entraron en la base fueron automóviles pequeños y corrientes.

—Señor, sí, señor. —Esta vez no fueron tan vehementes, pero seguía siendo una afirmación.

—¿Detuvieron alguna furgoneta? —preguntó entonces, con voz amable—. Concretamente, ¿llegó alguna camioneta de madrugada?

Silencio de nuevo. Ambos guardias tenían el ceño fruncido.

—Vimos varias furgonetas —respondió entonces uno de ellos.

—¿Anotaron dichos vehículos en el registro o comprobaron sus matrículas?

—No, señor.

Ahora fue Quincy quien frunció el ceño.

—¿Por qué no? Supongo que, por lo general, ustedes ven coches particulares que entran y salen de la base. Una furgoneta debe de ser algo inusual.

—No, señor. Hay obras, señor.

Quincy miró a Kaplan con una expresión vacía y el agente pareció entender su silenciosa pregunta.

—En la base se están realizando una serie de proyectos —explicó—. Nuevos campos de tiro, nuevos laboratorios y nuevos edificios de administración. Ha sido un verano ajetreado y la mayoría de los obreros conducen furgonetas o camiones. Incluso alguno de ellos ha venido en carretilla elevadora.

Quincy cerró los ojos y Rainie pudo ver que la cólera se congregaba tras su semblante engañosamente sereno. Los pequeños detalles que nadie recordaba mencionar al principio. O mejor dicho, el pequeño detalle que podía dar por completo la vuelta al caso.

—Hay docenas de obreros de la construcción moviéndose por la base —dijo Quincy, con voz férrea. Abrió los ojos y miró a Kaplan—. ¿Y no se le ha ocurrido mencionármelo hasta ahora?

Kaplan se agitó, incómodo.

—No surgió el tema.

—Se ha producido un asesinato en su base, ¿y no se le ocurre mencionarme que por estas puertas pasa una cantidad anormalmente grande de varones de entre dieciocho y treinta y cinco años que realizan un trabajo temporal y no cualificado o, en otras palabras, docenas de hombres que se ajustan al perfil del asesino?

Ahora, incluso los dos marines miraban a Kaplan con interés.

—Todas y cada una de las personas que reciben autorización para entrar en esta base tienen que obtener antes un pase de seguridad —replicó Kaplan, en tono monótono—. Sí, tengo una lista con los nombres y sí, mis hombres les han estado interrogando. Pero no permitimos que ninguna persona con antecedentes entre en la base, ni como empleado, ni como obrero, ni como huésped ni como estudiante. Por lo tanto, la lista está limpia.

—Eso es maravilloso —dijo Quincy, con voz crispada—. Salvo por un detalle, agente especial Kaplan. ¡Nuestro sospechoso no tiene antecedentes porque nunca hemos conseguido detenerle!

Kaplan se sonrojó. De pronto era muy consciente de que los dos guardias le miraban y de la creciente furia de Quincy. De todos modos, no dio su brazo a torcer.

—Examinamos la lista y analizamos los nombres. Ninguna de esas personas tiene ningún historial de violencia ni antecedentes por agresión. En otras palabras, no hay nada que indique que ninguno de esos obreros deba ser señalado como sospechoso... a no ser que pretenda que investigue a todas las personas que conducen una furgoneta.

—Sería un buen comienzo.

—¡Sería la mitad de la lista!

—Sí, ¿pero cuántas de esas personas han vivido antes en Georgia?

Al ver que Kaplan guardaba silencio y pestañeaba, Quincy asintió con sombría satisfacción.

—Lo único que tiene que hacer, agente especial, es un simple informe crediticio. Eso le permitirá conocer sus direcciones previas e identificar a todo aquel que tenga alguna relación con Georgia. Entonces tendrá la lista de los sospechosos. ¿Está de acuerdo?

—Pero..., bueno... Sí, de acuerdo.

—Ahí fuera hay dos chicas más —prosiguió Quincy, con voz serena—. Creo que ese hombre ya ha conseguido llegar demasiado lejos.

—No tenemos la certeza de que nuestro asesino sea uno de los obreros de los equipos de construcción —protestó Kaplan, con terquedad.

—No, pero tampoco podemos dejar de hacernos esa pregunta. No debemos permitir que sea él quien controle el juego. —Los ojos de Quincy ahora miraban en la distancia—. Usted tiene que hacerse con el control o perderá. Con esos depredadores, la astucia es lo único que vale. Y el ganador se lo lleva todo.

—Pondré a mis hombres a trabajar en la lista —dijo Kaplan—. Concédanos unas horas. ¿Dónde estarán?

—En la Unidad de Ciencias de la Conducta, hablando con el doctor Ennunzio.

—¿Ha averiguado algo sobre el anuncio?

—No lo sé..., pero espero que al menos él haya tenido suerte, puesto que los demás hemos fracasado.

36

Virginia
11:34
Temperatura: 36 grados

Tina se había convertido en una salvaje. El barro manchaba sus brazos, sus piernas y su bonito vestido verde. Se había cubierto el rostro y el cuello con aquella hedionda sustancia y el limo primordial chapoteaba entre los dedos de sus pies. Cogió otro puñado pegajoso y se embadurnó el pecho con él.

Recordaba que en el instituto había leído *El señor de las moscas*. Según una de las anotaciones de las prácticas Cliffs Notes, *El señor de las moscas* trataba en realidad sobre un sueño húmedo, aunque Tina no compartía aquella opinión. Ella recordaba sobre todo a los niños que habían quedado desamparados en la isla convirtiéndose en pequeños salvajes, cazando primero jabalíes y devorándose después los unos a los otros. La tensión y el temor que transmitía el libro resultaba *sexy* en cierto sentido, de modo que era posible que sí que tratara sobre sueños húmedos. Ignoraba si los chicos de su clase lo habrían leído con más entusiasmo que el resto de clásicos de la literatura.

Pero ese no era el tema. El tema era que Tina Krahn, universitaria desconcertada y juguete de un demente, por fin estaba recibiendo de la literatura una lección sobre la vida real. ¿Quién decía que en el instituto no se aprendía nada?

Lo primero que había hecho por la mañana había sido cubrirse el cuerpo de barro. El sol ya se alzaba en el cielo y amenazaba con freírla como a un insecto atrapado en el destello de una lupa. El barro olía fatal, pero era agradable sentir su frescor contra su supurante piel, cubriéndola con una gruesa capa de protección que ni siquiera los malditos mosquitos podrían cruzar. Un aroma putrefacto y almizcleño inundaba sus fosas nasales, pero su cabeza prácticamente daba vueltas por el alivio.

El barro era bueno para ella. El barro la salvaría. El barro era su amigo.

Contempló la burbujeante y restallante sustancia y se preguntó si debería comer también un poco. Se había quedado sin agua y sin galletas saladas. Sentía una dolorosa tirantez en el estómago, como si estuviera a punto de sufrir los calambres menstruales más terribles del mundo. Posiblemente, el bebé la estaba dejando. Había sido una mala madre y el bebé también quería fundirse con el barro.

¿Estaba llorando? La pesada masa de mugre que cubría sus mejillas hacía que fuera tan difícil saberlo...

El barro estaba húmedo. Sería tan agradable sentirlo deslizarse por su dolorida y hambrienta garganta. Su estómago se llenaría de una masa pesada y putrefacta y, entonces, podría dejar de digerir su propio revestimiento y alimentarse de los nutrientes del limo.

Sería tan fácil. Solo tenía que coger otro puñado de barro y acercarlo a sus labios.

Deliras, susurró la voz que sonaba al fondo de su cerebro. El calor y la deshidratación le estaban pasando factura. A pesar de la abrasadora temperatura sentía escalofríos y cada vez que se movía, el mundo giraba de un modo inquietante. A veces se descubría riendo, aunque no sabía por qué, y a veces se sentaba y lloraba..., aunque eso tenía cierto sentido.

Por la mañana, las heridas de sus brazos y piernas habían empezado a moverse. Había reventado una costra entre sus dedos y había visto, horrorizada, que cuatro larvas salían disparadas. Su carne se estaba pudriendo. Los bichos se movían por su interior alimentándose. Ya no le quedaba demasiado tiempo.

Soñaba con agua, con corrientes gélidas que ondeaban contra su piel. Soñaba con bonitos restaurantes con manteles de lino blanco, donde cuatro camareros vestidos de esmoquin le servían infinitos vasos de agua helada, llenos hasta los bordes. Comía bistecs muy hechos y patatas doblemente horneadas cubiertas de queso fundido. Comía corazones de alcachofa marinada directamente de la lata, hasta que el aceite de oliva se deslizaba por su barbilla.

Soñaba con una habitación infantil de color amarillo pálido y una cabecita pelona acurrucada en su pecho.

Soñaba con su madre, asistiendo a su funeral y permaneciendo sola junto a su tumba.

Si cerrara los ojos podría regresar al mundo de sus sueños. Podría dejar que las larvas se alimentaran de su carne. Podría dejar que su cuerpo se sumergiera en el barro. Quizá, cuando llegara el fin ni siquiera se daría cuenta. Simplemente se deslizaría en el olvido, llevándose consigo a su bebé.

Los ojos de Tina se abrieron de par en par. Se obligó a levantar la cabeza y se esforzó en ponerse en pie. El mundo giraba de nuevo y ella estaba recostada en el peñasco.

¡No podía comer barro! No podía venirse abajo. Era Tina Krahn y estaba hecha de la pasta más dura.

Su aliento escapaba en débiles jadeos y su pecho se esforzaba en respirar el sobrecalentado y húmedo aire. Avanzó tambaleante hacia una pared cubierta de enredaderas y vio que una serpiente se alejaba de ella a toda velocidad, dedicándole una siseante amenaza. Entonces se abrazó a la pared y sintió el frescor de las enredaderas en su embarrada mejilla.

Sus dedos dieron golpecitos a la estructura como si fuera un perrito bueno. Aquella superficie no parecía de cemento. De hecho…

Tina retrocedió. Sus párpados estaban tan hinchados que le resultaba difícil ver nada… Se obligó a abrirlos de par en par a la vez que retiraba las enredaderas. Madera. Esta zona del foso rectangular había sido reforzada con madera. Con traviesas de ferrocarril o algo parecido. Con viejas y descascarilladas traviesas de ferrocarril que se estaban pudriendo con el paso de los años.

Frenética, hundió los dedos en un agujero visible, tiró con fuerza y sintió que las entrañas del madero cedían un poco. Necesitaba más fuerza. Necesitaba algo más duro, una herramienta.

Una roca.

Enseguida estuvo apoyada sobre manos y rodillas, excavando entre el barro con una luz febril en los ojos. Tenía que encontrar una roca. Sacaría los tablones, treparía por la pared como Spiderman y llegaría a la superficie, donde habría frescor, agua y brotes tiernos que comer.

Ella, Tina Krahn, universitaria desconcertada y juguete de un perturbado, por fin quedaría libre.

Lloyd Armitage, palinólogo del Instituto de Cartografía y nuevo mejor amigo de Ray Lee Chee, se reunió con ellos poco después de mediodía. Tras cinco minutos de conversación, Mac, Kimberly y Nora Ray se dirigieron a la sala de conferencias que Armitage había dispuesto como laboratorio provisional. A Mac se le antojaba un entorno extraño, pero la verdad es que este caso también era extraño. Kimberly estaba alerta, pero parecía cansada hasta los huesos y mostraba aquella expresión ligeramente tensa que Mac ahora conocía tan bien. Le resultó más difícil analizar a Nora Ray, pues su rostro no mostraba emoción alguna. Mac imaginaba que había tomado una decisión importante y que ahora intentaba no pensar en ello.

—Ray Lee Chee me ha dicho que están trabajando en un caso de homicidio —comenzó Armitage.

—Recogimos pruebas en la escena —respondió Mac—. Y necesitamos rastrearlas hasta la fuente original. Me temo que no puedo decirle nada más, salvo que deberíamos haber sabido ayer lo que usted pueda contarnos.

Armitage, un hombre de edad avanzada, denso cabello y espesa barba castaña, arqueó una ceja.

—De acuerdo. Lo primero que tienen que saber es que los análisis de polen no son tan específicos como la botánica. Mi trabajo consiste, principalmente, en tomar muestras de suelo de diversos emplazamientos. Después, utilizo un poco de ácido clorhídrico y un poco de ácido fluorhídrico para separar los diferentes minerales del sedimento y lo paso todo por un tamiz. Entonces, lo mezclo con cloruro de zinc y lo introduzco en una centrifugadora médica hasta que, *voilà*, consigo una pequeña muestra de polen recién recogida… o una muestra de miles de años de antigüedad. Esto me permite identificar la familia vegetal que depositó ese polen, pero no la especie concreta. Por ejemplo, puedo saber si el polen procede de una robinia, pero no si es de una robinia espinosa. ¿Eso les servirá?

—No estoy seguro de saber qué es una robinia —replicó Mac—. Por lo tanto, supongo que descubra lo que descubra, será mucho más de lo que sabíamos antes.

Armitage pareció aceptar sus palabras, pues extendió la mano. Mac le tendió la muestra.

—Esto no es polen —dijo el palinólogo al instante.

—¿Está seguro?

—Es demasiado grande. El grosor del polen es entre quinientos y doscientos micrones menor que el del aire humano. Esta sustancia tiene el tamaño de un sedimento.

A pesar de sus sospechas, el palinólogo abrió el frasco de cristal, vertió una pequeña sección del polvoriento residuo sobre un portaobjetos y lo deslizó bajo el microscopio.

—Hum —dijo—. Hum.

Transcurrió otro minuto antes de que Armitage dijera algo coherente.

—Es orgánico. Se trata de una única sustancia, no de una mezcla de diversos residuos. Parece ser algún tipo de polvo, pero más grueso. —Levantó su poblada cabeza—. ¿Dónde lo encontraron?

—Me temo que no puedo decírselo.

—¿Hallaron más pruebas en las proximidades?

—Agua y arroz crudo.

—¿Arroz? ¿Por qué diablos encontraron arroz?

—Esa es la pregunta del millón. ¿Alguna hipótesis?

Armitage frunció el ceño, agitó las cejas un poco más y frunció los labios.

—Hábleme del agua. ¿Se la han llevado a un hidrólogo?

—Brian Knowles la ha examinado por la mañana. Nos dijo que tenía un pH extremadamente bajo, de tres con ocho, y una elevada… salinidad, creo, de quince mil microsiemens por centímetro, lo que significa que podría haber montones de minerales o iones presentes. Knowles cree que procede de una mina o que fue contaminada con residuos orgánicos.

Armitage asentía con vigor.

—Sí, sí. Posiblemente cree que procede de los condados que se dedican a la minería de carbón, ¿verdad?

—Eso creo.

—Brian es bueno. Pero han pasado algo por alto. —Lloyd sacó el portaobjetos del microscopio y entonces hizo algo totalmente inesperado, pues acercó el dedo índice a la muestra y después lo acercó a su lengua—. Es insólitamente fino, ese es el problema. En su forma más habitual, ustedes mismos lo habrían reconocido.

—¿Sabe qué es? —preguntó Mac.

—Sin ninguna duda. Es serrín. No es polen, sino madera meticulosamente molida.

—No lo entiendo —dijo Kimberly.

—Serrín, querida. Además de las minas de carbón, la zona sudoeste del estado también posee una gran industria maderera. Esta muestra es de serrín. Y si se supone que ambas pruebas guardan relación entre sí…

—Eso esperamos —dijo Mac.

—En ese caso, el pH del agua tiene que deberse a los residuos orgánicos. Verán, si los residuos de la planta maderera no son eliminados de la forma apropiada, la materia orgánica se filtra en una corriente, donde provoca un incremento de bacterias que, con el tiempo, destruyen al resto de formas de vida. ¿Brian ha analizado ya la muestra en busca de bacterias?

—La cantidad es demasiado pequeña.

—Pero el elevado nivel de salinidad sugiere que tiene que haber algún tipo de mineral —murmuró entonces Armitage—. Es una lástima que no pueda analizarlo.

—Espere un momento —dijo entonces Kimberly—. ¿Está diciendo que esto procede de una planta maderera y no de una mina?

—Bueno, el serrín no suele encontrarse en las minas de carbón. Por eso considero que se trata de una planta maderera.

—¿Y el serrín podría incrementar el nivel de acidez del agua?

—Toda contaminación contamina, querida. Y con una lectura de pH de tres con ocho, debo decir que esa agua procede de una fuente muy contaminada.

—Pero Knowles comentó que esa agua era capaz de perforar la ropa —comentó Mac—. ¿Las plantas madereras no deben seguir ciertas normas para deshacerse de sus residuos?

—En teoría sí, pero hay montones de serrerías en este estado y no me sorprendería que alguna de las más pequeñas, las que operan en lo más profundo del bosque, se las saltaran.

Nora Ray alzó la cabeza y miró al palinólogo con interés.

—¿Podría tratarse de una planta maderera que haya cerrado? —preguntó—. ¿De algún lugar abandonado? —Sus ojos se deslizaron hacia Mac—. Ya sabes que ese sería el tipo de lugar que él escogería. Remoto y peligroso, como el que ambientaría una película de miedo de serie B.

—Oh, estoy seguro de que hay montones de plantas madereras abandonadas en este estado —respondió Armitage—. Sobre todo, en los condados que se dedican a la industria del carbón. Son zonas poco pobladas que, francamente, serían localizaciones ideales para una película de miedo.

—¿Por qué? —preguntó Mac.

—Son zonas deprimidas. Muy rurales. La gente se trasladó a ellas para tener sus propios terrenos y verse libres del gobierno, pero entonces abrieron las minas de carbón, trayendo consigo hordas de personas que deseaban ganarse la vida como mano de obra barata. Por desgracia, ni los campos, ni la madera ni las minas han hecho nunca rico a nadie. Ahora solo hay amplias extensiones de terrenos deteriorados y maltratados que albergan a una población herida y maltratada. La gente a duras penas sobrevive y la vida en esas comunidades es dura.

—De modo que volvemos a tener siete condados —murmuró Mac.

—Eso es lo que creo.

—¿Se le ocurre algo más que pueda decirnos?

—No a partir de una muestra minúscula de serrín.

—Mierda. —Siete condados. Eso no era lo bastante concreto. Quizá, si hubieran empezado ayer o antesdeayer. Quizá, si tuvieran cientos de equipos de búsqueda o a la Guardia Nacional al completo. Pero solo eran tres personas y dos de ellas ni siquiera eran agentes de la ley...

—Señor Armitage —dijo de pronto Kimberly—. ¿Dispone de algún ordenador que podamos utilizar? ¿Uno que tenga acceso a Internet?

—Por supuesto, aquí tengo mi portátil.

Kimberly ya se había levantado de la silla. Miró a Mac y a este le sorprendió la luz que brillaba ahora en sus ojos.

—¿Recordáis que Ray Lee Chee dijo que había una «ología» para todo? —preguntó, emocionada—. Bien, voy ponerle a prueba. ¡Si me dais los nombres de los siete condados que se dedican a la industria del carbón, creo que podré encontrar nuestro arroz!

37

Quantico, Virginia
13:12
Temperatura: 36 grados

El doctor Ennunzio no se encontraba en su despacho, pero una secretaria prometió ir a buscarle mientras Quincy y Rainie tomaban asiento en la sala de conferencias. Quincy examinó sus expedientes mientras Rainie contemplaba la pared. De vez en cuando llegaban sonidos del pasillo; eran los diferentes agentes y auxiliares administrativos que avanzaban por él a grandes zancadas de camino a su trabajo.

—No es tan sencillo —dijo de pronto Quincy.

Rainie le miró. Como siempre, no necesita preámbulos para seguir su línea de pensamiento.

—Lo sé.

—No somos exactamente chiquillos. Tú rondas los cuarenta y yo pronto cumpliré cincuenta y cinco. Aunque queramos tener hijos, es posible que no podamos.

—He estado pensando en adoptar. Ahí fuera hay montones de niños que necesitan una familia. Tanto en este país como en otros. Podríamos darle un buen hogar a uno de esos pequeños.

—Es mucho trabajo. Darle de comer a media noche si adoptamos un bebé o crear vínculos afectivos si adoptamos a un niño de mayor edad. Los niños necesitan el sol, la luna y las estrellas por la noche. No podríamos seguir viajando por el mundo cuando nos apeteciera ni cenar en restaurantes selectos. Y tú tendrías que dejar de trabajar.

Rainie guardó silencio unos instantes.

—No me malinterpretes, Quincy —dijo entonces—. Me gusta el trabajo que hacemos, pero últimamente… no es suficiente para mí. Vamos de un cadáver a otro, de una escena del crimen a otra. Cazamos a un psicópata hoy y perseguimos a uno nuevo mañana. Han pasado seis años, Quincy... —Bajó la mirada hacia la mesa—. Si hago esto, renunciaré a mi trabajo. He esperado demasiado para tener un hijo y quiero hacerlo bien.

—Pero eres mi socia —protestó él, sin pensarlo.

—Se puede contratar a un asesor, pero no a un padre.

Él apartó la mirada y movió la cabeza hacia los lados, fatigado. No sabía qué decir. Era natural que deseara tener hijos. Rainie era más joven que él y no había estado expuesta a las tormentas domésticas que habían sido su patético intento por conseguir la alegría familiar. El instinto maternal era natural, sobre todo en una mujer que, por su edad, debía de estar oyendo constantemente el movimiento de las agujas de su reloj biológico.

Y por un instante, una imagen apareció en su mente: Rainie sujetando entre sus brazos un bultito y arrullándolo con aquella voz aguda que todo el mundo usaba con los bebés. Él, viendo cómo se agitaban en el aire sus piececitos y sus manitas... y siendo testigo de su primera sonrisa y su primera risita.

Pero a esta imagen le siguieron otras. Llegar a casa tarde del trabajo y descubrir que su hijo ya estaba dormido... otra vez. Tener que abandonar un recital de piano o una obra escolar por culpa de una llamada urgente. El modo en que un niño de cinco años podía romperte el corazón diciéndote: «No pasa nada, papá. Sé que la próxima vez vendrás».

La rapidez con la que crecían los niños. El hecho de que podían morir demasiado jóvenes. La paternidad comenzaba con muchas promesas, pero llegaba un día en que sentías que tenías la boca llena de cenizas.

Y entonces sintió una ardiente e inesperada oleada de cólera hacia Rainie. Cuando se habían conocido, ella le había dicho que nunca querría casarse ni tener hijos. Su infancia había sido un cuento oscuro y retorcido, de modo que tenía la certeza de que no podría romper el ciclo por arte de magia. Durante los seis últimos años, Quincy le había pedido en dos ocasiones que se casara con él y ella se había negado. «Si no está roto, no lo arregles», le había dicho. Y cada vez, aunque le había dolido un poco —más de lo que había imaginado—, había acatado sus deseos.

Pero ahora Rainie pretendía cambiar las normas. No lo suficiente para casarse con él, pero sí lo bastante para querer tener hijos.

—Yo ya los tuve en su momento —le dijo, con aspereza.

—Lo sé, Quincy —su voz sonó apagada, pero más dura que si hubiera gritado—. Sé que criaste a dos niñas y soportaste las comidas a medianoche y la angustia adolescente y mucho más. Sé que estás en esa fase de la vida en la que se supone que deberías estar esperando la jubilación y no el primer día de colegio de tu hijo. Pensaba que también yo estaría ahí. Te prometo que pensaba que esta conversación nunca tendría razón de ser, pero últimamente... —Se encogió de hombros—. ¿Qué puedo decir? En ocasiones, incluso los más tercos cambiamos de opinión.

—Te quiero —intentó Quincy por última vez.

—Yo también te quiero —respondió Rainie, y Quincy advirtió que nunca la había visto tan triste.

Cuando el doctor Ennunzio llegó, en la sala reinaba un tenso silencio. Él no se dio cuenta, pues se detuvo bruscamente con un fajo de sobres de papel manila bajo el brazo y les dijo:

—Arriba. Vamos a dar un paseo.

Quincy se levantó de inmediato de la silla. Rainie, confundida, fue más lenta.

—Le han llamado —dijo Quincy.

Ennunzio movió la cabeza hacia los lados y miró el techo. Quincy entendió el mensaje. Años atrás, un agente de la Unidad de Ciencias de la Conducta se había dedicado a espiar a sus compañeros del FBI. Se habían encontrado complejos instrumentos de vigilancia y escucha por los diferentes conductos que reptaban sobre el techo, pero lo peor había sido que, cuando el FBI había empezado a sospechar de la actividad de espionaje, había contraatacado instalando sus propios equipos de vigilancia y escucha para atrapar al culpable. En resumen, durante cierto tiempo —¿quién sabía cuánto?—, todos los agentes de la Unidad de Ciencias de la Conducta habían sido observados tanto por los buenos como por los malos. Nadie olvidaría fácilmente aquellos días.

Quincy y Rainie siguieron al doctor Ennunzio escaleras abajo. Al llegar a la puerta, el doctor deslizó el pase de seguridad sobre el escáner y les condujo hacia el exterior.

—¿Qué diablos ocurre? —preguntó el lingüista en cuanto cruzaron la calle. Ahora, su conversación quedaba amortiguada por los sonidos de las armas de fuego.

—No estoy seguro. —Quincy le mostró el teléfono móvil, que seguía desconectado—. He estado algo ilocalizable.

Ennunzio movió la cabeza hacia los lados. Parecía muy irritado y disgustado por cómo estaban yendo las cosas.

—Pensaba que ustedes lo estaban haciendo bien. Pensaba que al hablar con ustedes, estaba colaborando en una importante investigación y no echando tierra sobre mi propia carrera.

—Lo estamos haciendo bien. Y tenemos todas las intenciones del mundo de atrapar a ese hombre.

—Las cosas se están poniendo al rojo vivo —explicó Rainie—. Anoche hallamos otra víctima. Todo encaja con el modus operandi del Ecoasesino, salvo que en esta ocasión ha secuestrado a cuatro jóvenes a la vez. Eso significa que ahí fuera hay dos chicas más y que si deseamos salvarlas, tenemos que movernos deprisa.

—Maldita sea —dijo el doctor Ennunzio, fatigado—. Después de reunirme con ustedes, tenía la esperanza… Bueno, ¿qué quieren de mí?

—¿Ha averiguado algo más del anuncio? —preguntó Quincy.

—Lo envié al laboratorio, pero todavía no he recibido los resultados. Fue entregado impreso, en el interior de un sobre cuya etiqueta había sido generada por ordenador, de modo que no hay texto manuscrito que analizar. Puede que tengamos más suerte con el tipo de papel y tinta utilizados. Y en cuanto al texto, no tengo nada nuevo que decir. Lo más probable es que su autor sea un hombre con una inteligencia superior a la media. Reitero la teoría de que podríamos estar hablando de alguien mentalmente incapacitado. Quizá sufre paranoia o cualquier otra discapacidad mental. Para él, el ritual es extremadamente importante. El proceso de matar le resulta tan placentero como el hecho de matar en sí. Ustedes conocen el resto mejor que yo. —Ennunzio miró a Quincy—. Nunca parará a no ser que alguien le detenga.

Quincy asintió con la cabeza. Aquella noticia le resultaba más desalentadora de lo que debería, y de repente advirtió que estaba harto de todo. Estaba harto de preocuparse por Kimberly. Estaba harto de preocuparse por Rainie. Estaba harto de preguntarse qué significaba que el simple hecho de hablar de bebés le asustara más que hablar de psicópatas.

—El agente especial McCormack recibió otra llamada —anunció entonces—. Iba a transcribir la conversación pero, teniendo en cuenta los acontecimientos, no creo que haya tenido tiempo de hacerlo.

—¿Cuándo contactó con él?

—Anoche, tarde. Cuando estaba en la escena del crimen.

Ennunzio adoptó una expresión preocupada.

—Eso no me gusta nada.

—El sospechoso tiene una aguda capacidad para medir el tiempo.

—Sospecha que estaba mirando.

—Como usted ha dicho, le gusta el proceso. Para él, es tan importante como el propio acto de matar. Tenemos una nueva hipótesis. —Quincy miró con atención el rostro de Ennunzio—. Es probable que el sospechoso utilice una furgoneta como vehículo para sus correrías. El agente especial Kaplan nos ha informado de que últimamente entra y sale de la base una cantidad inusualmente elevada de furgonetas, que pertenecen a los diferentes obreros que trabajan en las obras que se están realizando.

Ennunzio cerró los ojos con fuerza y asintió.

—Eso encajaría.

—En estos momentos, Kaplan está examinando la lista de trabajadores en busca de alguien que haya vivido previamente en Georgia. Eso nos proporcionará un nombre, aunque creo que ya será demasiado tarde.

Ennunzio abrió los ojos y observó a la pareja con intensidad.

—El sospechoso quería Quantico, lo consiguió y ahora ya no lo necesita —prosiguió Quincy—. La acción está ahí fuera y creo que es allí donde debemos ir si deseamos tener alguna oportunidad de encontrarle. Así pues, doctor, ¿qué sabe usted que todavía no nos haya contado?

El lingüista forense pareció genuinamente sorprendido, después receloso y, por último, cautelosamente sereno.

—No entiendo su pregunta.

—Creo que está muy interesado por este caso.

—Es mi trabajo.

—Se ha centrado en las llamadas cuando, de hecho, usted trabaja con notas.

—Todo pertenece a la lingüística.

—Estamos dispuestos a aceptar cualquier teoría —intentó Quincy, por última vez—. Incluso las más confusas, las que están a medio confeccionar.

Ennunzio vaciló.

—No lo sé. Simplemente hay algo…, una sensación que tengo de vez en cuando. Pero las sensaciones no son hechos y, teniendo en cuenta mi trabajo, debería tenerlo claro.

—¿Cambiaría algo si le dijera que tenemos tres pistas más? —preguntó Rainie.

—¿Cuáles son?

—Agua, algún tipo de residuo y arroz crudo. Creemos que seremos capaces de rastrear el agua y el residuo, pero no tenemos ninguna pista sobre el arroz.

Ahora Ennunzio les miraba con una sonrisa curiosa en el rostro.

—¿Arroz?

—Crudo y de grano largo. ¿Le dice algo?

—Según dicen, a ese tipo le gustan los terrenos peligrosos, ¿verdad? ¿Las zonas despobladas donde hay pocas posibilidades de que las víctimas sean encontradas por accidente? Oh, es bueno, muy bueno…

—¿Qué diablos sabe, Ennunzio?

—Sé que en mi juventud me gustaba practicar la espeleología. Y ahora sé que a nuestro sospechoso también le gusta. ¡Deprisa! ¡Tenemos que hacer una llamada!

38

Virginia
15:12
Temperatura: 38 grados

El sol brillaba en lo alto del cielo, cociendo el pozo de Tina y haciendo que el barro se agrietara y cayera para mostrar tentadoras zonas de supurante piel quemada que despertaron el apetito de los mosquitos. Pero a Tina ya no le importaba. Apenas sentía dolor.

Ya no sudaba ni tenía ganas de orinar, a pesar de que habían transcurrido más de doce horas. No, ni la más mínima gota de agua abandonaba ya su cuerpo. La deshidratación era severa, pero ella seguía centrada en su tarea, con la carne de gallina y tiritando sin cesar debido a algún escalofrío profundo y antinatural.

Las rocas no le habían resultado de utilidad, pues eran demasiado grandes para hurgar con ellas en la madera podrida. Entonces había recordado su bolso y había vertido su contenido en un desordenado montón sobre el centro de la roca. Allí estaba la lima de uñas de metal. Mucho mejor.

Ahora estaba agujereando las traviesas de ferrocarril, creando con desesperación asideros para las manos y los pies mientras los mosquitos se enjambraban sobre su rostro, las moscas amarillas le mordían los hombros y el mundo giraba a su alrededor sin parar.

La lima se le cayó de las manos. Se arrastró por el suelo, jadeando con fuerza. Le temblaba el pulso. Para localizar la lima entre el barro tuvo que realizar un esfuerzo excesivo. Cuidado, otra serpiente.

Le gustaría cerrar los ojos. Le gustaría hundirse en la confortable hediondez del cieno. Sentiría cómo se deslizaba por su cabello, por sus mejillas y por su cuello. Entonces, separaría los labios y lo dejaría entrar en su boca.

Luchar o morir, luchar o morir, luchar o morir. Todo dependía de ella, pero cada vez le resultaba más difícil saber qué prefería.

Tina recuperó la lima y siguió trabajando en las traviesas de madera, mientras el sol ardía sobre su cabeza.

—¿Adónde voy? ¿Giro a la derecha? De acuerdo, ¿y ahora qué? Espera, espera, has dicho derecha. No, seguro que no has dicho izquierda. Maldita sea, dame un segundo. —Mac pisó los frenos y avanzó marcha atrás diez metros por el viejo camino de tierra. Kimberly iba sentada a su lado, intentando encontrar su posición en un mapa del estado de Virginia. La mayoría de los caminos que seguían no aparecían en dicho mapa, de modo que Ray Lee había optado por guiarles telefónicamente por aquel terreno tan irregular como la conexión telefónica.

—¿Qué? ¿Puedes repetirlo? Sí, pero solo oigo una palabra de cada cuatro. ¿Murciélagos? ¿Qué ocurre con los murciélagos?

—Espeleólogos… equipos de rescate… murciélagos… en coche —dijo Ray.

—¿El hombre murciélago viene en su batmóvil? —preguntó Mac, en el mismo instante en que Kimberly gritaba:

—¡Cuidado!

Alzó la mirada justo a tiempo de ver que un árbol gigantesco se desplomaba sobre la carretera.

Pisó los frenos.

—Ohhhhh —jadeó Nora Ray, desde el asiento trasero.

—¿Estáis bien?

Kimberly miró a Nora Ray, Nora Ray miró a Kimberly y ambas asintieron a la vez. Mac decidió dejar de conducir y centrarse en la llamada.

—Ray, ¿a qué distancia nos encontramos?

—… cinco… seis… os.

—¿Kilómetros?

—Kilómetros —confirmó Ray.

De acuerdo, se olvidarían del maldito coche y caminarían.

—¿Cómo vendrá el equipo? —preguntó Mac.

Ray había recibido órdenes estrictas de reunir a los mejores expertos que pudiera encontrar para formar un equipo de campo. Brian Knowles, el hidrólogo, y Lloyd Armitage, el palinólogo, ya estaban a bordo. Ahora, Ray intentaba encontrar a un geólogo forense y a un botánico especializado en carsts. En teoría, para cuando Mac, Kimberly y Nora Ray encontraran y rescataran por arte de magia a la víctima número tres, el equipo de Ray ya habría llegado, analizaría las pistas y localizaría a la víctima número cuatro.

El juego estaba muy avanzado, pero estaban haciendo todo lo posible por recuperar el tiempo perdido.

—Murciélagos… espeleólogos… murciélagos…

—¿Has pedido murciélagos como voluntarios?

—Búsqueda y rescate —explotó Ray—. ¡Caverna!

—Un grupo de voluntarios de búsqueda y rescate. ¡Ah, en la gruta! —A Mac ni siquiera se le había ocurrido aquella posibilidad. Kimberly había investigado qué relación podía tener el arroz con los diferentes condados sobre los que habían limitado la búsqueda y, por casualidad, había dado con una artículo sobre la caverna Orndorff. Al parecer, era el hábitat natural de un isópodo en vías de extinción, un diminuto crustáceo blanco que medía aproximadamente seis milímetros. Para resumir la larga historia, algunos políticos habían intentado construir un aeropuerto en la zona, pero los ecologistas lo habían evitado utilizando el Acta de Especies en Peligro de Extinción. Entonces, uno de los políticos había dicho que el progreso no se detendría por culpa de un simple grano de arroz y, desde entonces, los especialistas en carsts habían bautizado con ese nombre al isópodo de la Caverna de Orndorff.

De modo que ya tenían una localización. Si lograban encontrarla y daban con la joven antes de que fuera demasiado tarde…

—Agua… peligro —estaba diciendo Ray al otro extremo del teléfono—. Entrada difícil… Cuerdas… Monos… luces.

—Necesitamos equipo especial para entrar en la caverna —tradujo Mac—. De acuerdo, ¿cuándo llegará el equipo de búsqueda y rescate?

—Haciendo llamadas… diferentes posiciones… Murciélagos… en coche.

—¿Sus coches tendrán murciélagos?

—Etiquetas.

—Entendido.

Mac abrió la portezuela y salió a examinar el árbol caído. Kimberly, que ya estaba allí, alzó la mirada al verle y sacudió la cabeza con una expresión sombría. Mac entendió el gesto. El tronco del árbol medía un metro de diámetro. Necesitarían un todoterreno, una sierra mecánica y una grúa para moverlo. Era imposible que un chico, dos chicas y un Camry pudieran apartar aquel obstáculo.

—Giramos a la izquierda —dijo Mac por teléfono—. ¿Qué tenemos que hacer ahora?

Esta vez no oyó ni una sola palabra de su respuesta, pero le pareció entender algo similar a «huele a hongos». Mac miró a su alrededor con amargura. Estaban en medio de un bosque de árboles gigantescos en mitad de la nada. Desde que habían abandonado la interestatal 81 cuarenta minutos atrás, se habían sumergido en la zona occidental del estado, una pequeña península situada entre Kentucky y Carolina del Norte. A su alrededor no había nada más que árboles y grandes extensiones. El último edificio que habían visto había sido una gasolinera decrépita a unos veinticinco kilómetros de distancia, que parecía no haber servido ni media gota de combustible desde el año 1968. Antes de eso, habían visto media docena de caravanas y una diminuta iglesia bautista. Lloyd Armitage no había mentido. Los mejores días que había vivido esta región habían quedado atrás hacía largo tiempo.

—Intentaré ponerme de nuevo en contacto contigo en la escena —dijo Mac. Ray dijo algo a modo de respuesta, pero Mac no pudo distinguir sus palabras y decidió colgar.

—¿Y ahora qué hacemos? —le preguntó Nora Ray.

—Caminar.

En realidad, lo primero que hicieron fue recoger el equipo. Fiel a su palabra, Nora Ray había venido preparada. De su bolsa de viaje había sacado una bolsa de ropa de repuesto, además de comida enlatada, un botiquín de primeros auxilios, una brújula, una navaja suiza y un sistema de filtración de agua. También tenía cerillas impermeables y una linterna. La joven cargó su equipo; Kimberly y Mac se encargaron del suyo.

Les quedaban tres galones de agua. Imaginando las condiciones en las que posiblemente se encontraría la joven, Mac separó la camisa de su cuerpo por cuarta vez en los últimos cinco minutos y guardó las tres garrafas en su mochila. Ahora la bolsa de nailon pesaba tanto que tenía la impresión de llevar a un tipo agarrado a los hombros y su sudada camisa se pegaba aún más a su piel recalentada.

Kimberly se acercó, le quitó una de las garrafas y la guardó en su bolsa.

—No seas idiota —le dijo, mientras cargaba a la espalda su mochila y la ataba alrededor de sus caderas.

—Al menos, los árboles nos proporcionan sombra —comentó Mac.

—Ojalá también absorbieran la humedad. ¿A qué distancia se encuentra?

—A unos cuatro kilómetros, creo.

Kimberly consultó de nuevo el reloj.

—Será mejor que nos pongamos en marcha —miró de reojo a Nora Ray y Mac pudo leer sus pensamientos. ¿Cuánto aguantaría una civil? Pronto lo sabrían.

Más adelante, Mac pensaría que aquella había sido una excursión surrealista. Habían descendido por una carretera maderera envuelta en sombras, en plena tarde abrasadora. Era como si el sol tratara de darles caza, pues aparecía y desaparecía entre los árboles, esquivando sus pasos y chamuscándoles con sus implacables rayos.

Los insectos salían a su encuentro. Mosquitos del tamaño de colibríes y moscas repulsivas que picaban con saña. Antes de que hubieran recorrido cinco metros, empezaron a enjambrarse alrededor de sus rostros; a los diez, tuvieron que detenerse para sacar de sus mochilas los repelentes de mosquitos; y cuatrocientos metros después, hicieron un nuevo alto en el camino y se rociaron los unos a los otros como si el repelente fuera perfume barato.

No sirvió de nada. Las moscas se enjambraban a su alrededor, el sol ardía con fuerza y la humedad empapaba sus cuerpos en sudor. Ninguno de ellos hablaba. Todos se limitaban a poner un pie delante de otro y centrarse en caminar.

Mac fue el primero en olerlo, cuarenta minutos después.

—¿Qué diablos es eso?

—Repelente —respondió Kimberly, sombría—. O sudor. Lo que prefieras.

—No, es peor que eso.

Nora Ray se detuvo.

—Huele a podrido —dijo—. Como a... aguas residuales.

De pronto, Mac entendió lo que Ray Lee Chee había intentado decirle por teléfono. Huele a hongos. Aceleró sus pasos.

—Vamos —dijo—. Casi hemos llegado.

Echó a correr, y Kimberly y Nora Ray se apresuraron a seguirle. Coronaron una colina pequeña, descendieron por la ladera contraria y se detuvieron en seco.

—¡Joder! —exclamó Mac.

—El escenario de una película de terror de serie B —murmuró Nora Ray.

Kimberly simplemente movió la cabeza hacia los lados.

Quincy cada vez se sentía más frustrado. Había llamado a Kimberly tres o cuatro veces sin ningún éxito. Ahora se volvió de nuevo hacia Ennunzio y Rainie.

—¿Sabe dónde se encuentra esa cueva? —le preguntó al lingüista.

—Por supuesto. Está en el condado de Lee, a unas tres o cuatro horas de aquí. Pero no pueden entrar en esa caverna como si fuera uno de esos deportes que practican los turistas del valle Shenandoah. Para entrar en la caverna Orndorff es necesario contar con un equipo especial.

—Bien. Consiga el equipo y llévenos allí.

Ennunzio guardó silencio durante un prolongado momento.

—Creo que ha llegado el momento de informar al equipo oficial de lo que está ocurriendo.

—¿En serio? ¿Y qué cree que será lo primero que hagan esos agentes, doctor? ¿Rescatar a las víctimas o interrogarnos durante tres o cuatro horas para corroborar todos los detalles de la historia?

El lingüista entendió su punto de vista.

—Iré a por mi equipo.

—¿Qué estamos buscando?

—Ojalá lo supiera. Algún tipo de entrada de gruta. Quizá se encuentra entre un montón de rocas o podría tratarse de un sumidero cercano a un árbol. Nunca he practicado la espeleología y no tengo ni idea de cuánto cuesta encontrar la entrada de una caverna.

Resultó que bastante. Mac ya llevaba más de quince minutos dando vueltas al aserradero, al igual que Kimberly y Nora Ray. Probablemente, ninguno de ellos lo estaba haciendo bien. El hedor era el principal problema: era tan intenso en aquella atmósfera pesada y húmeda que les picaba en los ojos y les abrasaba la garganta. Mac se había cubierto la boca con una vieja camiseta, pero no servía de mucho.

Además del hedor, estaba el intenso muro de calor que emanaba del mismo montón de serrín que se alzaba hacia el cielo. En un principio, ninguno de ellos había reconocido aquel residuo de madera. Todos habían pensado que era un montón de arena blanca o, quizá, polvo cubierto de nieve, pero diez minutos atrás, Kimberly se había acercado lo suficiente para averiguar la verdad. Eran hongos. El conjunto de aquel hediondo y putre-facto montón estaba cubierto de algún tipo de hongo.

Cuando Brian Knowles había conjeturado que su muestra de agua procedía de un lugar decadente, no había hablado en broma.

Mac saltó demasiado tarde para esquivar un serrucho. No hacía más que entrar y salir de largos edificios en forma de cobertizos, con las ventanas rotas y las vigas combadas. Las viejas cintas transportadoras brillaban sombrías en la penumbra, junto a las espeluznantes lanzas que se utilizaban para empujar la madera y conseguir que se deslizara bajo la sierra.

La suciedad cubría el suelo. Abundaban, sobre todo, las latas de refresco y los vasos de poliestireno aplastados. Mac vio diversos contenedores de gasolina vacíos que posiblemente se utilizaban para abastecer las sierras mecánicas de mano. También había una pila de viejos fluorescentes. Oyó un suave sonido restallante cuando uno de los cristales explotó debido al calor del sol.

Nunca había visto nada parecido: sartas de alambre de púas arañaban sus piernas y los serruchos abandonados yacían semiescondidos entre los hierbajos del suelo, esperando a hacer algo mucho peor. Este lugar era la pesadilla de cualquier ecologista y, por eso mismo, tenía la certeza de que la tercera muchacha estaba cerca.

Kimberly rodeó uno de los cobertizos en ruinas. El hedor era tan fuerte que las lágrimas descendían por sus mejillas.

—¿Has tenido suerte?

Mac movió la cabeza hacia los lados.

Ella asintió y siguió adelante, buscando alguna señal que indicara que debajo se escondía una gruta subterránea.

Poco después, Mac se detuvo junto a Nora Ray. La joven había dejado de recorrer los alrededores y ahora permanecía inmóvil, con los ojos cerrados y las manos apoyadas en los costados.

—¿Has visto algo? —le preguntó él, con brusquedad.

—No. —La muchacha abrió los ojos, abochornada—. No sé… No soy médium ni nada similar, pero como he tenido esos sueños, pensaba que si cerraba los ojos…

—Lo que sea que funcione…

—Pero no funciona. Nada funciona. Y lo más frustrante de todo es que, si realmente se encuentra en una gruta, posiblemente estamos caminando sobre ella.

—Es posible. Las operaciones de búsqueda y rescate nunca son sencillas, Nora Ray. La Guardia Costera pasó sobre el lugar donde te encontrabas cinco veces antes de ver tu camisa roja.

—Fui afortunada.

—Fuiste inteligente. No perdiste la esperanza. Lo seguiste intentando.

—¿Cree que esa joven es lista?

—No lo sé. Pero me conformo con que sea afortunada, si eso permite que regrese sana y salva.

Nora Ray asintió y se puso en marcha de nuevo. Mac recorrió en zigzag otro edificio abandonado. Ya eran más de las cuatro. Su corazón palpitaba demasiado deprisa y su rostro estaba peligrosamente caliente al tacto. Teniendo en cuenta las condiciones, estaba forzando demasiado la máquina. Su temperatura corporal estaba ascendiendo a niveles peligrosos y estaba demorando demasiado la ingestión de agua. Sabía que esta no era la forma correcta de conducir una operación de rescate, pero era incapaz de detenerse.

Nora Ray tenía razón. Si la joven estaba en una caverna, debían de estar caminando sobre ella. Estaba tan cerca y, sin embargo, tan lejos.

Entonces, entre el zumbido de los insectos, oyó un grito que recibió con alegría. Era Kimberly, desde algún punto situado a su izquierda.

—Eh, eh —gritaba—. He encontrado algo. Aquí, ¡deprisa!

39

Condado de Lee, Virginia
16:53
Temperatura: 38 grados

—¿Hola? ¿Hola? ¿Puedes oírme?—Kimberly había encontrado un conducto de unos doscientos milímetros que se adentraba en el suelo y parecía la sección de una tobera. Miró a través de él, intentando ver adónde conducía, pero solo vio oscuridad. Deslizó la mano por la parte superior y no le cupo ninguna duda de que soplaba una corriente de aire procedente de algún lugar. Lanzó un guijarro para hacerse una idea de la profundidad, pero nunca lo oyó aterrizar.

Mac ya corría hacia ella, seguido de Nora Ray. Kimberly se agachó y ahuecó las manos junto a la boca para amplificar su voz.

—¿Hay alguien ahí?

Apoyó la oreja en la boca del tubo. ¿Había oído movimiento? ¿El sonido de algo que se movía en las oscuras y húmedas profundidades? Resultaba difícil saberlo con certeza.

—¡Hoooolaaaaaa!Mac por fin se detuvo junto a ella. Tenía el cabello de punta por el sudor y los pantalones y la camisa pegados a la piel. Cayó de rodillas a su lado y acercó la boca a la tobera.

—¿Hay alguien ahí? ¿Karen Clarence? ¿Tina Krahn? ¿Estáis ahí?

—Quizá está dormida —murmuró Kimberly.

—O inconsciente.

—¿Estáis seguros de que esto conduce a la caverna?—preguntó Nora Ray.

Kimberly se encogió de hombros.

—No, pero tampoco sabemos con certeza que la joven esté cerca de aquí.

—Esto no puede ser la entrada —replicó Nora Ray—. Nadie podría pasar por este agujero.

—No, no puede ser la entrada, pero podría ser un respiradero o un tragaluz. Alguien se tomó la molestia de colocar aquí esta tubería y eso tiene que significar algo.

—La caverna es muy grande —murmuró Mac. También él lanzó un guijarro, pero el resultado fue idéntico—. Según la página web, existen diversas salas conectadas por largos túneles y algunas de ellas son del tamaño de una pequeña catedral. Puede que esta tubería conduzca a una de esas salas y permita que entre un poco de luz natural.

—Necesitamos una entrada —dijo Kimberly.

—¿En serio?

—Yo me quedaré aquí y seguiré gritando. Nora Ray y tú seguiréis buscando la entrada. Puede que oigáis la reverberación de mi voz y que eso os ayude a encontrarla. Además… —Kimberly vaciló—, si una de las muchachas está ahí abajo, no quiero que piense que nos hemos ido. Quiero que sepa que vamos a encontrarla. Que todo acabará pronto.

Mac asintió y le dedicó una mirada que no supo descifrar. Nora Ray y él prosiguieron la búsqueda, mientras Kimberly se sentaba en el suelo polvoriento y acercaba la boca a la tubería oxidada.

—Soy Kimberly Quincy —gritó. No estaba segura de qué decir, así que empezó por lo básico—. Estoy con el agente especial Mac McCormack y con Nora Ray Watts. Hemos venido a ayudarte. ¿Puedes oírme? Yo no puedo. Si estás demasiado débil para gritar, podrías golpear algo.

Esperó. Nada.

—¿Tienes sed? Traemos agua y comida. También tenemos una manta. Tengo entendido que las cuevas son frías, incluso en esta época del año. Y apuesto a que estás harta de la oscuridad.

Esta vez le pareció oír algo. Guardó silencio y contuvo el aliento. ¿Un golpe contra las rocas? ¿O quizá una joven asustada y muerta de frío, arrastrándose hacia el agujero que se abría en el techo de la cueva?

—Hay un equipo de búsqueda y rescate en camino. Y también especialistas en carsts. Traen el equipo necesario para sacarte de ahí. Por cierto, si crees que ahí abajo hace frío, espera a ver el calor que hace aquí arriba. Más de treinta y ocho grados a la sombra. Pronto echarás de menos el frescor de la caverna, pero estoy segura de que te encantará volver a ver la luz del sol. Y los árboles y el cielo y los rostros sonrientes de los miembros del equipo de rescate, que están ansiosos por encontrarte.

Hablaba sin parar. O, mejor dicho, divagaba. Le extrañaba que su voz sonara tan clara.

—No tengas miedo. Sé lo duro que es estar sola en la oscuridad, pero ya estamos aquí. Llevamos mucho tiempo buscándote. Vamos a entrar en esa caverna y a llevarte de nuevo a la luz. Y vamos a encontrar al hombre que te hizo esto, para que nunca más vuelva a ocurrir nada similar.

Ahora oyó sonidos. Unos sonidos sorprendentemente fuertes, como si alguien aplastara gravilla. Kimberly levantó la cabeza, emocionada, pero entonces se dio cuenta de que aquel sonido no procedía de la tubería, sino de los dos polvorientos camiones que avanzaban hacia ella. Uno llevaba la pegatina de un murciélago pegada a la ventanilla del conductor.

El primer camión se detuvo y un hombre salió corriendo hacia la parte posterior. Sin perder ni un instante, abrió la puerta de carga y empezó a sacar su equipo.

—¿Es usted quien ha informado de la desaparición de un espeleólogo? —gritó el hombre, hablando por encima del hombro. El segundo camión ya se había detenido y de él habían salido dos hombres que también se apresuraron a recoger su equipo.

—Sí.

—Lamento la demora. Habríamos llegado antes si no hubiera sido por ese maldito árbol. ¿Qué puede decirnos de la persona desaparecida?

—Creemos que fue abandonada en la caverna hace al menos cuarenta y ocho horas. No va debidamente equipada y lo más probable es que solo le dejaran un galón de agua.

El hombre la miró con seriedad.

—¿Qué? ¿Le importaría repetírmelo?

—No es espeleóloga —replicó Kimberly—. Solo es una muchacha, la víctima de un crimen violento.

—¿Bromea?

—No.

—Demonios, no estoy seguro de querer saber nada más. —El hombre se volvió hacia sus compañeros—. Bob, Ross, ¿habéis oído eso?

—Una chica que no va debidamente equipada, perdida en algún lugar de la caverna. No quieres saber nada más —respondieron sin dedicar ni una sola mirada a Kimberly, pues estaban ocupados poniéndose calzones largos a pesar del calor reinante. A continuación, cada uno de ellos cogió un recio mono azul y se lo puso encima de los calzones. Ambos sudaban con profusión, pero no parecía importarles.

—Soy Josh Shudt —se presentó tardíamente el primero, acercándose y tendiéndole la mano—. Yo no diría que soy el líder de este grupo, pero probablemente soy lo que más se aproxima. Hay otros dos hombres en camino, pero teniendo en cuenta lo que acaba de contarnos, nos pondremos en marcha de inmediato.

—¿Esta tubería conduce a la caverna?

—Sí, señora. Es un tragaluz que conecta con la cámara principal que descansa bajo sus pies.

—He estado hablando por ella. No sé si me habrá oído…

—Estoy seguro de que esa joven se lo agradece —dijo Shudt.

—¿Puedo acompañarles?

—¿Dispone de equipamiento?

—Solo llevo lo puesto.

—Eso no es equipamiento. Dentro de la cueva hay una temperatura constante de doce grados. Es como meterse en una puta nevera, incluso antes de entrar en contacto con el agua. Para llegar a la caverna Orndorff hay que descender doce metros por una cuerda hasta llegar al suelo, que está cubierto por unos setenta centímetros de agua. Después hay que recorrer nueve metros de túneles anegados que apenas miden unos treinta centímetros de altura y solo entonces se accede a la cámara principal, que afortunadamente tiene una bóveda de unos doce metros. Espero que no tropecemos con ningún mapache rabioso ni con ninguna serpiente venenosa.

—¿Serpientes? —preguntó Kimberly, con un hilo de voz.

—Sí, señora. Al menos no hay murciélagos. Me entristece decir que la Caverna Orndorff agoniza. Y aunque los murciélagos la siguen considerando un invernáculo aceptable, en esta época del año están fuera comiendo insectos. De octubre a abril es otra historia y, si eres espeleólogo, no te aburres ni un momento.

—Pensaba que eran barranquistas.

—No, señora. Somos espeleólogos; nos dedicamos a explorar cuevas. Así que no se preocupe. Encontraremos a la joven desaparecida. ¿Saben cómo se llama?

—Karen o Tina.

—¿Tiene dos nombres?

—No sabemos cuál de las dos víctimas es.

—Dios mío, de verdad que no quiero saber nada más sobre su caso. Usted haga su trabajo y nosotros haremos el nuestro.

Shudt regresó al camión y empezó a vestirse mientras Mac y Nora Ray se acercaban a todo correr. Tras efectuar unas rápidas presentaciones, Mac, Kimberly y Nora Ray se hicieron a un lado mientras los tres hombres se ponían gruesas botas de excursionismo y recios guantes de cuero y preparaban sus mochilas.

Habían traído consigo diversas cuerdas de brillantes colores. Con hábiles movimientos, las enrollaron y las cargaron a los hombros. Tras probar diferentes fuentes de iluminación, se ajustaron los cascos. Shudt miró a sus compañeros y gruñó a modo de aprobación. Entonces, regresó a la parte trasera de su camión y sacó un tablero largo.

Lo utilizarían para sacar a la víctima de la caverna si era incapaz de caminar por sí misma. O si estaba muerta.

Shudt miró a Mac.

—Nos iría bien que alguien nos ayudara con las cuerdas desde la superficie. ¿Alguna vez ha trabajado con anclajes?

—He practicado un poco de montañismo.

—Entonces es nuestro hombre. Adelante.

Shudt se volvió por última vez hacia Kimberly.

—Siga hablando por la tubería —le dijo—. Nunca se sabe.

Los hombres dieron media vuelta y se internaron en el bosque. Kimberly se sentó una vez más en el suelo y Nora Ray la imitó.

—¿Qué le decimos? —murmuró la joven.

—¿Qué era lo que más deseabas oír?

—Que todo iba a terminar. Que iban a sacarme sana y salva de ahí.

Kimberly reflexionó unos instantes y, entonces, ahuecó las manos alrededor de la boca y se inclinó sobre la tubería.

—¿Karen? ¿Tina? Soy Kimberly Quincy de nuevo. El equipo de búsqueda y rescate ya va para allí. ¿Me oyes? Lo más duro ha terminado. Pronto estarás de nuevo en casa, con tu familia. Pronto estarás a salvo.

Tina había escarbado todo cuanto podía escarbar. Había empezado al nivel de las rodillas y había hecho agujeros hasta donde podía alcanzar. Entonces, a modo de experimento, había introducido los embarrados dedos de los pies en los dos primeros agujeros, se había sujetado a los siguientes con las manos y había conseguido trepar medio metro.

Sus piernas temblaban con fuerza. De repente se sentía ligera como una pluma y, al mismo tiempo, tan pesada como un ancla. Subiría disparada hacia la superficie como una araña humana o caería pesadamente al suelo y nunca más sería capaz de levantarse.

—Vamos —susurró entre sus agrietados labios. Siguió trepando.

Cuando ya casi llevaba un metro, sus brazos temblaban tanto como sus piernas y su estómago se contrajo con un doloroso calambre. Apoyó la cabeza contra la densa manta de enredaderas, rezó para no vomitar y siguió trepando.

Hacia el sol. Era ligera como una pluma. Podía trepar como Spiderman.

Ya casi llevaba dos metros cuando se detuvo, exhausta. Ya no había más asideros y seguía sin confiar en las plantas. Con torpeza, intentó sujetarse con la mano derecha, se puso de puntillas sobre los dedos de los pies, alzó la mano derecha sobre su cabeza y hundió la lima en la pared. La vieja madera se desmigajó bajo los movimientos del metal, devolviéndole la esperanza. Movió la lima con furia, imaginándose ya en lo alto.

Quizá encontraría un lago en la superficie. Un inmenso oasis de color azul. Se lanzaría a él de cabeza y flotaría entre sus suaves olas. Se sumergiría y dejaría que el agua limpiara el barro de su cabello. Entonces nadaría hacia el frescor del centro y bebería de su lago fantástico hasta que su estómago se hinchara como un balón.

Y cuando llegara al otro lado sería recibida por un camarero vestido de esmoquin, cargado con una bandeja de plata repleta de esponjosas toallas blancas.

Soltó una carcajada. Los delirios ya no le preocupaban demasiado, pues eran la única fuente de alegría que podía tener.

Los fragmentos de madera llovían sobre su cabeza y el dolor repentino y fiero que sintió en sus brazos fatigados le recordó su tarea. Exploró el agujero que acababa de hacer con las yemas de los dedos. Podía doblarlos en aquella tosca abertura. Había llegado el momento de moverse de nuevo. ¿Cómo era aquel viejo tema televisivo? Tenía que seguir adelante, hasta la cima, donde por fin obtendría un pedazo del pastel.

Con gran dolor obligó a su cuerpo a dar un paso más; su trasero sobresalía precariamente y sus brazos temblaban por el esfuerzo. Avanzó diez agotadores centímetros y, entonces, quedó encallada una vez más.

Había llegado el momento de hacer otro agujero. El brazo izquierdo le dolía demasiado para poder soportar su peso, así que se sujetó con el derecho y escarbó el agujero con la mano izquierda. Los movimientos eran torpes. No sabía si estaba haciendo un agujero o si estaba arrancando el conjunto del tablero, pues le resultaba demasiado difícil mirar.

Se aferró a la pared con sus temblorosas piernas y sus extenuados brazos. Enseguida tuvo hecho el siguiente agujero y llegó el momento de dar un paso más. Entonces cometió el error de mirar hacia arriba y estuvo a punto de echarse a llorar.

El cielo estaba tan arriba. ¿A cuánta distancia? ¿A tres o cuatro metros? Las piernas le dolían y los brazos le ardían. No sabía cuánto más podría aguantar y solo había recorrido dos metros y medio. Tenía manos y pies de araña, pero no la fuerza de ese animal.

Solo deseaba su lago. Deseaba flotar entre sus frías olas. Deseaba nadar hasta el otro lado y fundirse entre los brazos de su madre, para llorar con pesar y pedirle perdón por todas las cosas malas que le había hecho.

Que Dios le diera fuerzas para trepar por aquella pared. Que Dios le diera valor. Su madre la necesitaba y su bebé también. No deseaba morir como una rata en una trampa. No deseaba morir en soledad.

Solo un agujero más, se dijo a sí misma. *Trepa y haz un agujero más. Entonces podrás regresar al barro a descansar.*

Hizo un agujero más. Y después otro. Y entonces se prometió a sí misma, entre jadeos, que solo necesitaba hacer otro más…, que se convirtió en dos y después en tres, hasta que al final había logrado escalar unos tres metros y medio.

Ahora la imagen era aterradora. No debía mirar abajo. Tenía que seguir adelante, aunque sus hombros se le antojaran demasiado elásticos. Era como si las articulaciones hubieran cedido y ya no los sujetaran. Se tambaleó diversas veces y tuvo que sujetarse con los dedos; sus hombros chillaban, sus brazos ardían y ella gritaba de dolor, aunque tenía la garganta tan seca que solo lograba emitir una especie de graznido, el sonido de protesta de una lija.

Siguió trepando. Hacia la cima. Por fin iba a conseguir un pedazo del pastel.

Lloraba sin lágrimas. Se sujetaba con desesperación a la madera podrida y a las frágiles enredaderas, esforzándose en no pensar en lo que hacía. Había superado el umbral del dolor. Había rebasado el límite de su resistencia.

Visualizó a su madre. Visualizó a su bebé y siguió adelante, haciendo un agujero y después otro más.

Cuatro metros y medio. El borde superior estaba tan cerca que podía ver los hierbajos que asomaban por el saliente. La vegetación de la superficie. Su boca reseca se hizo agua ante aquel pensamiento.

Se quedó mirando durante demasiado tiempo y olvidó lo que estaba haciendo. Entonces, su cuerpo exhausto y deshidratado no pudo aguantar más. Alzó la mano, pero sus dedos se negaron a sujetarse a la pared.

Y Tina cayó hacia atrás.

Por un momento, sintió que quedaba suspendida en el aire. Podía ver sus brazos y piernas agitándose, como si fueran los de un estúpido dibujo animado. Entonces, la realidad se impuso y la gravedad reclamó su cuerpo.

Tina aterrizó en el barro.

Esta vez no gritó. El barro la engulló por completo y, después de todos estos días de encierro, Tina no protestó.

Cuarenta y cinco minutos después, Kimberly seguía hablando. Hablaba sobre el agua y la comida y el calor del sol. Hablaba sobre el tiempo y la temporada de béisbol y los pájaros que volaban por el cielo. Hablaba sobre los viejos y nuevos amigos y lo bueno que sería conocerlos en persona.

Hablaba sobre resistir. Hablaba sobre no tirar nunca la toalla. Hablaba sobre los milagros y el hecho de que podían hacerse realidad si tan solo lo deseabas con la suficiente fuerza.

Entonces Mac salió de entre los árboles y, en cuanto vio su rostro, Kimberly dejó de hablar.

Diecisiete minutos después, el cadáver fue extraído del pozo.

40

Condado de Lee, Virginia
19:53
Temperatura: 36 grados

El sol inició su descenso, navegando entre naranjas y brillantes olas de calor. Las sombras crecían, pero el calor seguía siendo asfixiante. Y en la serrería abandonada, los vehículos empezaban a amontonarse.

En primer lugar llegaron nuevos miembros de los equipos de búsqueda y rescate, que ayudaron a retirar del pozo el cuerpo sin vida de una joven de corto cabello castaño. Su vestido de flores amarillas estaba hecho harapos debido a la acidez del agua y tenía las uñas de ambas manos rotas y sucias, como si hubiera estado arañando frenética las duras paredes de dolomía.

El resto de su cuerpo estaba azulado e hinchado. Josh Shudt y sus hombres habían encontrado su cadáver flotando en el largo túnel que conectaba la entrada del sumidero de la caverna con la cámara principal. Tras retirarlo, se habían dirigido a la sala de la catedral y allí, sobre un anaquel, habían encontrado una garrafa de agua vacía y un bolso.

Según el carné de conducir, el nombre de la víctima era Karen Clarence y hacía tan solo una semana que había cumplido veintiún años.

No les llevó demasiado tiempo averiguar el resto. El asesino había abandonado a la víctima, sin duda alguna drogada e inconsciente, en la cámara principal. El tragaluz de la tobera que se alzaba a doce metros de altura le habría ofrecido un poco de luz durante las horas del día, la suficiente para que advirtiera la presencia de un estanque poco profundo de agua de lluvia relativamente potable a su izquierda y una corriente de agua tóxica y sumamente contaminada a su derecha. Era posible que hubiera permanecido quieta en el anaquel durante un tiempo. Quizá hubiera probado el agua del pequeño estanque y hubiera sido mordida por uno de sus estresados habitantes, el cangrejo blanco carente de ojos o los diminutos isópodos del tamaño de un grano de arroz. Y también era posible que hubiera tropezado con una serpiente de cuello rojo.

Fuera como fuera, era muy posible que la joven hubiera acabado mojada. Y cuando estás mojado en un entorno en el que hay una temperatura constante de doce grados, solo es cuestión de tiempo que sufras hipotermia.

Shudt les había hablado de un espeleólogo que había sobrevivido dos semanas perdido en los ocho kilómetros de túneles serpenteantes de una gruta subterránea. Por supuesto, él había llevado encima el equipo adecuado y una bolsa llena de barritas energéticas. Además, se había perdido en una caverna en la que el agua era potable y, según la leyenda local, daba buena suerte beber en ella.

Karen Clarence no había sido tan afortunada. Había conseguido no abrirse la cabeza con una gruesa estalactita. Había conseguido no lastimarse una rodilla ni dislocarse una muñeca mientras avanzaba a gatas en la oscuridad, entre las estalagmitas. Sin embargo, en algún momento, se había introducido de cabeza en aquella corriente contaminada. El agua debía de haberle abrasado la piel, del mismo modo que había agujereado su vestido. ¿Acaso ya no le importaba? ¿Sentía tanto frío que había agradecido el roce del líquido abrasador sobre su piel? ¿O simplemente era la decisión que había tomado? Sabía que si permanecía sentada en el saliente moriría y que el estanque poco profundo no conducía a ninguna parte. Por lo tanto, solo la corriente podría llevarla de vuelta a la civilización.

Fuera como fuera, se había internado en la corriente. Mientras su ropa se consumía y su rostro se llenaba de lágrimas, la había seguido hasta el estrecho túnel. Había impulsado su cabeza y sus brazos por aquel largo y diminuto espacio. Y había muerto en aquella oscuridad.

Ray Lee Chee había llegado poco después de las siete, acompañado por Brian Knowles, Lloyd Armitage y Kathy Levine. Habían descargado dos Jeep Cherokee llenos de equipo de campo, material de campamento y arcones de libros. Al principio, su buen humor había bordeado lo festivo, pero entonces habían visto el cadáver.

Al instante, habían dejado en el suelo sus equipos de campo y habían guardado silencio durante un prolongado momento, en señal de respeto hacia aquella joven que nunca habían conocido. Acto seguido, se habían puesto a trabajar.

Treinta minutos después habían llegado Rainie y Quincy, seguidos del doctor Ennunzio. Nora Ray había abandonado el campamento poco después. Y Kimberly la había seguido.

No tenía nada que hacer, pues los expertos ya estaban analizando las pistas y los agentes, el cadáver.

Nora Ray se había internado en el bosque y ahora estaba sentada sobre el tronco cortado de un árbol. Junto a ella crecía un helecho con suaves brotes verdes y la joven deslizaba sus manos entre las frondas.

—Ha sido un día largo —dijo Kimberly, apoyándose en el tronco de un árbol cercano.

—Todavía no ha terminado —replicó la muchacha.

Kimberly esbozó una triste sonrisa. Lo había olvidado. Aquella chica era lista.

—¿Reuniendo fuerzas?

Nora Ray se encogió de hombros.

—Supongo. Nunca antes había visto un cadáver. Pensaba que me turbaría más, pero la verdad es que, sobre todo, estoy… cansada.

—Provoca el mismo efecto en mí.

Nora Ray por fin la miró.

—¿Por qué está aquí?

—¿En el bosque? Cualquier cosa es mejor que el sol.

—No me refiero al bosque, sino al caso. ¿Por qué está trabajando con el agente especial McCormack? Me dijo que usted estaba en el caso de forma ilegal o algo así. ¿Usted…?

—Oh. ¿Te preguntas si soy pariente de una de las víctimas?

Nora Ray asintió con sobriedad.

—No. Esta vez no. —Kimberly se deslizó hasta el suelo y sintió el frescor de la tierra en sus piernas. Así le resultaba más sencillo hablar—. Hasta hace dos días, era estudiante de la Academia del FBI. Me faltaban siete semanas para graduarme y, aunque mis supervisores decían que tenía problemas con las figuras de autoridad, creo que al final lo habría conseguido. Creo que me habría graduado.

—¿Qué ocurrió?

—Fui a correr por el bosque y encontré un cadáver. Era Betsy Radison, la muchacha que conducía aquella noche.

—¿Fue la primera?

Kimberly asintió.

—Y ahora estamos encontrando a sus amigas.

—De una en una —susurró Kimberly.

—No me parece justo.

—No, pero tampoco se supone que tenga que serlo. Todo esto es obra de un mismo hombre y nuestro trabajo consiste en detenerle.

Ambas permanecieron en silencio durante un rato. No había demasiados ruidos en el bosque. Una débil brisa mecía los húmedos y pesados árboles y se oía el susurro distante de una ardilla o un pájaro rebuscando entre un montón de hojas secas.

—Mis padres deben de estar preocupados —dijo de pronto Nora Ray—. Mi madre… Desde que murió mi hermana, no quiere que me ausente de casa más de una hora. En teoría, tengo que llamarla por teléfono cada treinta minutos para que pueda gritarme que regrese.

—Se supone que los padres no viven más que sus hijos.

—Sin embargo, ocurre continuamente. Como usted ha dicho, la vida no es justa. —Nora Ray tiró con impaciencia de las hojas del helecho—. Tengo veintiún años, ¿sabe? Debería estar en la universidad. Debería estar planeando mi futuro, tener citas, beber demasiado algunas noches y estudiar diligentemente otras. Debería estar haciendo cosas estúpidas, inteligentes y de todo tipo para moldear mi vida. Sin embargo, mi hermana murió y mi vida se fue con ella. En mi casa nadie hace nada. Solo… existimos.

—Tres años no es tanto tiempo. Es posible que tu familia necesite más tiempo para superar las diferentes fases del pesar.

—¿Para superarlas? —Su voz sonó incrédula—. No lo estamos superando. Ni siquiera hemos iniciado el proceso. Todo está estancado. Es como si mi vida se hubiera partido por la mitad. Por un lado está todo lo que ocurrió antes de aquella noche, la universidad y un novio y las clases y una fiesta inminente, y por el otro está todo lo que ocurrió después. Pero ese después no tiene ningún contenido. Ese después sigue siendo una losa vacía.

—Tienes tus sueños —dijo Kimberly.

Nora pareció turbada.

—Usted cree que me los invento.

—No. Estoy segura de que sueñas con tu hermana. Sin embargo, hay quien dice que los sueños son la forma que tiene el inconsciente de solucionar las cosas. Si todavía sueñas con tu hermana, es posible que tu inconsciente tenga algo que solucionar. Es posible que tus padres no sean los únicos que todavía no han superado su muerte.

—No me gusta esta conversación —comentó Nora Ray.

Kimberly se limitó a encogerse de hombros y la joven la miró con los ojos entrecerrados.

—¿Qué es usted? ¿Una especie de psiquiatra?

—He estudiado psicología, pero no soy psiquiatra.

—Así que ha estudiado psicología y ha realizado medio curso en la Academia del FBI. ¿En qué le convierte eso?

—En alguien que también ha perdido a su hermana. Y a su madre. —Kimberly esbozó una sonrisa torcida en la penumbra—. Si hicieran un concurso para saber a quién ha maltratado más la vida, creo que ganaría.

Nora Ray la miró avergonzada. Su mano había regresado al helecho, pero ahora separaba sus hojas de forma metódica.

—¿Qué ocurrió?

—La misma historia de siempre. El malo cree que mi padre, perfilador criminalista del FBI, le ha destrozado la vida. El malo decide vengarse destruyendo a la familia de mi padre. El malo se centra primero en mi hermana mayor, que está deprimida y nunca se le ha dado bien juzgar a la gente. La mata y consigue que parezca un accidente. Después utiliza todo aquello que ella le ha contado para trabar amistad con mi madre. Pero mi madre es más lista de lo que él cree y, al final, en su muerte no hay nada de accidental. De hecho, la sangre se esparcía por siete habitaciones distintas. Finalmente el malo va a por mí, pero mi padre consigue detenerle antes de que acabe conmigo. He pasado los últimos seis años como tú, intentando averiguar el modo de seguir viviendo con alegría una vida que ya ha sido tan ensombrecida por la muerte.

—¿Es esa la razón por la que se unió al FBI? ¿Para poder ayudar a los demás?

—No. Me uní al FBI para poder ir armada hasta los dientes. Y también para poder ayudar a los demás.

Nora Ray asintió, como si aquello tuviera sentido.

—Y ahora va a atrapar al hombre que mató a mi hermana. Eso es bueno. El FBI tiene suerte de contar con usted.

—El FBI ya no me tiene.

—Pero me ha dicho que había realizado medio curso…

—Pedí una baja por motivos personales para poder seguir este caso, Nora Ray. En la Academia del FBI no ven bien este tipo de cosas. No estoy segura de que me permitan regresar.

—No lo entiendo. Está persiguiendo a un asesino y está intentando salvar vidas. ¿Qué más pueden pedirle a una agente?

—Objetividad, profesionalidad, un entendimiento claro del conjunto y capacidad para tomar decisiones duras. Abandoné la Academia para salvar una vida, pero si me hubiera quedado y hubiera completado mi formación, podría haber salvado cientos de ellas. En ocasiones mis supervisores resultan cargantes, pero no son estúpidos.

—Entonces, ¿por qué lo hizo?

—Porque Betsy Radison se parecía mucho a mi hermana Mandy.

—Oh.

—Oh —repitió Kimberly. Apoyó la cabeza en la áspera corteza del tronco y dejó escapar un profundo suspiro. Se sentía mejor de lo que había imaginado tras decir aquellas palabras en voz alta. Qué bien se sentía ahora que se había enfrentado a la verdad.

Había mentido a Mac cuando le había dicho que esto no tenía nada que ver con su familia. Había mentido a su padre cuando le había dicho que era capaz de manejar la situación. Pero sobre todo se había mentido a sí misma. Kimberly, joven y apasionada, había decidido luchar por los oprimidos en un caso que jurisdiccionalmente era una locura. Le había parecido una buena idea, pero era consciente de que su decisión de ayudar a Mac no había tenido nada que ver con Betsy Radison ni con el Ecoasesino ni con su supervisor Mark Watson. Lo había hecho simplemente por ella. Seis años de pesar, intentando levantar la cabeza y convencerse a sí misma de que lo estaba haciendo bien…, y solo había sido necesaria una víctima que se parecía un poco a Mandy para que lo lanzara todo por la borda. Su carrera, sus sueños, su futuro. Ni siquiera había hecho nada por evitarlo.

Betsy Radison había muerto y Kimberly había retomado la pesada carga de su pasado como si fuera lo único que podía consolarla. ¿Por qué no? Mientras siguiera obsesionada con la muerte de sus seres queridos, nunca tendría que afrontar el futuro. Mientras guardara luto por Mandy y por su madre, nunca tendría que definirse como persona. En alguna ocasión se había preguntado cómo habría sido su vida si ellas no hubieran muerto. Sabía que su vida todavía podía ser como ella quisiera que fuera. Solo tenía que ser fuerte. E inteligente. De hecho, era posible que incluso pudiera enamorarse. Nunca se sabía.

—¿Qué ocurrirá ahora? —preguntó Nora Ray, en voz baja.

—¿A corto o a largo plazo?

—A corto plazo.

—Ray y el equipo del Instituto de Cartografía descifrarán las pistas que dejó el asesino en la víctima y, entonces, intentaremos salvar a la cuarta muchacha. Después buscaremos al Ecoasesino y le patearemos el culo.

Nora Ray asintió con satisfacción.

—¿Y a largo plazo?

—A largo plazo, tú y yo nos daremos cuenta de que nada de esto ha conseguido cambiar las cosas. Tu hermana seguirá muerta, al igual que mi madre y Mandy, y ambas tendremos que seguir adelante con nuestras vidas. Entonces, empezaremos a vadear de una vez por todas por el pesar y la culpabilidad, intentando extraer algo positivo de todo este caos. Pero también es posible que decidamos quedarnos de brazos cruzados y permitamos que un par de asesinos logren arrebatarnos lo poco que nos queda.

—No me gusta demasiado nuestro futuro a largo plazo —dijo Nora Ray.

—Lo sé —replicó Kimberly—. A mí también me preocupa bastante.

41

Condado de Lee, Virginia
20:53
Temperatura: 35 grados

A la penumbra del atardecer, los murciélagos salieron de la cueva y se deslizaron ágilmente entre los árboles, haciendo que las luciérnagas se precipitaran hacia el suelo y que sus centelleantes luces se diseminaran. La humedad seguía siendo insoportable, pero ahora que el sol había descendido sobre el cielo y que los murciélagos danzaban en silencio sobre sus cabezas, las sombras habían adoptado una cualidad calmada y casi aplacadora.

Durante su infancia, a Kimberly y a su hermana les había encantado cazar luciérnagas. Solían correr por el jardín posterior con tarros de cristal, intentando capturar a aquellos veloces rayos de luz. A Mandy se le daba bastante mal, pero Kimberly era bastante buena. Entonces se sentaban alrededor de la mesa del jardín y alimentaban a las criaturas con tallos de césped recién cortado o brotes tiernos de diente de león. Y después las dejaban libres de nuevo, porque su madre no quería bichos en casa.

Ahora, Kimberly estaba sentada en el círculo que habían formado sus compañeros alrededor de una linterna Coleman. Sus rodillas y las de Mac se tocaban. Rainie y Quincy estaban discutiendo si debían ponerse en contacto con el juez de instrucción local, mientras Ray y su equipo permanecían a un lado, examinando el cadáver.

—Lo hemos hecho lo mejor que hemos podido —estaba diciendo Quincy—. Ahora tenemos que notificar la muerte al equipo encargado de la investigación.

—Eso solo les joderá —replicó Mac.

—¿Por qué? ¿Porque hemos movido el cadáver, hemos destruido la cadena de custodia de pruebas y hemos hecho que la escena del crimen sea

300

completamente inútil para los procedimientos de investigación básicos? —Quincy le dedicó una mirada irónica—. Sí, estoy seguro de que tendrán algo que decir sobre el tema.

308

—No estoy cuestionando lo que hemos hecho —dijo Quincy—. Lo único que intento es que regresemos a la realidad. Hallamos el cadáver, trajimos profesionales para que analizaran las pistas y ahora tenemos que empezar a pensar qué hacer a continuación. Espero que ninguno de vosotros sugiera que volvamos a dejar el cadáver en la cueva… o peor aún, que lo dejemos desatendido.

Todos se agitaron incómodos. Quincy tenía razón; ninguno de ellos había pensado en lo que debían hacer a continuación.

—Si nos ponemos en contacto con el equipo de investigación oficial, pasaremos el resto de la noche en la cárcel —comentó Kimberly—. Y eso contradice el propósito de venir aquí.

—Por supuesto. Pero considero que Mac y tú deberíais continuar. Rainie y yo esperaremos aquí a las autoridades pertinentes. Tarde o temprano, alguien tendrá que enfrentarse a los hechos.

Posó la mirada en Rainie.

—Si no le importa —dijo Ennunzio—, me gustaría continuar con ellos. Quiero estar cerca si el agente especial McCormack recibe otra llamada.

Mac echó un vistazo al teléfono móvil que llevaba colgado de la cintura e hizo una mueca.

—Es poco probable, teniendo en cuenta la potencia de señal que hay en este lugar.

—Sin embargo, a medida que nos acerquemos a la civilización…

—Yo también voy —dijo Nora Ray, mirando fijamente al doctor Ennunzio, como si le estuviera retando a negárselo.

—No es su responsabilidad —replicó Quincy—. Francamente, señorita Watts, si de verdad desea ayudarnos, lo mejor que puede hacer es regresar a casa. Sus padres deben de estar preocupados.

—Mis padres siempre están preocupados, incluso cuando estoy en casa. No pienso irme. Puedo ayudar y voy a quedarme.

Su tono de voz era firme y a ninguno de ellos les quedaban energías para discutir. Kimberly se volvió hacia Ennunzio y le miró con curiosidad.

—¿Cómo conocía la existencia de esta cueva? Según Josh Shudt, la Caverna Orndorff no es exactamente una gruta ideal para practicar la espeleología.

—No después de lo que le hizo el aserradero —replicó Ennunzio—, pero hace veinte o treinta años era un lugar hermoso. —Se encogió de hombros—. Me crié en esta zona. Pasaba el tiempo libre corriendo por estas montañas y cavernas. Hace ya mucho tiempo de eso, pero me gusta pensar que recuerdo bien todos sus rincones. Y pensé que esos recuerdos podrían resultar de cierta ayuda. Apenas conozco el conjunto del estado, pero me he movido bastante por esta esquina de Virginia.

—¿Tiene alguna idea de dónde puede haber dejado a la cuarta víctima? —preguntó Quincy, mirando a Mac.

El agente especial movió los hombros en círculo mientras reflexionaba.

—Veamos… ya ha estado en una base de los marines, en un parque nacional y en una caverna subterránea. Así que, ¿qué nos queda? La bahía de Chesapeake ocupa un puesto interesante en la escala de interés geológico. En alguna parte leí que se podía bucear por algunos embalses que se crearon inundando viejos pueblos mineros… y supongo que eso habrá despertado su interés. También hay diversos ríos. La última vez utilizó el Savannah.

—Hay dos cadenas montañosas importantes —dijo Ennunzio, pero Mac movió la cabeza hacia los lados.

—Ya ha estado en el bosque. Ahora buscará algo distinto.

—¿Quizá en la línea costera? —sugirió Nora Ray, sin apartar los ojos de Ennunzio.

—Las playas de los alrededores están más pobladas que la costa de Georgia —dijo Mac—. Es una posibilidad, pero creo que buscará un lugar más remoto. Podemos consultarlo con Ray.

Le hizo un gesto con la mano y, al instante, el empleado del Instituto Cartográfico se acercó. Ray tenía el rostro pálido y cubierto por una suave capa de sudor. Ahora que había visto un cadáver, era evidente que le resultaba menos atractivo trabajar en un caso de asesinato.

—¿Ha habido suerte? —le preguntó Mac.

—Un poco. Resulta difícil saber qué buscar en la chica…, el cadáver…, la víctima… El cuerpo —pareció decidir por fin—. Estuvo…, hum…, estuvo en el agua cierto tiempo y quién sabe qué pistas pueden haber sido eliminadas. Kathy ha encontrado una especie de hoja arrugada en el bolsillo de su vestido. En estos momentos la está intentando extraer sin dañarla pues, con esta humedad, el tejido se rompe con facilidad. Josh Shudt ha entrado a la caverna para examinar el anaquel y Lloyd está trabajando con las muestras de tierra que ha encontrado en los zapatos de la chica…, el cuerpo. Yo estoy intentando examinar el bolso, puesto que ustedes dijeron que el asesino a veces dejaba pistas en su interior.

—¿Le han examinado la garganta?

—No había nada.

—Me pregunto si habrá algo en su estómago —murmuró Mac—. Con la primera muchacha, el mapa, el asesino hizo un gran alarde de imaginación y no estoy seguro de cómo habrá decidido obrar con sus siguientes víctimas. Quizá deberíamos examinarla por dentro.

Nora Ray se levantó al instante y se alejó de la luz de la linterna. Mac la observó alejarse, pero no se disculpó.

El rostro de Ray Lee Chee había adoptado una tonalidad verdosa.

—No va a…, hum… En ningún momento mencionó que tuviéramos que hacer algo similar.

—Necesitamos al juez de instrucción —dijo Quincy.

—No puede pedirle a un geólogo que haga el trabajo de un forense —replicó Rainie.

—Perfecto, porque creo que vomitaría —dijo Ray. Pero no solo lo creía, puesto que se alejó trazando un confuso círculo y, cuando regresó, estaba aún más pálido, pero con una expresión más firme—. Escúchenme, ya hemos hecho todo lo que estaba en nuestras manos, así que propongo que busquemos un hotel, descansemos unas horas e intentemos descifrar las pistas. Sé que el tiempo apremia, pero si queremos estar seguros de que no les enviamos a una búsqueda que solo resultará ser una pérdida de tiempo, es necesario que dispongamos de cierto tiempo para hacer las cosas bien.

—Usted es el jefe —dijo Mac—. Retírese a descansar con sus hombres, si eso es lo que quiere. Nosotros les seguiremos, pero Rainie y Quincy se quedarán aquí con el cadáver.

Ray asintió agradecido y regresó con su equipo.

No parecía haber mucho más que decir ni mucho más que hacer.

Quincy contempló el cielo.

—Todavía hay una chica más —murmuró—. Y ya ha oscurecido.

Tina despertó al oír sollozar a alguien. Tardó unos instantes en darse cuenta de que era ella.

El mundo estaba oscuro y sus ojos se negaban a enfocar. Por un instante sintió pánico. La inflamación le había sellado los párpados de nuevo…, o quizá se había quedado ciega. Entonces se dio cuenta de que la oscuridad no era absoluta, sino que simplemente había adoptado los intensos tonos púrpura de la noche.

Había pasado horas tendida en el barro. Levantó un brazo e intentó moverse, pero el conjunto de su cuerpo protestó. Sus músculos temblaban por el esfuerzo, le dolía la cadera izquierda y las costillas le palpitaban. Por un momento pensó que no sería capaz de conseguirlo, pero entonces giró sobre sí misma en el barro. Se apoyó en los brazos para incorporarse y empezó a ponerse en pie.

Al instante, el mundo empezó a girar. La muchacha avanzó tambaleante hacia la pared del pozo, arrastrando los pies por el denso barro y sujetándose a las enredaderas con desesperación, en busca de apoyo. Se inclinó demasiado a la izquierda, después dio un bandazo demasiado fuerte a la derecha y por fin consiguió tener ambas manos apoyadas contra la pared. Sentía calambres en su revuelto estómago. Se dobló con agonía e intentó no pensar en qué podía estar ocurriendo ahí dentro.

Gritó. Gritó en la soledad del pozo. Y eso fue lo único que pudo hacer.

Los recuerdos regresaron en fragmentos y pedazos. Su glorioso intento por convertirse en una araña humana y su menos gloriosa caída. Levantó los brazos de nuevo, extendió las piernas y las inspeccionó en busca de heridas. Técnicamente hablando, seguía estando ilesa.

Intentó dar un paso, pero su pierna derecha cedió y, al instante, toda ella se zambulló de nuevo en el barro. Lo intentó de nuevo, apretando los dientes, pero el resultado fue idéntico. Sus piernas estaban demasiado débiles. Su cuerpo ya no podía dar más.

Permaneció tumbada con la cabeza apoyada en el fresco y reconfortante barro, advirtiendo que el limo se deslizaba y burbujeaba a centímetros de su rostro. Entonces decidió que, quizá, morir tampoco estaría tan mal.

Si tan solo pudiera conseguir agua… Su boca, su garganta, su arrugado estómago… Su piel agrietada y supurante.

Tras contemplar el barro un minuto más, empezó a incorporarse sobre las manos y las rodillas.

No debía hacerlo. Eso la mataría. ¿Pero acaso importaba?

Extendió los dedos y aplastó con ellos el barro. Al instante, el hueco que crearon se llenó de agua putrefacta y hedionda.

Tina agachó la cabeza y bebió como un perro.

42

Wytheville, Virginia
22:04
Temperatura: 34 grados

Kimberly reservó habitaciones en un diminuto motel de carretera. Ray y su equipo ya tenían las suyas, así que Kimberly reservó dos más, una para Nora Ray y otra para el doctor Ennunzio. Acto seguido pidió una doble para compartirla con Mac.

Cuando regresó al coche, fue incapaz de mirarle a los ojos. Repartió las llaves y Mac la miró con curiosidad al no recibir ninguna. Después se mantuvo ocupada descargando el equipaje del maletero. Necesitaban un plan. Ray llamaría a la habitación de Mac o Kimberly en cuanto el equipo tuviera una teoría y ellos se encargarían de despertar a los demás. Mac había conectado su teléfono móvil, que parecía tener un poco de cobertura. Kimberly también había conectado el suyo, por si su padre la necesitaba.

Ya no quedaba nada por hacer, más que darse una ducha y dormir unas horas. Pronto volverían a estar en pie.

Kimberly observó a Nora Ray mientras esta desaparecía tras la sencilla puerta blanca de aquel alargado edificio de una planta. Después observó al doctor Ennunzio, que cruzó el aparcamiento para dirigirse a su habitación, y esperó a que hubiera desaparecido de la vista antes de volverse hacia Mac.

—Toma —le dijo—. He reservado una habitación para los dos.

Puede que aquello le sorprendiera, pero no dijo nada. Simplemente se limitó a recoger la llave de su temblorosa mano. Acto seguido cogió el equipaje y se dirigió hacia la puerta.

Una vez en el interior, Kimberly se sintió descorazonada. La habitación era demasiado beis, demasiado genérica y demasiado vieja. Podría ser la habitación de cualquier motel de cualquier lugar del país y, por alguna razón, esto estuvo a punto de romperle el corazón. Solo por una vez deseaba algo más de la vida que aquellos intentos desesperados por ser feliz. Deberían haber ido a un hotelito. A uno de esos lugares que tenían las paredes tapizadas con diseños florales, mullidas colchas rojas y una gigantesca cama con dosel en la que podías hundirte y dormir hasta el mediodía sin recordar que el mundo real existía.

Pero no disponían de esos lujos. Y Kimberly suponía que, de haberlos tenido, tampoco habría sabido qué hacer con ellos.

Mac dejó el equipaje al pie de la cama.

—¿Por qué no te das una ducha? —le sugirió. Ella asintió y desapareció agradecida en la soledad del diminuto cuarto de baño.

Se duchó. Primero con agua caliente y humeante para relajar sus fatigados músculos y después con agua fría, para borrar todo vestigio de calor. Esta vez no lloró. Su cabeza no se llenó de imágenes de su madre y su hermana. La peor parte de la tristeza había quedado atrás y descubrió que hacía semanas que no se sentía tan serena.

Habían vuelto a intentarlo y habían vuelto a fracasar. Y pronto, en un día o en tan solo una hora, lo intentarían una vez más. Así era la vida. Podía dejarlo o seguir adelante, pero, por alguna razón, ella no era de las que abandonaban. Así que ya estaba. Había elegido su camino. Seguiría intentándolo una y otra vez, aunque algunos días eso le rompiera el corazón.

Se tomó su tiempo para secarse y buscó en su neceser el frasco de perfume que no tenía. Se preguntó si debería hacer algo con su pelo o si debía maquillarse. Desearía tener al menos un frasco de leche corporal para suavizar su piel maltratada por el sol.

Pero ella no era de esas. Nunca viajaba con ese tipo de cosas.

Regresó a la habitación con una deshilachada toalla blanca envuelta alrededor del cuerpo. Mac, sin decir nada, cogió su set de afeitado y desapareció en el cuarto de baño.

Kimberly se puso una camiseta gris del FBI y esperó a que su compañero se duchara.

En el exterior reinaba una oscuridad total, aunque imaginaba que seguía haciendo calor. ¿A una persona desaparecida le resultaría más sencillo resistir en estas condiciones o era mejor estar en algún lugar frío y oscuro? Quizá, en estos momentos la joven estaba deseosa por encontrar un lugar fresco que calmara su piel recalentada. Debía de considerar una broma pesada que el aire siguiera siendo tan caliente a pesar de que el sol se había puesto hacía algunas horas.

Nora Ray había sobrevivido ahí fuera. Se había protegido del sol; había descubierto el modo de mantenerse fresca durante las abrasadoras horas del día. Qué pequeña debía de haberse sentido mientras permanecía sumergida en la marisma, esperando a que alguien la encontrara en la inmensa línea del horizonte costero. Sin embargo, nunca había perdido la esperanza. Nunca había sucumbido al pánico. Y al final, había sobrevivido.

Pero toda sensación de victoria había desaparecido al conocer el fatal destino de su hermana. Había ganado la batalla, pero había perdido la guerra.

El grifo de la ducha se cerró. Kimberly oyó el sonido metálico de la cortina al ser descorrida y su respiración se volvió desigual. Se sentó en la silla destartalada que había junto al televisor. Las manos temblaban sobre sus muslos.

Oyó caer agua en la pila. Había tenido exámenes finales más sencillos. Había sujetado con menos inquietud su primera arma de fuego cargada. ¿Cómo era posible que esto le resultara tan difícil?

Entonces la puerta se abrió y Mac apareció ante ella, recién duchado, recién afeitado y con una toalla atada alrededor de su esbelta y bronceada cintura.

—Hola, preciosa —le dijo—. ¿Vienes mucho por aquí?

Ella se acercó, apoyó las manos en sus hombros desnudos… y resultó que no era tan difícil.

Nora Ray no dormía. En cuanto quedó a solas en la habitación del hotel, se dejó caer sobre una vieja silla y observó su bolsa de viaje. Sabía lo que tenía que hacer y le resultaba extraño que, ahora que había llegado el momento, vacilara. Estaba nerviosa.

Nunca había imaginado que se sentiría así. Pensaba que era más fuerte, más valiente. Sin embargo, estaba aterrada.

Se levantó de la silla e inspeccionó ociosamente la sala. La cama era doble y el colchón estaba repleto de protuberancias. En el mueble de la televisión, barato, había muescas recientes y viejos cercos de agua. La televisión en sí era tan vieja y tan pequeña que nadie se había tomado la molestia de robarla. Contó las quemaduras de cigarrillo de la moqueta.

Tres años eran mucho tiempo. Podía estar equivocada, pero no lo creía. Nunca olvidabas los últimos momentos que habías pasado con tu hermana. Ni la voz de un hombre diciendo: «¿Necesitan ayuda, señoritas?»

Y por eso estaba aquí. Y sabía que él también estaba aquí. ¿Qué iba a hacer?

Se acercó a la bolsa, abrió la cremallera y sacó de su interior una bolsa de Ziploc que podía pasar por neceser. No había mentido a Mac. No había demasiadas cosas que una joven pudiera pasar por el control de seguridad de un aeropuerto.

Pero había traído algo. De hecho, algo que había aprendido de él.

Sacó la botella de colirio y, del interior de su bota de excursionismo, retiró una larga aguja que había deslizado junto a la suela de goma. Solo tardó un momento en sacar la jeringuilla de plástico de su bote de champú.

Tras montar la aguja, sacó con sumo cuidado el líquido que contenía el frasco de Visine. Aquel bote diminuto había contenido colirio de verdad, pero Nora Ray había cambiado su contenido hacía una semana.

Y ahora contenía ketamina. Actuaba con rapidez. Era potente. Y en la dosis adecuada, letal.

El hombre soñaba. Se movía de un lado a otro de la cama. Agitaba los brazos y las piernas. Odiaba este sueño e intentaba con todas sus fuerzas despertar, pero el recuerdo era más fuerte y le engullía de nuevo hacia el abismo.

Estaba en un funeral. El sol ardía con intensidad sobre su cabeza; era un día insoportablemente caluroso y se encontraba en un cementerio insoportablemente caldeado. El sacerdote canturreaba sin cesar durante un servicio al que nadie más se había molestado en asistir y su madre le sujetaba la mano con demasiada fuerza. Su único vestido negro, de lana y manga larga, era demasiado grueso para aquella época del año. La mujer se balanceaba de un lado a otro, resoplando lastimosa, mientras su hermano pequeño y él la sujetaban para que se mantuviera derecha.

Por fin terminó. El sacerdote guardó silencio y el ataúd desapareció en la tierra. El sudoroso enterrador se acercó, aliviado por poder completar su trabajo.

Cuando se fueron a casa, el hombre se sintió agradecido.

Al regresar a la cabaña, utilizó el carbón que quedaba para encender la estufa. El aire estaba demasiado cargado por el calor pero, como no tenían electricidad, este era el único modo de preparar una cena caliente. Mañana tendría que ir a por leña para alimentar la estufa. Y pasado, deseaba poder tener algo de comida sobre la mesa y ver un poco de color en las mejillas de su madre.

Su hermano le esperaba con una olla en la que calentar el caldo.

Dieron de comer a su madre en silencio. Ninguno de ellos probó ni una gota mientras introducían entre sus pálidos labios una cucharada tras otra de caldo de buey y trocitos de pan seco. Por fin ella suspiró y él pensó que lo peor ya había pasado.

—Se ha ido, mamá —se oyó decir—. Ahora las cosas irán mejor. Ya verás.

Entonces, ella había alzado su pálido rostro, sus ojos sin vida habían adoptado una fría tonalidad azul y sus mejillas habían cobrado un tono colorado que daba miedo contemplar.

—¿Mejor? ¿Mejor? ¡Eres un maldito desagradecido! Él puso un techo sobre tu cabeza y comida sobre la mesa. ¿Y qué fue lo único que pidió a cambio? ¿Un poco de respeto por parte de su mujer y sus hijos? ¿Eso era demasiado, Frank? ¿Realmente era demasiado?

—No, mamá —intentó decir, a la vez que retrocedía. Sus ojos nerviosos se cruzaron con los de su hermano, también nerviosos. Nunca la habían visto así.

Se levantó de la mesa, demasiado pálida, demasiado delgada, demasiado huesuda, y avanzó hacia su hijo mayor.

—¡No tenemos comida!

—Lo sé, mamá.

—¡No tenemos dinero!

—Lo sé, mamá.

—Perderemos esta casa.

—¡No, mamá!

Pero era imposible calmarla. Cada vez estaba más cerca. Y ahora, él ya había retrocedido hasta el fondo de la sala y la pared le impedía continuar.

—¡Eres malo y sucio, eres un niño corrupto, desagradecido y egoísta! ¿Qué he hecho yo para merecer un hijo tan malo como tú?

Su hermano lloraba. El caldo se enfriaba sobre la mesa. Y el hombre-niño se dio cuenta de que realmente no había escapatoria. Su padre se había ido, pero un nuevo monstruo había surgido para ocupar su puesto.

El chico bajó las manos para dejar su rostro expuesto. El primer golpe no fue demasiado doloroso, nada que ver con los de su padre. Pero su madre aprendió rápido.

Y él no hizo nada por detenerla. Mantuvo las manos junto a los costados y dejó que su madre le pegara. Cuando ella fue en busca del cinturón de su padre, se dejó caer lentamente sobre el caliente y polvoriento suelo.

—Corre —le dijo a su hermano—. Vete mientras puedas.

Pero su hermano estaba demasiado asustado para moverse. Y su madre regresó demasiado pronto, oscilando en el aire la banda de cuero para que pudieran oír su flagelante siseo.

El hombre despertó por fin. Jadeaba y tenía los ojos enloquecidos. ¿Dónde estaba? ¿Qué había ocurrido? Por un momento pensó que el oscuro vacío le había engullido por completo, pero entonces se situó.

Se encontraba en medio de una habitación. Y tenía en las manos una caja de cerillas. Y una de ellas estaba entre sus dedos…

El hombre volvió a dejar las cerillas sobre la mesa y retrocedió con rapidez, llevándose las manos a la cabeza e intentado convencerse a sí mismo de que todavía no estaba loco.

Necesitaba una aspirina. Necesitaba agua. Necesitaba algo más potente que eso. Todavía no, todavía no, no había llegado el momento. Sus dedos arañaron sus mejillas sin afeitar y se hundieron en sus sienes, como si la simple fuerza de voluntad pudiera impedir que su cráneo se rompiera en pedazos.

Tenía que resistir. Ya no faltaba demasiado. Ya no quedaba mucho tiempo.

Impotente, advirtió que miraba de nuevo las cerillas. Y entonces supo lo que tenía que hacer. Recuperó la caja de cerillas que había dejado sobre la mesa y la sostuvo en la palma de la mano mientras pensaba en cosas en las que no había pensado desde hacía mucho, mucho tiempo.

Pensó en fuego. Pensó en que todas las cosas bellas debían morir. Y entonces se permitió recordar aquel día en la cabaña y lo que había ocurrido después.

43

Condado de Lee, Virginia
01:24
Temperatura: 34 grados

—Esta es la forma más irresponsable de llevar un caso que he visto en mi vida. Es inapropiada y, francamente, constituye un delito. Hemos perdido a ese hombre, Quincy, y juro por Dios que pasaré los próximos dos años haciendo que su vida sea un infierno. Quiero que salga de esta propiedad tan rápido como pueda conducir. Y no se moleste en regresar a Quantico. Estoy al tanto de sus charlas con los Agentes Especiales Kaplan y Ennunzio. Si pisa los terrenos de la Academia, haré que le arresten en la entrada. Su trabajo en este caso ha terminado. De hecho, por lo que a mí respecta, su maldita carrera ha terminado. Ahora, desaparezca de mi vista.

El agente especial Harkoos finalizó su diatriba y se marchó hecho una furia. Su chaqueta azul marino colgaba flácida bajo el pesado calor y su rostro, cubierto de sudor antes de empezar a gritar, ahora goteaba. En otras palabras, ahora tenía el mismo aspecto que cualquier otro de los agentes del FBI que examinaban el aserradero abandonado.

—Creo que no le gustas demasiado —le dijo Rainie.

Quincy se volvió hacia ella.

—Dime la verdad. ¿Con el traje azul marino tengo un aspecto así de ridículo?

—Por lo general, sí.

—Oh. Las cosas que se descubren treinta años tarde.

Empezaron a caminar hacia el coche. Aquella broma no había engañado a ninguno de los dos. La reprimenda de Harkoos había sido minuciosa y honesta. Les habían sacado del caso, tenían prohibida la entrada en la Academia y, en cuanto corriera la voz, probablemente también terminaría su carrera como asesores en el tirante e incestuoso mundo de las investigaciones policiales de gran envergadura. Se tardaba toda una vida en forjarse una reputación, pero arruinarla solo era cuestión de minutos.

Quincy tenía una extraña sensación en el estómago, una que hacía años que no sentía.

—Cuando atrapemos al Ecoasesino, pronto se olvidarán de todo esto —intentó consolarle Rainie.

—Quizá.

—Si fracasas habrá sido un acto irresponsable, pero si consigues detenerle, dicha irresponsabilidad se convertirá en un acto poco ortodoxo.

—Tienes razón.

—Quincy, esos tipos tienen el mismo cadáver y las mismas pruebas que encontramos nosotros anoche y ni siquiera estaban en la zona cuando les llamaste. Si no hubiéramos seguido adelante, esa chica todavía estaría flotando en una cueva y en estos momentos no estaríamos investigado el paradero de la cuarta víctima. Harkoos está enfadado porque le has ganado. No hay nada más abochornante que quedar eclipsado…, sobre todo por un grupo de forasteros.

Quincy detuvo sus pasos.

—Estoy harto de todo esto —dijo de pronto.

—La política nunca ha sido divertida.

—¡No! No me refiero a este maldito caso. Por mí puede irse a la mierda. Tienes toda la razón: un día fracasas y al siguiente te conviertes en un héroe. Todo cambia continuamente y nada tiene ningún sentido.

Rainie se había quedado completamente inmóvil. La luz de la luna iluminaba su pálido rostro. Quincy no solía salirse de sus casillas, de modo que su exabrupto le causaba fascinación y miedo al mismo tiempo.

—No quiero que las cosas sigan así entre nosotros, Rainie.

Ella miró al suelo, con expresión vacilante.

—Lo sé.

—Eres lo mejor que me ha pasado en la vida y si no te lo digo con la suficiente frecuencia es porque soy un completo idiota.

—No eres un completo idiota.

—No sé nada sobre niños. A decir verdad, la simple idea me aterra. No fui un gran padre, Rainie. De hecho, tampoco lo soy ahora. Pero quiero que lo hablemos. Si esto es lo que verdaderamente deseas, lo mínimo que puedo hacer es analizar el tema.

—Es lo que deseo.

—De acuerdo, pero entonces tendrás que ser sincera conmigo. ¿Lo único que quieres son hijos? Porque aunque lo he intentado... Rainie, te he pedido varias veces que te cases conmigo. ¿Por qué nunca has dicho que sí?

Sus ojos se llenaron de lágrimas.

—Porque pensaba que nunca dejarías de preguntármelo. No eres tú el idiota, sino yo.

Quincy sintió que el mundo empezaba a girar de nuevo. Había pensado... Había estado tan seguro de que...

—¿Eso significa...?

—¿Crees que te dan miedo los niños? Diablos, Quincy, a mí me da miedo todo. Me da miedo comprometerme y me da miedo la responsabilidad. Me da miedo decepcionarte y me da miedo pensar que algún día podría herir físicamente a mis hijos. Todos nos hacemos mayores, pero nunca superamos por completo nuestro pasado. Y el mío se alza amenazador a mis espaldas, como una sombra gigantesca que tan solo deseo dejar atrás.

—Oh, Rainie...

—Me digo a mí misma que debería ser feliz con lo que tengo. Tú y yo formamos un buen equipo, mejor de lo que jamás habría podido imaginar. Realizamos un trabajo importante y conocemos a gente importante, algo que no está nada mal para una mujer que solía ser un saco de boxeo humano. Pero..., pero ahora estoy muy inquieta. Puede que la alegría sea como una droga. En cuanto tienes un poco, quieres mucho más. No sé, Quincy. Deseo con todas mis fuerzas no desear tanto, pero no consigo evitarlo. Quiero más de ti. Quiero más de mí. Quiero... hijos y vallas blancas y quizás cubreteteras, aunque no estoy segura de saber qué es un cubreteteras. Puede que tú estés asustado, pero yo estoy bastante segura de que he perdido la razón.

—Rainie, eres la mujer más fuerte y valiente que conozco.

—Oh, solo lo dices para que no te dé unos azotes.

Golpeó el suelo con el pie, en señal de disgusto, y Quincy por fin sonrió. Le sorprendió advertir que ya se sentía mucho mejor. El mundo había regresado a la normalidad y sus manos habían dejado de temblar. Era como si se hubiera liberado de repente de un peso que le oprimía el pecho y que no sabía que llevaba encima.

Era consciente de que aquel no era el momento adecuado. Ni tampoco el lugar. Sin embargo, había desperdiciado demasiado tiempo de su vida esperando momentos perfectos que nunca habían llegado. Cogió las manos de Rainie y la miró. Las lágrimas se deslizaban por su rostro, pero no se apartó.

—Envejezcamos juntos, Rainie —susurró—. Adoptemos a nuestros hijos, recortemos el número de casos en que trabajamos, creemos un hogar y escribamos nuestras memorias. Estaré encantado de vivir esa vida. Y tú podrás enseñarme el camino.

—¡No sé si seré una buena madre!

—Aprenderemos juntos.

—¡No sé si seré una buena esposa!

—Rainie, solo necesito que seas tú misma. Solo así seré el hombre más feliz del mundo.

—Por el amor de Dios, levántate del suelo. —A pesar de sus palabras, Rainie le apretaba las manos con fuerza. Al ver que no se levantaba, decidió arrodillarse en el suelo junto a él. Entonces le dijo, llorando a lágrima viva—: Tenemos que hablar más.

—Lo sé.

—Me refiero a hablar de otras cosas que no sean trabajo.

—Lo había entendido.

—Y cuando estés asustado, tienes que decírmelo, Quincy. Me duele tanto cuanto te alejas de mí…

—Lo intentaré.

—De acuerdo.

—De acuerdo.

Respiró hondo.

—Es decir, mejor que de acuerdo. Lo que quiero decir es que sí, que me casaré contigo. ¡Qué demonios! Si podemos atrapar a unos cuantos asesinos, tenemos que ser capaces de resolver este asunto doméstico.

—Por supuesto —convino Quincy. La acercó más a él y la envolvió entre sus brazos. Al ver que temblaba, entendió por primera vez que estaba tan nerviosa como él. Eso le dio fuerzas. No era necesario conocer todas las respuestas. Solo tenías que ser lo bastante valiente para intentarlo.

—Te quiero, Rainie —le susurró al oído.

—Yo también te quiero.

Ella le abrazó con más fuerza y él besó las lágrimas de su rostro.

La llamada tuvo lugar aproximadamente una hora más tarde. Habían regresado a la interestatal 81 y se dirigían hacia el norte, buscando una Virginia más poblada. Ambos habían conectado sus teléfonos móviles, pues ya no había ninguna razón para seguir esquivando al FBI y Quincy quería estar localizable cuando Kimberly y Mac tuvieran alguna noticia.

Sin embargo, quien le llamó no fue Kimberly, sino Kaplan.

—Tengo algunas noticias sobre el juego —anunció el agente especial.

—Creo que debo decirle que hemos sido retirados oficialmente del caso —respondió Quincy.

—Bueno, entonces no he sido yo quien les ha contado esto. Ordené a mis hombres que investigaran a todos los obreros que hubieran tenido alguna relación con Georgia durante los últimos diez años. La buena noticia es que conseguimos algunos nombres. La mala, que ninguno de ellos era nuestro asesino. Pero tengo una noticia aún mejor: amplié la búsqueda.

—¿Amplió la búsqueda?

—Decidí investigar a todo el personal de la maldita base. Ahora tenemos montones de nombres, pero creo que hay uno sobre el que debo informarle de inmediato. El doctor Ennunzio. El lingüista.

—¿Ha vivido en Georgia?

—Trabajó allí. Tuvo que volar repetidas veces a Atlanta durante tres años debido a una serie de secuestros que se produjeron allí. Durante el período comprendido entre el año mil novecientos noventa y nueve y el dos mil. Lo que podría encajar...

—Con la época en la que el Ecoasesino comenzó este juego. ¡Maldita sea! —Quincy golpeó el volante. Tenía a Kaplan al teléfono, así que se volvió hacia Rainie—. ¡Deprisa! ¡Llama a Kimberly! Dile que es Ennunzio y que aleje enseguida a Nora Ray de él.

Kimberly no dormía. Dormir sería lo más inteligente, recargar las pilas mientras tuviera la oportunidad de hacerlo, disfrutar de un descanso que tanto necesitaba... Sin embargo, no dormía.

Trazaba líneas con el dedo índice por la espalda bronceada de Mac y deslizaba sus dedos por su pecho, suave y ligeramente velludo. No podía dejar de tocarle; su piel era como cálido satén al tacto.

Mac roncaba. Kimberly no había tardado demasiado en descubrirlo. Además, emanaba una gran cantidad de calor y era insoportablemente pesado. En dos ocasiones había dejado caer su peso sobre ella, apoyando un brazo en su pecho o en su cadera de un modo bastante posesivo. Tendría que quitarle esa costumbre..., aunque, secretamente, le resultaba muy atractiva.

Sospechaba que estaba experimentando el mismo descenso en barrena que había visto en otras mujeres: al principio eran fuertes, independientes y tenían firmes creencias sobre cómo tratar a los hombres, pero después se agujereaban como un terrón de azúcar cuando Alto, Moreno y Atractivo les dedicaba una sonrisa.

Bueno, a ella no le iba a pasar lo mismo. Al menos, no del todo. Iba a reclamar su lado de la cama, un espacio donde pudiera tumbarse cómodamente y dormir. Pero lo haría en cuanto dejara de seguir la curva de sus tríceps, o la línea de su mandíbula...

Sus dedos se deslizaron hacia la cadera y, en recompensa, sintió que algo se endurecía y presionaba sus muslos.

Sonó el teléfono. Su mano se detuvo y ella soltó una palabrota que ninguna mujer debería pronunciar en la cama. Intentó desembarazarse de la confusión de sábanas.

—Odio los teléfonos móviles —dijo Mac.

—¡Mentiroso! Estabas despierto.

—Deliciosamente despierto. ¿Quieres castigarme? Me iría bien una buena azotaina.

—Será mejor que sean buenas noticias —dijo Kimberly—. De lo contrario, romperé todos los microchips de este aparato.

Pero ambos sabían que tenía que tratarse de algo urgente. Era muy temprano, de modo que debía de ser Ray Lee Chee con información sobre la cuarta víctima. Ya habían disfrutado de unas horas de descanso. Había llegado el momento de ponerse en marcha.

Kimberly abrió el teléfono, esperando lo peor, y se quedó sorprendida al oír la voz de Rainie al otro lado de la línea.

—¡Es Ennunzio! —le dijo, sin más preámbulo—. ¿Dónde diablos estáis?

Desconcertada, Kimberly le dio el nombre del motel y el número de salida de la carretera.

—Encargaos de él —estaba diciendo Rainie—. Vamos de camino. Y, Kimberly..., protege a Nora Ray.

La oscuridad reinaba en el exterior. Y hacía mucho calor. Protegiéndose las espaldas contra la pared del motel, avanzaron hacia la habitación de Ennunzio con las armas en alto y el rostro tenso. Primero llegaron a la habitación de Nora Ray. Kimberly llamó a la puerta. No hubo respuesta.

—Duerme profundamente —murmuró Mac.

—Eso es lo que ambos deseamos.

Cruzaron el aparcamiento, con pasos ansiosos. La habitación de Ennunzio se encontraba en el ala contraria de aquel edificio en forma de «L». La puerta estaba cerrada. Las luces apagadas. Kimberly acercó la oreja a la puerta y escuchó. Primero nada. Después, de repente, el sonido de un mueble —o un cuerpo— cayendo al suelo y siendo arrastrado por la sala.

—¡Vamos, vamos, vamos! —gritó Kimberly.

Mac levantó una pierna y pegó una patada a la puerta de madera barata. Esta se abrió, pero al instante siguiente retrocedió, pues la cadena estaba echada. Le dio una patada más fuerte y, esta vez, la puerta rebotó contra la pared.

—¡Policía! ¡No se mueva!

—Nora Ray, ¿dónde estás?

Kimberly y Mac entraron corriendo en la habitación, uno hablando a gritos y la otra, con voz calmada. Los dedos de Kimberly enseguida encontraron el interruptor.

Ante ellos había dos personas enzarzadas en una pelea. Las sillas estaban volcadas, la cama destrozada y el televisor en el suelo. Pero no era el doctor Ennunzio quien atacaba a una joven asustada, sino que era Nora Ray quien había acorralado contra una esquina al agente especial, que iba en calzoncillos. La muchacha se había abalanzado sobre él, blandiendo una enorme y brillante jeringa.

—¡Nora Ray! —gritó Kimberly, desconcertada.

—Él mató a mi hermana.

—No fui yo. No fui yo. ¡Lo juro por Dios! —Ennunzio retrocedió aún más contra la pared—. Creo… creo que fue mi hermano.

44

Wytheville, Virginia
03:24
Temperatura: 34 grados

—Tienen que entenderlo, no creo que esté bien.

—Es posible que su hermano haya secuestrado y asesinado a más de diez mujeres. ¡El hecho de que no esté bien es el menor de sus problemas!

—No creo que quisiera hacerles daño…

—¡Joder! —exclamó Mac. Estaba de pie ante Ennunzio, que se había desplomado sobre el borde de la cama. Quincy y Rainie ya habían llegado y estaban vigilando la puerta. Kimberly, que había arrebatado la jeringuilla a Nora Ray, custodiaba a la joven en la esquina derecha de la sala. El ambiente general era sumamente hostil—. ¡Es usted quien hace las llamadas!

Ennunzio agachó la cabeza.

—¿Por qué? ¡Ha estado jugando conmigo desde el principio!

—No intentaba jugar con usted. Solo intentaba ayudar…

—Usted dijo que el informante podía ser el asesino. ¿Por qué?

—Quería que se tomaran las llamadas más en serio. Juro por Dios que he hecho lo imposible por ayudarles, pero yo tampoco sé demasiado.

—Podría habernos dicho el nombre de su hermano.

—Eso no le habría servido de nada. Frank Ennunzio no existe. Ignoro dónde estará viviendo ahora, pero sin duda lo hace bajo un nombre falso. Por favor, tienen que comprenderlo. Hace más de treinta años que no hablo con mi hermano.

Todos se sorprendieron al oír estas palabras. Mac frunció el ceño, pues no le gustaba aquella noticia. Cruzó los brazos sobre su pecho y empezó a dar vueltas por la pequeña habitación.

—Quizá debería empezar desde el principio —sugirió Quincy, con voz serena.

Ennunzio asintió con la cabeza.

—Hace cinco años me enviaron a Atlanta para trabajar en un caso, el secuestro de la hija de un joven doctor. Me pidieron que analizara las notas que había enviado el secuestrador a sus padres. Mientras estaba allí desaparecieron dos chicas más, dos estudiantes de la Universidad Estatal de Georgia. Decidí recortar los artículos del periódico, pues me pareció algo más que una simple coincidencia: estaba trabajando en un caso de secuestro y habían desaparecido dos muchachas más. Así fue como empecé a seguir el caso de las jóvenes desaparecidas, tanto aquel verano como el siguiente, cuando otras dos muchachas desaparecieron durante una ola de calor.

»Ahora sé que el caso de las jóvenes desaparecidas no tenía nada que ver con el mío. Estuve trabajando en lo que resultó ser una serie de casos de rescate: un joven muy chic, que trabajaba en uno de los clubes más importantes del país, utilizaba su posición para identificar y acechar a familias jóvenes y pudientes. Tardamos tres años, pero logramos detenerle, en gran medida gracias a sus notas de rescate.

»Sin embargo, los secuestros que se producían durante las olas de calor eran obra de una bestia completamente distinta. El sospechoso siempre atacaba a jóvenes universitarias que viajan en pareja. Dejaba un cadáver cerca de una carretera y el segundo en alguna localización remota. Y siempre enviaba notas a la prensa. «El reloj hace tictac... El calor mata». Hace largo tiempo que recuerdo esas palabras. Son de esas que no se olvidan.

La voz de Ennunzio se quebró. Deslizó la mirada hacia la moqueta, perdido en sus pensamientos.

—¿Qué hizo su hermano? —preguntó Rainie, en voz baja—. Háblenos de Frank.

—Nuestro padre era un hombre duro.

—Algunos padres lo son.

—Trabajaba en las minas de carbón, bastante cerca del lugar que hemos visitado hoy. Es una vida implacable. Te rompes la espalda trabajando durante el día y vives en la más mísera pobreza durante la noche. Era una persona muy colérica.

—Las personas coléricas suelen convertirse en agresores físicos —comentó Rainie.

Ennunzio por fin la miró.

—Sí, así es.

—¿Su hermano mató a su padre?

—No. Las minas pudieron antes con él. El polvo del carbón se acumuló en sus pulmones, empezó a toser y, un día, ya no tuvimos que seguir temiéndole.

—Ennunzio, ¿qué hizo su hermano?

—Asesinó a nuestra madre —susurró el lingüista—. Mató a la mujer a la que habíamos intentado proteger durante toda la infancia.

Su voz se quebró de nuevo. No parecía capaz de mirar a nadie. Sus hombros se combaron, agachó la cabeza y empezó a retorcerse las manos, que tenía apoyadas en el regazo.

—Tienen que comprenderlo... Después del funeral, nuestra madre perdió un poco la cabeza. Empezó a pegarle gritos a Frank y a decirle que era un desagradecido; en cuanto nos dimos cuenta, había ido en busca del cinturón de mi padre. Al principio, Frank no hizo nada. Permaneció inmóvil en el suelo hasta que ella se hartó de azotarle, hasta que estuvo tan cansada que ni siquiera fue capaz de moverse. Entonces se levantó del suelo y la cogió en brazos, con suma gentileza. Lo recuerdo perfectamente. Frank solo tenía catorce años, pero era grande para su edad y mi madre tenía la constitución de un pajarillo. Entonces la llevó en brazos hasta su habitación y la acostó en la cama.

»Me dijo que saliera de casa, pero fui incapaz de hacerlo. Me quedé en medio de la sala mientras él retiraba las lámparas de aceite de sus soportes y vertía su contenido por todas las habitaciones. Creo que entonces supe qué pretendía hacer. Mi madre simplemente miraba, tumbada en la cama, jadeante. No pronunció ni una sola palabra. Ni siquiera levantó la cabeza. Frank iba a matarla y creo que ella se lo agradecía.

»Tras rociar de aceite la cabaña, se dirigió a la estufa y tiró al suelo los carbones que ardían en ella. Al instante, el conjunto de la casa estalló en llamas. Era una vieja cabaña de madera, reseca por el paso del tiempo y sin ninguna capa de aislante. Puede que la casa también se lo agradeciera. No lo sé. Solo recuerdo que mi hermano me cogió de la mano y me obligó a cruzar la puerta. Nos quedamos fuera, viendo cómo ardía la casa. En el último momento, mi madre empezó a gritar y me pareció verla de pie, en medio de aquellas llamas, con los brazos sobre la cabeza y clamando al cielo. Pero ya no había nada que ninguno de los dos pudiéramos hacer por ella. Ni tampoco por nosotros.

»Mi hermano me dejó junto a la carretera y me dijo que pronto pasaría alguien. Y también me dijo: «Recuerda esto, Davey. El calor mata». Acto seguido desapareció entre los árboles y, desde entonces, no he vuelto a verle ni a hablar con él. Una semana después me llevaron con una familia de acogida de Richmond y ahí terminó todo.

»Cuando cumplí los dieciocho, regresé brevemente a la zona, pues quería visitar la tumba de mis padres. Descubrí que alguien había hecho un agujero en la lápida y había insertado en su interior un papel enrollado en el que ponía: «El reloj hace tictac... El planeta agoniza... Los animales lloran... Los ríos gritan. ¿Pueden oírlo? El calor mata». Creo que eso resume lo que piensa mi hermano al respecto.

—¿Todo debe morir? —preguntó Kimberly, sombría.

—Todo lo bello. —Ennunzio se encogió de hombros—. No sé si podrán entenderlo. Para nosotros la naturaleza era nuestro refugio, pues allí nos escondíamos de nuestro padre, pero también era nuestra prisión, pues era una zona despoblada donde nadie podía ver lo que realmente ocurría. Mi hermano adoraba el bosque, pero también lo odiaba. Amaba a nuestro padre, pero también lo odiaba. Y amaba a mi madre, pero también la odiaba. Para él, creo que las líneas siguen estando confusas. Odia lo que ama y ama lo que odia, así que está atrapado en una red de la que nunca podrá escapar.

—De modo que busca el calor —murmuró Quincy—, porque purifica.

—Y utiliza la naturaleza, que le salvó, pero también le traicionó —añadió Rainie. Deslizó sus ojos preocupados hacia Nora Ray—. ¿Por qué sospechabas que era él? Tenía entendido que no habías visto a la persona que os atacó a ti y a tu hermana.

—Por la voz —respondió Nora Ray—. Recordaba… Reconocí la voz. De cuando ese hombre se acercó a la ventanilla de nuestro coche y nos preguntó si necesitábamos ayuda.

—¿Le viste el rostro?

—No.

—De modo que el hombre al que oíste aquella noche podría haber sido el doctor Ennunzio, su hermano o cualquier otra persona con una voz similar. ¿No crees que deberías haber hablado de esto con alguno de nosotros, antes de atacarle con una jeringa?

Nora Ray miró a Rainie con dureza.

—No fue a su hermana a quien mató.

Rainie suspiró.

—¿Y qué vas a hacer ahora, Nora Ray?

—No lo sé.

—¿Crees la historia del doctor Ennunzio?

—¿Y usted? —replicó ella.

—Estoy intentando decidirlo. Si te soltamos, ¿volverás a atacarle?

—No lo sé. —Sus ojos, excesivamente brillantes, se posaron en Ennunzio—. Es posible que fuera su hermano y no usted, pero debería avergonzarse de sí mismo. Usted es agente del FBI. Se supone que tiene que proteger a las personas. Sin embargo, sabía algo del asesino y prefirió callar.

—No tenía ninguna información que proporcionar, ni un nombre ni una dirección…

—¡Usted conocía su pasado!

—Pero no su presente. Lo único que podía hacer era observar y esperar. Pero en el mismo instante en que la nota de mi hermano apareció en un periódico de Virginia, envié una copia al Servicio de Investigación de Georgia, porque quería que el agente especial McCormack se ocupara del caso. Hice todo lo que estaba en mi mano por captar la atención de la policía…

—Han muerto tres chicas —espetó Nora Ray—, así que no creo que sus esfuerzos hayan servido de nada.

—Ojalá hubiera podido estar seguro… —murmuró Ennunzio.

—Cobarde —replicó Nora Ray.

Ennunzio prefirió guardar silencio.

Quincy respiró hondo y miró a Rainie, Mac y Kimberly.

—Por lo tanto…

—Sigue habiendo un asesino en libertad y una joven desaparecida —respondió Mac—. Ahora tenemos un móvil, pero eso solo nos ayudará en el juicio. En estos momentos, lo único que importa es que aún no ha amanecido, hace un calor insoportable y hay una joven perdida en alguna parte. Ennunzio, ese hombre es su hermano, así que intente pensar como él.

El lingüista forense movió la cabeza hacia los lados.

—Al principio entendía alguna de las pistas, pero solo porque ambos habíamos pasado mucho tiempo al aire libre. En cambio, las pruebas que están analizando ahora, las muestras de agua, los sedimentos, el polen… Ahí no puedo ayudarles. Necesitan a los expertos.

—¿Su hermano tenía algún lugar favorito?

—Crecimos en la pobreza al pie de los Apalaches. Los únicos lugares favoritos que teníamos eran aquellos por los que podíamos caminar.

—Usted conocía la caverna.

—Porque durante un tiempo practiqué la espeleología. De todos los lugares que Frank ha elegido, ese es el que guarda una mayor relación con nuestra infancia.

—De modo que deberíamos buscar en los Apalaches, quedarnos en la zona.

Mac y Ennunzio movieron la cabeza hacia los lados.

—Puede que el pasado influya en la metodología de mi hermano —dijo Ennunzio—. Puede que incluso haya desencadenado su trauma por el calor, pero los lugares en los que deja a sus víctimas no guardan relación alguna con nuestra familia. Yo ni siquiera sabía que vivía en Georgia.

—Ennunzio tiene razón —replicó Mac—. Fuera cual fuera la obsesión que desencadenó su fiebre asesina, él ya ha dado un paso más. Se aferra a su plan de juego y, por lo tanto, necesita diversidad. Sin duda, esa muchacha se encuentra en el lugar más alejado posible de este.

—Necesitamos al equipo de Ray —dijo Kimberly.

—Iré a buscarles —se ofreció Mac.

Pero no fue necesario, pues Ray ya estaba cruzando el aparcamiento, de camino a la habitación de Mac.

—Tenemos un ganador —anunció con emoción el empleado del Instituto de Cartografía—. Las muestras de tierra que extrajo Lloyd contienen tres tipos de polen de tres tipos de árboles: ciprés calvo, tupelo y arce rojo. La planta encontrada es simplemente una hoja de helecho muy deteriorada. Y los zapatos estaban cubiertos de turba. Eso solo puede significar…

—¿Que nos vamos a Disneylandia?

—Mucho mejor. Al pantano Disma.

A las cuatro de la madrugada, el grupo volvió a optar por el «divide y vencerás». Quincy, como viejo estadista, recibió una vez más la responsabilidad de ponerse en contacto con el equipo del FBI encargado del caso. Nora Ray se quedó con Rainie y con él, pues ya nadie confiaba en ella.

Los miembros del equipo del Instituto de Cartografía estaban empaquetando el material y cargándolo en sus vehículos. Según el interrogatorio de Kathy Levine, el pantano Dismal estaba formado por ciento cincuenta mil hectáreas de insectos, serpientes venenosas, osos pardos y gatos monteses. Los árboles alcanzaban alturas impresionantes y una densa espesura de zarzas y enredaderas salvajes hacía que ciertas secciones fueran impracticables.

Necesitaban agua. Necesitaban repelente de insectos. Necesitaban machetes. En otras palabras, necesitaban toda la ayuda que pudieran conseguir.

Mac y Kimberly llevarían a Ennunzio en su coche y seguirían al equipo de Ray hasta el pantano. Ellos siete tendrían que buscar a una muchacha desaparecida en un terreno que había intimidado incluso a George Washington. Mientras tanto, el sol empezaba a asomar una vez más por el horizonte y los mosquitos empezaban a congregarse.

—¿Preparada? —preguntó Mac a Kimberly, cuando se montaron en el coche.

—Tanto como puedo estarlo.

Mac miró a Ennunzio por el retrovisor. El agente se frotaba las sienes, cansado. Parecía haber envejecido veinte años de golpe.

—¿Por qué no detuvieron a su hermano después del incendio? —le preguntó.

—Supongo que nunca lo encontraron.

—¿Le contó a alguien lo ocurrido?

—Por supuesto.

—Porque nunca ha escondido la verdad…

—Soy agente federal —espetó Ennunzio—. Sé lo que hay que hacer.

—Bien, porque encontrar a esa joven solo es la mitad de la batalla. Después iremos tras su hermano y no pararemos hasta encontrarlo.

—Nunca se rendirá. No es el tipo de persona que esté dispuesta a pasar el resto de su vida en la cárcel.

—En ese caso, será mejor que esté preparado —replicó Mac, sombrío—, porque nosotros no estamos dispuestos a dejarle escapar.

45

Pantano Dismal, Virginia
06:33
Temperatura: 35 grados

Su madre le estaba gritando.

—Te envié a la universidad para que recibieras una educación. Para que hicieras algo en la vida. De acuerdo, has hecho algo…, pero algo bien distinto.

—¡Tráeme un maldito vaso de agua! —gritó Tina en respuesta—. Y saca de aquí a esos camareros de esmoquin.

Entonces se sentó y observó la mariposa azul.

Agua. Lagos. Corrientes heladas. Patatas fritas. Oh, qué calor tenía. Le ardía la piel. Deseaba arrancársela a tiras. Arrancársela hasta los huesos y rodar por el barro. ¡Qué agradable sería!

La piel del antebrazo se retorcía. Las sangrientas heridas ondeaban y supuraban. Larvas. Horribles larvas blancas que se retorcían bajo su piel y se alimentaban de su carne. Debería extraerlas y comérselas. ¿Sabrían a pollo?

Qué bonita era la mariposa azul. Cómo se deslizaba por el aire. La criatura ascendió como danzando y desapareció. Desearía poder bailar así. Bailar y revolotear y ascender hacia el cielo. Poder deslizarse hacia la confortable sombra de un haya gigantesca… o un lago… o la fresca corriente de una montaña.

La piel le picaba. Le picaba muchísimo. Ella se rascaba sin cesar. Pero no servía de nada. Calor, calor, calor. Tenía tanta sed. El sol estaba saliendo. Iba a arder con fuerza. Deseaba llorar, pero no le quedaba nada de agua en el cuerpo. Se removía entre el barro, intentado con desesperación conseguir un poco de líquido que llevarse a la boca.

Su madre le estaba gritando de nuevo: «¡Mira lo que has hecho!» Pero ella no tenía fuerzas para responderle.

—Lo siento —susurró.

Entonces cerró los ojos y soñó con los intensos inviernos de Minnesota. Soñó con su madre tendiéndole los brazos. Y rezó para que el final llegara pronto.

Tardaron un par de horas en llegar al pantano. La entrada de visitantes se encontraba en el lado oriental, en Carolina del Norte, pero como Kathy Levine asumía que el asesino se habría movido por el campo de juego de Virginia, condujo la pequeña caravana hacia una entrada de excursionistas situada en Virginia, en el lado occidental. Los tres vehículos se detuvieron en el sucio aparcamiento de tierra y Kathy se puso al mando de las tareas de búsqueda. En primer lugar les entregó silbatos.

—Recuerden, tres silbidos es la llamada internacional de socorro. Si tienen problemas, quédense quietos, utilicen el silbato y les encontraremos.

A continuación les entregó mapas.

—Los bajé de Internet antes de salir del motel. Como pueden ver, el pantano Dismal forma básicamente un rectángulo. Por desgracia para nosotros, se trata de un rectángulo muy largo. Aunque inspeccionemos solo la mitad que pertenece a Virginia, tendremos que recorrer más de cuarenta mil hectáreas. Es un área demasiado extensa para siete personas.

Mac cogió uno de los mapas, que mostraba una extensión ensombrecida, entrecruzada por un laberinto de líneas. Siguió las diversas marcas con el dedo.

—¿Qué es esto?

—Las líneas entrecortadas representan los senderos de excursionismo y ciclismo que recorren el pantano. Las líneas más anchas son caminos no pavimentados. Las líneas delgadas y oscuras indican la situación de los viejos canales, que en su mayoría fueron excavados por esclavos hace cientos de años. Antaño, cuando el nivel del agua era mayor, utilizaban los canales para transportar los cipreses y los enebros.

—¿Y ahora?

—La mayoría de los canales son una confusión pantanosa. No hay agua suficiente para navegar con una balsa, pero tampoco están lo bastante secos para poder caminar por ellos.

—¿Y los caminos?

—Son anchos. Lisos y herbolados. Ni siquiera se necesita tracción en las cuatro ruedas. —Levine ya había entendido adónde quería llegar—. A los visitantes no se les permite desplazarse en vehículo por estos caminos, pero nadie sabe lo que ocurre bajo el manto de la noche...

Mac asintió.

—De acuerdo. Nuestro hombre tuvo que transportar un cuerpo inconsciente de unos cincuenta kilos hasta el centro del pantano. Sin duda, llevó a la víctima a un lugar remoto, donde nadie pudiera encontrarla enseguida, pero para ello tuvo que hacerlo por carretera, pues cargar con una mujer por estas cuarenta mil hectáreas habría sido imposible. ¿Dónde nos deja eso?

Todos examinaron el mapa y enseguida advirtieron que los caminos de excursionismo estaban bastante centralizados, pues trazaban una clara cuadrícula que ocupaba la mayor parte del lado occidental del pantano. Lo que ellos tenían más cerca era un simple bucle marcado como un sendero de tablones. Lo descartaron al instante, considerándolo demasiado turístico. Mas allá descansaba la oscura sombra ovalada del lago Drummond, también repleto de senderos de excursionismo, caminos y acequias. Sin embargo, más allá del lago, tanto al este como al norte y al sur, el mapa se convertía en un sólido campo gris, entrecruzado esporádicamente por viejos caminos sin pavimentar. Allí era donde el pantano se convertía en un lugar solitario.

—Tenemos que coger los coches —murmuró Kimberly—. Hay que llegar al lago.

—Ahí iniciaremos la búsqueda —convino Mac, dedicando a Levine una mirada intensa—. Seguro que no la dejó junto a un camino pues, según indica la cuadrícula, a la víctima le habría resultado muy sencillo escapar.

—Cierto.

—Tampoco la dejó en un canal, porque podría haberlo seguido para alejarse del pantano.

Kathy asintió en silencio.

—La llevó al bosque —concluyó Mac—. Probablemente, a algún punto del cuadrante nororiental, donde los árboles y el espeso follaje la desorientarían y la población de depredadores es más elevada y mucho más peligrosa. En un lugar así podría gritar todo lo que quisiera sin que nadie la oyera.

Guardó silencio unos instantes. A pesar de la temprana hora, hacía mucho calor. El sudor se deslizaba por sus rostros y manchaba sus camisas. Aunque aún estaba amaneciendo, el aire era tan pesado que sus corazones latían muy deprisa y sus pulmones tenían que hacer un gran esfuerzo para absorber el oxígeno. Las condiciones eran duras, casi brutales. ¿En qué estado se encontraría la joven, que llevaba más de tres días atrapada en este lugar?

—Ir allí será peligroso —dijo Kathy—. En esa zona hay zarzas tan espesas que ni siquiera podremos abrirnos camino a machetazos. Podríamos estar caminando tranquilamente por tierra sólida y, de repente, hundirnos hasta las rodillas en el barro. Hay osos y gatos monteses. Y también serpientes mocasín de agua, víboras cobrizas y serpientes cascabel de bandas. Aunque no suelen atacar, en cuanto abandonemos los senderos entraremos en su territorio y es muy posible que eso no les guste.

—¿Cascabel de bandas? —dijo Kimberly, nerviosa.

—Es más corta que su prima y tiene una cabeza plana y triangular que te pone los pelos de punta. La mocasín de agua y la víbora cobriza se mueven por las zonas húmedas y pantanosas. La cascabel de bandas prefiere las rocas y los montones de hojas secas. Por último están los insectos: mosquitos, moscas amarillas, mosquitos zancudos, garrapatas y pulgas… Aunque no solemos prestar atención a los insectos, las sobrecogedoras hordas de mosquitos y moscas amarillas contribuyen a que el pantano Dismal sea considerado uno de los lugares menos hospitalarios de la Tierra.

—¿En serio? —murmuró Ray, con voz sombría. Estaba dando palmetazos al aire, cerca de su rostro. Los primeros mosquitos ya habían percibido su olor y, a juzgar por el creciente zumbido que llenaba el aire, los demás estaban de camino.

Mientras Ray y Brian buscaban en sus bolsas repelente de insectos, la atmósfera quedó suspendida. Si aquella joven se encontraba en la zona salvaje del pantano, por supuesto que irían a por ella. A nadie le gustaba la idea, pero tampoco iban a rebatirla.

—Escuchen —dijo Kathy, lacónica—, los mayores peligros del día son la deshidratación y los golpes de calor. Todos tendrán que beber al menos un litro de agua cada hora. Lo mejor es beber agua filtrada, pero en caso de necesidad pueden beber agua del pantano. Aunque parezca que hayan estado lavando calcetines sucios en ella, la verdad es que es inusualmente pura, pues la preservan los ácidos tánicos de la corteza de los juníperos, eucaliptos y cipreses. De hecho, antaño llenaban barriles de esta agua para las largas travesías por mar. El hábitat y el agua han variado ligeramente desde entonces, pero teniendo en cuenta las temperaturas que alcanzaremos hoy…

—Hay que beber —dijo Mac.

—Sí, hay que beber mucho. El líquido es nuestro amigo. Ahora den por hecho que tienen suerte y encuentran a Tina con vida. Ante una víctima que sufre deshidratación y un golpe de calor severo, la prioridad principal es reducir su temperatura corporal. Hay que mojarle el cuerpo y masajear sus extremidades para facilitar la circulación sanguínea. Hay que darle agua, pero también muchas galletitas saladas o, mejor aún, una solución salina. Es posible que se enfrente a ustedes, pues las víctimas de un golpe de calor severo suelen delirar y mostrarse combativas. También es posible que parezca estar perfectamente lúcida y, al momento siguiente, se abalance sobre ustedes. No intenten razonar con ella. Redúzcanla e hidrátenla lo más rápido posible. Ya les culpará más adelante de su dolor de mandíbula. ¿Alguna pregunta?

Nadie tenía ninguna. Los mosquitos llegaban en hordas y zumbaban ante sus ojos, sus oídos y sus bocas. Ray y Brian dieron algunos palmetazos descorazonados, pero los mosquitos no parecieron advertirlo. Todos se rociaron el cuerpo con repelente, pero a los insectos no pareció importarles.

Acto seguido comprobaron por última vez el equipo. Todos llevaban agua, botiquines de primeros auxilios y silbatos. Todos tenían un mapa y un montón de repelente de insectos. Estaban preparados. Guardaron las mochilas en sus vehículos y Ray abrió el portal de la carretera principal que conducía al lago Drummond. De uno en uno, empezaron a avanzar hacia el pantano.

—Es un lugar espeluznante —murmuró Ennunzio, cuando el primer canal oscuro y enfangado apareció a su derecha y serpenteó amenazador entre los árboles.

Mac y Kimberly guardaron silencio.

En un pantano, todo crecía más. Kimberly agachó la cabeza por cuarta vez, intentando abrirse paso entre la espesa vegetación de retorcidos cipreses y juníperos exuberantes. Los troncos de los árboles eran tan gruesos que no podía rodearlos con los brazos y algunas hojas eran más grandes que su cabeza. En otros lugares, las ramas y las enredaderas se entremezclaban de tal forma que tenía que quitarse la mochila para poder pasar por el estrecho espacio que dejaban.

El sol se había convertido en un recuerdo distante que centelleaba sobre el dosel que se alzaba a gran altura. Mac, Ennunzio y ella avanzaban por una silenciosa y cenagosa calma, pues el esponjoso suelo absorbía el sonido de sus pasos. El intenso aroma de la vegetación, demasiado madura, inundaba sus fosas nasales y les provocaba arcadas.

En un día diferente, en otras circunstancias, suponía que aquel pantano le habría parecido hermoso: brillantes flores naranjas de madreselva moteaban el cenagoso suelo; preciosas mariposas azules aparecían entre los rayos de sol, jugando al corre que te pillo entre los árboles; y docenas de libélulas verdes y doradas revoloteaban por el camino, ofreciendo delicados destellos de color en la penumbra.

Kimberly era muy consciente del peligro. Montones de hojas secas se agrupaban en la base de los árboles, creando un hogar perfecto para las serpientes, y las plantas trepadoras, tan gruesas como su brazo, se aferraban a los árboles en nudos asfixiantes. También había claros, secciones del pantano que habían sido taladas décadas atrás y en las que ahora los redondeados tocones salpicaban el oscuro paisaje como hileras infinitas de lápidas en miniatura. Allí el suelo era más suave, cenagoso y restallante, pues los sapos y las salamandras saltaban de sus escondites para escapar de los pasos que se aproximaban.

Había cosas que se movían en los oscuros recesos del pantano. Cosas que Kimberly no veía, pero oía susurrar en el viento. ¿Un ciervo? ¿Un oso? ¿Un gato montés? No estaba segura. Solo sabía que daba un respingo cada vez que oía uno de esos ruidos distantes y que el vello de la nuca se le erizaba.

La temperatura debía de rondar los cuarenta grados y, sin embargo, tuvo que reprimir un escalofrío.

Mac dirigía al pequeño grupo, Kimberly avanzaba tras él y Ennunzio cerraba la marcha. Mac intentaba trazar una cuadrícula delimitada por dos caminos de tierra. Al principio les había parecido buena idea, pero como los arbustos y los árboles les cerraban el paso, constantemente se veían obligados a virar un poco a la derecha y después un poco a izquierda, a coger este desvío y después aquel otro. Mac tenía una brújula, así que era posible que supiera dónde estaban. En lo que a Kimberly respectaba, ahora era el pantano quien mandaba. Ellos caminaban por donde este les dejaba caminar y pasaban por donde les dejaba pasar. El sendero les estaba llevando hacia un lugar cada vez más oscuro y decadente, donde las ramas de los árboles eran más gruesas, y tenían que arquear los hombros para poder pasar por aquellos huecos estrechos y constreñidos.

No hablaban demasiado. Avanzaban lentamente entre las abrasadoras y húmedas enredaderas buscando señales de ramitas rotas, tierra movida o vegetación herida que sugirieran el paso reciente de un ser humano. Hacían turnos para dar un único toque de silbato o gritar el nombre de Tina Krahn. Saltaban troncos gigantescos que los rayos habían derribado, serpenteaban entre peñascos especialmente grandes e intentaban abrirse paso a machetazos entre los densos y espinosos matorrales.

Mientras tanto, su preciosa reserva de agua no hacía más que descender. Todos respiraban entre jadeos, sus pasos eran inconstantes y sus brazos temblaban debido al calor.

Kimberly tenía la boca seca, una señal clara de que no estaba bebiendo el agua suficiente. Advirtió que tropezaba con creciente frecuencia y que tenía que sujetarse a las ramas de los árboles y los arbustos para no caer. El sudor le picaba en los ojos. Las moscas amarillas revoloteaban alrededor de su rostro, intentando posarse en las comisuras de la boca o en la suave piel que tenía detrás de las orejas.

Ya ni siquiera sabía cuánto tiempo llevaban caminando. Tenía la impresión de llevar la vida entera en esta humeante jungla, abriéndose paso entre las gruesas y húmedas hojas solo para descubrir otra asfixiante eternidad de enredaderas, zarzas y arbustos.

De pronto, Mac alzó la mano.

—¿Habéis oído eso? —preguntó.

Kimberly se detuvo, llenó de aire sus pulmones y agudizó los oídos. Allí. Solo un instante. Una voz en el viento.

Mac se giró con el rostro bañado en sudor y una expresión triunfal y decidida.

—¿De dónde viene?

—¡De allí! —gritó Kimberly, señalando hacia la derecha.

—No, yo creo que viene de allí —dijo Mac, señalando hacia adelante. Frunció el ceño—. Los malditos árboles distorsionan el sonido.

—Bueno, de algún punto situado en esa dirección.

—¡Vamos!

Entonces, una repentina comprensión absorbió las últimas gotas de humedad que quedaban en la boca de Kimberly.

—Mac —dijo—, ¿dónde está Ennunzio?

46

Richmond, Virginia
11:41
Temperatura: 40 grados

—Le estoy diciendo que la cuarta muchacha, Tina Krahn, ha sido abandonada en algún lugar del Pantano Dismal.

—Y yo le estoy diciendo que usted no tiene autoridad alguna en este caso.

—¡Sé que no tengo autoridad! —Quincy empezó a gritar y, al darse cuenta de lo que hacía, intentó con amargura controlar su malhumor. Había llegado a la oficina de campo del FBI en Richmond hacía treinta minutos y había pedido reunirse con el agente especial Harkoos. Este se había negado a permitirle pasar a su despacho, pero había accedido a regañadientes a reunirse con él en una sala del piso inferior. Quincy no había pasado por alto aquella falta de cortesía—. Y tampoco la quiero —intentó de nuevo Quincy—. Lo único que quiero es ayuda para encontrar a una persona desaparecida.

—Ha interferido en las pruebas —gruñó Harkoos.

—Llegué tarde a la escena y el personal del Instituto Cartográfico ya había empezado a analizar los datos. No había nada que yo pudiera hacer.

—Podría haberles obligado a detenerse hasta que llegaran los verdaderos profesionales.

—Son expertos en el campo...

—No son técnicos forenses con la formación adecuada...

—¡Han identificado los tres emplazamientos posibles! —Quincy estaba gritando de nuevo y estaba a punto de empezar a blasfemar. Las últimas veinticuatro horas habían hecho mella en su estado emocional, de modo que se obligó a sí mismo a respirar hondo una vez más. Había llegado el momento de ser lógico, diplomático y racional. Y si no lo conseguía, tendría que matar a aquel hijo de puta—. Necesitamos su ayuda —insistió.

—Ha jodido este caso.

—Este caso ya estaba jodido. Cuatro jóvenes han desaparecido y tres de ellas han muerto. Agente, tenemos una última oportunidad de hacer las cosas bien. Hay una muchacha desaparecida, perdida en una zona pantanosa de cuarenta mil hectáreas. Llame a los equipos de rescate, encuentre a esa muchacha y tendrá su titular. Es así de simple.

El agente especial Harkoos hizo una mueca.

—Usted no me gusta —dijo, perdiendo parte de su vehemencia. Quincy había dicho la verdad y era difícil discutir sobre titulares—. Se ha comportado de un modo poco ortodoxo que ha puesto en peligro el procesamiento de este caso. Le aseguro que no voy a olvidarlo.

—Llame a los equipos de rescate, encuentre a esa muchacha y tendrá sus titulares —repitió Quincy.

—¿Ha dicho el pantano Dismal? ¿Ese lugar es tan malo como suena?

—Sí.

—Mierda. —Harkoos cogió su teléfono móvil—. Será mejor que su gente no se equivoque.

—Mi gente —replicó Quincy— todavía no se ha equivocado.

Quincy acababa de abandonar el edificio para reunirse con Rainie y Nora Ray en el coche cuando sonó su móvil. Era Kaplan, que llamaba desde Quantico.

—¿Ha detenido a Ennunzio? —le preguntó el agente especial.

—No es él —dijo Quincy—. Es su hermano.

—¿Su hermano?

—Según Ennunzio, su hermano mayor asesinó a su madre hace treinta años. La quemó viva. Ennunzio no le ha visto desde entonces, pero su hermano dejó una nota en la tumba de sus padres con el mismo mensaje que las notas que envía ahora el Ecoasesino.

—Quincy, según sus registros personales, Ennunzio no tiene ningún hermano.

Quincy guardó silencio, con el ceño fruncido.

—Puede que ya no le considere de la familia. Han transcurrido treinta años y las últimas horas que pasaron juntos no fueron exactamente un momento Kodak.

Hubo una pausa.

—Esto no me gusta —dijo Kaplan—. Algo va mal. Escuche, le llamaba porque acabo de hablar con la secretaria de Ennunzio. Al parecer, hace dos años estuvo de baja tres meses para someterse a una operación de cirugía mayor. Los médicos le extirparon un tumor cerebral. Según su secretaria, Ennunzio empezó a quejarse de que sufría jaquecas hace seis meses. Está muy preocupada por él.

—Un tumor...

—Usted es el experto, pero los tumores cerebrales pueden incidir en la conducta, ¿verdad? Sobre todo, aquellos que crecen en lugares concretos...

—En el sistema límbico —murmuró Quincy, cerrando los ojos e intentando pensar deprisa—. En casos de traumatismo o tumor cerebral suele observarse un acusado cambio en la conducta del sujeto; lo llamamos irascibilidad acentuada. Aquellos que por lo general son de trato agradable se convierten en personas violentas y agresivas que utilizan un vocabulario grosero.

—¿Y es posible que se desate una furia asesina?

—Ha habido algunos casos de asesinatos en masa —respondió Quincy—. Pero algo tan frío y calculado como esto... De todos modos, un tumor puede desencadenar episodios psicóticos que pavimentan el camino. Agente especial, ¿está delante del ordenador? ¿Puede buscar el nombre de David Ennunzio? Búsquelo en los registros de nacimientos y defunciones del condado de Lee, Virginia.

Rainie ahora le miraba con curiosidad, al igual que Nora Ray.

—¿David no es el nombre del doctor Ennunzio? —susurró Rainie.

—Eso es lo que habíamos dado por supuesto.

—¿Lo que habíamos dado por supuesto? —Sus ojos se abrieron de par en par y Quincy supo lo que estaba pensando: cuando realizas una investigación, nunca debes dar nada por supuesto. Kaplan tomó de nuevo la palabra.

—Según las necrológicas, David Joseph Ennunzio murió el 14 de julio de 1972, a la edad de trece años. Murió en el incendio que asoló su casa, junto a su madre. ¡Jesús! Franklin George Ennunzio los sobrevivió. El doctor Frank Ennunzio. Quincy, Ennunzio ya no tiene ningún hermano.

—Tenía un hermano pero lo mató. Mató a su hermano, a su madre... y puede que también a su padre. Después pasó todos esos años intentando ocultar su crimen y olvidar, hasta que algo más grave apareció en su cabeza.

—¡Tiene que detenerle ya! —gritó Kaplan.

—No puedo —musitó Quincy—. Está en el pantano Dismal. Con mi hija.

El hombre sabía lo que tenía que hacer. Se había permitido pensar de nuevo, recordar los viejos tiempos y las viejas costumbres. Le dolía la cabeza, atormentada por rayos de dolor. Caminaba tambaleante, con las manos en las sienes.

Pero el recuerdo le proporcionó claridad. Pensó en su madre, en la expresión de su rostro mientras permanecía inmóvil en la cama, viendo cómo arrojaba la lámpara de aceite al suelo de su cabaña de madera. Pensó en su hermano pequeño, que se había quedado acobardado en un rincón en vez de salir corriendo hacia la seguridad.

Ninguno de los dos había ofrecido resistencia. Ninguno de los dos había protestado. Durante aquellos largos y sangrientos años, las palizas de su padre habían ido mermando sus fuerzas y, cuando la muerte había empezado a avanzar hacia ellos, se habían limitado a esperarla.

Había sido débil hacía treinta años. Había dejado caer la cerilla y había escapado de las llamas. Había pensado en quedarse, con la certeza de que deseaba morir. Pero entonces, en el último instante, no había sido capaz de hacerlo. Había conseguido romper el hechizo hipnotizante del fuego y había cruzado la puerta a todo correr. Había oído los furiosos gritos de su madre. Había oído los lastimosos gemidos de su hermano. Y después, había corrido hacia el bosque implorando que la naturaleza le salvara.

Pero la Madre Naturaleza no había sido gentil. Había pasado hambre y calor. Había pasado semanas delirando por la sed. Y finalmente había conseguido llegar a pie a una ciudad, sin saber qué ocurriría a continuación.

Todo el mundo había sido amable con él. Todos habían adulado y abrazado al solitario superviviente de la triste tragedia. «Qué mayor y qué fuerte eres, que has sido capaz de sobrevivir en el bosque durante tanto tiempo», le decían. «Fue un verdadero milagro que lograras salir de la casa a tiempo». «Sin duda, Dios ha sido misericordioso contigo».

Le habían convertido en un héroe. Y él había estado demasiado cansado para protestar.

El fuego le había seguido acechando en sueños, pero había conseguido ignorarlo durante años. Siempre había deseado ser la legendaria ave fénix, que se alzaba sobre sus cenizas en una nueva vida mejor. Había estudiado mucho y había trabajado duro. Se había jurado a sí mismo que todo iría a mejor. Que él sería mejor. En su infancia había cometido un acto terrible pero ahora, como adulto, lo haría mejor.

Durante un tiempo había funcionado. Había sido un buen agente. Había salvado vidas, había trabajado en casos importantes y había realizado investigaciones críticas. Pero entonces el dolor había regresado, las llamas habían ardido con más fuerza en sus sueños y había permitido que el fuego le hablara y le convenciera para que hiciera cosas.

Había matado. Y había implorado a la policía que le detuviera. Había secuestrado a varias muchachas y había dejado pistas para que alguien las salvara. Se odiaba a sí mismo; estaba al servicio del fuego. Había buscado la redención en el trabajo, pero había cometido pecados más terribles en su vida personal. Al final, se había convertido en todo aquello que nunca había deseado ser.

Todo lo bello te traiciona. Todo lo bello miente. Solo puedes confiar en las llamas.

Ahora corría por los oscuros recesos del pantano. Oía que los ciervos escapaban al galope y que los sigilosos zorros corrían a ponerse a cubierto. En algún lugar, entre las hojas, se oía un siniestro cascabeleo, pero ya no le importaba.

Su cabeza palpitaba y su cuerpo imploraba descanso. Mientras tanto, sus manos jugaban con las cerillas, deslizándolas sobre las bandas de azufre y dejando que cayeran con un restallido sibilante en el barro.

La fangosa agua las apagó al instante, pero otras cayeron sobre hojas secas y otras prendieron la turba, que empezó a arder a fuego lento.

Corrió hasta el pozo y le pareció oír un sonido distante al fondo.

Dejó caer en su interior otra cerilla, solo para ella.

Todo lo bello debía morir. Todas las cosas, todas las personas, y él.

Mac y Kimberly corrían. Oían sonidos frenéticos entre la maleza, fuertes pasos que parecían proceder de todas partes y de ninguna. Ahí había alguien. ¿Sería Ennunzio? ¿Su hermano? De repente, el pantano había cobrado vida y Kimberly había cogido la Glock y la sostenía desesperada entre sus manos, bañadas en sudor.

—A la derecha —dijo Mac, jadeante.

Pero el sonido se volvió a oír casi al instante, esta vez a su izquierda.

—Los árboles distorsionan el sonido —jadeó Kimberly.

—No podemos desorientarnos.

—Demasiado tarde.

El teléfono móvil de Kimberly empezó a vibrar sobre su cadera. Lo cogió con la mano izquierda y siguió sujetando la pistola con la derecha, mientras sus ojos intentaban mirar a todas partes a la vez. Los árboles oscilaban a su alrededor y el bosque se cerraba sobre ella.

—¿Dónde está Ennunzio? —le preguntó su padre al oído.

—No lo sé.

—No tiene ningún hermano, Kimberly. Murió hace treinta años en el incendio. Es Ennunzio. Al parecer, le extirparon un tumor cerebral y ahora sufre un brote psicótico. Debes considerar que está armado y que es peligroso.

—Papá —dijo ella, en voz baja—. Huelo a fuego.

Tina levantó la cabeza de repente. Volvía a tener los ojos hinchados y cerrados; no podía ver, pero sus oídos funcionaban bien. Ruido. Un montón de ruido. Pasos y jadeos y maleza aplastada. Era como si el pantano hirviera de actividad. ¡Habían venido a rescatarla!

—¿Hola? —preguntó, pero por su boca solo salió un débil graznido.

Tragó saliva y lo intentó de nuevo, con mejores resultados.

Desesperada, intentó levantarse. Sus brazos temblaban con fuerza, demasiado exhaustos para soportar su peso. Pero entonces oyó de nuevo el resonar de unos pasos y la adrenalina se precipitó por sus venas. Se impulsó con los brazos para ponerse en pie, pero solo consiguió avanzar a gatas entre el barro. Algo se deslizó entre sus dedos; algo chapoteó junto a su mano.

Desistiendo, acercó un puñado de barro a sus labios y lo comió con avaricia. Humedad para su abrasada garganta y sus labios resecos. Estaban tan cerca, tan cerca, tan cerca.

—¡Hola! —intentó de nuevo—. ¡Aquí abajo!

Su voz sonó con más fuerza. Oyó una débil pausa y percibió una presencia muy próxima.

—¡Hola, hola, hola!

—El reloj hace tictac —susurró una voz clara, desde la superficie—. El calor mata.

Al instante, Tina sintió un intenso dolor en la mano, como si unos colmillos se hubieran hundido en su carne.

—¡Auuu! —Se pegó un palmetazo en la mano, sintiendo el calor de las llamas—. ¡Au! ¡Au! ¡Au! —Frenética, siguió dándose palmetazos hasta que la cerilla cayó al barro. ¡Hijo de puta! ¡Estaba intentando quemarla viva!

Tina se puso en pie, tambaleante, alzó sus fatigados brazos sobre su cabeza y convirtió sus manos en puños. Entonces gritó con todas las fuerzas que le permitió su garganta, tan seca que parecía una lija:

—¡Ven aquí a por mí, cabrón! ¡Vamos! ¡Lucha como un hombre!

Sus piernas pronto cedieron bajo su peso. Permaneció tendida en el barro, aturdida y jadeante. Oyó más ruidos, pero era el hombre, que se alejaba. Le sorprendió advertir que le echaba de menos, porque aquello había sido lo más parecido a un contacto humano que había tenido en días.

Eh, pensó débilmente. *Huele a humo.*

Kimberly hizo sonar su silbato. Tres pitidos fuertes. Mac la imitó. El humo se alzaba ante ellos. Corrieron hacia la pila de hojas y empezaron a golpearla y a patearla con furia para apagar las llamas.

Una nueva columna de humo empezó a ascender en vertical a su izquierda a la vez que se oía un sonido chisporroteante a su derecha. Kimberly volvió a soplar su silbato, al igual que Mac.

Entonces corrieron a la derecha y después a la izquierda, deslizándose entre los árboles e intentando apagar las docenas de montones de hojas que ardían.

—Necesitamos agua.

—Ya no queda.

—¿Ropa mojada?

—Solo llevo la puesta. —Mac se quitó su empapada camisa y la usó para sofocar un tocón en llamas.

—Es Ennunzio. No tiene ningún hermano. Le extirparon un tumor cerebral y, al parecer, se ha vuelto loco. —Kimberly pateó frenética otro montón de hojas humeantes. ¿Serpientes? No había tiempo para preocuparse por ellas.

Las ramas se movieron a su derecha. Kimberly se volvió hacia el sonido y alzó la pistola, dispuesta a disparar. Un ciervo se deslizó entre los árboles, seguido de otros dos. Por primera vez fue consciente de la actividad que había a su alrededor. Las ardillas trepaban por los árboles y los pájaros remontaban el vuelo. Probablemente, pronto vería nutrias, mapaches y zorros, un éxodo desesperado de criaturas grandes y pequeñas.

—Odia lo que ama y ama lo que odia —dijo Kimberly, sombría.

—No podemos apagar todos estos fuegos sin ayuda. Tenemos que marcharnos.

Pero Kimberly estaba corriendo hacia un nuevo montón de humo.

—Todavía no.

—Kimberly…

—Por favor, Mac. Todavía no.

Arrancó la rama podrida de un árbol y golpeó con ella las llamas, mientras Mac se acercaba al siguiente montón humeante. Ambos lo oyeron a la vez. Eran gritos. Distantes y roncos.

—Eh… ¡Aquí abajo! Que alguien… me ayude.

—Tina —jadeó Kimberly.

Ambos corrieron hacia la voz.

Kimberly estuvo a punto de encontrar a Tina Krahn cayéndose encima de ella. Estaba corriendo por el bosque cuando, de repente, su pie derecho se quedó oscilando en el vacío. Sin perder ni un instante, se abalanzó hacia el borde del foso rectangular y agitó frenética los brazos hasta que Mac la sujetó por la mochila y la dejó en tierra firme.

—Debería empezar a mirar dónde piso —murmuró.

A pesar de estar bañado en sudor y cubierto de hollín, Mac esbozó una sonrisa.

—Entonces perderías parte de tu encanto.

Se tumbaron sobre el estómago y observaron el pozo. Parecía bastante grande. Medía unos tres por cuatro metros de ancho y unos seis metros de profundidad. Era evidente que no era nuevo, pues gruesas y retorcidas enredaderas cubrían la mayor parte de las paredes y Kimberly advirtió que bajo sus dedos había traviesas de ferrocarril viejas y podridas. No sabía quién había construido aquel foso, pero como los esclavos habían excavado la mayor parte de los canales, imaginaba que era allí donde dormían, para que no pudieran escapar. Bueno, hablando de dormitorios confinados...

—¡Hola! —gritó—. ¿Tina?

—¿Sois de verdad? —preguntó una voz débil desde las sombras—. ¿Lleváis esmoquin?

—Nooo —respondió Kimberly lentamente, mirando a Mac. Ambos recordaron las palabras de Kathy Levine: las víctimas de un golpe de calor solían sufrir alucinaciones.

El olor a humo se intensificaba. Kimberly entrecerró los ojos, intentando ver a la joven que había en el fondo del pozo. Le costó, pero lo consiguió. Estaba encaramada a una roca y cubierta de barro de la cabeza a los pies, de modo que se mezclaba a la perfección con su entorno. Kimberly apenas pudo distinguir el destello de unos dientes blancos cuando Tina habló de nuevo.

—¿Agua? —graznó esperanzada.

—Vamos a sacarte de aquí.

—Creo que he perdido a mi bebé —susurró entonces—. Por favor, no se lo digan a mi madre.

Kimberly cerró los ojos. Aquellas palabras le llenaron de pesar; era una baja más en una guerra que nunca deberían haber tenido que librar.

—Vamos a lanzarte una cuerda —dijo Mac, con voz calmada.

—No puedo... No soy Spiderman. Estoy cansada... Muy cansada...

—Baja —le murmuró a Kimberly—. Yo os subiré.

—No tenemos camilla.

—Ata un extremo de la cuerda a su alrededor, como si fuera un columpio. Es lo único que podemos hacer.

Kimberly observó los brazos de su compañero en silencio. Se necesitaba mucha fuerza para izar cincuenta kilos de peso inerte, y Mac llevaba tres días caminando por el bosque sin apenas dormir. Él se encogió de hombros y Kimberly pudo ver la verdad en sus ojos. El humo se estaba espesando, el fuego se estaba adueñando del bosque. No les quedaban demasiadas opciones.

—Voy a bajar —gritó Kimberly, por la boca del pozo.

Mac sacó la cuerda de vinilo y efectuó un tosco amarre pasándola alrededor de su cintura y sujetándola con una abrazadera. En cuanto estuvo listo, le indicó que bajara. Kimberly descendió lentamente, intentado no retroceder por el hedor ni pensar qué tipo de criaturas se deslizaban entre el barro.

Al llegar al fondo, se quedó sobrecogida al ver a la joven. Sus huesos sobresalían y su piel rodeaba su armazón en una macabra imitación de momia viva. Tenía el cabello despeinado y cubierto de barro y los ojos tan hinchados que era incapaz de abrirlos. A pesar de la capa de barro, Kimberly podía ver las pústulas gigantescas que rezumaban sangre y pus. ¿Eran imaginaciones suyas o aquellas pústulas se movían? La joven les había dicho la verdad. En semejantes condiciones, jamás habría sido capaz de ascender sin ninguna ayuda hasta la superficie.

—Me alegro mucho de conocerte, Tina —dijo, con voz enérgica—. Me llamo Kimberly Quincy y he venido a sacarte de aquí.

—¿Agua? —susurró, esperanzada.

—Arriba.

—Tengo mucha sed. ¿Dónde está el lago?

—Voy a atarte a esta cuerda. Tendrás que sentarte sobre ella, como si fuera un columpio. Después, el agente especial McCormack te subirá a la superficie. Si puedes usar las piernas para sujetarte contra la pared, será de gran ayuda.

—¿Agua?

—Tendrás toda la que quieras, Tina. Pero antes tienes que subir.

La joven asintió lentamente y su cabeza se movió adelante y atrás como si estuviera borracha. Parecía aturdida y confusa, así que Kimberly se movió deprisa, pasando la cuerda alrededor de sus caderas y atándola con firmeza.

—¿Preparado? —le preguntó a Mac.

—Preparado.

Kimberly percibió una nueva urgencia en su voz. Era evidente que el fuego se acercaba.

—Tina —le dijo—. Si quieres agua, tendrás que moverte. Ahora.

La alzó en brazos y sintió que la cuerda se tensaba al instante. Tina pareció entender a medias lo que le pedía, pero sus pies golpearon débilmente la pared. Se oyó un gruñido en la superficie, un resoplido de esfuerzo mientras Mac empezaba a tirar.

—Hay agua arriba, Tina. Hay agua arriba.

Entonces, Tina hizo algo que Kimberly no esperaba. Desde lo más profundo de su confusión, levantó sus fatigadas extremidades e insertó los pies en lo que parecían ser pequeñas hendiduras de las traviesas, para intentar ayudar.

Tina ascendía lentamente, trepando hacia la libertad y escapando de aquel infierno.

Y por un instante, Kimberly sintió que algo se aligeraba en su pecho. Cuando, desde el fondo del pozo, vio que la extenuada joven llegaba a la seguridad, le embargó una sensación de satisfacción y paz sublimes. Lo había hecho bien. Esta vez lo había hecho bien.

Tina desapareció por el borde y, segundos después, la cuerda volvió a descender.

—¡Muévete! —gritó Mac.

Kimberly cogió la cuerda, encontró los asideros y se apresuró a subir a la superficie.

Llegó al borde del pozo a tiempo de ver que un muro de llamas envolvía los árboles y avanzaba hacia ellos.

47

Pantano Dismal, Virginia
14:39
Temperatura: 39 grados

—Necesitamos helicópteros, necesitamos hombres, necesitamos ayuda.

Quincy se detuvo ante el grupo de coches y observó las gruesas columnas de humo que oscurecían el brillante cielo azul. Una, dos, tres… Debía de haber más de una docena. Se volvió hacia el agente forestal, que seguía lanzando órdenes por radio.

—¿Qué diablos ha ocurrido?

—Fuego —replicó el hombre, con sequedad.

—¿Dónde está mi hija?

—¿Es senderista? ¿Con quién está?

—¡Maldita sea! —Quincy vio que Ray Lee Chee salía tambaleante de un vehículo y avanzó en línea recta hacia él. Rainie le seguía—. ¿Qué ha ocurrido?

—No lo sé. Condujimos hasta el lago Drummond para iniciar la búsqueda. Después se empezaron a oír los silbatos y todo empezó a oler a humo.

—¿Los silbatos?

—Tres pitidos fuertes, la llamada internacional de socorro. Sonaban en el cuadrante nororiental. Empecé a avanzar en esa dirección, pero el humo enseguida se volvió demasiado espeso, de modo que Brian y yo decidimos que sería mejor escapar mientras aún tuviéramos la oportunidad de hacerlo. No llevamos el equipo necesario.

—¿Y los demás?

—Vi que Kathy y Lloyd se dirigían a su vehículo, pero no sé nada de Kimberly, Mac y el doctor.

—¿Cómo se llega al lago Drummond?

Ray le miró y después contempló las columnas de humo.

—Señor, ahora mismo es imposible.

Tina avanzaba entre Mac y Kimberly, con un brazo alrededor de los hombros de cada uno. Aquella muchacha era una verdadera luchadora, pues intentaba ayudarles moviendo los pies. Sin embargo, su cuerpo había rebasado los límites de sus fuerzas hacía días y, cuanto más intentaba correr junto a ellos, más veces tropezaba y les hacía perder el equilibrio.

Sus torpes movimientos no les llevaban a ninguna parte y el fuego ganaba terreno con rapidez.

—La llevaré en brazos —dijo Mac.

—Es demasiado peso...

—¡Calla y ayúdame! —Se detuvo y se agachó. Tina envolvió sus brazos alrededor de su cuello y Kimberly la ayudó a encaramarse a su espalda.

—Agua —graznó la joven.

—Cuando salgamos del bosque —le prometió Mac. Ninguno de los dos tenía la sangre fría de decirle que ya no les quedaba. De todos modos, si no encontraban por arte de magia su vehículo durante los próximos cinco minutos, tampoco habría servido de nada que llevaran encima toda el agua del mundo.

Echaron a correr de nuevo. Kimberly no tenía percepción alguna del tiempo ni del lugar. Avanzaba a trompicones entre los árboles y se abría paso entre la asfixiante maleza. El humo le picaba en los ojos y le hacía toser. Lo bueno era que los insectos habían desaparecido; lo malo, que no sabía si se dirigían al norte o al sur, al este o al oeste. El pantano se había cerrado sobre ella y hacía rato que había perdido por completo el sentido de la dirección.

Pero Mac sí que parecía saber adónde se dirigía. Tenía una expresión seria en el rostro y seguía adelante, decidido a sacarlas de aquel infierno.

Una forma pesada apareció a su izquierda y Kimberly observó con temor al enorme oso negro que corría a menos de tres metros de distancia. El animal no les dedicó ni una mirada, pues estaba demasiado ocupado intentando escapar. Después aparecieron un ciervo, varios zorros, ardillas e incluso algunas serpientes. Todas las criaturas escapaban y las reglas de la cadena alimentaria no se aplicaban ante este enemigo mucho más peligroso que les acechaba.

Siguieron corriendo. El sudor se deslizaba por sus brazos y piernas. Aceleraron sus pasos. Tina empezaba a murmurar de forma incoherente y su cabeza oscilaba sobre los hombros de Mac. El humo penetraba en sus pulmones y les obligaba a boquear.

Se abrieron paso por un estrecho espacio que se abría entre dos árboles gigantescos, rodearon una gran extensión de matorrales y se encontraron de frente con Ennunzio. Estaba en el suelo, apoyado en el tronco de un árbol. No pareció sorprenderse al verles aparecer entre el humo.

—No deberían escapar de las llamas —murmuró. Entonces, Kimberly vio lo que había a sus pies: una masa enrollada de piel marrón y moteada. Dos alfilerazos rojos mostraban el punto de la pantorrilla en la que la serpiente de cascabel le había mordido.

—La disparé —dijo, en respuesta a la pregunta que nadie había formulado—. Pero no antes de que me mordiera. Da lo mismo. Ya no podía seguir corriendo. Ha llegado el momento de esperar. Debo recibir mi castigo como un hombre. ¿Qué creen que pensaba mi padre cada vez que nos oía gritar?

Su mirada se posó en la embarrada forma que cargaba Mac a su espalda.

—Oh, Dios, la han encontrado. Eso está bien. De cuatro chicas, tenía la esperanza de que al menos rescataran a una con vida.

Kimberly dio un paso furioso adelante y la mano de Ennunzio se crispó junto a su costado. Tenía un arma.

—No deberían escapar de las llamas —repitió, con voz seria—. Yo lo intenté hace treinta años y miren el resultado. Ahora siéntense. Quédense conmigo un rato. Solo duele un momento.

—Se está muriendo —dijo Kimberly, con voz monótona.

—¿Acaso no hemos de morir todos?

—Sí, pero no hoy. Escuche… quédese aquí sentado si quiere. Muera en su precioso fuego. Pero nosotros nos vamos.

Dio otro paso y Ennunzio levantó el arma.

—Quédense —dijo con firmeza. Kimberly pudo ver la luz que brillaba en sus ojos, un fulgor febril y colérico—. Ustedes deben morir. Es la única forma de encontrar la paz.

Los labios de Kimberly formaron una delgada línea de frustración. Miró de reojo a Mac. Su compañero tenía un arma en alguna parte, pero como sus manos estaban ocupadas sosteniendo a Tina, no estaba en condiciones de moverse con rapidez ni con sigilo. Kimberly miró a Ennunzio de nuevo. Era ella quien debía resolver esta situación.

—¿Quién es usted? —le preguntó—. ¿Frank o David?

—Frank. Siempre he sido Frank. —Los labios de Ennunzio se curvaron débilmente—. ¿Pero quieren oír algo estúpido? Al principio intenté fingir que no había sido yo. Intenté fingir que el asesino era Davey, que se había visto obligado a hacer todas esas cosas terribles debido a que yo era su hermano mayor y me había ido, porque no estaba dispuesto a ser como mi familia. Pero por supuesto que no fue Davey. Davey ya había recibido demasiadas palizas. Davey ya había dejado de tener esperanzas. Y cuando le dieron a elegir entre escapar o morir, prefirió morir. Por supuesto que solo podía ser yo quien acechaba a esas chicas inocentes. En cuanto me extirparon el tumor, pude ver las cosas con más claridad. Había hecho cosas malas. El fuego me había obligado a hacerlas y ahora debía detenerme. Pero entonces el dolor regresó y en mis sueños solo aparecían cadáveres en el bosque.

El humo se espesaba. Kimberly parpadeó como un búho y fue aún más consciente del calor que se intensificaba a su espalda.

—Si le hacemos un torniquete, podrá vivir —intentó, desesperada—. Podrá salir de este pantano, conseguir el antídoto y buscar ayuda psicológica.

—Pero yo no quiero vivir.

—Yo sí.

—¿Por qué?

—Porque vivir es tener esperanza. Intentar es esperar. Y porque procedo de un largo linaje de personas que han destacado por su entusiasmo. —Ennunzio posó sus ojos en Mac. ¡Aquella era la oportunidad que Kimberly había estado esperando! Conteniendo la tos, levantó con rapidez el arma y apuntó con ella al rostro de Ennunzio—. Tire su arma, Frank. Déjenos pasar o dejará de tener que preocuparse por su precioso fuego.

Ennunzio se limitó a sonreír.

—Dispáreme.

—Deje su arma en el suelo.

—Dispare.

—¡Dispárese usted mismo! No me enviaron a la tierra para que acabara con sus miserias. Estoy aquí para salvar a una muchacha. La hemos encontrado y vamos a marcharnos.

El humo era tan espeso que Kimberly apenas podía ver.

—No —dijo Ennunzio, con voz clara—. Si se mueven, dispararé. Las llamas se acercan. Acepten su castigo como hombres.

—Es un cobarde. Impone su rabia sobre los demás, a pesar de que siempre ha sabido que lo único que odia es a sí mismo.

—He salvado vidas.

—¡Mató a su familia!

—Querían que lo hiciera.

—¡Menuda estupidez! Querían ayuda. ¿Alguna vez ha pensado qué habría sido de su hermano si no hubiera muerto? Estoy segura de que lo habría hecho mucho mejor, que no se habría convertido en un asesino en serie que acecha a jovencitas.

—Davey era débil. Davey necesitaba mi protección.

—Davey necesitaba a su familia y usted se la arrebató. Siempre ha sido usted, Ennunzio. La muerte no era lo que su hermano y su madre necesitaban..., y estoy segura de que tampoco era lo que su entorno necesitaba. Usted mata porque desea matar. Porque matar le hace feliz. Quizá, esa fue la razón por la que Davey prefirió quedarse en la cabaña aquel día. Sabía la verdad. Sabía que, de toda la familia, usted era el peor de todos.

Kimberly se inclinó hacia delante. El rostro de Ennunzio se había convertido en una sombra moteada en escarlata y la Glock temblaba en sus manos. El fuego estaba peligrosamente cerca. Percibía un acre aroma a pelo chamuscado. Ya no quedaba demasiado tiempo. Ni para él, ni para ella ni para ninguno de los presentes.

Kimberly respiró hondo y esperó. Uno, dos, tres. Se oyó un restallido entre la maleza; el tronco de un árbol había explotado. Ennunzio volvió la cabeza hacia el sonido y Kimberly se abalanzó sobre él con furia. Le golpeó la mano con el pie y la Glock salió volando por los aires. La segunda patada hizo que se llevara la mano a las entrañas. Y la tercera hizo que su cabeza saliera disparada hacia un lado.

Se disponía a asestarle un golpe certero cuando oyó su ronca risa.

—Aceptadlo como hombres —cloqueó—. Por Dios, chicos, no desperdiciéis vuestras patéticas lágrimas conmigo. Mantened la barbilla bien alta cuando os golpee. Poned rectos los hombros. Miradme a los ojos y recibid vuestro castigo como hombres. —Ennunzio rió de nuevo, un sonido profundo que hizo que a Kimberly se le pusiera la piel de gallina.

Entonces, el lingüista alzó la cabeza y miró a Kimberly a los ojos.

—Mátame —le dijo, con claridad—. Por favor, hazlo rápido.

Kimberly se adelantó, cogió la pistola de Ennunzio y la arrojó a las llamas.

—No más excusas, Frank. Si quiere morir, tendrá que hacerlo usted mismo.

Se volvió hacia Mac y Tina. El fuego estaba tan cerca que podía sentir su calor en la cara. Pero sobre todo era consciente de Mac, de sus calmados ojos azules, de su cuerpo grande y fuerte, de su fe absoluta en que Kimberly podría encargarse de Ennunzio y, ahora, de su deseo de sacarlas sanas y salvas de allí.

La vida está llena de opciones, pensó Kimberly. Vivir, morir, luchar, correr, desear, temer, amar, odiar. Existir en el pasado o vivir el presente. Miró a Mac, después a Tina y descubrió que ya no tenía ninguna duda.

—Vamos —dijo.

Echaron a correr. Ennunzio aulló tras ellos. O quizá, simplemente rió. El fuego avanzaba con rapidez y las llamas pronto les alcanzarían.

El muro de fuego se cernió sobre él y, de una forma u otra, Ennunzio por fin descansó en paz.

Encontraron el vehículo diez minutos después. Acostaron a Tina en el asiento trasero y Mac y Kimberly se dejaron caer en los delanteros. En cuanto Mac conectó el motor, se alejaron a toda velocidad por el llano y herbolado camino, esquivando a los animales que huían.

Kimberly oyó un rugido que parecía proceder del infierno y, al instante, el cielo se llenó de helicópteros de rescate y aviones forestales. Llegaba la caballería, trayendo consigo profesionales para sofocar las llamas y salvar a quienes pudieran ser salvados.

Dejaron atrás el pantano y se detuvieron, con el chirrido de los neumáticos, en un aparcamiento repleto de vehículos.

Mac fue el primero en apearse.

—¡Atención médica! ¡Deprisa! ¡Aquí!

Los Servicios de Emergencia trataron a Tina con agua y gasas frías para que su temperatura corporal descendiera. Quincy y Rainie cruzaron el parque a todo correr para abrazar a Kimberly, pero Mac se adelantó y la estrechó en sus brazos. Cuando Kimberly apoyó la cabeza en su pecho, Mac la abrazó con fuerza y ella por fin se sintió a salvo.

Nora Ray apareció entre la multitud y se acercó a Tina.

—¿Betsy? —murmuró Tina, débilmente—. ¿Viv? ¿Karen?

—Las tres se alegran de que estés viva —le dijo Nora Ray, acuclillándose junto a su cuerpo postrado.

—¿Están bien?

—Se alegran de que estés viva.

Tina entendió lo que intentaba decirle y cerró los ojos.

—Quiero ver a mi madre —dijo, echándose a llorar.

—Todo irá bien —le dijo Nora Ray—. Te lo aseguro. Ha ocurrido algo malo, pero has sobrevivido. Has ganado.

—¿Cómo estás tan segura?

—Porque hace tres años, ese mismo hombre me secuestró.

Tina dejó de llorar y miró a Nora Ray con sus ojos inyectados en sangre.

—¿Sabes adónde van a llevarme?

—No, no lo sé. Pero si quieres, puedo acompañarte.

—¿Cuidaremos la una de la otra? —preguntó Tina, en un susurro.

Nora Ray sonrió.

—Siempre —respondió, apretándole la mano.

Epílogo

Quantico, Virginia
13:12
Temperatura: 36 grados

Estaba corriendo, abriéndose camino por el bosque a una velocidad de vértigo. Las hojas que colgaban de los árboles se enredaban en su cabello y las ramas bajas le arañaban la cara. Tras saltar una serie de troncos caídos, se abalanzó a toda velocidad sobre el muro de cuatro metros y medio. Sus manos encontraron la cuerda y sus pies se movieron en busca de agarre. Arriba, arriba, arriba. Su corazón palpitaba con fuerza, sus pulmones resollaban y su garganta jadeaba.

Coronó la cima y tuvo una visión estelar de los frondosos bosques de Virginia antes de descender por el lado contrario. Ahora los neumáticos. *Bing, bing, bing.* Fue insertando cada pie en el centro de cada círculo de caucho. Después se encorvó como una tortuga para descender por una estrecha tubería de metal. Ya solo le faltaba esprintar para llegar al extremo contrario. El sol brillaba en su cara. El viento mesaba su cabello.

Kimberly cruzó la línea de meta en el mismo instante en que Mac detenía el cronómetro y le decía:

—Cariño, ¿a eso lo llamas correr? Conozco tíos que lo hacen el doble de rápido.

Kimberly se abalanzó sobre él, pero Mac vio venir el ataque y se preparó. Sin embargo, ella había aprendido un nuevo movimiento de combate la semana anterior y logró dejarle tumbado sobre la espalda en un abrir y cerrar de ojos.

Todavía respiraba con fuerza y el sudor se deslizaba por su rostro, empapando su camiseta azul marino de la Academia del FBI. Sin embargo, ahora esbozaba una enorme sonrisa.

—¿Dónde está el cuchillo? —murmuró Mac, con un brillo perverso en los ojos.

—No juegues con fuego.

—Por favor. Podría ofenderte más si tú quisieras.

—Es imposible que puedas hacer este recorrido en la mitad de tiempo.

—Bueno, puede que haya exagerado un poco. —Ahora, sus manos le acariciaban las piernas desnudas, trazando líneas desde sus tobillos hasta el borde de sus pantalones de nailon—. Pero al menos te saco un par de segundos.

—Los hombres tenéis más fuerza en la mitad superior del cuerpo —replicó Kimberly—. Y por eso os cuesta menos trepar por el muro.

—Sí. Es injusto, ¿verdad? —De repente rodó sobre sí mismo y entonces fue ella quien quedó de espaldas sobre el suelo. Al verse atrapada, hizo lo más inteligente: levantó la cabeza, le cogió de los hombros y le dio un largo beso.

—¿Me echas de menos? —susurró él, tres segundos después.

—No, no mucho.

Se acercaban nuevas voces por el bosque. Eran estudiantes que estaban aprovechando aquel hermoso sábado para entrenar. Mac se levantó a regañadientes; Kimberly se incorporó con más vigor y se apresuró a cepillarse el polvo y las hojas secas. Los estudiantes pronto aparecerían a la vista, pues estaban a punto de llegar a lo alto del muro. Mac y Kimberly corrieron a refugiarse entre los árboles.

—¿Qué tal va todo? —le preguntó Mac, cuando accedieron a la frondosa sombra.

—Aquí estoy.

Mac se detuvo, la cogió del brazo y le obligó a mirarle.

—No, Kimberly. Lo digo en serio. ¿Qué tal va todo?

Se encogió de hombros. Desearía no tener ganas de abrazarle ni de enterrar la cabeza en su pecho. Desearía no sentirse mareada cada vez que le veía. La vida seguía adelante y la suya estaba repleta de obligaciones.

—A algunos estudiantes no les hace gracia que esté aquí —reconoció por fin. Había retomado sus estudios hacía casi un mes. Algunos de los que mandaban no estaban de acuerdo, pero Rainie no se había equivocado: todo el mundo echa en cara los errores, pero nadie discute con un héroe. El dramático rescate de Tina Krahn había aparecido en primera página durante casi una semana y, cuando Kimberly había llamado a Mark Wilson para solicitarle regresar a la Academia, este incluso le había facilitado una habitación de uso individual.

—¿No es fácil reciclarse?

—No. Soy una desconocida que ha llegado a mitad de curso. Peor aún, soy una desconocida a la que la mitad de sus compañeros desean desafiar, mientras que la otra mitad se niega a creer su historia.

—¿Son malos contigo? —preguntó, acariciándole la mejilla con el pulgar.

—Alguien dobló las sábanas de mi cama para que no me pudiera acostar. Oh, Dios, ¡qué horror! Creo que debería escribir a mi papá.

—¿Y qué hiciste para desquitarte? —preguntó Mac de inmediato.

—Todavía no lo he decidido.

—Oh, querida.

Kimberly se puso en marcha de nuevo. Momentos después, él echó a andar junto a ella.

—Voy a hacerlo, Mac —dijo, con seriedad—. Quedan cinco semanas y voy a conseguirlo. Y aunque haya gente que no me aprecie, me da igual. Porque hay otras personas que sí que me aprecian y porque soy buena en este trabajo. Cuando tenga más experiencia, seré incluso mejor. Puede que algún día incluso cumpla órdenes directas. Piensa en lo que hará entonces el FBI.

—Serás un arma secreta completamente nueva —dijo Mac, con temor reverencial.

—Exacto —ella asintió orgullosa con la cabeza. Y entonces, como no era estúpida, le miró con seriedad—. ¿Por qué estás aquí, Mac? Y no me digas que echabas de menos mi sonrisa, pues sé que estás demasiado ocupado para las visitas sociales.

—Siempre tiene que haber una razón, ¿verdad?

—De momento, sí.

Suspiró. Parecía desear hacer un comentario ingenioso, pero decidió ir al grano.

—Han encontrado el cadáver de Ennunzio.

—Bien.

Habían tardado semanas en sofocar por completo el incendio del pantano. Los equipos habían logrado contener las llamas con bastante rapidez, limitando así los daños, pero la turba había seguido ardiendo durante prácticamente un mes, de modo que el Servicio Forestal de los Estados Unidos había tenido que vigilar constantemente la zona.

Durante todo ese tiempo, los voluntarios habían estado trabajando sin parar, repoblando el bosque y buscando el cadáver de Ennunzio. A medida que las semanas iban pasando, todos habían empezado a ponerse un poco nerviosos, sobre todo Kimberly.

—Consiguió llegar más lejos de lo que cualquiera de nosotros habría imaginado —estaba diciendo Mac—. Fiel a su ambivalencia natural, debió de decidir en el último minuto que quería vivir. Recorrió un kilómetro y medio a pesar de la picadura. Quién sabe lo que le mató... ¿El humo, las llamas o el veneno al llegar a su corazón?

—¿Le harán la autopsia?

—La realizaron ayer. Kimberly, no tenía ningún tumor.

Ella se detuvo, parpadeó varias veces y se pasó una mano por el cabello.

—Bueno, eso también encaja —murmuró—. Este tipo estaba tan desquiciado que necesitaba culpar a los demás para exonerarse. A su madre, a su hermano y a unas condiciones médicas inexistentes.

—La verdad es que sí que tuvo un tumor en el pasado —explicó Mac—. Los médicos han confirmado que le operaron hace dos años para extirpárselo. Según dicen, estos pueden incidir en las tendencias violentas de una persona. Tengo entendido que cierto asesino en masa de Texas alegó que sus crímenes se debían a un tumor.

—Charles Whitman —murmuró Kimberly—. Apuñaló a su madre hasta matarla, después asesino a su esposa y por último subió al campanario de la Universidad de Texas y abrió fuego contra la población. Mató a dieciocho personas e hirió a treinta más antes de que le dispararan a muerte. Dejó una nota en la que decía que quería que le hicieran la autopsia porque estaba seguro de que, físicamente, había algo malo en su interior.

—Exacto. La autopsia reveló un pequeño tumor en el hipotálamo, pero algunos expertos dicen que este contribuyó a su furia asesina y otros dicen que no. ¿Quién sabe? Puede que a Ennunzio le gustara la historia. Es posible que hiciera mella en él, sobre todo cuando descubrió que también tenía un tumor. Sin embargo, esta vez no lo tenía…, así que solo estaba buscando una excusa.

—Por lo tanto, el perfil que le hiciste no era correcto —dijo Kimberly—. ¿Por qué el Ecoasesino acechaba y asesinaba a mujeres jóvenes? Porque quería. En ocasiones, es así de simple.

—Ese hombre sentía cierto nivel de culpabilidad —replicó Mac, encogiéndose de hombros—. Por eso dejaba pistas para que encontráramos a la segunda muchacha. Por eso se ponía en contacto con la policía como informador anónimo, con el objetivo de meternos a todos en el juego. Por eso decidió implicarse personalmente como agente del FBI, para seguir nuestros pasos. Cuando analizó las cartas, describió al autor como una persona que se sentía impulsada a matar, aunque también deseaba detenerse. Quizá, esa fue su forma de explicarnos lo que sentía.

Kimberly movió la cabeza hacia los lados, con vehemencia.

—¿De verdad solo deseaba ayudar, Mac, o solo quería que resultaran heridas más personas? Ese tipo odiaba a su padre, pero mató a su madre y a su hermano. Secuestraba a muchachas jóvenes, pero establecía unas condiciones peligrosas para los equipos de búsqueda y rescate. No creo que hiciera esas llamadas anónimas porque quisiera que le detuvieras, sino porque intentaba implicar a más gente en su juego. Es evidente que no le importaban los daños colaterales. Y si hubiera podido, nos habría matado en el pantano aquel día.

—Es posible que tengas razón.

—Me alegro de que haya muerto.

—Cariño, a mí tampoco me ha entristecido demasiado la noticia.

—¿Se sabe algo de los vehículos de esas chicas? —preguntó.

—Es extraño que lo menciones, porque creo que hemos encontrado uno.

—¿Dónde?

—En la garganta Tallulah, camuflado bajo una red, pintura verde y un montón de hojas. Estamos visitando de nuevo todas las escenas para ver si encontramos los vehículos de las víctimas en los alrededores. También hemos descubierto la base de operaciones de Ennunzio: tiene una cabaña en el bosque, no demasiado lejos de aquí. Muy rústica, como un refugio para cazadores. En su interior encontramos un catre, galones de agua, cajas de galletas saladas, una pistola de dardos tranquilizantes y toneladas de drogas. Podría haber seguido haciendo esto muchísimo tiempo.

—En ese caso, estoy doblemente contenta de que haya muerto. ¿Y Tina?

—En Minnesota, en casa de su madre —anunció Mac—. Según me contó Nora Ray, Tina se enteró de que estaba embarazada justo antes del secuestro. Por desgracia, perdió al bebé y le está resultando muy duro. He oído decir que su madre es un pilar de fuerza y que Tina va a pasar el resto del verano recuperándose en casa, pero ha perdido a sus tres mejores amigas y no estoy seguro de que alguien pueda recuperarse de algo así. Nora Ray y ella parecen haber entablado una buena amistad. Es posible que puedan ayudarse mutuamente. Nora Ray me comentó que iría a visitarla dentro de unas semanas, pues Minnesota tiene unos veranos más frescos y le encanta la idea de poder escapar del calor. Bueno, ahora te toca a ti. ¿Qué tal están tu padre y Rainie?

—En estos momentos se encuentran en Oregón. Han decidido no hacer nada de nada, más que pasear por la playa y jugar al golf hasta que me gradúe dentro de cinco semanas. Sin embargo, no creo que mi padre aguante más de dos días antes de ponerse a trabajar en cualquier caso de homicidio local que pueda encontrar. La policía de Oregón no sabe lo que se le viene encima.

—¿Encontrarán un cadáver y tendrán que moverse de un lado a otro? —se burló Mac.

—Algo así.

—¿Y tú? —Su dedo trazó una suave y lenta línea por su mejilla y, después, le rodeó la cintura con las manos—. ¿Qué vas a hacer dentro de cinco semanas?

—Soy una nueva agente —respondió ella. Había alzado las manos y las había apoyado en la curva que trazaban los brazos de Mac—. De modo que no puedo decidir demasiado al respecto. Tendré que ir al lugar asignado.

—¿Pero os permiten indicar vuestras preferencias?

—Sí. Yo dije que Atlanta estaría bien. Por ninguna razón, por supuesto.

—¿Por ninguna razón? —Los pulgares de Mac revolotearon sobre sus pechos mientras le acariciaba los costados.

—Bueno, quizá tengo una razón pequeñita.

—¿Cuándo lo sabrás?

—Ayer.

—¿Qué quieres decir…?

Kimberly sonrió, pero al instante agachó la cabeza, sintiéndose un poco ridícula.

—He tenido suerte. Atlanta posee una enorme oficina de campo y necesitan una gran cantidad de agentes. Supongo que tendré que aprender a hablar arrastrando las palabras y beber montones de Coca-Cola.

—Quiero que conozcas a mi familia —replicó Mac. Ahora la abrazaba con fuerza. Kimberly no había estado segura de cómo iba a reaccionar ante aquella noticia. Últimamente, ambos habían estado muy ocupados y nunca se sabía…

Pero Mac sonreía y sus ojos azules bailaban. Ladeó la cabeza y la besó por segunda vez.

—¡Será divertido!

—Llevaré el cuchillo conmigo —le advirtió Kimberly.

—Mi hermana estará encantada.

—No intento precipitar las cosas. Sé que ambos estaremos muy ocupados…

—Calla y bésame otra vez.

—Mac…

—Eres preciosa, Kimberly. Y te quiero.

Ella ya no sabía qué decir, así que le cogió de la mano y susurró esas mismas palabras, antes de unir una vez más sus labios.

Después pasearon juntos por el bosque. El viento suspiraba entre los árboles y el sol brillaba suavemente sobre sus cabezas.